孙红旗　　　著

中短篇小说集

# 风起滴水弄

中国言实出版社

**图书在版编目（CIP）数据**

风起滴水弄 / 孙红旗著. -- 北京：中国言实出版社，2023.6

ISBN 978-7-5171-4493-9

Ⅰ.①风… Ⅱ.①孙… Ⅲ.①中篇小说—小说集—中国—当代②短篇小说—小说集—中国—当代 Ⅳ.①I247.7

中国国家版本馆CIP数据核字（2023）第100681号

**风起滴水弄**

责任编辑：宫媛媛
责任校对：张国旗

出版发行：中国言实出版社

地　　址：北京市朝阳区北苑路180号加利大厦5号楼105室
邮　　编：100101
编辑部：北京市海淀区花园路6号院B座6层
邮　　编：100088
电　　话：010-64924853（总编室）　010-64924716（发行部）
网　　址：www.zgyscbs.cn　电子邮箱：zgyscbs@263.net

经　　销：新华书店
印　　刷：北京温林源印刷有限公司
版　　次：2023年7月第1版　　2023年7月第1次印刷
规　　格：710毫米×1000毫米　　1/16　　19.25印张
字　　数：285千字

定　　价：68.00元
书　　号：ISBN 978-7-5171-4493-9

# 浙西墨语（代序）

## 于 卓

甭管本事大小，能耐如何，这世间有四个字——生死、欲望，你越想说清楚，就越说不明白，并且又无法躲闪回避。有些人甚至会不惜一切撞上去硬磕，往死里较劲，折腾元气，折损命运。困顿迷惘的人生需要救赎，所以就有了哲学、文学、音乐、绘画、雕塑、影视、烹饪、做梦等来解套大大小小的纠结，舒缓现状，平衡得失。这些表现形式与手段，到底能让观听者得到几许抚慰与超脱？从古至今，恐怕没有定论可依，无外乎是在释放人们被这四个字碾压出来的生存感受与认知途径。

话说在浙西开化这九山半水半田的地方，孙红旗不说活得如鱼得水，那也是有滋有味，凡人身不履神仙事，埋头写作出书，冬泳健身舒体，骑行醒脑活筋，采风放松找乐，偶尔亮几嗓子现代京剧娱己乐人，三五好友把酒言欢，不做作没套路，也不玩深沉，活出个舒坦样不委屈自己。自打我旅居下淤村，红旗兄时常招呼作协的兄弟姐妹过来送温暖，每每弄酒，都弄得讲究，提鱼拎肉带菜，助我餐桌盘碟丰盛。气氛挑起，酒多酒少，言粗话糙，皆不必找茬儿设卡，小把戏绕弯，全凭兴致拿捏，不求你倒我趴。毕竟不年轻了，剩下的这点精气神，咋说也不能让酒精榨干了，派用场的地方还多着呢。用红旗的话讲："我老人家喝不动了，你们爽吧。"瞧瞧，其实也没大我几岁，就把辙夯实了。

虽说同是码字人，红旗兄似乎从未在酒桌上谈过写作的话题，比如写作者的立场、态度、视角、情怀、技巧，等等，貌似他压根儿就没有鼓捣过小说。这是啥情况？脸皮薄？小说伤过他？抑或手艺不外传？低调的可能性有没有？看他人高马大，性情不藏，又有多年从军从警经历，心池应该不会很深，小酒一喝，好歹忽悠一番，想必他就应该给你掏心亮肺，告诉你一些写小说的窍门，津津乐道把玩故事的门道，拿出绝活、干货与人分享。偏偏没有这些节目。对一个有着资深阅历的人而言，生活中有些东西，放下了也就没必要再去碰触了，或许写小说这事在红旗兄看来没有说三道四的必要，思到想到悟到自然得到，若是愁思苦作，很容易把自己锁死，写作的乐趣也就随之泡汤了。

接了这个活，读了红旗兄小说集《风起滴水弄》里的中短篇小说，有一种略显陌生的感觉，这样的陌生不仅是文字本身，还有文字所表达的思想、情节和细节，有的，与岁月一道留在了那个年代。红旗的小说看似写侦探，其实写的是人，写人的利路名场，写人的喜怒哀乐、奋进与崛起；写人的世情梦幻，日月浮沉。主人翁都是些普普通通、有血有肉的人物。

小说能给人什么？许多亲身经历的或是具有时代特征的东西，随着时间的推移，早已淡出了记忆。下一代，下一代的下一代，不会记住这些，更不会记住主流之外的涓涓细流，被遗忘的一切，或许只有在小说里寻得见。红旗说："选择小说集《风起滴水弄》里的这些个中短篇小说，目的也在于此。"

作家面对多变的现实，其实就是在感知社会冷暖，在触摸中动用文学的人文关怀功能，慰藉那些缺失的、扭曲的、彷徨的、烦恼的、夜游的、无法安宁的心。文学不是粮食、不是武器、不是科技，也解决不了房贷问题，但文学可以感知我们身体的冷暖、精神的软硬、人性的善恶、德行的高低。文学式样多种，功能各异，就小说而言，其存在价值与理由既是记录生活，也是撕碎生活，展现人性。现在想来，红旗兄平日里不谈小说，那是因为小说就在他的生活中，刻意去说深道浅会有卖弄之嫌。

时间让文学艺术保真，却让创作者衰老。作为一个艺术家、作家，日常生活中若无童趣与好奇心，那么其创作激情将会大打折扣。天真，可以盘活呆板的艺术；好奇，可以拨动文学的神经。

小说看似塑造人物，很多却在写自己。大凡小说里的主要人物，个个秘藏作家的三观。红旗小说里的众多角色，同样能瞅见作者本人的倾向与情怀。《鬼闹夏家大院》里的作协主席老沈，真诚、机警又多情；《第二次握手》里的马队长，既有警察的敬业精神，也有男人的一腔柔情；《花落时节》中的方大队长，咬住陈旧案件不放，沉着冷静一干到底，揭露真凶；《刑侦大队》里的汪名六，一个真实的人物，精确捕捉犯罪嫌疑人的内心变化，凭借机警头脑与三寸不烂之舌，连续侦破一起又一起大案，体现了基层刑警的大智慧；《云在天边雨在林》里的园区警察老金，刚正不阿、疾恶如仇——这些人物身上，都能看到红旗的影子。

看得出，小说集《风起滴水弄》里的小说，不是写于同一个时间段，小说里描写的生活景致，有红旗的生活体验，也有红旗对生活的思考，可以看出，红旗想通过小说里的人物，表现他对生活的谅解和对文学的诠释。抑或里头许多场景和细节，不再被人认知或者已经被人遗忘，这似乎成了这个集子的存在意义。我还看到，不论发表在哪个时期的小说，其艺术人物都怀抱积极向上、追求美好生活的愿景；同时，在人物塑造上，独具匠心，具有浓郁的烟火气息和独特的地方风情。

自如的红旗，在小说园子里种出了不少鲜花，长篇小说《国楮》《印舞》《生死裂变》《死亡证明》和上百个中短篇小说，都在社会层面上引起了巨大反响，各种奖项揽收多多。这似乎证明，文学的存在，佐证了人类进入文明社会后，在每个阶段对其生存环境和存在意义都抱有困惑与猜疑，因此说，文学是我们的精神与昨天、今天还有明天对话的一种特殊途径，是灵与肉的沟通桥梁。

2023 年 5 月 5 日于乌镇

（于卓，作家，著有长篇小说《挂职干部》、中短篇小说集《鱼在岸上》等，曾获河北省政府第十届文艺振兴奖、中国石油文学贡献奖、中华铁人文学奖，以及多种文学期刊奖。）

# 目 录

# 第二次握手

## 一

进入不惑之年，就像盆景里蓄养的多肉，多出的枝丫会被一一剪去。娟子小我不下二十岁，相遇也许偶然，也许必然。

腊月的一个雨天，魏人老家杀年猪，邀请大队领导吃晚饭。我不爱吃猪肉，杀年猪却是另外一回事，有点礼仪的味道。家养的猪肉不像市场上卖的，除了肥厚吃不出原本的滋味。魏人老家在偏僻的乡下，饲养的猪多吃粮食与野草，猪肉咬上去紧屯屯香喷喷的，牙缝里流着油却一点都不腻味。

赶到乡下，雨下个不停，积水顺着路面淌着，每行一步都能踏出浪花。魏人老家，热气腾腾的菜端上了八仙桌，盛菜的器皿多是陶制的汤瓶，大块猪肉、大块猪血、大块豆腐和香气扑鼻的炖土鸡温暖了整个屋子。酒是土酿的粮食烧，甘醇浓烈，烫过了，喝一口直暖心窝。酒足饭饱，魏人母亲端上现炒的南瓜子和花生，泡上开胃消食的黄金茶，大家天南海北地聊。屋外，雨夹杂的雪子敲打着瓦片，发出"沙沙"声响。十二月日短，夜晚的山村像盖过一条被子，出奇地安静。忽地，淅淅沥沥的雨声中传来激越的鼓板，像扣响的机枪"哒哒哒"冲击耳膜，铿锵的锣钹紧随其后，须臾，主胡悠扬地响起。一听，便是好戏开场了。我问："村里有演出？"魏人妈答："是省里的剧团。"魏人妻子向梅说："省里送文化下乡呢。"我催促道："快开演了，陪你妈看去，喝了茶我们就走人。"魏人妈说："你们去看看，演得很好，本来今天要走了，村里不让，硬留着再演两本。"我目视大家，不想扫兴。离开舞台二十多年，从来没看过戏剧。我劝同事去，魏人问："马队不去？"我摇摇头。见我没兴趣，都说不如回城。魏人妈说："女演员很漂亮，村里的老板硬留的。"同事们一听改变了主意。我想，既然是省里的剧团，演员十有八九是艺校的毕业生，说不定会有我的同学。

祠堂内人头攒动，望去黑压压的一片。天井里飘着细雨，灯光一照灰蒙蒙的，追光灯扫过，泛起一道道彩虹。舞台很小，灯光很亮，远远看去像一台120吋的电视屏幕。我没心思看戏，抽身走进厢房。厢房内亮着300瓦的灯泡，坐着十来个男女演员，有的补妆，有的编织毛衣，有的闭目养神，个个神情淡漠。演员行当清苦，少年时我也有过这样的经历，那时全队人马挑着铺盖翻山越岭在村里巡回演出，农家派饭，楼板睡觉，装抬卸载都是年轻人上。与现在不同的是，演出的剧目从现代转向古代。

我问道："这里有省艺校毕业的吗？"有人抬头，没人搭理。我有些不自在，正想离开，一个织毛衣的演员不冷不热道："我们都是艺校毕业的。"驻足循声，又问道："那你认识桑平帆吗？"她答："他是我们的老师。"正说着，一个女孩走进厢房，她回首望了我一眼，目光迟疑。女孩身着戏装，飘逸而过，像只蝴蝶。她径直走到打毛衣的女演员面前，嘀嘀咕咕问着什么，不时拿眼瞟我。我告别出来，雨还在下，正犹豫着冲进黑夜，有人在后面扯住了我的衣服，随即飘来一股粉香，回头见那女孩站在我的面前。"下雨呢。"她说。我笑笑答："没事。"女孩道："我们认识吗？"末了歪着脑袋打量我。我答："好像不认识。"女孩摇摇头说："我们应该认识的。"我在脑海里搜寻，没有储存过类似信息，于是调侃道："可能是上辈子吧。"

演出热热闹闹地进行，女孩朝台上望了一眼，摸出一个手机急切道："留个微信呗。"我犹豫片刻还是给了她，说："微信就是手机号。"她在手机上飞速地摁了几下，说道："叫我娟子，来看我呀，这些天都在你们县里，要出场了。"说着走了几步，回头投过一束明艳的目光。

大案队的工作充满真实、对抗与理性，打交道的十有八九是恶人，常年如此，习惯了内心的黑暗与冷漠。许多家庭被大案切割得支离破碎，除了破案后的兴奋，很少有人品尝到彼此间的温情。娟子投过的目光，在我黑暗的内心中闪烁了一下，有一种意味深长的感觉。

我没有告诉同事娟子的事，这算是私生活吗？警察没有私生活。警察工作靠的是同事间的紧密合作，就像一只手的五个指头；休息时间要接受内部纪委监察的实时检查。没想到的是，回去的途中我接到了电话，说北区发生了杀人案，一头扎进去就是三天三夜，把娟子忘得一干二净。

我不晓得三天里娟子有没有给我发过信息，也许有，也许没有，总之三天三夜我没合过眼。案件侦破的当日下午，我回家倒头便睡，直到半夜被哭声惊醒。睁开眼睛，茫然四顾，房间里漆黑一片，下意识走进女儿的房间，仿佛看到月月蒙头大睡，愣了片刻，才醒悟月月已经不在。往回走，寻思着哭声来源，明明听到的，一个女人，清晰而又真切，但哭声来自哪里不能确定。窗外黝黑，微风吹过，能听到树叶婆娑的声音。我想起了妻子叶萍，她的离开伤透了我的心。叶萍多次说："我是女人，为你付出，为什么还要为警察付出。"我无言以对。尽管如此，叶萍的温情就像宣纸上的水墨，留下了永久的印迹。室内的照片没有取下，摆设原封不动。我遵循最初的承诺，尽管离婚，只要叶萍活在世上，挂在墙上的女人就是我的初爱。

关了灯，似睡非睡，卧室的空间变得无边无际，身子腾空飞翔，透过窗户，仿佛看见娟子蓄着眼泪飘然而至。这一惊让我睡意全无。那哭声难道是一个梦，是梦里娟子的哭声？但不可能呀——遇见娟子是四五天前的事，说认识我，这几乎不太可能。我的年龄，毕竟不是她那个年龄追逐的对象了，难道还有其他目的。我打开手机，没有电话，竟然有十多条信息。

"你是谁？你在我生命中有意义吗？"

这是案发当晚十一点发的一条信息，那时我正在勘查现场，娟子应当卸了妆，正睡在农家的楼板上。"你是谁？"可你又是谁？一个省剧团的演员，二十几岁的姑娘。我想象不出娟子说认识我的缘由，大案队成天泡在案件上，哪有心思接触与案件不相干的人和事。不过，我的特殊在于兼任局里的新闻发言人，常上电视；业余生活中又是一个小说家，常有作品问世，还改编过电影。这两项可能会被小我二十多岁、生活在城里的姑娘撞见。

回忆着，像在翻阅一本日历。从艺校毕业分配到剧团，而后参军，退伍后一直在公安局工作，从基层到中层，工作与生活的经历已经让我十分倦怠，对冷暖失去了敏感，就像面对杀人案件，别人眼里是一则爆炸新闻，与死者相关的人心里则是一场灾难，对我而言，只是技术上的处理。也就是说，再惨烈的现场，都不会诱发我的情绪。因此，我冷静地过滤着，欲在陈旧的岁月里理出一丝头绪。

"你在我生命中有意义吗？"我可能成为她生活中有意义的人吗？不可能，可她为什么会这么问……

"乡下的演出还有三天，之后移师县城，我希望能在城里见到你，或许你能请我吃饭。"

"像是前世有缘，这个缘的源头在哪儿？不得而知。或许你我，或许你我的前辈，或许你我前辈的前辈……"

娟子的提问一会儿阴，一会儿阳，混沌不露玄机，让我联想起志怪小说。

娟子为什么想要见我？她的年龄小得可以做我的女儿，绚丽的青春像绽放的花朵，这样的姑娘决然不会对我这个半老头感兴趣！那么，她哪来的自信让我请她吃饭？

尽管想弄明白与她的"前世之缘"，总觉得没有这样的机遇，我与她像是同一顷田里的小麦和玉米，不可能同时仰望一片天空。

风裹挟着寒冷涌进窗棂，车轮碾过窨井盖发出"咣当"声响，夜晚格外漫长。随她去呗，被人喜欢，像是掌心不能拔去的刺，见机行事就是。明天说不定还要出现场，既然娟子联系我了，往后肯定还会联系我。

二

果然，第二天的案件，让我无法顾及其他。

一名高二住校女生熄灯未归，校长即刻组织师生在校内外寻找，无果。第二天清晨，女生的尸体在校外一片树林里被发现，经法医鉴定，窒息而死。

毫无疑问，女生是被约出校外的，就像一个朋友约另一个朋友外出吃饭一样，加害她的肯定是熟人。被害人生前有过性行为，法医提取了相关物证。问题在于，既然自愿，为什么要加害对方？面对案情，警察的任务就是找出内在的联系，抓获犯罪嫌疑人。我想，这起案件的侦破，不会超出十天。

这段时间，在县城演出的娟子发来不少信息，我偶尔看一眼，几乎没有回复。原本看似简单的案件，在查找被害相关人员的过程中颇费周折。不论老师、家人，或是同学，很少见到被害人与外人来往，遇事总是藏匿在心里；检材对比，基因库里没有同类DNA。没有同类物证，只能证明没有发现作案人的前科，不能证明作案人没有犯罪。这样的判断让警察把网撒得很大。

几经周折，案件还是在第十天侦破了。犯罪嫌疑人是她一年前辍学的同学，一个富家弟子。只是作案动机令人费解，掐住女性脖子亲热，结果，致使对方窒息。

女儿被害，母亲已经疯了，披头散发每天往大案队跑，不哭不闹，重复着一句话："我女儿呐，我女儿管我叫妈。"然后两眼直直地望着地面，冷不丁又冒出一句，很是瘆人。

破案当天，队里有个小聚会，我浏览娟子的微信，除了东一句、西一句彼此不搭的话题，最后写道：演出结束，明早返回省城，今晚卸妆后请我吃夜宵。

认识娟子之后，收到过她不少信息，但很少回复过，娟子仿佛在自言自语或是与另外一个人交流，交流的内容与我没有任何关系。这样成全了我的慵懒与繁忙。这次，我照常可以不予理会，挨过今晚，明天她就要随队返回省城。其实，过了这些天，娟子的相貌在我脑子里渐渐模糊，就像天上的云彩，尽管美丽，却想不起形状。加之那个夜晚，铿锵的锣鼓声带着韵味刺激着耳鼓，唱腔缠绵缱绻，娟子画着戏妆，相貌忽明忽暗，只有那双眼睛，如同夜空的织女星闪着光亮。我无法看清娟子的脸，总觉得，自己在臆想中勾画了一个美女。不过问题是，当下要不要赴约？不去，觉得这些日子亏欠了娟子；去，到底为了什么？忽然钻出一个美女，像胶水一样黏着你，这算什么？

直到现在，尚且无法判断赴约的决定是否正确，如果对娟子一直回避，我的生活中除了繁忙不会有更多的内容，但是那天偏偏赴了约，对娟子也有了更多的了解，这就像拉开一张大幕，让我看到了舞台上各式各样的风景。

夜里十点，一家偏僻的餐馆。

餐馆离娟子住处不远，是我选定的地方。餐馆不大，公路旁一座改装过的仿古建筑。门口种着一片四季竹，灯光下散发着蓝光，竹园旁边放置石槽、石凳，挂着耕田的犁耙。走进室内，琴瑟低回，大堂的墙上布满字画，上横头放置着明清时镂雕的长条桌。二楼的包厢倒也简约，除去餐桌，四周挂着老照片，不见音响，却能听见大堂里的乐曲。

娟子没有按时赴约。这没什么，记得第一次与女朋友见面，她足足让我等了半个钟头，见面后她像没事似的，神采飞扬，侃侃而谈，没有道歉。这个人就是我的前妻叶萍。我曾问起过原因，她笑笑答：我要看看，你有没有半个小时的耐心。我说，我没走，说明我有耐心。她又道，我还要看看，是否因为我的迟到指责我。我说，我并没有指责你。她又道，我要再看看，你是否追问我迟到的原因。我道，我并没有追问，迟到，总有你的理由。她笑笑又道，我还要再看看，我不道歉，你会不会很在意。我笑笑问，半个小时，你出了几道题呀？那么，最后的结论是什么？她大笑，结论就是让叶萍成为你的妻子。她告诉我，夫妻生活需要耐心，需要宽容与理解，才能彼此呵护，度过漫长的一生。你没有指责我的迟到，说明你不仅有耐心，还宽宏大量，男人就要有这样的胸怀，不计较别人的过错；你没有追问我迟到的原因，说明你尊重我的个性，让我拥有属于自己的空间，这是很多婚后女人不能如愿的；你没有在意我的道歉，说明你善解人意，心地善良，不针锋相对，不会得理不饶人。

对我有了充分的考验，败下阵来的却是她自己。她无法忍受孤独，而警察的妻子，必须经受自立与孤独的考验。之后，女儿的不幸，让她对我彻底丧失了信心。这也难怪，女儿走时我远在天边，叶萍悲痛至极把责任全部推到我的身上，于是离家出走了。

过了三十分钟，娟子出现了。她的漂亮让我吃惊。她个头不高，身材苗条，肤色白净，身着红色羽绒服，下穿藏蓝牛仔裤。她剪着短发，把个光亮的额头和精巧的鼻子凸显了出来。她走进包厢的姿态像跳跃，更像精灵，扑闪着眼睛拍翅欲飞。末了举起手机对我晃了晃，嘴里道了一声"嗨"，算是打招呼了。

这是我第一次面对娟子，应当说是第一次看清娟子的真容，她是个艳丽奔放的女子，眼睛像闪烁的星星一样明亮，不用开口单凭双眼就能与之对话。这样的判断，与印象中的娟子十分吻合。

她没有道歉，也没有说明迟到的原因，像熟人一样往凳子上一坐道："好饿，点了什么好吃的？"

"等着你点呢，我们的口味肯定不同。"

她听了哈哈大笑，转而道："我是海口，中国八大菜系，没有我不喜欢的。"

"小城里的人口味重，怕你吃不习惯。"说着我叫来服务生。娟子没有看菜谱，随口叫了鸡、鱼之类。我笑笑问："你吃得了这么多么？"她朝我翻了翻大眼答："前后二十几天，印象最深的就是你们这里的菜肴了，道道经典，全省各地市我都去过，从来没有吃过这么好吃的菜——你不会太在乎钱吧？"

我笑笑答："小地方的食材只求自给自足，不像城里大规模生产，味道自然不一样。"

"嗯嗯，就一句，把道理给说透了——你为什么不问我迟到的原因？"

我答："你迟到肯定有你说得过去的理由。"

"不是所有的理由都能站住脚的。但是，我迟到的理由很充分，我还担心你会失约——对了，我们这是第几次见面？"

"当然不止一次。"

"你看我眼神，像是第一次——我漂亮吗？"

我没有回答。年龄有差异，表达的方式自然不同，我不能说："你的漂亮让我吃惊。"于是转移话题道："你艺校什么时候毕业的？"

"桑老师是我们的武功老师。"她并没有直接回答。

"桑老师带过很多届学生。"

"我是他其中的一届。"说完朝我诡谲一笑。

这届或是那届毕业生对我来说并不重要，艺校的生活离我太远。这些年来，我一直在公安局干着，像是不同道上跑的车，很少与同学交往，剩下的只有通讯录上的一个名字和过期的电话号码。这么问，我只是想找一个话题。

菜上桌了，娟子睁大眼睛，抢先夹着每一道菜，一边咀嚼，一边道好，像一只抢食的猴子。"你为什么不吃？"她抬眼问道。

"看着你吃比自己吃还要香。"

"一个善解人意的男人，不，半老的男人。"说着咧嘴一笑。

清幽的乐曲，伴随着空调发出轻微的"吱吱"声，我突然觉得自己有几分可笑，一个"半老的男人"与一个并不熟悉的年轻女子坐在文化氛围十足的包厢里，谈着连自己都把不准的话题——这算是什么！若是让熟人撞见，说不定会闹出笑话。想到这里，我有一种离去的冲动。转念一想，既然来了，总要弄明白娟子的意图，她约我不会因为一顿夜宵，她像在游戏，把狡诈包裹在嬉笑里，弄清楚娟子的动机，不正是我赴约的目的吗？

吃了不少，娟子夹菜的动作略微慢了下来，于是我问道："好吃吗？"

"没的说。"娟子放下筷子，抬头望着我，目光变得稳重起来，"我们并不熟悉，加了你的微信，二十多天里总在骚扰你，今天又请我吃夜宵，换了别人，你也会这么做吗？"

"因为你是我的校友呀！"

"一块演出的大多是你的校友，唯独我享受这般盛情？"

"只有你抓住了机会。"

"这么说来，我犯了一个错误，应当带上三十个校友过来，一顿至少吃掉你半个月的工资！"

"吃掉半个月的工资，何以养家？"

"你有家吗？"

我吓了一跳，这丫头是谁呀，连我家里的事都晓得！果真像我猜测的，看似湖光山色，暗里波涛汹涌。我狐疑地望着她，她脸上泛着讪笑，一边吃着菜肴。

"讲讲你的故事吧？"我道。

她沉吟片刻道："你注意到没有？外面那片四季竹多漂亮呀，在冷光的作用下，绿得滴水，绿得凝翠。如果我追求男人，也会选择这样一片竹林，依偎着坐在石凳上，面朝泛起涟漪的湖水，微风轻轻，撩起的发梢轻拂男人的脸。我的身子，靠着结实的肩膀，听着急促的呼吸和搏击的心跳，我的思绪，一定是沉迷了的，我的内心，在氤氲湿热的气氛下坠落。那是一种什么样的感觉呀！"

娟子像是表演，沉溺在迷幻之中。令人惊奇的是，我看见她眼眶里闪烁着泪花，我无法分辨这样的状态是真是假。娟子毕竟是演员，进入角色完全可以以假乱真。

"很动人，或许是你亲历过这样的场景，或许你是在背诵台词。"

娟子并没有解释，稍顿，又活泼起来，仿佛川剧里的变脸。她的吃相像啄食的白鸽，不时提防周边的行人。"那么，你有过这样的艳遇吗？比如离异之后或是结婚之前？"

"或许有，或许没有。"我应付道。

"按照你的逻辑，只有亲身经历了才能幻化出这样的场景，那么，你小说里写的，都是你亲身经历的吗？比如，刚才我背诵的这一段，就是你小说里描写的场景。"

"你读过我的小说？"我好奇地问。

"找得到的，几乎都读过。"

娟子的回答让我感到吃惊。一是因为阅读；二是因为背诵。我想不起这段文字出自哪一部小说，这样的场景普遍存在于任何一部小说或影视作品里，因为平常与普通，即使属于个人体验，也会被误作舶来品。不过，娟子背诵我的小说，增添了一分亲切感。我道："在省里，我不过是个三流作家，大部分写的是侦探小说，即便夹带言情，也不是小说里的主线，怎么会得到你这位漂亮小姑娘的青睐呢？"

"你是小说家，又是大侦探，最会运用逻辑推理了。凡事都有因果，就像我迟到一样，你自己慢慢想吧。"

一时真的想不出。一般的喜欢，不太可能全部都看呀，就像黑熊吃荤，只是打打牙祭。娟子让我想，我便不能直接问。不过还是觉得，娟子不像城府很深的人，我不问，她自己也会道来。但是我想错了，娟子吃着，像是忘记了刚才的话题。我只得问：

"你为什么上艺校？"

"和你一样的理由。"

"四年里，桑平帆一直是你的老师吗？"

"除了武功，他还教把子。"

"平帆与我同一个班，住在同一间寝室，我下铺，他上铺。他练功刻苦，班里、学校里大凡有表扬的，肯定是桑平帆。毕业后我被分配到当地剧团，他留校任教。一年后，我到部队服役，天南海北的，与同学几乎断了所有的联系。"

"你忘记了桑老师，难道会忘记艺校里所有的人？包括你的老师、女同学，个个美若天仙，你都会忘记么？"

"人的一生像一条漂泊的船，你指望我记住哪一幕场景呢？"

"你是说你有过暴风骤雨和激流险滩的经历，难道就没有过阳光明媚和平缓的港湾吗？"

我拿眼望她，见她一脸不屑，那神态像是蔑视一个说谎的人。娟子谈到严肃的话题，神情显出少有的成熟，但与之前一样，仿佛不需要回答，把读过的一页很快翻了过去。

"你为什么离异？"

"你从哪里晓得我离异的？"

"如果说我是你的粉丝，你肯定不会相信，但是，既然我读了你的那么多小说，还会忽略你的经历与身世吗？再说了，县城除了你之外，还有艺术学院的其他学生，这是个信息主导的社会。"

娟子或阴或阳，像高原的气候。我承认她说的，只是没弄清楚她的动机。我在想啊，因为单身，娟子主动接近我？这种想法像水泡一样，冷不丁地冒出一个。如果这样，还真不宜点破。毕竟，像娟子的年纪，有很强的自尊心。

"我不是一个合格的丈夫，我的工作性质，很难让一般的妻子接受，离婚成了必然。"我实话实说。

"直接的原因肯定不是工作性质，而是因为你的女儿！"

我大惊，女儿的不幸娟子也知晓！这些年，丧女之痛像影子一样陪伴着我，熟悉的人都会避开这个话题，而娟子，并没有顾及我的感受。我不语，内心感到不快，脸上毫无表情。娟子没有道歉，舀了碗汤耐心地喝着。我心想，不再追问她关注我的理由了，既然读了我的小说，我的一切对她都不是秘密。于是道："读我的小说，是因为你喜欢，我说的没错吧？"

"不好说，不要太自信。"娟子并没有抬头。

"这就奇怪了，你花时间读别人的作品，却又拿不准是不是喜欢，这就像经常吃鱼的人，不晓得是否偏好吃鱼。除此之外，难道还有别的什么原因吗？"

娟子灿烂一笑，与现场的气氛十分不搭。"如果我告诉你原因，这顿夜宵也就该结束了。"

看看时间的确不早了，于是我道："吃得差不多了，总之，与读者共进夜宵，是件很愉快的事情。"

娟子一听急忙道："别急别急，让我喝完这碗鸡汤，不然可惜了！"说着埋头认真喝起来。

# 三

本来没有在意，出于好奇，赴约吃了夜宵，一个多小时的交流，犹如水塘里丢下一块石头，让我内心泛起涟漪。

送娟子回宾馆的路上，说了些与餐桌上所说的无关的话题，我不想把较真的印象留给娟子，毕竟娟子与我的女儿一般大小。道别时，娟子没有一句感谢的话，像走进包厢时一样，欢快地摆摆手，消失在宾馆的大门内。

娟子的性格极像我女儿月月，月月去世六年，弥留之际我却在千里之外追凶。当我从天山一角赶回家时，离火化已经过去五天。我伤心地问妻子："为什么不等我回来，好让我最后见女儿一面。"妻子狠狠道："生也不在，死也不在，你不是女儿的父亲！"

女儿来到这个世界，我不在妻子身边，由医院副院长向梅帮着照顾。她说："生宝宝时我老公也不在，我能体会那种心境，用你们作家的话说，叶萍哭得阴云密布，雷声阵阵。这不是求助，而是愤恨。"我想好好地对待妻子叶萍，但是大案队唯独不能自主的就是时间，一个小小的心愿，践行起来像是跳进河里空手逮鱼一样困难。

女儿活泼可爱，长得也漂亮，与妻子无话不谈，她们相处的日子多，不像母女更像姐妹。在我面前，女儿只会撒娇。女儿学习成绩很好，让我放心地投入大案的侦破当中，一起又一起，像机器一样转着。那日，女儿放学回家的路上，为了营救一只宠物狗被车撞成重伤，弥留之际，央求把自己的器官捐献了。我有什么权利责怪妻子，妻子的痛苦与怨恨，都应当由丈夫承担呀！妻子不吃不喝，把自己关在房间里两天，她无法面对这一切，第三天拎着箱子出走了。这一走，再也没有回来。

后来的日子，我有空就往老丈人家里跑，我的内心像柳丝期盼春天，希望妻子回心转意。老人不晓得叶萍的下落，反倒冷冷地向我要人。我四处打听，甚至动用了公安网络多方查找，但是，叶萍仿佛从世间蒸发了，毫无音信。

现在，凭空冒出一个娟子，性格开朗，人也长得漂亮，让我联想起月月。娟子不是月月，人死了就像烟云，像深秋的落叶，怎么可能复生！只是对月月的思念，嫁接到娟子身上罢了。否则，不可能在她身上花去那么多时间。不过娟子在我面前，始终像一团雾，忽有忽无，来去无踪，当你刚有了思考方向，转眼间只留下悠悠的天空。

我梳理着交谈的内容，一时无法入睡。按照娟子的说法，她读了我的许多作品，但是，今晚背诵的那一段碍着娟子什么了？一片四季竹，碧绿青翠，清幽秀丽，一男一女依偎着坐在石凳上……这是哪部作品里的段落？这么一问，把自己吓了一跳。一片四季竹，一条石板凳，面临涟漪的湖水……那不是艺校一侧的"文波亭"吗？文波亭之所以印象深刻，是因为支撑着几年艺校里的空余时间。每当晚餐之后，同学结伴而行，走进浩瀚的湿地，文波亭通常是行走的终点。同学们在亭内歇息，海阔天空地聊，直到天边红霞落尽，鸟儿止鸣。这样的场景印象深刻，因而会在不同的小说里呈现，娟子偏偏拿这一段背诵。对她这届学生来说，文波亭只是遥远的故事。娟子上学的时候，校园已搬至江的对面，艺校改成了艺术学院，那片湿地，也变成了一幢幢高档的商品楼。那么，她在暗示什么？

那是个春天，公园里新叶嫩黄，湖边柳枝倒挂，在湖面上摇曳生姿。间种的桃李盛开，先是白花，后是红花，吐露的娇艳把公园装点成仙境一般。

"这地方多美呀！"

突然的话语吓了我一跳。

星期天，本地同学都已经回家，外地男生在练功或是闲逛；女生早早打扮成花朵一样，结队上街购物，而我，从图书馆借了一本名著，在文波亭沉静地读着。一抬头，见是女班的玲玲。我拘谨地站起："你好，女同学上街购物，你一个人怎么走得这么远？"

"我倒是想问问你，别人打球逛街，你不跟他们一起，跑到这里来读书？"

我腼腆地笑了笑。说来奇怪，玲玲性格与我相近，平常很少扎堆，即使学校组织活动，也会像只小鸟儿若即若离。与她不同的是，不是我没兴趣走进同学的圈子，而是圈子外有更加吸引我的东西，那就是书本。书读得多了就爱思考，思考多了就不爱言语。一次班里来了一个大作家，大谈作品欣赏与作家的修养，道："时空相等，为什么有的人能成为栋梁之材，而大多数人平庸无奇？这里有很多原因，最重要的就是这些人，一生都被废话和琐事充斥着。"作家的意思是：这些废话和琐事，占据了这些人的大多数时间和空间。他比喻道："如果水桶里填满泔水，那么，玉液琼浆往哪里装呢？人生短暂，我们应当把生命过得更加精致一点！"

课程留下的印象深刻，对我影响也特别大。那之后，我像只爱模仿的小猴子，照着作家的意思少说话，不做没用的事。

玲玲走进亭子，让我平添几分紧张。文波亭尽管是谈情说爱的好去处，却是同学不敢想的。男生女生之间有一条红线，若是单独一块又没有充分的理由，有可能被班主任叫到办公室狠狠地教育一通。

玲玲坐下我站起，我听到了"扑哧"的笑声，便不好意思地坐了下来。"你一直爱读书，却很少说话。"

我想起了那位作家的话，只是点点头。

"其实，我也很少说话，我喜欢独处，经常到公园里散步，有时也在文波亭坐坐——你为什么喜欢看书，你想当作家吗？"

我吓一跳，使劲地摇头，像水里爬上岸的狗。"作家啊，那是多大的雄心呀！我读书只是喜欢，书里写的现实生活中没有，这些事一辈子都不太可能撞见。"

"现在不敢想，是因为你要当演员，往后就不好说了，否则你读那么多书做什么？"

这个问题我的确没想过，读那么多书做什么？一问自己，意识变得模糊起来。"其实，演员能做多久？我的嗓子条件不好，迟早会被淘汰。我喜欢读书，做自己喜欢的事，省得磨叽了时间。"

"嗯嗯，你为什么不在图书馆里，跑到这里来读书？"

"这儿空气多好呀，而且风景也很美。"

"是呀!"玲玲目视远方,仿佛把自己融化在美丽的风景里。好一阵子,我听到诗一般的语言。"那湖面,本来是平静的,像一面镜子,能照见李花的白,桃花的红,只是微风拂过,起了涟漪;那片四季竹从不言语,是文波亭天然的背景,春夏秋冬,总是以常年的绿色,点缀这片湿润的土地;那河里的鸳鸯,冬去春来,成双成对,始终结伴而行;还有嫩黄的柳丝,在游步道旁摇摆着,轻声对着微风细语;而我们……"话语戛然而止。

我几分吃惊,扭头看看玲玲,她朝着湖面,眯起眼睛,思绪如同溺在了水里。

"玲玲同学,你怎么了?"

玲玲如梦初醒,茫然地望着我,嫣然一笑:"我像是睡着了。"说完两颊绯红,像晚霞一样美。

"可以握个手吗?"临走前她伸手道。我小心地握了一下,身子像触电一般,她的手很软。

那是我们第一次单独相处,也是我第一次握玲玲的手,软软的手和触电的感觉,在我心底留存了很久。我曾朦胧觉得玲玲话中有话,却不晓得她想说什么。接下去的日子像惊蛰后的春天,念想的萌芽破土而出,期盼在楼道上,练功房、食堂里,洗衣房和运动场上撞见玲玲,撞见了却又急忙闪避,只听到胸口"怦怦"直跳。一次课间休息,桑平帆把我拉到一边道:"注意到没,玲玲老是往你这边看?"我推了他一把说:"你胡说什么!"桑平帆诡谲一笑,做了个鬼脸。的确,之前我也注意到了,只是不够确定,经桑平帆点拨,余光里都是玲玲闪亮的目光。回忆起文波亭的邂逅,似乎是玲玲精心安排的一次大胆的行动。之后,心里盼着,却很少再去,生怕被人撞见我们在一起。

娟子的朗读,在刻意提醒我什么,说明她不只是读了我的小说,而且在影射其他。这是娟子想让我晓得又不想说明的原因。这样说来,玲玲与娟子的关系十分可疑。想着,竟然迷糊地入睡了。

# 四

还没睡醒，电话铃响了。

朦胧间，仿佛做着一个梦，醒来，怎么也想不起梦中的内容。匆忙起床，开车直奔现场。一家金店被盗，店主初步估价，柜台与保险箱内被盗的首饰损失在 150 万元以上。踏进大案现场，就像陷入了深深的泥淖。

其间，脑际深处时而掠过一双明亮的眼睛，还有玲玲哀怨的脸庞，内心泛起一股股寒意。蓦然间，案发前做的梦浮现起来。玲玲站在我的面前，脸色像深秋的黄叶，单薄的衣裳裹着消瘦的身子在寒风中瑟瑟发抖。无论我怎么呼唤，她总是一言不发。她的脖子细得像一根芦苇秆，顶不住沉重的头颅，我伸手去扶，急促的电话铃响起。

这个梦让我内心感到不安。

文波亭邂逅不到半年，我们面临毕业。半年里，我再也没有单独去过文波亭，即使撞见玲玲，也是和同学一道，彼此不敢打招呼。

玲玲对我的好感，总让我觉得不太现实。一方面，我们分属两个市，一东一西远隔千里，毕业后分配到地方剧团，不太可能再有机会见面。另一方面，我一直怀疑，玲玲对我有意思可能是我的臆想，想多了，内心就有了渴望，便能看到远方的海市蜃楼。曾听同学说起，玲玲的家庭条件很好，怎么个好法？父母大约是干部之类，而我，只是一个农民的孩子。总之，心里渴望，却不敢迎合玲玲。我不爱表达，不愿晒出内心的秘密，否则会像一桶火药，一点就爆。

离校的前一天，最后一次进入洗衣房。晴朗的天空，早早晒出了太阳，微风撩拨着洗衣房外的古樟，树叶翻飞，沙沙地在述说离别之情。四年的艺校生活飞逝而过，明天，同学们会像候鸟一样，各自飞回生长的地方。没有悲伤，只有蓬勃的向往。洗衣房里没有人，以往，早些的是女生，这个时候是男生。今天不同，本市的学生已经离开，我一边唱着段子，一边搓着衣服，不晓得玲玲什么时候走进洗衣房，她像个影子，轻轻地拧开水龙头，洗着一方手帕。我心里直跳，结结巴巴问：

"你还没走？"

"你也没走呀。"

"明天这个时候，我一定在火车上。"

"那么，还有后天吗？"

我停下手中的活，呆呆地望着玲玲，不晓得怎么回答。玲玲耐心地搓着手帕，头没抬地问道："如果不能再见了，怎么办？"

"我没想过。"我勉强回答。

"没想过？"玲玲猛然回头，直视我的眼睛，我连忙回避，像个愧疚的孩子。"如果没想过，为什么不再去文波亭看书了，为什么处处回避我？"

我从来没想到玲玲如此大胆，竟然一语道破。我低着头，用余光瞟玲玲，她漂亮，身材苗条丰盈，肤色白净，剪着齐肩的短发，两只眼睛从来没像今天这般明亮，我激动得无法自制。

门外传来男生的讲话声，玲玲没有犹豫，闪电般冲到我的面前，把一封信塞进我的口袋里，转身走出洗衣房。

进门的是桑平帆和另一个同学，桑平帆看着玲玲冲出洗衣房，又看看我，"啊啊"地叫了两声。另一个同学问怎么了，桑平帆笑笑答："好像飞出一只鸳鸯。"同学大笑道："你把玲玲当成鸳鸯呀！"我满脸通红，只管自己洗衣服，桑平帆捅了一下我道："明天走呀？"我说："是的。"桑平帆又道："往后见面不容易了，来，拥抱一下。"说着扔下衣服，抱着我轻声道："有情人终成眷属呢！"

我挣扎着推开他，微怒道："胡说什么呀，见风是雨的。"

"风也好，雨也好，路漫漫兮，且走且瞧。"说着猛地打开自来水。我与桑平帆走得最近，他学老生，说起话来老气横秋得不行。

回到寝室，同学问我要不要到楼下照相，说校园门口同学正在拍照留念。我说一会儿去，先把这几本书还了。我本来可以把信带到图书馆去看，又担心路上丢了，取出捏了捏又放进口袋里。信不厚，大约一张纸，我想晓得里头写些什么，又怕直接面对，心想熬过今天，明天火车上再看也不迟。于是置入箱底，还加上了一把锁。

那一晚，压在箱底的信像一团火在我心里燃烧，令我辗转难眠。寝室里的人走了一半，依旧执行着作息时间。苍穹的月光，溜进窗户，满天的星星眨着眼睛，有一种喧嚣中的宁静。我的思绪被捻成一条长长的线，一头拴着玲玲，一头拴着我的心。轻微的鼻息在寝室内响起，我也在困顿中渐渐入睡。

早晨，学校安排了去往火车站的客车，同学们透过窗户与老师告别，一辆小车从大客一侧驶过，我看见玲玲挨着车窗扫视，目光停在我的脸上。她眼里闪着泪花，在最后的时刻探出半个头，脸上积满哀怨。

那是我最后一次见到玲玲。

珠宝大案犯罪嫌疑人基本确定，剩下的是追捕案犯，追缴赃物。技术部门正在处理数据，追踪犯罪嫌疑人的轨迹。几经周折打听到了桑平帆的电话，那边的声音很熟悉。离别二十多年，若是当面撞见，肯定不能辨认，但是声音，除了厚重一点没有变化。

一听是我，桑平帆大叫起来："老同学，你还在世呀，这么多年，你可是没冒过一个泡呀！"

"就是，毕业一年多就当兵去了，在西边的高原上，能不能活着回来都把不准呢。"

"这是理由吗？同学们毕业分配后，所在的剧团大多数散了，个个也都改了行，东南西北的，不少人还去了国外，可每次做通讯录，建立同学群，举办同学会，一个比一个积极。就你们几个人，像天上的商星和参星，走不到一块。怎么，现在想起我来了？"

"人老了，爱想往事。听说班里走了几个同学，都是谁呀？"

"老了，才几岁呀！"桑平帆也是闲着，接着一一说起去世同学的名字和简短的原因，语调变得越来越沉重。其实，离开这么多年，这些名字早已被时光压在了我的心底，平帆提及时，竟然一时没能想起来；想起了，也不能同他们的相貌相联系。"老同学，生死由命，活着健康才是第一要素。你过得怎么样啊？"

我不想提起自己的遭遇，应付道："娟子是你的学生？"

"是呀，毕业六七年了，长得漂亮，天分不错，也很刻苦。哎，你怎么晓得娟子呀？"

"不是校友吗？"我打趣地答，"春节前夕省里送文化下乡，看了她的演出。"

"还是校友呢，你心里有校吗？你晓得她母亲是谁？"

"当然不晓得。她只告诉我她是桑平帆的学生。"

"有情人终成眷属，胡扯，你们没成吧。玲玲同学和你一样，几乎没有与大家联系。包括她女儿就读艺术学院，作为母亲，竟然没打过一个招呼。到了第二年，我们才晓得娟子是玲玲的女儿，荒唐不？"

"玲玲性格内向，这样的事我一点都不奇怪。"

"这是她不幸的渊源。人的一生呀，真是性格决定了命运。"

我的心被蜇了一下，什么不幸呀，玲玲发生了什么事？桑平帆说他晓得的不多，是她同城的同学传过来的话。剧团解散后，她在文化部门上班，做了剩女后才出嫁，丈夫是公务员，还是处级干部，尽管二婚，对玲玲很是不错。后来，丈夫出了事，母女俩搬离了原住地，之后没有再婚。玲玲身体一直不好，有一段时间都说要走了，学校因此给过娟子假期。娟子回来说："术后身体有了好转。"玲玲的性格你晓得，一个要强的女人，不想别人晓得她家里的事，因此，像你一样，这些年都没有参加过同学聚会。

# 五

所有轨迹表明，犯罪嫌疑人在省城。局里组织缉拿小组，由我带队赴省城追捕。这是省厅挂牌督办的大案，行前，省厅根据我们提供的线索作了布控，这样，就像放了一条长线，抓人追赃变得极有可能。

春分已过，昼夜犹如一对筷子般长短，寒冷依恋着晚春，久久不肯离去。南方的城市，进入雨季，烟雨朦胧的天空，让高楼忽隐忽现，街头的红绿灯，不紧不慢地变换着，汽车像一条铁龙行行停停。省城的热闹不像山城，只要融入，就不会有须臾的孤独。不过，这一切似乎与我们无关。我们有着极强的目的性，就像高铁，从一站驶向另一站。数次交手，犯罪嫌疑人之狡猾出乎我们的预料，毕竟是惯犯，但是，他的经验仅限于自身的经历；我们，却是数百上千次各式各样经历的总结。因此，犯罪嫌疑人肯定会陷入行为规律当中，我们只要等待着规律的出现。

第五天，在一家出租房内擒获犯罪嫌疑人，缴获了部分赃物。当日羁押讯问，犯罪嫌疑人交代了作案过程和首饰的销售地，剩下的，只是追赃了。

从看守所出来，天空放晴，气温骤然升高，侦查员们心情很好，说要庆祝庆祝。我说我有安排了。他们怪异地望着我："马队，没听你说起过呀，怎么突然有安排了？"我说："要见见老同学。"他们问："男同学还是女同学？"大家嘻嘻哈哈逗着，到了宾馆。我发微信给娟子，说自己到了省城，晚上能不能请我吃个饭？娟子半天没有回话，下午四点，微信里贴出一张鬼脸，接着道："正在排练呢，就要追着吃回去呀！"我说："你到我的地盘我请客，现在到你的地盘了。"

娟子哈哈大笑，问我住在哪里，结果离她剧团只有两站路。

约好了餐厅，好好地洗了个澡。侦破大案就像坐上摩天大转轮，一切都由不得自己。细想，到省城好像一直没洗过澡。泡进浴缸，人一下子软了，就有瞌睡的感觉，迷糊间，看见玲玲清瘦的面容，一下清醒过来。说实话，毕业后再也没见过玲玲，但我一直保留着那封信直到参军。本可以照着玲玲留下的地址给她回信，我却一直没有那么做。

火车上，我拆开玲玲在洗衣房里塞给我的信，上面写道：

> 湖面，平静得像一面镜子，能照见李花的白，桃花的红。微风拂过，起了涟漪；那片四季竹呀，从不言语，春夏秋冬，以常年的绿色，点缀着烟波袅袅的湿地；湖面上的鸳鸯，冬去春来，身后跟随的小鸳鸯结伴而行；嫩黄的柳丝，在湖面上摇摆着，对着微风轻声细语。文波亭里坐着的人，面对此情此景，心里想着

什么呢？一个人的思念最美也最苦，若是一场戏，卸了妆，换了一副面孔，心思也随之而去了——只是这无形的红线儿，牢牢地拴着心尖，疼痛难忍。

晚上八点，在文波亭，我会一直等你。

信后留有玲玲老家的通信地址。

我无法形容当时的心境，联想起次日早晨的别离，玲玲哀怨的泪花竟然源于我的失约，但仅仅是因为失约吗？我把对玲玲的爱密封在心里。我不能肯定，即便看到玲玲的信，有没有勇气前去赴约？而在玲玲看来，没有赴约本身就是拒绝。我不晓得，那晚玲玲去了没；更不晓得，她在文波亭苦等了多久。"我会一直等你。"玲玲决心赴约还一直等着，这需要多大的勇气呀。

零零碎碎的日子，一直想要写信说明，因为没有看信而失约，那么，你为什么没看信！你的轻视会比拒绝更让她痛苦。我纠结地挨到收悉入伍通知书。

那一刻，我仿佛成熟了许多，原先的心境渐渐远去。没有了猜测、臆想与彷徨。接兵首长告诉我，高原气候十分恶劣，还会面临境外的骚扰，随时可能发生小规模冲突。能不能健康地活着回来，都是未知。这番话，反而激起了我的斗志。

于是，临行前我冷静地给玲玲写了一封信：

玲玲同学你好！我就要离开原单位，为保卫国家，奔向遥远的祖国边陲，那里的环境，令每一个军人都难以预测未来。我会在边陲高原祝福你！

没有姓名，没有时间，没有地址，这一去就是五年。从此，与玲玲彻底断绝了联系。

已近约定时间，赶到指定的酒家，又是我先到。看了菜单，点了娟子爱吃的菜。与上次不同，因为玲玲，我把娟子当成了自己的女儿，内心充满了慈爱与宽容。如果月月活着，也和娟子一样调皮活泼，而娟子的母亲是我的同学，一个爱过我却又生活不幸的女人。

娟子迟到了半个小时，见面时没有道歉，放下背包招呼服务员。我说点过菜了。她道你不会让我破产吧。我笑笑没有回答。

说实话，我很难判断娟子与她母亲哪个更漂亮。都漂亮，只是性格迥然不同，就像两幅美女画，一个含蓄，一个奔放；一个古典，一个现代。我微笑地望着娟子，她看了我一眼道："为什么老是笑，发大财了呀，对了，什么时候到的省城？"

娟子具有现代人的跳跃思维，没等你回答上一个问题，她倒是先忘记了；或是一句话里包含几个问题。我如实说了此行的目的和到达的时间，她听了道："是因为破了案高兴，才想起我的呀。"

"还想请你吃饭。"

她眼睛一亮答："我想也是，警察的工资多高呀！"

我一笑，菜上来了，要了一瓶红酒，娟子没有推辞。我一边吃一边想着切入话题。娟子飞快地吃着，我问："你没结婚？"

娟子头没抬地答："当然没有，不然为什么约你！"

这样的回答出乎我的意料。我笑笑答："约一个半老的男人。"

"半老男人好，成熟，经济宽裕，还会疼人。"

"真要那样，你妈会同意吗？"

她听了笑了："我这是向我妈学的。我妈像她妈催她一样催着我，我像我妈一样不搭理，只是，我不能像我妈一样随便把自己给嫁了。"

"挺绕的。为了这个家，你妈吃了不少苦。"

听了这话，娟子放慢了咀嚼的速度。"你想起了什么？我就是不明白，上一代人处理感情的方式，好像尊重的不是自己而是别人或是社会的感觉。"

我没有回答，喝了酒，娟子脸颊绯红，像涂了胭脂很是漂亮，而严肃的模样，竟然十分高贵。我望着她问："你怎么晓得我是你妈的同学？"

"真是瞒得了鬼，瞒不了警察。"娟子道，"入校的时候，校址早已搬迁，艺校也改成艺术学院。但是，我妈经常与我说起文波亭。一次我问我妈道：'您老说文波亭，难道那里有您初恋的故事？'我妈突然醒悟，愣了几秒钟，苦笑地摇了摇头。此后，她再也没有提起过类似的话题。这样的反常，在我心里种下了谜团。"

我一言不发，抱着双肘认真望着娟子。

"学校里，一段时间我很爱看侦破小说和悬疑电影，我喜欢悬念，感觉特别刺激。一次看了一部贩毒的片子，未知的恐惧笼罩了我，爱的缠绵与悲伤早已令我心碎。同学告诉我说，这部片子是根据刀人的长篇小说改编的，小说更精彩，有电影无法表现的描写。我找来原著，说真的，看得我痛不欲生。慢慢地我了解刀人的真名叫马颢，是我的老校友，桑平帆老师的同学。于是马颢的小说能找到的我都看了。"

"这么曲折，本身就是一部小说。"我笑笑道。

"这不是我表述的本意。"娟子呷了一口酒，有一种长篇大论的准备，"我在刀人很多小说里看到了相似的场景，这个场景与我妈讲述的十分相同，这就是文波亭。尽管描写的地名不同，但通常是一男一女依偎而坐，营造的气氛也完全吻合。如果说，我妈入戏般说起文波亭曾经给我留下深刻印象的话，那么，小说里的描写与我妈的叙述肯定不是巧合，这让我有了想法。但是，我没有证据，我妈永远不会告诉我真相。"

很有趣，一定是侦探小说读得多了，娟子的描述颇有悬念且引人入胜。不过我想晓得的是，这么一个曲折的过程，是怎么绕到我这儿的。

我等娟子继续。艳阳的天空像有一群大雁飞过，响彻云霄的啼鸣隐藏着不安与焦虑，突然的转阴，仿佛孕育着一场大雨。娟子凝视着手中的杯子，眼眶里含着泪花小声道：

"我妈真可怜！"

骤然的变化令我措手不及。想起了与桑平帆的交谈，也讲到了玲玲的不幸，除了家庭和身体状况，难道还有其他？我顿了顿安慰道："听说过你家里的事，你妈身体一直不好。"

娟子摇头道:"我妈这一辈子,就没有过过舒坦的日子。"

"人的一生,总会有磨难。"

"但是我妈,却是磨难一生!"

我无语,娟子接着道:"一次我妈住院的时候,在锁着的箱底我看到了她写的二十四封信,这些信一封都没寄出去过。"

"那是写给谁的?"我虚弱地问。

"不晓得,没有姓名。我在语句中读到最深切的思念和盈溢的泪水,读到最缠绵的呓语和最悲痛的号啕,像丝竹,像洪水,里头有很多文波亭的场景,就像她先前对我描述的那样。文波亭有她的初恋,而断送她初恋的也是文波亭!"

我想起离别前玲玲给我的信,无疑,娟子讲到没寄出的二十四封信很有可能是写给我的。这一点,娟子可能晓得,只是不肯说透。娟子见我没话,接着道:"奇怪的是,在信札里还有一封不是我妈写的信,很简短,同样没有姓名与地址,从时间来看,是在我妈毕业后的第二年冬天。"

接着娟子背诵道:

> 玲玲同学你好!我就要离开原单位,为保卫国家,奔向遥远的祖国边陲,那里的环境,令每一个军人都难以预测未来。我会在边陲高原祝福你!

我无语。没想到,玲玲依旧保留着这封信,同时把她给我写的信一道压在箱底。这有点像一对年轻男女置身于一个封闭的山洞,任何辩解都苍白无力了。从文波亭到洗衣房,我深爱着玲玲,但由于我的懦弱,耽搁了玲玲数年。奔赴边疆的我不晓得能不能健康或是活着回来,那封短信是一种诀别。不想这期间,玲玲却给远在边疆的我写了二十四封信。玲玲刻意把自己逼入一个冰窖,时刻忍受着极度的寒冷。

"那封短信的确是我写的。"

娟子并不惊讶,轻巧地说:"我晓得,在你个人履历里,我了解了你当兵的年份、时间和地址，都在邮戳上呢。"

表面大大咧咧的娟子，心思缜密得出乎我的意料。娟子不仅读了我的书，还深悉我的身世，预先做了那么些功课，即使演出时没有遇见我，她同样会找上门来。"也许，我们都年轻，根本不晓得什么是爱。人的一生呀，更多的是重复着懵懂、重复着错误，而没有得到的，总显得弥足珍贵。"

"两情相悦，现代男女都这样。不论什么原因，你和我母亲没走到一块，这是天意。我母亲的性格，决定了她后来的悲剧。她坚持独身，不肯出嫁，似乎有一种希望在呼唤。但是，她心目中的桃李并没有盛开。春夏秋冬，她封闭着自己的心思，直到外婆下跪，她才草草地嫁了。外人看来，那是一个幸福的家庭，但我一直在想，平衡才有稳定、才有发展，刻意追求的幸福，迟早会有报应。无爱的结合受到了上天的嘲弄，他们一直没有孩子。"

"那么……"

"玲玲不是我的亲生母亲。"娟子毫无表情地说，"但是，她比我亲生母亲更亲。"停顿片刻她继续道，"我不晓得我的亲生父母是谁，我是他们领养的孩子，这是成年后母亲告诉我的。母亲一直没有生育，因为身体，医生禁止生育，还有一个我不晓得的原因。"

"这个原因与你父亲有关？"

"我的印象中，父母总是无休止地争吵，之后便是母亲长久的沉默。争吵的原因与生育有关，其他的我并不晓得。我觉得，这样的争吵会耗尽母亲全部的精力。父亲的前妻我没有见过，甚至不晓得他们离异的原因。后来得知，前妻死于癌症，而我母亲玲玲，患的是风湿性心脏瓣膜病。他真倒霉，撞上这么两个女人！"

我稍停问："那么，你父亲出了什么事？"

娟子怪异地望着我，仿佛在问："你是警察，这事你都不晓得？"片刻她道："我读艺校的第一年，母亲一直没有告诉我，直到寒假。母亲说他早晚要出事，头回拿钱回来我就有预感。父亲是城建部门的领导，像一条肥硕的鱼，身上附着多少细菌呀！尽管此后父亲再也没有拿钱回来，但阔绰的生活方式，怎么瞒得过敏感的母亲。它们把父亲给吞噬了，从肉体到灵魂。也就是那个时候，我晓得了自己的身世，也明白了他们争吵的真正原因了。"

"那么，你母亲的病……"

"母亲的性格，怎么可能有健康的身体！领养我的原因，固然与不宜生育有关，但是母亲一直担心着父亲。父亲被抓，房子被没收，还搜缴了几千万元现金。我们变得一无所有，只得住到外婆家里。母亲的身体一日不如一日，承担不起昂贵的医药费，更无力进行手术治疗。我曾悄悄问过医生，如果出现心脏关闭不全，就十分危险了。"

"药物维持和手术费用一定很大。"我轻声问。

"大到我们无力承担。或许你了解我母亲，她不是没有机会做手术，但是她放弃了。"娟子顿了顿说，"父亲判刑的第三个年头，向母亲提出离婚。那日，母亲坐在床上，望着眼前一个大袋子发愣。我问怎么了。母亲缓缓打开袋子，里边竟然是一捆捆的百元大钞。"

我没吱声，很想晓得母女俩面对这些钱的态度。娟子放慢了叙述的节奏，我耐心地等待着。

"没人晓得钱的来历，否则，父亲的案子结不了，一时也判不了刑。"娟子道，"父亲坦白了办案机关没有掌握的线索，积极退赃，就是为了麻痹办案人员，保住这600万块钱，用于母亲的治疗，安顿我们的生活。"

娟子说着眼里闪着泪花，她的思绪一定回到了当年，这些钱，是母亲活着的希望。

呡了一口酒，娟子用纸巾摁了摁嘴唇和眼睛。接着说："我们需要钱，来支付母亲的医药费和手术费。但是，我了解母亲，正是因为父亲的不义之财，才导致了一系列的家庭悲剧。眼下的钱可能是干净的、安全的，但是母亲绝对不会动用。我心里这么想，嘴上却对母亲说：'父亲当年的想法我们不晓得，这笔钱一定是留给您治病的，他做到了，往下的事就看您自己的了，您需要这笔钱！'母亲望着我平静地说道：'不干净的钱，怎么可能治好你母亲的病！这病，不正是这种钱诱发的吗？人都有一死，就是病死在床榻上，我也不会用这笔钱！'母亲的态度，能截断一根铁钉。我无语，只是流泪。母亲付出太多了，难道就不能用这笔钱来补偿吗！"

我理解娟子，但是，动用这笔钱将会导致的法律后果，她们并不清楚。况且，隐瞒下来的钱，也不一定是干净的呀。

"母亲当着我的面，打电话给办案单位，半个小时后，人家派人来把钱给取走了。"说完，自嘲地一笑。

我松了一口气。她们需要钱，就像饥饿的人需要一块面包；她们也需要道义，与面包相比，道义怕是最高的生存法则了。

"这一年，我们搬进了租赁房，不久外公去世了，母亲办了病退手续。年底，外婆没打一声招呼，住进了敬老院，行前把一张存折交给母亲说："我老了，留着房子没用，你们日子还长，赶紧治病吧！"

娟子说着呜咽起来，我连忙递过纸巾，娟子抹了一把泪继续道："多年的病痛，养成了母亲不屈的个性，面对外婆的微笑，母亲还是哭了。我一直在想，母亲一生的悲剧，与她的初恋到底有没有关系？也许有，也许没有。倘若初恋有了圆满的结果，温暖了她的心，人生也许是另一番风景；而初恋的失落，固化了她内向的性格，一场接一场的悲剧，决定了她一生的失败。你的小说不就是这么写的吗？"

我无言以对，我明白娟子讲到"初恋"的含义，我从没想过初恋和玲玲人生的悲剧有没有关系。我的小说的确有过类似的描写，那是我履职中的经验，也是对生活无数次的总结与提炼。

"难道说，你的小说故事不是来源于生活吗？"娟子追问道。

"是的，来源于生活，但不是照搬生活，而我的创作并没有具象的模子，创作需要提炼。"我认真地说，仿佛要为自己辩解。

"没有人会追究你，我也不会。我只是好奇，我母亲的心思，与你的描写有那么多相似之处。"

"小说像一面镜子，每个人都可能照见自己，这就是小说的魅力——对了，你母亲现在怎么样？"我转移话题问。

"嗯嗯，还行。我毕业前夕，母亲动了手术，术后恢复得不错。这些年她办起了戏剧班，每天跟她一般大小的妇女泡在一块，还算开心。只是……"

"只是什么？"我问。

"白天生活丰富，晚上回家孤单。我的演出任务很重，离家又远，很少见到母亲。我希望她身边有一个照顾她的人……"说完拿眼睛看我。

我点头，微笑着答道："身体好了，精神状态也会改观，这样的变化真是令人高兴。"

"这只是一个方面。"娟子道，"先前，我觉得母亲总把自己锁在一个幽深的山洞里，看不见光明，无法领略外头的美好世界。母亲术后身体有了明显的变化，更大的变化还是心理。她生命的延续是建立在另一具生命消亡的基础上的，这对她的价值观冲击很大。她仿佛走出了山洞，亲历了人世间的美好与善良。这样的经历，颠覆了她固有的价值观。"

"你的分析有一定的道理，我的侦探小说你没白看。"我笑笑道，"这个世上，有很多不尽如人意的地方，真、美、善始终占据主导地位。这就像一棵有着勃勃生机的大树，尽管枝叶繁茂，同样会受到病菌与害虫的侵扰。这个时候，自然界或是人类社会，可能就会衍生出天敌了。"我笑笑说。

"那是，比如警察。说实话，我喜欢警察，如果有机会，我会是个侦破高手。"

我点点头。"只要玲玲好，我就放下心了——对了，你母亲手术，你可在身旁守护？"我不晓得为什么这么问，自己对家庭的亏欠，总不愿意我熟悉的人走我同样的路，那是一生都会后悔的事。

"能不在吗？尽管不是亲生的，我也不是那种没心没肺的人呀！我永远不会忘记那个日子，那是我一生中最漫长的一天。"娟子诉说起玲玲手术的过程，讲到了那天正是她十八岁的生日。我望着娟子，一声不吭。这时，手机响了，是同事的电话，他肯定喝了不少酒，电话里一直和我打趣。看看时间不早了，便与娟子告别。分手前娟子望着我道："母亲尽管快乐，却像一只孤单的鸳鸯，她需要另一只……"说完转身走了。

# 六

这个晚上，我几乎没有入睡。一则同事酒后鼾声如雷，令我无处躲藏；二则娟子的话，让我生出许多联想。女儿临终，我和魏人等两名侦查员正在新疆乌恰，从吐尔尕特口岸往返吉尔吉斯斯坦之间，那里手机信号一直不好。六天后，我们押送两名犯罪嫌疑人返回阿图什市，车站派出所已经买好次日返程的车票。阿图什市是无花果之乡，晚八点，太阳依旧挂在天边，走进市场，想着给女儿月月带些果脯，那是她喜欢的零食。次日清晨，当我们押上犯罪嫌疑人走进阿图什火车站时，却被市公安局政治处民警拦住去路。他要求我只身乘喀什的飞机。我们同行四人，押解两名潜逃多年的杀人犯，正是因为不能登机才坐的火车。我问为什么？他说不晓得，是你们局里的命令。开玩笑吗，三人押解两人，几天几夜车程我怎么放心得下。魏人见我不从，一边劝道："既然局里通过当地公安机关联系你，说明这些天我们的电话一直没打通，要不你听他们的。"我说："可能吗！"末了当即联系局里，好不容易打通了，局长说："我们想让你早点回来，一直联系不上你。"我问为什么？局长半天没说话，最后道："你家里的事。"我联系妻子，电话关机，我有一种不祥的预感，觉得浑身不自在。后来我想，女儿临终我没能见上一面，捐献器官妻子连个商量的人都没有。正如妻子说的："生也不在，死也不在，你不是女儿的父亲。"我真的很不配！

妻子的决定，一定是伤心到家了。她要让我内疚一辈子。向梅作为局里委托的随同医生，报告给局里了，局里再三劝阻，叶萍还是绝情地把女儿给火化了。我曾想，只要能挽回这一切，我宁愿承受所有的压力。三年后，妻子寄来了离婚通知书，此外没有任何解释。

躺在床上，回忆起警察生涯，总觉得自己一直在努力，侦破大案，还社会公道，我问心无愧；但作为父亲和丈夫，亏欠得太多了。女儿出生不在，死去也不在，这些像一根长长的钢针，永远扎在我的心里。忠孝不能两全呀！这样的体会深入警察的骨子里。但是我一直没想到，我曾经伤害过另外一个女人。我很难判断，玲玲的不幸，是不是因我而起，也就是说，藤上的苦瓜与破土而出的嫩芽，之间有没有必然的联系。从娟子谈及的证据，似乎十分肯定，尤其是我给她的信件与她给我的信件放置在一起。娟子像一名善于观察地形的狙击手，一下子击中了要害。那么娟子这么做目的是什么，是向我证实，还是要我补偿？一切从头再来，还有这个可能吗？

其实，部队的环境恶劣且十分危险，连里有一名战士因高原肺水肿而牺牲；而我，头两年时常呼吸困难，持续干咳，浑身乏力，有一种生不如死的感觉。小规模的武装冲突，随时可能发生。昆仑山与喀喇昆仑山山脉相连处，有一块海拔四千米高的达坂，那里，伸手可以触摸天空，它的东南面，白云朵朵，山坡寂静荒凉，有一座国内海拔最高的烈士陵园，我的战友就埋在那里。这一切我预先晓得，因此，给玲玲的信算是一种诀别。

在我看来，玲玲的长相已经镌刻在我的心里，像玻璃球里的肖像不再变化，尤其是眼睛，聪慧明亮，有点像女儿娟子。不同的是，一个性情奔放，所有光彩都堆放在脸上；一个含蓄内敛，像给明媚的春天拉上了一道帷幕。

东方鹅白，街面时而有汽车驶过，我蒙眬睡去，脑际的深处有一双眼睛，遥远而又明亮，仿佛在几万光年的太空闪烁着。一觉醒来，怎么也想不起刚才的梦。

追赃十分顺利，大部分损失已经挽回。回到局里，我一直想着娟子的话。次日，专门去医院见了向梅，问起了她陪同女儿去省城的过程。她惊讶地望着我道："你问过几次了，这么多年后，心里还是没有放下是吗？"

我摇摇头答："不是，至少不是你想象的那样。"

她道："那是怎么样的？抢救的整个过程都告诉过你了，没告诉过你器官捐献人、接受人移植手术的个人资料，都是保密的，前前后后必须执行'双盲原则'，这是法律的规定，也是世界通行的做法。你看吧，戴安娜遇车祸身亡后，捐献多个器官组织，挽救了多名患者的生命，但是，受捐者信息至今无人知晓，这说明了什么？"

"我明白，我明白你说的！那是担心后遗症。我了解这个，因此，不会出现你担心的事情，也不会产生任何道义和法律上的后果。"

"你是执法的，又是领导，既然法律有禁止，我们怎么能够违背？"

"好把，我只要一个名字，之后，再也不会提起此事，也不会采取任何行动，这样的保证，你总可以放心了吧？"

她摇摇头转身离去。我一把拉住她道："我与魏人相处多年，你应当了解我的为人，我理解你的原则，你们一直劝我找一个老伴，我觉得对不起妻子，也对不起月月，觉得只要还在大案队干着，就没有资格享受家庭的温暖。现在，我也许有了另外的想法，所以，请求你告诉我一个名字。"

她凝视我半天，然后叹气道："我问问魏人再说吧。"

我没有责怪向梅，尽管相处多年，涉及法律问题，都有各自的职业道德，换位思考，难道自己不是在原则上铁板一块吗？

夜深了，星星比月亮起得更早，小城的霓虹灯闪烁不停，五颜六色像是与天空的群星上下对话，闲适的夜景温暖了整个天际的梦。回想自己的一生，时常令我精神迷惘，包括玲玲和牺牲在边陲的战友，很多经历变得异常遥远，我不晓得自己所处的空间，就像太阳系的昨天与今天，是否同处一个空间一样。我时常觉得，一幕幕生活像小说中的故事，而玲玲只是故事中的一个角色。这些故事的情节，有多少是真实的？时空从来没有给过我答案。这个想法像梦境，又像现实，我甚至不愿去分解，只要存在，无关乎真假。正想入睡，魏人来电话了，那头只有轻微的呼吸，半晌道："马队，相信你有充分的理由。如果透露一点，向梅会更加放心。"

我坚决道："魏人，告诉你真实的情况，本身就是一种扩散，就不值得你信任了！"

对方没有说话，像在琢磨我话语的分量。一会道："如果你改变了生活的态度，这是好事，我与向梅会大力支持；如果这个名字与你的改变有关，我也明白了八九分。总之，我相信你，不会有更多的麻烦！"

"这话，才有几分兄弟之情！"

"马队，向梅的性格你了解，我再与她说说。"说完挂了电话。

一连几天，向梅都没有消息。我晓得，不是因为她繁忙或是把这事搁置一边，向梅内心有斗争，有挣扎。器官捐献中的"双盲原则"，隔绝彼此的纷扰，即使是自愿的高尚行为，也可能存在想象不到的纠缠。因而，"双盲"像一把锋利的刀，了结了多方的后患。

终于，向梅打来了电话，她只是说了一个名字便挂了。我呆呆地坐在办公桌旁，思绪像章鱼的触须一样飞舞着。我极力想遏制思绪无序的漫延，但是，几乎没有任何作用。都说，一阴一阳能解释人类社会和自然界所有的现象，一个人因为另一个人的悲剧，却获得想象不到的补偿。这样的因果，比我创作的所有小说都更加不可思议。我感觉在流泪，连忙去水池边洗了一把脸。微信响起，是娟子发来的，内容很长：

> 我告诉了母亲，包括这些年读你的书与深入了解你的生活和工作状况；我背诵了母亲给你信中的片段，欲唤起母亲当年的回忆和为之失去的一切。我讲到了教学片《简·爱》的故事，告诉她我们分别时对你说的话……母亲说：这是命，命该如此，人不可违。母亲痛苦了这些年，像是放下了，但她反反复复地追问细节，尤其是你在西边服役的情况，她的担忧在无意间流露。其实母亲没有忘记，那种刻骨的思念，就像她更换的心脏，永远伴随着母亲老去。雨生百谷，播种移苗，是春的最后一个节气，之后万物生长。哪天，我将带着母亲与你见面。

寒冬封闭了万物，活跃细胞被迫沉睡，气节的更替早早编排好了气候。如果说，春分季节蝴蝶纷飞，谷雨便是山花烂漫了。日有所思，夜有所梦，从入睡到清晨，做着同样一个梦，有一种双重困扰：艺校、剧团、部队至警察职业的归宿，本以为内心像一块晒干的肉皮，怎样浸泡都无法变软了，不想，生活中还有新的期待走近。

那日，万里晴空，尽管晓得玲玲母女抵达的班次，却只是告诉了她们下榻的宾馆。我不太明确为什么这样做，只想让期待在心里待得更久一些。

还是与娟子吃夜宵的那个包厢。太阳已经落山，窗外的四季竹碧绿青翠，清幽秀丽，跳动的琴弦，像小溪流水，在石缝中穿行，溅起浪花，幻化成弹性的乐曲。过了半个小时，玲玲只身出现在门口，我不相信自己的眼睛，只顾望着玲玲的身后。半日，娟子荡出欢快的笑声。一进门便道："妈妈漂亮吗？我就是想让你看看，这么漂亮的女人，怎么会让她干等在文波亭。因此，必须让你等待！"说着拥着母亲坐下。

我一时无语。娟子的诉说，在我心里留下一个病歪的身子和凄苦的面容，与我内心封存的影子十分相似，尤其因为我的失约，留给我那张怨恨的脸，一直缠绕着我的神经。而眼下，玲玲与娟子先前推给我的形象判若两人，五十出头的人啦，看上去才四十刚过，齐耳的短发，淡蓝色的西服，身材苗条匀称，眼角没有一丝鱼尾纹，雍容娴雅，天生丽质。这让我想起洗衣房最后的见面。我奇怪地望着娟子，怀疑她整个叙述就是一个骗局。

娟子仿佛洞悉我心思道："我也没想到，术后母亲变化如此之大！母亲说，她身体里跳动着一颗年轻的心。"

我转向玲玲，她微笑地望着我。我问道："这是真的吗？"

玲玲答："这是最深切的感受，总觉得自己回到了从前，越活越年轻！"

我点点头，内心有一种莫名的喜悦。我一直以为，玲玲会回忆过去：洗衣房里的信，为什么失约，为什么参军后一直没给她写信……但是玲玲没问，像是岁月早已将往事遗忘一样。她问："一直一个人过着？"我答："是的，再干几年换个岗位，日子会有条理一些。"

玲玲点点头道："岁月如梭，人的一生多不容易呀！"

"每个人都很艰难！"

娟子噘起嘴插话道："我妈受的苦更多，有一半是外界造成的。"

我明白娟子所指，正想说话，玲玲微笑道："只要挨得起，挺得住，就会有好的一天，这是天意！"

娟子插嘴道："妈，您挨着，别人未必，您半辈子吃的苦，说忘记就忘记了，那样，就更别指望人家记着啦！"

"所有的事都要看结局。马颢吃的苦比我更多，心灵的创伤更深。但是我们都过来了，能挺过来，本身就很不容易。"

娟子并没有理会，照着先前的话题继续道："你们俩呀，就像两只单飞的鸳鸯，转了半辈子飞到一块，反倒成了陌路人啦。那些孤寂之夜，那些不曾寄出的信，曲绕肠回，情意缠绵，每一个字都拴着心尖。现在好了，只字不提了，仿佛进了太平洋，小河旮旯里的事都丢开了。玲玲妈呀，您一直信奉人随天意，都说天命难违，怎么见得，二十多年之后的会面，不是老天排定的呢，不是老天在行人意呢！"

"马颢，你看我这闺女，伶牙俐齿的，没一点宽容之心。为了这次见面，横跨东西，借景抒情，不晓得磨破几层嘴皮子。其实呀，环境真能改变人的，尤其我们这些人，太微不足道了。大材为国家做事，小材为社会做事。我们既不能为国做事，也不能为社会做事，只能为自家做事，甚至连自家的事都做不好，添累了社会。马颢不同，是做大事的人，环境有差异，境界也就不同了，影响着处事的方式和行为的结果。我们想象的合理性，在别人那儿可能并不存在。因而，彼此宽仁显得格外重要。比如你妈，没有别人宽仁的捐献，哪有你妈的今天呢？"

玲玲平静的叙述，熨帖了我内心的皱褶。她的话有暗示，更多的却是理解。她早已从阴影中走出来啦，化蛹为蝶，在多彩的花丛中翻飞了。

"妈呀，您多漂亮呀！"娟子夸张地站起比画着说，"您的身材匀称挺拔，就像少妇；您的肤色洁净白皙，犹如凝脂；您的眼睛像夜空的月亮；您莹润的头发，散发着幽香……尤其术后，您一年比一年更年轻，一年比一年更加多姿多彩，人家追您、捧您、劝您，都让您给回绝了，难道您心里还装着另一个心仪的男人吗？"

玲玲指着娟子道："没大没小，你在推销你妈呐，妈心里明白着呢！"

我接话道："看到你们母女俩，看到你现在健康的模样，真是让我感到欣慰！"

玲玲点点头，指着心脏道："这都得感谢她！"

"你试图找过这个她吗?"

玲玲摇摇头答:"曾想过,但是医生的态度让我放弃了。法律有规定,自然有它的道理。反过来说,找到了,又能给别人什么帮助呐?不如,让她好好地藏在里边,用我的温度呵护她,默默听她有节奏地跳动,私下里与她交谈,亲切而又温暖。我每一天呀,在为自己活着,同时也是为她活着,仿佛我的身上有两条性命。这么想着,就有了一种责任,让她的生命在我的体内延续,这种延续又维持着我的躯体,做到这一点,不就是对自己最大的热爱,对她和她的亲人最崇高的敬重与最真切的安抚吗!"

我眼睛一热,动情地看着玲玲。她陶醉在幻觉中,享受着幸福,又像慈母一样,呵护那颗心脏。这样的场景,可以打动任何人。玲玲变得更漂亮,更加楚楚动人了,她的变化与她的善良和慈祥分不开,她感染了所有的男人,也温暖了我的心。

这一夜,我们谈得很晚,我们跨越了时空留下的芥蒂,让一个悲剧的故事,有了一个完美的结局,我感到了人世间的美好。

撤出包厢,灯光不明不暗,四季竹旁,玲玲凝视了很久,然后释然一笑。我握着玲玲的手,手很软,也很温暖。玲玲微笑地望着我,我们的眼神在流动,内心的平静,凝聚成一种永恒的谅解。我们一定是失态了,娟子一旁笑道:"妈呀,您刻意打扮了半天,当您要抖包袱呢,可每一句话都不在点子上。现在,望着这片竹子又生情了?我都有些凉了,让我干站着等呀!"听了这话,我与玲玲同时笑了。

这个晚上,娟子发了一段微信,陈述直白。我也不再寻找理由,一切都是多余的。我说:"不可能了,我们只能是同学、校友,甚至亲人!"回完,关了手机。

我没办法告诉娟子:"你母亲玲玲的胸膛里,跳动着我女儿月月的心脏。"

# 花落时节

## 一

韦之臣上报的当天，市公安局刑侦支队的方正东大队长失眠了。

这则消息刊登在市报头版头条，主题是秦市长到市十强之首的"横鑫跨国贸易有限公司"视察，报首是秦市长和总经理韦之臣握手的图片。

全市干部队伍里都知道，市长很少有大幅照片上头版，据说市委书记忌讳这个；与外来企业老板合影，更是凤毛麟角的事。秦升市长允许市报在头版刊登他和公司经理的合影照片，可见"横鑫"在秦市长心中的地位。不过方大队长还听说另一个版本：上头对书记的考察没通过，离换届没几天了，55岁的书记上不去，就要进人大、政协。总之秦市长的机会来了，他像只蜗牛，从坚硬的壳里伸出两只触角，这头版的大幅照片也算是一个暗示。

不管哪种说法是正版，方正东大队长都没太在意，他只是对韦之臣与市长合影感到惊讶！

再次与韦之臣打交道是三个月前。那日，他办公室踏了贼，小偷没想到安装的红外线报警装置联动了电视监控，被值班经警逮了个正着。案件的手段和跨区域盗窃有串并可能，案件交到了支队。方大队长复看现场时，发现门上的撬痕已被复原。方大队长问为什么不保护现场。韦之臣笑着说，从早上到现在，他接待了4班客商，有两批是国外的，为了个蟊贼，让企业形象裂个口子吗？方大队长无话可说。那时方大队长没意识过来，只觉着"韦"姓皇城市特少，这里碰上一个，却是全市数得着的大款。

韦之臣看去三十挂零，高个儿，相貌英俊，装束整洁，脸上的胡子刮得干干净净。他戴着一副眼镜，谈吐举止洒脱，又有几分儒雅的气质，是个有吸引力的男人。韦之臣没让方大队长坐，他觉得没待下来的理由，顺口问道："韦总是本市人吗？"

"不，我是你们秦市长招来的外商。"

"这更是我们的保护对象了。"方大队长干巴巴道，觉得与韦之臣很难融洽，不太上路。

韦之臣咧咧嘴没回答。方大队长觉得没趣，悻悻告辞了。

回来路上，方大队长脑海里翻着"韦"姓，慢慢觉着韦之臣脸熟起来，屈指一算，年龄也相符，心里一阵不平静。

这个夜晚方大队长睡不着，就悄悄起身翻开那张报纸。妻子问："半夜三更看什么报纸，是不是股票涨了？"方大队长懒得和她说话，妻子嘟囔一声，转身睡着了。方大队长妻子5年前失业在家，两人一商量，干脆把家从仲里县搬到皇城市，女儿也随之到皇城市就读。妻子初来乍到，人生地不熟，日子过得没滋没味，就上股市里瞎逛，不几日，饭前觉后在方大队长耳边放风说："谁谁一年炒股挣了几十万。"方大队长爱理不理道："那是你挣的钱？"妻子好像变得特别有耐心，说不少下岗职工都做股票，多少人是懂的，人家说了，只要别太贪心，企业里打工那点钱赚得回来，这也是再就业的途径呀。方大队长干警察24年，所有的积蓄不足5万块钱，市里的房价高，一时买不起，那点钱正闲着，妻子打的正是这个主意。最后股票是做了，开始几个月真赚了一点，于是盲目追高，一下给套牢了，几万块只剩下了一半。

方大队长再展开日报，就着灯光看"横鑫"那篇短文，也没几个字，其实最醒目也是最具实质性的还是那张照片，那里把什么都给说明了。

改革开放前，人流不通，整个皇城市几乎没有"韦"姓者，只是仲里县有个韦氏祠堂。这个家族在仲里并不兴旺，方大队长当过户籍民警，才了解这些不为人知的小事。据说，韦氏家族是从扶风迁徙过来的，到了第43代，也没出过一个两千石的官，家族有种奄奄一息的感觉。接下来一代，韦氏出了兄弟俩，伯字韦建新，仲字韦建跃，弟兄俩从小先后失去父母，可谓是生死相依。后来韦建新被送去读工农兵大学，让韦氏家族看到了希望。在那片古老的宅地里，悄悄修复起败落的家祠。韦建新大学毕业，正遇上文凭风，于是青云直上，从副局长到县委副书记仅用了三年时间，让韦氏祠堂祖辈们好一阵扬眉吐气。于是重订家谱，在泱泱几十代人里寻找印绶。有句话叫作"人怕出名，猪怕壮"，韦建新平步青云，自然威胁到另外一些人。时值换届，为了争夺县长这个位子，韦、秦两个副书记闹到白热化的程度，一个年青有文凭，一个有工作经验且资历深厚，你来我往不相上下。不久，省、市两级组织部门收到了仲里县数十名平头百姓的控告，述说韦建新的十条罪状，其中最为有力也是最客观的一条就是培植家族势力，大搞封建迷信活动。那时韦氏家族还沉溺在出现头一个县令的喜悦里，祠堂里的香火旺旺的。等上头组织部和市纪委把什么都看了，才知道让人钻了空子。当然就这点事不能毁掉韦建新的荣升机会，他毕竟年轻、有文凭，是组织部跟踪培养的人才。只要韦氏家族里的人忍忍小，就出不了后面的大乱子。但事与愿违。县长的位子正云里雾里时，仲里县发生了一件惊天动地的大事：秦副书记的妻子和十二岁的女儿突然失踪。方大队长当时在仲里县担任刑侦大队长，县里出动了 118 名警察和 245 名乡镇干部，进行全方位布控和搜查。24 个小时内，公安部、省、市领导连下三道命令，内容几乎出奇一致：迅速破案，保护人质。局长和方大队长成了被关注的人物。当时侦破小组曾怀疑母女俩失踪和县长这个位子有关，并且将其作为一个工作方向；发展到后来，公安机关就把主攻方向对准了韦氏家族。在妻子女儿失踪的第 3 天，秦副书记收到了两封信：一封是女儿琳玲写的，仅有 8 个字："我要爸爸，不要县长！"另一封是妻子写的，说母女俩处境很好，让他不要担心。但是如果还想当这个县长，母女俩都没命了。最后信中说："我们还有什么？孩子还小，请看在孩子的份上别争那个县长了！"秦副书记把信交到了公安局，竞争对手只有韦副书记，韦建新很快被控制起来。到了第七天，在仲里县的一条公路上发现了重伤的琳玲；次日在一个山洞里找到了妻子的尸体。

韦建新挺了 60 天，交代了策划此案的过程和目的，第 63 天，在看守所里自杀。

那时候，韦建新的弟弟韦建跃 22 岁，正在大学念书。

有人说韦建新死后弟弟没来，有的说来了，在哥哥灵堂前哭了一天一夜，说了许多话，从此，再也没在仲里露过面。

方大队长见过韦建跃，是在领取韦建新扣押的遗物时。他和哥哥长得不像。整个交接过程他们没说一句话。韦建跃始终是板着一副面孔，冷漠，没有表情，完全是一种敌视的态度。他哥哥的死和公安没关系，都到了检察阶段了；与方大队长更挨不上边，但人毕竟死在看守所里，方大队长又是案件主办人。那以后就像大家传说的，方大队长再没见过韦建跃。方大队长把报纸扔到一边，觉得心里有些乱，还有一种莫名其妙的兴奋，细想想又理不出个头绪，只得悻悻地回到床上。

事情总还没完。最后他想。

## 二

琳玲还坐在那扇大窗前，神情若有所思，最近她总是这样，从满足到空洞，心绪就像大海中一叶起落不定的小船。韦之臣有三天没来了，这三天她是茶饭不思。阿姨用忧郁的目光望着她，倍加小心地劝着，但琳玲像是没听见似的。这几个月来，阿姨也摸出个脾气来了，只要是韦先生一到，就是给琳玲补充营养的时候。秦市长老是问阿姨琳玲的身体和情绪，不论再晚，阿姨都要等着，她知道，不回答秦市长的问题，她无论如何也睡不下。下午一点钟了，琳玲还坐在窗前直勾勾地望着下头的通道。

阿姨悄悄走到琳玲后面，抚着她的头轻声道："玲玲，听话，还是吃点吧，不然爸爸又要责怪你了。"

琳玲一动不动说："他还疼我吗！"

阿姨一脸痛苦说："玲玲，你爸是身不由己，你是他心头上的肉，你爸爸一回来就念着，能不疼你吗？"

琳玲没再回答阿姨的话，她无奈地叹了一口气自己走开了。

琳玲呆望了一会儿，从座椅下掏出一个精致的本子，这个本子是韦之臣送给她的，是她珍爱的纪念品。她在本子的第一页这样写道：我想进入他描绘的精神世界，那是什么？高于现实，摆脱繁杂琐碎，凝聚着一种活力、创造力和生活乐趣的世界。在这个世界里，情感如同小鸟，在天性筑起绚丽多彩的精神画卷里飞翔。

这个精神世界是韦之臣为她打开的，韦之臣时而又将它关上，每每让她心碎。

和韦之臣认识是在三个月前为残疾人募捐的晚会上，应邀参加晚会的有企业家、书画家、社会名流和市属机关里的领导。晚会的压台戏是琳玲写的，剧情述说一名身残志不残的女青年，经过自身努力，克服难以想象的困难，攻读天文知识，通宵观察行星，最后终于成为一名天文学理论家的故事。这个故事是琳玲从日记里选摘创作的，心理独白用诗一样的语言写成，凄惋悲恸，柔肠寸断，令在场的人无不潸然泪下。戏的主角是琳玲扮演的。演出获得了巨大的成功。据说因为这个节目感人至深，当晚捐款数字比原先计划的多出 40%。那天捐款完毕，琳玲坐在椅子上卸妆，一个年轻人洒脱走进后台，特地为她送了一束鲜花，然后弯下身子对她说：

"本子相当不错，人物性格鲜明，思维独到，表现方式把握得很有分寸，你是个很有文学天赋的姑娘。"

琳玲当时非常奇怪，这位先生并没有夸奖她演得到位，却极力赞赏她写的剧本。她问："先生怎么知道是我写的本子？"

对方没有回答，而是递过一张名片："横鑫跨国贸易有限公司"韦之臣总经理。她以前没听说过这个公司和这个人，只得道："谢谢您的夸奖。"

接着韦之臣从西装口袋里掏出一张现金支票，琳玲一看是 80 万元人民币。她惊诧而又不解地望着韦之臣，只见他笑笑说："就为你写的诗一样的本子。"说完，转身走了。

后来琳玲才知道：晚会的捐款是原先安排好的，只是想通过这么一种形式倡导助人为乐的精神，带动社会为残疾人献爱心。因此晚会调动了市里最强的宣传阵容，同时也是为那些捐赠的企业家做广告。不过按照报名和捐款的数量，没有超过 10 万元的。"横鑫"的韦之臣不在应邀之列，他没有在电视镜头下掏钱，而是到了后台。助残晚会一共收到捐赠 176 万元人民币，韦之臣就拿出了 80 万元。

那天琳玲一直望着天花板不能入睡，爸爸很晚才回来，他以为琳玲早睡着了，轻手轻脚推开门，琳玲一叫"爸"，吓了他一跳。

"怎么还没睡？"爸爸快步到她面前，关切地问道。

"爸，'横鑫跨国贸易有限公司'的韦之臣是谁？"琳玲说着递过名片。

爸爸接过名片说："这是去年从香港招商引资进来的，主要经营房地产，生意做得不算太大。怎么，你们认识？"

"不，但今天他捐了 80 万元。"

"哦，社会上还是不乏充满爱心的人。"爸爸抚着她的头道。

"仅仅为了爱心？"

"因为知道你是市长的女儿？"

琳玲摇摇头，她能感觉到爸爸说得不对。

"玲玲，早点睡吧，你想知道韦之臣的情况，过两天我让人给你找来。"

琳玲点了点头。

晚上琳玲做了一个梦，梦见韦之臣拿着一大张支票，迎着琳玲道："这是我献上的爱心，我献上的爱心呀！"琳玲纵身跃起，展臂飞向韦之臣，却扑了个空，重重地摔在地上。琳玲猛然惊醒了，竟泪流满面。这晚，她一直哭到天亮。

琳玲想象不出怎样才能见到韦之臣，他的笑容和举止铭刻在她的心里了，尤其他转身离去的一刹那，那飘起的领带，留给她的感觉像一道永远拂之不去的彩虹。

这是她一生中第一次产生的朦胧感情，她无法辨别是一种什么样的情绪，宁静里有一丝牵挂，一丝希冀；茫然中心底下正萌生一种缠绵，像轻风在体内游动，带着一丝苦涩，轻巧地啮噬着她的心尖。那时而传来的疼痛，又像春天的甘露，唤醒埋在泥土中的种子，渐渐地生根发芽。

　　她想起自己读过的许许多多的书，还有那许许多多曾被她肯定的精彩之笔，都无法描述心底的情绪。于是，她开始记笔记，在挂历上画圈。一天两天，一个星期两个星期，她仿佛过了几十年。晚上家里时常会有客人，他们都会给她带来些礼物，爸爸就会喊她的名字，阿姨会推着她出来，对客人说声"谢谢"。她从小就这样过来的。从那以后她不再理会这些了，她独自把自己关在房间里，坐在轮椅上望着窗外的灯光沉思。

　　她希望有一个电话，窗下出现一个熟悉的身影。这个念头一出现在她的脑子里，再也无法驱除，她每天都长坐在窗前，在绿色的树荫里寻觅，不时回头望一眼那部红色的电话机。这种等待逐渐变得执着、坚韧。

　　那天早上醒来，她就感到一天的日子将是无聊的。她躺在床上，从柜子里拿出初中同学的照片。班里 54 个同学有 48 个考上了大学。在班里她的成绩也算好的，但因为她是残疾人，不能上大学。一张名片飘落在床上，拾起来一看，一行醒目的字落进她的眼里："横鑫跨国贸易有限公司"韦之臣总经理。天哪，怎么把这个给忘了！巨大的冲击让她变得十分僵硬，她头脑无法思维，呆了半日，脑际才像初春的冰封开始融化，一个想法无遮无拦地冒了出来：我要给他打电话！可当她照着名片拨通电话时，理性突然觉醒，她一把按下了电话，像泄了气的皮球，歪在床上。

　　我凭什么？我凭什么！

　　她的心碎了。

　　他们只是一面之交，他还不知道她的姓名，更不知道她的住址和电话，怎么可能和她联系？想到这里她释然了许多，像是解除了一个误解，是啊，他怎么可能来电话呢？

　　于是她觉得轻松了许多，因为她从心里原谅了他，他的名片又给了她一个可以自己掌握的机会。她慢慢地穿着衣服，带着半个月来从未有过的心情哼起了歌。这时电话铃响了，她扭过身子拿起了话筒，里面传出一个陌生的声音，声音低沉，很有磁性。

　　"早上好！"

　　"早上好！"她机械重复。

"我没打扰您吧？"声音还是那么平静。

"不，不——可是对不起，我没听出您是谁？"

"看，应该我说对不起。如果您没忘记的话，我叫韦之臣。"

一股气哽在琳玲嗓子眼里，让她说不出话来。

"您是韦经理！"

"我一定是唐突了，应当向您道歉。"

"不，不，只是我没想到，可是您怎么知道我电话号码的？"

"这个世界太小，不是吗？"韦之臣没正面回答。

琳玲不再问，否则就没礼貌了。她不知道韦之臣突然打电话的目的，她小心翼翼地呵护着心中的希望，生怕对方一放下电话就会击破她的梦幻。于是出现了片刻沉默。

还是韦之臣先开口了。

"我不知道有没有这个荣幸请您吃饭？"

"不。不是的，我的意思是我不能去。"琳玲把意思表述得一塌糊涂。

"您有不便？"

"是的。不，我担心爸爸不会同意。"

"因为我是男人？"

"不是。"

"我不太懂了。"

"我必须有阿姨陪着，不然爸爸不放心。"

"您爸给您派了个看着您的人？不要紧，您可以请阿姨一块儿去。"

琳玲不吱声了。她不敢拒绝，生怕永远见不到他；她又非常害怕，因为舞台上给他展现的是一个艺术形象，而现在是面对着一个人，一个无法站立的实实在在的残疾人！

"我不知能不能做到。"琳玲说着，多想这是个现实。

"好，今天晚上6点，锦华大酒家。您告诉我地址，我去接您。"

"不，我自己去。"

这一天，琳玲的情绪从没那么好过，完全不是早上起床时那样的感觉。阿姨见了比她还开心。阿姨50多岁，是秦市长下放的那个村子里的人，丈夫在10年前自杀，她在这个家里待了9年。秦市长对她不即不离，琳玲和她却合得来。她把这个家当成自己的家，把琳玲当成自己的女儿。半个多月来阿姨像她一样患着一块心病，那就是琳玲愁眉不展，茶饭不思。现在好了，就像阴霾的天空放晴，让人心胸豁然开朗，阿姨如同围着花朵的蜜蜂，说着细密的话。但是琳玲突然的一句话，惊得阿姨目瞪口呆。

"晚上我要自己出去吃饭，你不要告诉爸爸。"

阿姨愣了半天才结巴道："这怎么行？"

"我说行就行。"琳玲严肃道。

"是到同学家里？"阿姨怯怯问。

"不，朋友。"

阿姨不再说话，她是万万不敢放琳玲只身出去吃饭的。以前琳玲到同学家里，都是由她陪着。这是秦市长的规定。她有天大的胆也不敢背着秦市长让琳玲出去。但是琳玲在家是说一不二的，爸爸对她没有任何办法。琳玲妈妈死的时候，她已经是个懂事的孩子，阿姨最怕想那件事，在琳玲眼里，爸爸就是一个罪人。

阿姨还是把这个消息告诉了秦市长。最后双方作了妥协：让司机开车送琳玲到酒店门口，然后在车上等着她。

琳玲早到了半个钟头，她是不想让韦之臣看到司机推她走进大厅。

服务小姐把琳玲的外套罩上帷子，挂在椅子背后，琳玲翻开一本书。其实她什么也看不进，她只做出看书的模样，所有神情都注意着大门那边的动静。

韦之臣比原定时间早到了十分钟，琳玲在十米外就感觉到了。喘息间她就看到了那双乳白色的皮鞋，接着一个很有磁性的声音道："对不起，我来晚了。"

琳玲脸一红，说："不。"韦之臣没在意地欠欠身子，坐到对面。

"你带着一本书？"

琳玲的脸更红了，吃饭带着书不是明里的做秀吗？幸好韦之臣没在意，而是让服务小姐上菜。完了韦之臣伸手对琳玲道："可以吗？"

琳玲递过书，韦之臣看了一眼说："《苏菲的世界》，是本好书，把所有的哲学思想都装进童话故事里的小说。"

琳玲眼睛一亮道："韦经理爱好文学，上次您对本子的评论我已感觉到了。"

韦之臣摇摇头，"读大学的时候，看了不少书，在校刊上发表过小说，毕业前还出过集子。都是学校里的底子，现在只是看别人的书了。"

"真的！"琳玲叫了起来。

"我还敢对'作家'说谎？"

"什么'作家'呀！"

"能写出那样的本子，许多作家还不如你呢。"韦之臣坦承道。

琳玲又是一阵脸红。这时小姐上了菜，大多是海鲜。

"不知道琳玲小姐喜欢不？"

琳玲点点头，心想这正是我喜欢的。

"我们还是接着谈你写的本子，"韦之臣边吃边说，"这个本子经过修改，完全可以发表。"

"现在谁还要这样的作品？"

"真正的艺术，塑造有血有肉的艺术形象的作品，还是有市场的。"

"其实这不是本子，而是我的一篇日记。"琳玲带着几分羞赧道。

"真的！完全可以写成小说。到时候我还可以一饱眼福。"

"我正有这个想法，可还没开始创作呢。"

"正好，说不定我还能提点建议。"

琳玲开心地笑了。不知道为什么她会无条件信任眼前这个人，他们只见过一面，说过几句话；而现在，他们几乎像老朋友一样了。她说不清是什么驱使着她，让她勇敢面对一个几乎完全陌生的男子。她知道他是个不大的公司的经理，看上去三十出头，现在还知道他爱文学，读过不少书，除此之外生活中的许许多多，她都不清楚。但是这并不会妨碍他们的交往，因为他们的志趣相同，这是最重要的。

琳玲这么想着，听到了悠扬的音乐。

"很美，是吗？"

琳玲不太懂音乐，只是有一种感受。

"莫纽什科的作品，乐队序曲《冬天里的童话》，"他说，"音乐是个好东西，能帮人消除疲劳，让心灵变得很纯净。"

琳玲深情地望着他点点头。

这时大厅里的灯光暗了下来，几对男女走下舞池，轻快地舞了起来。琳玲偷偷地看了一眼韦之臣，见他不时地把目光投向舞池，神情随着舞曲游动。这个微小的动作深深地刺痛了她，这是她残疾以后最向往的。从小学三年级起，她就是班里的文艺委员。那时她像一只小天鹅，唱歌跳舞，演出比赛少不了她的奖，她成了所在学校的骄傲。可是那场灾难以后，她永远失去了童年的生活乐趣，自由像是断了线的风筝远离了她。她的一生将永久地被锁在轮椅上。她又望望韦之臣，见他神情仍旧飞扬，心里一片灰暗。要是能跳舞那该多好呀，那样我就可以微笑地等着他的邀请，然后翩翩起舞。一曲终了，琳玲轻轻吁了口气。她看着韦之臣，用目光请求他说话，免得再沉入旋转的乐曲中。

舞曲再度响起，下舞池的比原先多了些，琳玲此时心里乱跳起来，她担心韦之臣离开她与别人跳舞，希望他开口。没想到他却望着舞池站了起来，琳玲的心提到了嗓子眼，她想只要他一下舞池，她就离开这个令她难以忍受的地方！但是韦之臣没有径自走下，而是绕着桌子走了过来。他站在离她一步之遥的地方，微笑地望着她，左手放在背后，伸出右手，非常绅士地说了声："小姐，请。"

琳玲大吃一惊，像是无缘无故地被人抽了一记耳光，张大嘴巴什么也说不出来。当她明白无误地知道他的意图时，一股血涌上脑子，眼前竟一片黢黑，整个大厅顿时旋转起来。很长一段时间，她什么也看不见、听不见，满脑子只有软绵绵的感觉，她的思维无法穿透柔软的屏障，浑身随之无力地下坠。她仿佛跌进一个梦的世界，有一条无尽头的甬道在面前延伸，她在黑暗中摸索着行走，四面布满陷阱，许许多多破碎的画面在穿梭飞舞，怎么也拼凑不起来。慢慢地她听到了一个声音，这个声音由远而近呼唤着她的姓名。她的意识在一点点恢复，手臂也随之有了力气，她看到了那张脸，那张脸凑得很近，一副认真着急的模样，她闻到了一股香水味，她像是醒过来一睁开眼睛就看见使她昏厥的魔鬼一样，大叫一声，用尽全力推开那张脸："滚开！"由于用力过猛，轮椅往后仰了一下，她看到了周围伸过许多张惊诧的面孔，还有一对对恐怖的目光。她全然不顾，奋力扳过轮椅，朝门口摇去。

司机不知什么时候跑了进来，他狠狠地瞪了韦之臣一眼，推着轮椅走了。

琳玲回到家里，阿姨看出了什么，惊慌失措地围着她转，反倒让她镇静下来。她回到房间，两眼直直望着对面的门楣，想着那张脸。她觉得他面带微笑伸手请她跳舞的姿态是那样做作、虚伪，他甚至不加任何掩饰地去伤害她，这是她刻骨铭心的疼痛，在大庭广众之下，他竟向一个脚不能行走的残疾人发难，轻巧地在她伤口上撒下了一把盐。这是多卑鄙呀，多卑鄙呀！琳玲心里有说不出的难过，这来自于多日情感的落差，来自光明与黑暗骤变，令她本是封闭而又稚嫩的心受到无情的摧残，他是个魔鬼！

电话铃响了，她不想去接。电话铃执着地响着，阿姨小心推门进来，看了一眼琳玲道："玲玲，我来替你接。"

琳玲摇摇头，挥手让阿姨出去。

电话铃再度响起，琳玲抓起电话放到一边。她不想听任何人的电话，更不想听韦之臣的。这么一想，觉出一丝悔意。这个电话有可能是他的吗？韦之臣既然伤害我，还需要打电话来解释？

可他为什么要这么做？

几个小时后，她终于可以思考这个问题了。他们只见过两次面，彼此并没有多少了解，他没有伤害她的理由；交往过程中，他始终对她彬彬有礼，从捐赠大笔款项到谈论文学，都很开心。直至邀她下舞池以前，没有任何要羞辱她的意思。什么使得他风云忽转，骤然产生这个罪恶的念头，她无法想清楚。

这晚琳玲一直没睡。

韦之臣拿走她的手稿是第三天了，说好今天要来。她给他打了十个电话，她觉得这是一个女人所能做的最极致的行为了，尤其像她这种身体残疾的姑娘。那丝自卑总是在不顺畅的时候冒出来，那时她心里就会像阳光下拉过一片乌云。她打每一个电话时他都说在开董事会。董事会开了一天，还不知道什么时候会散，而她却像傻姑娘一样等着。等着他的到来，等着令她呕心沥血写成的长篇小说。

但他没来，她觉得心灰意冷。

## 三

令方大队长最感兴趣的是韦之臣和韦建跃是否是同一个人。

看到韦之臣和秦市长的合影照片后，方大队长一直在想这个问题。十年前你死我活的两家对手，十年后的合影刊登在市报的头版头条上。如果韦之臣正像方大队长推测的那样是韦建跃，他的出现就不那么简单。俗话说，来者不善。当年的秦升副书记可能会忘记和自己对手长得并不像的韦建跃，韦建跃绝对不会忘记秦升副书记。

韦建新的交代和自杀尽管有很多可疑之处，案件却因为他的死无法深查下去。

韦建新死后，县里传出消息，上头决定由韦建新担任仲里县的县长。这时，韦氏家族的父老才真正认识到族人干了件蠢事。这件事就像一盆无情冷水，扑灭了韦氏几十代人的努力才得以兴起的祠堂。

韦氏祠堂又像先前那样冷清了。家族的父老怀疑韦建新是否会干那种事，但终究没查个水落石出，也没有帮凶出来投案自首。

秦副书记如愿当上了仲里县的县长，女儿琳玲却永远残疾。

这个事件过去了十年，年轮就像流水，仲里县的官换了一茬又一茬，百姓也许不记得当年惨绝人寰的一幕，更没人重新提起，但秦升市长和韦之臣决不会轻易忘记。对秦升市长而言，妻子的惨死和女儿的残疾，不论是白天还是夜晚，睁眼还是梦里，都会展现在他的面前，令他灵魂深处生生切痛。那是一个永远挥之不走、拂之不去的噩梦；而韦之臣，自己前途似锦的兄长不明不白被抓，最后死在看守所里。他永远失去了一个如父的兄长，这样的冤屈与仇恨，十年里他一刻也不会忘记。十年后的今天，韦家的兄弟出息了，有了运作的最大实力——金钱，于是他把目标重新对准了秦升，做他十年前想做但无力做到的事。在他心目中，秦升的权力之争，就是罪恶之源！

但是，他用什么样的法子达到他的目的。

方大队长不得而知。

胡乱想了一阵，勒住了自己的心绪。侦查工作使他变得敏感、浮想联翩，而他的理性却愿意跟着这种感觉走下去，因为这种感觉往往把他带到案件侦破的轨迹上。这大约是一个老侦探的灵性。

的确，浮光掠影的社会，人们只敬重金钱和权力，至于获得金钱和权力的背后是什么，不会有人思考。每个人都有可能在一夜间暴富或成为令人仰目的高官，所有的一切都不可能再成为新闻！但是方大队长不这么想。有一位名人说过，每一笔巨大财富后面都隐藏着罪恶。也许韦之臣太直接了，这让他怀疑起他这个人，怀疑起这个人的动机，由此也怀疑起他的目的。

想着，方大队长迅速打开电脑，进入内网，没找到韦之臣，再进入人物查询，韦之臣的姓名跳到眼前。没有犯罪记录，没有曾用名，户口迁入地是哈市。资料上显示韦之臣没有结过婚。

韦之臣 32 岁，却没有结婚！

方大队长并不罢休，他继而查阅了他的身份证号，在那里同样没找到有关韦之臣的记录。韦之臣以清白的身份转到皇城市，投入大量的资金，做起房地产生意，成为皇城市的新闻人物，秦市长的红人。

这个问题好解释，当年霸王项羽攻克关上，不也是说"富贵不归故乡，如衣锦夜行"吗？韦之臣富足了，自然想到还乡搞建设，也好让沉默良久的韦家祠堂扬眉吐气一番。如果这样他一定和仲里县的乡亲有联系。这大约是确定韦之臣是否是韦建跃的最好途径。

如果韦之臣是韦建跃，极力靠上秦升市长就不足为奇了。

就在韦之臣办公室被撬的第十天，方大队长看到市报刊登了这样一条消息：说是一名企业家在前一天的残疾人募款演出晚会上，捐赠高达80万元人民币。这位捐赠了巨款的企业家却不留姓名、地址和电话号码，令演出筹委会成员十分感动，残疾人联合会收到这笔巨款后，认为有责任找到这位献爱心的好人，让世人知道他的姓名，让全社会向他学习。报道说，通过一天的寻找，终于了解到企业家的姓名叫韦之臣——横鑫跨国贸易有限公司总经理。

也就是从这一天开始，方大队长真正注意起韦之臣了。

方大队长从许多渠道打听当时的情形，是韦之臣直接把现金支票交到市长的女儿秦琳玲手上的，没有报纸刊登的悬念。但方大队长认为，所谓不留姓名的捐赠不是偶然，这不过是韦之臣的一个伎俩。韦之臣是想通过琳玲接近秦市长，因为对于秦市长来说，女儿是他内心永远柔软的地方。

方大队长还无法了解到韦之臣明确的目的，采用什么样的方法。他从哈市到皇城，挣钱无疑是个动机，他的目光可能盯上皇城北面的开发区。或许想通过琳玲接近秦市长，用不正当手段搞到那片地，然后又将他们当牺牲品抛出去，所有的新仇旧恨都解决了。

方大队长不知道韦之臣对琳玲和秦市长还做了什么，但从报纸刊登的照片来看，韦之臣正朝着他预订的计划走近秦市长。

韦之臣和秦市长合影照片刊出的第三天，方大队长到了仲里县。

仲里县城镇建设突飞猛进，韦家祠堂那片青瓦房早已不存在了。这里崛起了一个小区，往外就是一个大广场。在派出所民警的带领下，好不容易找到了一个韦氏的长辈。他开着韦氏茶馆，小茶馆就在江边，是古色古香的那种。因为是正午，茶馆里人不多，方大队长自己坐了进去。

老人看了一眼方大队长，喊茶童为他上茶。

方大队长对着江面叹道："真是个好地方。"

老人没吱声，只是两眼凝望着江面，滔滔的江水像是正叙述着亘古的往事。

方大队长抽出一支烟，走到老人身边递上，老人才点了一下头。

"韦姓的这一带不多？"方大队长说。

"现在多了，以前整个皇城市就是这个家族。"

"听说韦氏是从陕西一带过来的，是哪个朝代的事？"

老人吸两口，从腰上掏出一个铜质的水烟袋，把半截烟插了上去，吧嗒吧嗒吸了起来。末了清清嗓子道："韦氏家族兴旺是在唐朝，韦氏从妃子到皇后，左右过大唐的天下。"老人说着眼里流露出一丝光亮。

"只听说唐代有个武则天，不知道有个韦后。"

"武则天不过是幽禁皇帝中宗，韦后却杀了皇帝。"

方大队长觉得这是个很好的开场白，又递过一支烟，这回老人没吸，而是把烟直接插在水烟筒上。低眉垂眼猛吮了两口，腮帮上出现两个深窝。"武后把着高宗皇帝。"老人说道。"到了公元683年，高宗病重，连宰相都不得进见。高宗驾崩，太子中宗即位。国政大事全取决于皇太后。到了第二年，立太子妃韦氏为皇后。皇后的父亲韦玄贞由参军提升为豫州刺史，韦氏开始浮现出来。"

老人叙述得清晰明白，像是在讲昨天发生的事。听了老人那段话，方大队长完全改变了原先对韦氏家族的看法，能说出那段话的人，档次不至于那么低！

小个子茶童为老人上了茶。老人接着说："中宗想任命韦玄贞为侍中，辅政大臣裴炎不同意，中宗大怒道：'我将天下交给韦玄贞又有什么不可以，还吝惜侍中这个职位？'"老人说到这里叹了口气，磕掉烟灰接着说："人哪，往往是祸从口出，皇帝也一样呀。皇太后本来就想做皇帝，不就给了她这个机会。裴炎把中宗的话告诉了皇太后武则天，到了二月，皇太后召百官于乾元殿，废中宗为庐陵王。中宗还不明白呢，问太后自己犯了什么罪。太后说：'你想将天下交给韦玄贞，还说无罪吗？'这一幽禁就是二十三年。"

　　老人说着目光凝视窗外，滔滔的江水历述朝廷禁事，兵戈戎马，映出老人沧桑的脸面。"那时中宗李显一家被放逐房陵，路上韦氏生下安乐公主。幽禁期间，中宗和韦氏经历了各种苦难，感情十分深厚。中宗每当听到皇太后遣使者来，就惊慌失措想要自杀。韦后制止说：'祸福不是一成不变的，最多不过一死，何必着急呢？'韦后太能干了，太能干的女人就会干预政事。炎黄以来女人乱朝，三千年前就有了；到了三国，文帝曹丕明诏：'夫妇人与政，乱之本也。'而中宗却犯了第二个致命的错误。他私下对韦后发誓："日后重见天日，一定会让她随心所欲，不加任何限制。"公元705年，宰相张柬之与太子李显杀了武则天的左右张易之、张昌宗，逼迫武则天下诏，将帝位传太子唐中宗李显。韦氏重新成为皇后，便像武则天一样干预起朝政来了。皇帝临朝，皇后就坐在帷帐后面，参与对军国大事的处理。5年里，韦氏家族在皇宫里有不少三公九卿，韦氏是可以左右皇帝的；还有女儿安乐公主，因得中宗宠爱，卖官鬻爵，弄了不少钱财，朝廷内外没人不怕她。有时她起抄制书敕令，将内容覆盖后让皇帝签字，皇帝常常不看就签字盖玺。韦后是强人，还很有手段，因为太子李重俊不是亲生的，就逼迫他造反，被皇帝杀了。到了公元710年，安乐公主希望韦后能上朝主政，自己好如愿当上皇太女，与医傅马秦客、烹调师杨均在中宗吃的糕饼里下毒，杀死中宗于神龙殿。韦后独揽朝政。"

　　老汉说到这里把话停住了，他并没讲到，就在当年4月，李隆基杀死了韦后，公主死前正对着镜子画眉。

　　"后来呢？"方大队长问道。

　　"世事沧桑啊！"老人叹道。"数千年的征战，还留下何许，无数英雄何在啊！汉习楼船，唐标铁柱，宋挥玉斧，元跨革囊，所谓的伟绩丰功，卷不及暮雨朝云呀，一切都付与苍烟落照，只剩下几杵疏钟，半江渔火，两行秋雁，一枕清霜哪！"

　　老人的话真是让方大队长吃惊了，他是把人世间的纷争看透了。他正想开口，老人突然说道："隆基之变，韦氏家族几乎被斩尽杀绝，只有韦后的哥哥韦温，死前将长子韦林藏在民间，得以幸免。他隐姓埋名，逃到吴楚一带，直到宋朝才重新亮姓。"

"这么说，仲里县的韦姓就是从那里传过来的？"

老人点点头。"从那以后，韦姓一蹶不振呀，这么些年没出过一个七品，直到十年前。"

方大队长心想，当今发生的只不过是历史的翻版，人们却总在重蹈覆辙。老人把话说到这个上头，是方大队长求之不得的。他赶紧说道："韦后是想当皇帝呀，十年前的争斗不过是一个县令。"

老人没怒，反而笑了。这让方大队长意外。老人望着窗外，自言自语道："是一宗冤案哪，韦氏一千多年没出过七品，都过来啦，现在出了是好事，用得着杀人吗？再说，韦家都知道姓秦的敌不过韦建新，他年轻有文凭呀。韦建新家族要杀母女，也不会让他们写那字条，这不是此地无银三百两吗！事没成就把建新给亮出去，那杀人的目的是什么呀！"

方大队长无话可说了，这些问题当时不是没有想过，但是强大的社会压力和上级领导极强的倾向性，使得侦破的方向一开始就朝着韦建新。韦建新死前，方大队长和市局的同志对他的作案时间进行过周密的调查，排除了他直接参与的可能，韦建新承认自己杀人是无根无据，关着他，很大程度上是为了秦升副书记。案件没有结论，释放韦建新总不合适；另一个是怀疑韦建新的指使。韦建新死后不久，便传出他是畏罪自杀，这个结论公安机关没下，但社会上传得沸沸扬扬。为了侦破此案，方大队长几乎对韦氏祠堂里所有18—60岁的男人进行过全面调查，绝大多数排除了作案时间。案件最终没破。不过在仲里县官方或庶民眼里，韦建新承认不承认都是凶手；秦升县长一家是韦氏祠堂的受害人。

"除了韦氏，还会有谁伤害母女两人？"方大队长问。

老人没回答，仍旧望着窗外。方大队长递过烟，这回老人却没接，像是刚见面那样关闭着心扉。方大队长一时没弄明白，老人却起身出去了。

方大队长见茶童朝着他伸伸舌头，脑子里一片茫然。

# 四

当韦之臣出现在窗外那条布满绿茵的小道上时，琳玲兴奋得心都跳出了嗓子眼。

他走过来了，像往常一样。他走路的姿态十分飘逸，除非在宴会上，他从来不扣西装。下摆随着他的步子不时扬起，有时候她甚至认为他是一阵风，是为她飘过来的一个美梦，她时常为此陶醉。病了那么多年，她一直以为自己是个坚强的人，但自从见到韦之臣之后，才觉得自己是世界上最脆弱的人。

在韦之臣请她下舞池跳舞的第二天，他还是不停地打来电话。阿姨满面愁容，什么都看出来了。她让对方等着，悄悄走到琳玲面前说："玲玲，听阿姨的，该接这个电话。"

琳玲不吱声，半晌见阿姨走向电话机，便叫住了她："阿姨，你先走吧。"

琳玲拿起电话，泪水竟夺眶而出，她忍着，浑身颤抖起来。

"你终于接了。对不起！"对方说。声音仍有磁性，但琳玲觉得是那般的虚伪。

"如果可能，请给我一次解释的机会。"

"还有什么好解释的，这不是明摆着的吗？我是个残疾人，腿不能行走，你却在大庭广众之下请我跳舞，这样的事还有什么可解释的！"

"琳玲，我知道伤害了你，我对不起你，但我总有申辩的权利吧。你想啊，如果我知道你是个残疾人，有可能在那样的情况下请你跳舞吗？"

琳玲呆了。他不知道我是残疾人！

不知怎的，胸口里的那股气像晨雾一样，在阳光下消失了。韦之臣不知道我是残疾人，有这样的可能吗！

她回想起自己的演出，那是他看了的呀，整个演出她都坐在轮椅上；后台献花那会儿，她坐那儿卸妆，和他聊天她也坐着；再说酒店里，她同样坐在轮椅上，她从来没在他面前站起过。他不知道她是残疾人？

"你说话呀。"

"你不知道我是……"

"不然我那样干为什么？"

"你还捐了 80 万元。"

"琳玲，我没骗你，你可以断绝和我的往来，但我还是要说明白。我仔细回忆相识的过程，这可能是一个误会。"

"误会？！"

"在台上你是个残疾人，在观众看来，你只是演残疾人，而我是观众；给你献花那会儿，你正卸妆，手里拿着纸巾，满脸是油彩，我们并没有握手，你也没站起；我们交谈中，从来没涉及残疾这个话题，我捐的那点钱只是出于对你本子和演出的感动；昨天晚上，你比我先到，你虽然坐在轮椅上，脱下的衣服却盖住了轮椅。我哪怕是对你有天大的仇恨，也不会做出这样的事来，何况到现在我对你和你的家庭一无所知。"

经韦之臣这么一解释，她也觉得这真是个可怕的误会。从他们的几次见面来看，的确不能判断她是个残疾人。如果是这样，他还有什么可责怪的，难道当时自己不也是希望能和他翩翩起舞吗？可是，现在他知道了，知道了她是一个腿不能行走的人，他还会有什么样的感觉，一切是否会因此而改变，他仅仅是为了道歉而来的吗？

"琳玲，你为什么不说话，你还不肯原谅我吗？"

"我已经原谅你了，现在你明白我是个残疾人，你还拿着电话说什么！"

"为什么？"电话里的声音像是很吃惊。

"因为我不是你想象的那样，因为我不能正常地在街上行走，因为我自卑，因为我让你无颜见人！"

"对不起，我没想过，像你这样的女孩能走上舞台面对观众，能写出那么好的本子并且上演，就很不容易，也很了不起。"

琳玲心里一阵冲动，可是她无法控制自己。"你走，我不要你的同情！"她歇斯底里地摔下电话，号啕大哭起来。

当天下午，琳玲想明白了，她和韦之臣换了个位置，觉得自己做得的确不对。韦之臣是无辜的。她只是由于残疾比常人更敏感、多疑，时常把这种无名之火发泄在任何一个能逮着的人身上。现在，她希望韦之臣来电话，她就会变得理性一些。但是韦之臣没来，她的心碎了，她想他一定记恨她了，她无缘无故冲着他发火、摔电话，谁也接受不了啊，何况是一个只见过两次面的陌生男人。这么一想，她心里空了一节。她仔细回想早上电话里的对话，韦之臣似乎没有这样的感觉。除此之外，他不打电话只因为她是个残疾人！想到这里，琳玲觉得浑身没一点力气。

不知为什么，和韦之臣的相识，仿佛在她面前拓展开了一个新鲜的世界，那个世界绚丽多姿，色彩斑斓，虽然陌生，却激起了她心中潜在的一种活力。这种活力在她所有式样的生活内容里从来没有过。她没想清这是一种什么样的情绪，却突然有了一种强烈的感受。在这个家庭里，她永远是孤独的，爸爸虽然非常关心她，但从她懂事开始，就觉得他和妈妈及自己有一种隔阂感，这种感觉无法用言语表述，却无时无刻不在。那是从一个微小的动作、一个无声的眼神里流露出来的，是一种刻骨铭心的鄙视和蛮横的冷漠。妈妈死后，爸爸的关心是无微不至的，但琳玲的内心却无法感受到这种关心，因为她从来没感受到爸爸失去妻子和女儿的健康所给他带来的那种切肤之痛。她只看到爸爸在上电视或者被提拔时的那种愉悦。她永远不会忘记还在她受伤住院的时候，一天爸爸匆匆进来，把一袋水果放在床头，然后对她说："玲玲，爸爸应当告诉你一件事，从今天开始，爸爸就是县长了。"琳玲望着那双发光的眼睛，突然想起了妈妈，想起了妈妈对绑架她们的人的哀求，她大声叫喊："我要妈妈！"护士惊慌失措地跑进来，用埋怨的目光望着新上任的县长，说："玲玲受到很大的刺激，要让她多休息。"

琳玲眼前老晃动着妈妈那张破碎的面孔。男人们蒙着脸，只留一双圆圆的眼睛。妈妈头发散乱地跪着向他们哀求，让他们放过女儿，说女儿还小，什么也不懂。妈妈还使劲地在地上磕头，琳玲看见妈妈额头上全是鲜血，血由于沾着许多泥土而发黑。妈妈按照他们的要求写下那几个字，血顺着鼻梁滴在纸上。她们被藏在一个山洞里，山洞只有一个口子，洞口下头是一条陡峭的小径，再往下就是滔滔的江水。她不知道被关了几天，只感觉到除了白天就是黑夜。妈妈把她搂在怀里，生怕她被人抢去。写信后的好多天，一个男人对她们说："秦升不要你们了，还想当他的县长！"妈妈惊慌地对他们说："求求你们放过我的女儿，让我做什么都行。"那个男人对妈妈说："有人想叫你死。"妈妈又一次跪到地上，对他们说："让我去死，只要你们放过我的女儿，她才十二岁，她和你们儿女一般大呀！"妈妈说完转身抱着琳玲哭道："玲玲，妈的好孩子，妈一定求他们让你活着，你什么也没看见、没听见啊。"这句话没说完，妈妈转身撞向石崖。

她不知哪来的一股劲，冲向妈妈，却被一只有力的手挡了回来，由于突然，她的身子往后倒去，后来什么都不知道了。

在很长一段时间里，许多人来问当时的情况，她除了回答两个人抓他们外，什么也没说。好多年以后，琳玲才明白妈妈当时讲的"什么也没看见，什么也没听见"那句话的含义。妈妈从一开始就为着琳玲，直到死，都没想到过自己的安危，可是爸爸……

琳玲怨恨爸爸，那是她心灵深处一个永久的黑洞。

琳玲望着门，终于听到了门铃声。阿姨打开门，韦之臣微笑着出现在门口。

"对不起，刚开完董事会。"

"是我不好，打了那么多电话打扰你。"

韦之臣缓步走到琳玲身边，顺手把她的轮椅推到离沙发近的位置，从包里拿出手稿说："改得非常好。有你自己，又摆脱了自己，主人翁是一个完整的艺术形象。"

琳玲兴奋道："真的？"

"我还能骗你？"

"谢谢你，要不是你的帮助，我把小说当成自己的日记来写了。"

"你的文笔细腻，感情真挚，是一般人无法比拟的，这是小说最大的特点；从故事的框架看，设计得非常合理，人物在特定的环境中所表现出来的言语和行为，很有代表性；小说细节独特，尤其爸爸只顾前程，不惜伤害母亲的举止在主人翁心理造成的创伤，描写得入骨三分。这是一部好小说。"

琳玲专注地听着，当她突然意识到自己失态时，羞得满脸通红。

"玲玲，怎么啦？"韦之臣关切地问。

"没什么，我想这部作品不知能否出版。"

"当然可以，你可以在中国选择任何一家出版社。"

"真的，有这个可能吗？"琳玲脸上飘过一丝疑虑。

"出版社要出好书的。"

"你是说我的小说是好书？"

"当然，你要相信自己。"

琳玲不说话，她垂下头，眼里噙满泪水。一会儿才泪汪汪抬起头说："我不知该怎么谢您，要不是您的鼓励，我不可能写；没有这个开头，我的生活还是那个样子，回头想想真后怕，感谢上天，让我遇上了您。"后头的那句话说得很轻，韦之臣几乎没听见，但从她的神态上什么都看出来了。

韦之臣起身收拾包。

"要走吗？"

"是的，晚上有外商要陪。我希望你尽快寄出稿子，然后告诉我出版社。"

琳玲掩饰不快，点点头。"谢谢你，之臣。"这是琳玲第一次像个大人一样称呼韦之臣。

韦之臣消失在门口，幸福一点点从琳玲身上消退，她怅然若失。

## 五

方大队长对老人的突然离去感到纳闷。他仔细回忆，当时并没有说错话，只是问了一句"谁会作案"。就这句话把老人给气走了。联想前头的交流，韦氏家族认为韦建新杀人是天大的冤枉，那么除了韦氏家族还会有谁？

何况当时犯罪分子非常明确地让秦升副书记放弃争坐县长的位子，为此母女俩还写了信。

方大队长虽然离开仲里多年，但在他任职期间，有几起大案没破，他记得清清楚楚，母女绑架案就是其中之一。调到市刑侦支队以后，在所有侦查的案件中，他脑子都要比别人多转几个弯，寻找陈案的蛛丝马迹。

交谈中，老人还有一句话令方大队长心里一动，那就是："此地无银三百两！"

的确，为了达到目的而采用非法手段，首先考虑的是既要达到目的，又要掩饰自己的动机。而"3·18绑架案"恰恰相反，像是生怕对手疏忽，迫不及待地通过母女把动机明白无误地告诉警察。现在想想老人说的"此地无银三百两"，千真万确呀。

但是老人对"谁会作案"讳莫如深，甚至根本不想涉及这个话题，老人有难言之隐吗？方大队长这么想着，决定再次找老人。他想如果站在韦氏家族的位置上，说不定能发现新的线索，这一点正是十年前那个特定的历史条件下所不可能办到的。

黄昏时光，方大队长驾车到了仲里县。这次来他有两件事要办：一是从老人那里查到更多的线索；二是拜访当年从组织部干部科退下来的老余科长。

进得茶馆，老人没在，茶童指窗外，却见老人坐在江边的夕阳下垂钓。波浪卷起片片红霞，把老人投在变幻莫测的色彩之中。方大队长问茶童有没有多余的竿子，茶童从内间拿出一支。

江水湍急，老人用鹅卵石砌成一段石岗，形成一个回水区，浮子就竖在水面上。老人回头看了一眼方大队长，没吱声。他不知道老人是否认出了自己，把鱼钩抛向水里。

"这里只有浮水鱼，鱼饵坠底空勾起。"

老人没看方大队长，像是自言自语。方大队长忙递过一支烟，自己也吸了一口，面对滚滚的江水，感到从未有过的轻松。

"鱼多吗？"

"先前多着呢，江边女人洗衣服，一槌子下去都能砸死好些条。现在电瓶多了，没日没夜的，连鱼苗都电死了。"

"渔政部门不管吗？"

"管得住吗，有需求呀。先前帝王临位要做两件事：立太子，修皇陵。皇陵由于每每被盗，越修越坚固。一次，孝文帝对张释之赞赏自己的石椁华美坚实。张释之对文帝说：'如果坟墓里有盗贼可欲求的东西，虽然像南山一样坚固，仍然有空子可钻。'"

老人见咬了钩，一甩竿子，钓上一条。鱼不大，像一片柳叶，方大队长探过头去看，篮子里已黑黑一片。

"这鱼不像养的，好吃，市场价卖得高。"

"您是拿来卖的？"方大队长问。

"哈哈哈，不缺钱花，自己烧着吃；多了烘干，小炒辣椒，二两白酒，过日子呗。"

老人说得有滋有味，吊起方大队长的胃口。正想说能否尝尝，老人话锋一转道："你对韦氏老案有兴趣？"

这一问方大队长没想到，他一直以为老人没认出他来。

"那都是过去的事了，现在时代不同了，年轻人机会也多，当年的韦建跃不是发了大财吗？"方大队长顺着话题说道。

"兄弟俩都是有文化、有出息的人哪，现在名利两道都有争头，争气呀。"老人说着又钓上一条。方大队长不见鱼咬钩，提起一看，鱼饵早没了。

"建跃这次回来可是轰轰烈烈的，和市长都一块照相了。"方大队长说。

"孩子懂事，他哥死后，嫂子改了嫁，后爹对女儿不好，做叔叔的带走哥哥的遗女，后来又送进了贵族学校。"老人说。

"建跃这些年没回来，这次回来一定好好祭奠家长一番。"方大队长说。

"那是他的一片孝心啊。"老人说。

"他哥出事那年，他还是学生，不管哥哥是怎么死的，在他心里都是个疙瘩。"方大队长说。

"要解开这个疙瘩还得靠他自己。那时韦氏祠堂老人都知道，建新不会做那种事，韦氏家族的人也不会去做，他承认杀人是另有原因。"老人说。

"当时是怀疑，后来承认了，可说不出和谁一起干的就自杀了，我们也不敢认定呢。"方大队长说。

"建新为什么要自杀，不是秦升县长和他谈话以后吗？"老人说。

方大队长心想，这世上没有不透风的墙。韦建新自杀的前三天，秦县长提出要和韦建新谈一次，以促使案子突破。这个要求对受害者家属又是领导来说不算过分；尤其是在没有抓到别的凶手的情况下，对韦建新是继续收审还是释放，秦升县长的态度十分关键。这次交谈是经过局长批准的，只有看守所的所长知道。交谈后的第三天，韦建新自杀。当时谁也没有把韦建新的自杀和秦县长的谈话联系起来，也不敢联系，秦升毕竟是刚上任才几天的县长。

方大队长不能对这个问题作任何有倾向性的表态，这是个原则问题。他见老人收渔竿，把多余的饵倒进水里，生怕老人像上次那样离开，忙说："我还没钓上一条呢。"

"你不是要吃鱼吗，该下锅了。"

坐在茶楼上，凝望着江水喝茶的工夫，茶童端上了几个小菜，老人取出一壶酒，方大队长没推辞，和老人对喝一盅。还没说话，一盘热腾腾的鱼就上了桌子。烧小鱼儿用菜油烤得澄黄，伴着初秋的青椒，色泽诱人，香气扑鼻。方大队长夹了一条放进嘴里，果然是鱼肉细嫩，味道鲜美。老人说吃这鱼不用吐刺，嚼碎了挺香。几盅酒下肚，方大队长却没忘记来意，正想找机会切入刚才的话题，老人先开口了。"那案还拾起呀？"

方大队长没来得及回答，老人接着道："十年过去了，风风雨雨的。"

方大队长没必要再问老人怎么知道他来意的，老人的睿智超出了他的想象。

"不管谁作的案，案子还是没破呀，能弄个水落石出，对谁都有个交代。"

"真把案子破了，还有你交代不了的人。再说了，韦氏家族不像以前了，祠堂早没了，人心也散了，自个儿都有自个儿的生活，谁还去想十年前的冤魂。这散了的人心就像泼出去的水，难收了。"

方大队长听出老人说"交代不了的人"显然不是韦氏。

方大队长为老人斟了一盅酒说道："老人家，这些天我总想着上次讲的话，从案情来看，除了韦建新或跟他相关的人作案，还会有谁？"

老人没回答他的提问，他喝着酒，脸泛起红来，一副鹤发童颜的模样。"有句俗话叫作'察见渊鱼者不祥'，秦始皇祭祀三王，见东海之大鱼，结果途中驾崩。有的事就认在表面里，不可深究呀！"

方大队长笑笑说："大爷，开这茶馆也和我们一样，既然不打烊，就要为来客上茶，干工作总不能说难办的事就不办，难侍候的客人也是客人呀。"

老人一听乐了，说喝酒，然后东拉西扯说些无关紧要的话。

方大队长以为老人还像上次一样，回避这个话题，老人却讲了一个故事。

他说："西汉末有个'新王朝'，建立者叫王莽，是历史上有名的枭雄。"

方大队长知道这个历史人物，是个非常有耐心，最后篡权、改江山为王姓的高手。

"高祖刘邦在世时有过一句话：非刘姓者不王，非有功者不侯。这道禁令破在王莽的手里了。"老人接着说道，"哀帝时王莽只是个新都侯，一次他的儿子王获杀奴，王莽虽然看重这个儿子，还是令他自杀，于上赢得了太后器重。太后哪里知道呀，这只是王莽行使的苦肉计呀。皇帝驾崩后，太后召大司马董贤，问他如何办理丧事，董贤不知所措，太后说：'王莽为先帝奉过大行，传他来理事吧。'王莽到后，使用太后指令，弹劾董贤。大司马是汉朝三公之首，董贤自杀，王莽当上了大司马，与王皇太后私立刘箕为后嗣。那时的汉室，王莽是一手遮天呀。亲附王莽的得以提拔，不顺者遭到诛灭。皇太后觉得王莽无法控制了，不得不下诏，封他为太傅，号称'汉公'，益封二万八千户。王莽知道太后老了，讨厌政事，暗地里使公卿上奏说：'皇太后春秋高，不宜亲省小事。'逼着皇太后下诏：'唯有封爵的事才告诉皇太后，其他事由汉公决定，王莽的权力与皇帝相同。'"老汉说到这里又呷了一口酒，他接着说：

"王莽以自己女儿配皇帝，以巩固他的权力。那时平帝只有9岁，实权全落在大司马王莽手里，文武百官都听王莽的。到了公元五年十二月，王莽下毒杀死平帝。"

方大队长见老汉一副苍凉的模样，不免动了恻隐之心。他把茶端到老汉手里，老汉却没接。

"王莽毒就毒在这里。"老汉手指方大队长的茶碗说道。"为了得到皇太后的进一步信任，王莽以长子王宇变怪为由，抓王宇入狱，并用药毒死自己的儿子。王莽为了当皇帝前前后后杀死了自己全部的四个亲生儿子呀！"

老汉说着又喝酒。

"王莽真有耐心呀。一边故意不受皇太后赐的新田，一边暗中指使吏民以不受新田，上书4万多人；皇太后只得策命安汉公王莽以九锡。这是公卿最高的荣耀。王莽是想把基础打实了，再一步登上皇位。他翻起了周公居摄的典故。使人说当今皇帝也一样幼小，应当令安汉公行天子事，就像当年的周文王一样摄政。可等政权全部到手后，王莽上椒酒，置毒酒中，杀死了宣帝。"

老汉说着和方大队长干杯，方大队长见他有了几分醉意，唤来茶童，茶童笑笑跑开了。方大队长放下心来。接着他又听到老汉说：

"王莽为了合天命，玩弄神灵，设新井、巴郡石牛、扶风雍文，以骗太后庶民。这一切都备齐了，他想着的就是由太皇太后保管着的那块帝玺。这时的太皇太后只有怒骂的本领了。王舜道：'王莽一定要得传国玺，太后最终不能不给吧！'"

方大队长听完了，除了惊叹老汉的记忆力外，还悟出其中十分清晰的道理来。他知道老汉在暗示什么，尽管这种暗示不是证据，却能开拓思路，提供侦破方向。于是他故意道："我没看过多少书，不懂老人的用意，请指点迷津。"

老人哈哈大笑指着方大队长说："什么迷津，老汉村夫一个，日日只识得二两白酒，一碟小鱼，糊里糊涂的，能指点什么呀！"

方大队长不好再问，知道老人能说到这一步，意思都亮明了。于是付了钱出了茶馆。

中秋就要到了，月亮出奇地皎洁。方大队长走出弄堂，心里涌着一丝情绪。当这丝情绪明确无误占据他心灵的时候，他周身像一团火一样燃烧起来。这是个从未有过的想法，一个谁也不敢想的想法，一个全新的推断，在当时浓重的气氛里，这么想了，就是一种罪过，一种砸饭碗的事。但是老人用一个典故把什么都说明了，现在一切都靠自己了，只要沿着这条思路走下去，就能把十年前的那个谜团揭开，也能解释眼前韦之臣的一切行为。

方大队长从未感到过这样的兴奋，他起动车子，往离城 10 里地的余家村开去，老余科长早就退休在乡下。

# 六

琳玲怎么也没料到，稿子寄出去的第七天，便收到了出版社的电话通知，通知说："如果作者愿意，出版社准备马上出版这部长篇小说。"琳玲第一个想到的就是韦之臣，忙给他打电话。韦之臣听了很高兴，说他现在还在北京，等办完手头业务回来，一定为她庆贺。三天后，琳玲收到了出版社的合同书。合同书上署名支付稿酬 5 万元，印数 5 万册。

这个结果琳玲没想到，也不敢想。她本来就没敢想要写一部小说，她只是把自己这些年来痛苦的经历和对生活的感悟，用笔记的形式记录下来。她没想到，这种记录会成为她小说的最好素材。这个想法的萌动始于韦之臣。是他对她的剧本慧眼识珠，并且点拨她将那些笔记改成小说；也是他两次对她的手稿提出修改意见，并建议她寄往最好的出版社。现在她成功了，她特别想见到韦之臣，她真想面对面对他说一声："谢谢！"琳玲想到这里，心中幽然升起一股柔情，眼眶便湿润起来，她望着合同书操起电话，拨通韦之臣的手机，却说不出话来。她听到了话筒里传出韦之臣的声音，可她什么也听不清楚。她颤抖着放下电话，头脑一阵昏厥，浑身没一点力气。

电话铃声急促地响着，她知道是韦之臣打过来的，却望着电话不敢去接。阿姨走过来望着琳玲，一脸悲戚。

电话没停，一个接一个地打，琳玲终于鼓起了勇气拿起电话，耳机里传出韦之臣急切的声音："琳玲，你没事吧，为什么半天不接电话？"

"我……非常想你！"话没说完，琳玲哇的一声哭了出来。

阿姨小步跑到琳玲身边，搂着她，一句话也没说，用手抚着琳玲的胸口，泪水吧嗒吧嗒落在她的头上。

琳玲哭成个泪人，她无法止住自己，也不想止住自己，她从来没有这样哭过，所有的伤心和悲痛只是藏在心里，而现在她无法承受多种情感交织形成的压力，这种感觉让她痛苦万分又柔肠寸断。这时琳玲才真正意识到，令她寝食不安、情绪跌宕起伏的就是爱情呀！

她爱上了韦之臣。

这个念头在她内心盘旋了很长时间，就像一剂酵母在她心里静静蛰伏，逐渐发挥它特有的功力，使那些情感细胞不断地受到催化，形成了一股巨大的能量，现在这股能量终于爆发了。

她爱韦之臣，爱他的模样、他的气质、他的着装，他的一举一动；她还爱他办事的风格，不愿喧哗的个性，沉着冷静的态度，体贴入微的耐心。总之，在她眼里他是个圣人，一个她有生以来从未见到过、从未感受过的精神偶像。

此时此刻，她真想见到他，向他一诉衷肠，然后希望他接受她的爱，把她搂在怀里。琳玲想到这里又一阵昏厥，不能自制。

但是他会怎么想?

当琳玲沉浸在幸福的幻想里,一个声音突然在她耳边响起。是啊,韦之臣会怎么想?

韦之臣正当年,拥有万贯资产,有很高的学位和令人仰慕的社会地位,有多少姑娘会为之倾倒,这样的人怎么会爱上一个脚不能行走的残疾人啊!

琳玲顿时觉得眼前一片黢黑,仿佛从天堂一下跌入地狱。

他不可能会爱上她,也不能爱上她,他是个公众人物,怎么可能推着她的轮椅到处行走呢!她是他永远的累赘,何况他对她一点都不了解。

琳玲细想和他认识的过程,想从中寻找一点理由来推翻自己的想法。酒店前的两次见面他根本不知道她是个残疾人。虽然后来他对她的态度没有什么改变,并且更加细致入微,只是保持在一种关切的份上,这是爱吗?琳玲不能分辨。但如果不是爱又是什么呀?在这个城市里,有那么多的好姑娘,能得到和她一样的体贴吗?有那么多的残疾人,能得到和她一样的关心吗?唯独她得到了。这又是什么?是因为她的才华。不,这点所谓的才华对他而言算得了什么,那只是他所有能量中的一个角落,是他早已弃之不理的废品。因为她是市长的女儿?可当他知道她是市长的女儿时,几乎和她断绝了往来,让她对市长产生从未有过的憎恨。除此之外还有什么?难道真是同情!琳玲不敢想了。同情和爱虽然是两姐妹,但这种关系明白无误地将另一方置于弱者的境地,对此琳玲不但无法接受,而且会引起她巨大的仇恨。

琳玲不敢想了。

当天下午,市残联秘书长陪同市报记者来到琳玲家,想借用琳玲出版长篇小说之机,推出市里的一个先进人物。琳玲不同意。每次采访都让她觉得是冲着她爸来的,自己是一个完全没个性的市长女儿,一个市长名分下的摆设,不是秦琳玲。残联和记者同志反复工作,琳玲才同意发一个消息。

残联的人一走,那股难以排遣的忧伤又爬上了她的心头。她反反复复像烙饼一样将韦之臣对她的感情进行分析、推敲，还是无法找到令自己满意的答案。她希望尽快见到韦之臣，好向他彻底问个明白。

此时她坐在巨大玻璃窗前，望着下头那条小径，心中对韦之臣产生了丝丝恨意。

在韦之臣误请她跳舞的第二天晚上，不仅打来了电话，还出现在那条小路上，韦之臣手拿鲜花，抬头望了一眼巨大的房子，犹豫了片刻，还是走进楼里。阿姨已出现在楼下，琳玲忙离开窗口，顺手拿出一本书，像是对韦之臣的到来并不上心。当阿姨带着韦之臣出现在门口时，她抑制住心口的剧烈跳动，朝他点了点头。

韦之臣走到她的面前，朝她深深地鞠了一个躬，说了声"对不起"，把鲜花递给了她。

然后坐在那儿望着琳玲发呆。

"你看什么？"琳玲不好意思道。

"住在这条街上和这样房子里的不是一般的人。"

"那又怎样？"

"在门口我犹豫了一下，认为自己是不是走错了。"

"这和我家庭有关系吗？"

韦之臣没吱声。

"我爸爸是市长。"琳玲带着几分怒气说道。

韦之臣像是惊了一下，只是瞬间起身道："真是对不起，我太鲁莽了。"

"因为是市长的女儿！"

韦之臣没回答，脸上的表情却写得明明白白。

"那你找我爸道歉去。"琳玲突然怒道。

韦之臣又说了一句"对不起"，起身要走，琳玲大叫道：

"你别走！"韦之臣目光里一片茫然。

"对不起，你别走……"琳玲眼泪汪汪了。

那天琳玲和韦之臣谈了自己的遭遇。这是警察数次让她讲而她一直保持沉默的内容。韦之臣认真听着，她看见他几次回避她的目光拭泪，心里热热的。从那个时候起，她把韦之臣看成了自己最亲近的人，就像她的阿姨。9年多来阿姨从没对她发过火，她总是对她和这个家庭百依百顺，她时常背着她偷偷地哭，用一种怜悯的目光看着她，抑或是突然地两眼泪汪汪。她开始对韦之臣不冷不热，慢慢阿姨也非常恭敬地对待韦之臣。后来她发现阿姨在门口和韦之臣有过多次较长时间的交谈，每次琳玲问她谈什么，她总是支支吾吾岔开话题。琳玲相信，阿姨所做的一切都是为了这个家，为了她，不会伤及他们。

琳玲手里还拿着合同，痴痴地望着窗下，她不能像其他女孩一样自由自在地和心上人约会，只能在这个大窗子下等着。但只要韦之臣能常来，她就会感到无限的满足。

她真的爱他。

就在这个想法刚注入心头的时候，韦之臣便像风一般飘到她的眼前。于是她听到了心脏猛烈地跳动，顷刻间泪流满面。

# 七

第二天一早，琳玲出版长篇小说的消息刊登在快报上。

方大队长看到这条消息时第二次惊呆了。

消息很短，主要讲了琳玲克服千辛万苦，用超人的毅力完成了一部以残疾人为题材的长篇小说。全书40万字，将在中国一流的出版社出版。这条消息还讲到，作品在创作和修改过程中，得到了韦之臣老师的指点，但消息没说明韦之臣其他情况。

这则消息让方大队长更加确信自己的侦查方向是对的。联想起这些日子的调查，得出的结论让所有知情人目瞪口呆，谁也难以相信这一切是真的，但它的确发生过。现在方大队长只是缺少证据。这一则消息不但是对它的猜测进行补充，还可以尽快发现韦之臣的动机。

方大队长拿起自己的笔记。仲里县那个退休的科长老余的表情又浮现在他的眼前。就在方大队长见到他的一瞬间，他想起了茶馆韦老汉说的一句话。"察见渊鱼者不祥。"干部科的科长是个察见渊鱼者呀。不过方大队长了解到，老余没被提拔，和秦升也有关系。

老余正在浇花，那是一棵快要谢了的紫薇。方大队长对老余没多少印象，他当大队长的时候，他已经退休。方大队长说想知道老县长秦升妻子的情况。老余马上警惕起来。方大队长说只是作一般的了解，没实际意义。老余说秦市长下一步可能还要提升，你知道他的妻子要干什么？方大队长知道隐瞒没有意义，说道："当年市长妻子被杀案子没破，就像肚子里的一个恶瘤未除，现在有点线索，想拾起再搞搞。"老余问这是不是市长的意思。方大队长没摸准老余的含义，没马上回答。老余却笑了起来。他说："秦市长是不会让你们查的。"

方大队长觉出老余话里有话，联想起韦老汉说的"破了案有交代不了的人"，便问："被害的毕竟是秦升市长的妻子，为什么不是他让我们查的？"

老余笑了，接着讲了一个鲜为人知的故事。他告诉方大队长说，老县长秦升是下放到仲里县余家村的。因为父母关系一直没有回省城。到了20世纪70年代末只当上了公社副书记。那时他结识了民办教师余萃仙。结婚后妻子很快转了正，到公社当了文化辅导员。老县长是个上进心很强的人，不到两年就当上了公社书记。一年后到县委办当了主任。他年轻，而且是高中生，前途是光明的。秦升妻子余萃仙婚后一直没有生育，两人关系紧张了一些时候。秦升在主任的位子上耽搁了几年，但还是升得快的。后来院子里传出来他之所以升得快，是因为妻子余萃仙的关系，说她和当时的组织部长打得火热，组织部长当了县委书记，他才有近水楼台的好处。事情传传也就罢了，但余萃仙调到县妇联前，却怀了孩子，生下后和书记长得很像。秦升县长一直以为妻子不能生育，现在生了，又听了不少传说，趁去省城开会时去了一趟医院。这一查才知道自己有先天不育症。县委书记调到市工商局，据说和这事有一定的关系。

秦升老县长在办公室主任位子上干了6年，当上县委副书记。直到换届那年，因为和一个姓韦的副书记争县长的位子，导致余萃仙被人绑架杀害。

方大队长问老余："这些事以前组织上有过调查？"

老人哈哈笑了，道："这些事前些年哪敢说呀？当时只是传说而已。"

"那琳玲不是他的女儿？"

老余不吱声，低眉垂眼干着自己的活，话没说出来，却让方大队长看得明明白白了。

方大队长说："因为这个他们夫妻关系不好？"

老余摇摇头，接着说："如果没有妻女被绑架，他还当不上县长，也没有今天的市长和明天更大的领导；如果姓韦的真干了那事，反倒是助了秦升一臂之力。"

方大队长听出话中意思了。他知道，老余和茶馆老汉一样不会再往里说，因为他们把什么都说明白了。

老余还告诉他一个消息，他村里有一个本姓人，在秦市长家当保姆，她的丈夫是在秦市长的妻子死后第三天自杀的，一年以后妻子到了县城为当时的秦县长看护残疾的女儿。当方大队长问及保姆丈夫的死和绑架案有没有关系时，老余却说，这一切韦建新的弟弟都知道。方大队长吃了一惊，脱口而出："他来过？"

老余没回答他的问题。韦之臣还是走到前面了。方大队长想。

让方大队长感到欣慰的是，不论是秦市长的冤家对头还是当年的政府官员，对他妻子的死因都有一个共同的想法，这是一个令仲里县乃至皇城市市民都震惊的想法：

那起震惊全省的绑架案，极有可能是秦升县长自导自演的。

秦升虽然在妻子的帮助下从乡里升到县里，但妻子的行为令他憎恨。一边有极强的求官欲望，一边却因为这一欲望失去了做人的尊严。得到的和失去的同时将他置于一个十分难堪的境地。他所有的怨恨只有对着背叛的妻子和他人的女儿。但是为了这个杀掉她们，显然牵强附会。他可以为了自己当官一而再、再而三利用妻子和女儿，但不可能杀害她们。或许妻子的死和女儿的伤只是个意外，为了绑架得逼真，不能不做出敌对的模样，导致不知真相的受害人心理上产生巨大的压力。

那么琳玲身边的保姆和保姆死去的丈夫与这起绑架案件有什么关系？

一件件谜底等着他去揭开，他嗅到了一股成功前的气味。

方大队长向支队长作了汇报，谈了自己的侦破思路，第二天一大早，就和同事赶到了省城，三天后飞到了北京。他要通过多渠道的调查，将那些片段的线索连接起来，然后像蜘蛛一样顺着它爬过去。

在琳玲拿到样书的第三天，方大队长在北京书店里买到了一本。他一口气看完了全书，书中描述的故事给了方大队长很多的启发，显然那是她亲身经历的事情。


方大队长出现在韦之臣门口时，他刚来上班。见到方大队长，韦之臣若有所思。方大队长没和他打招呼，而是尾随他走了进去。

方大队长刚一坐下，秘书就为他端上茶水。韦之臣面无表情地望着方大队长，令他想起十年以前。

"你拿下了城北开发区，地块每亩价格比当地开发商出价要低出三分之一？"

韦之臣看着方大队长面无表情道："是的，引进外资能体现政绩，至于价格高低和领导没关系。"

方大队长点头，现在时兴招商引资，这"资"只要是皇城市以外的，就算是招的商，就能在这块敏感的政绩上叠上砖瓦。方大队长觉得韦之臣言谈坦然，心中暗喜。他一转话题道：

"也许你不记得我了，但我记得你。"

"是的，我记得。"韦之臣还是那副表情道。

方大队长点点头，他和韦之臣的调查几乎是同时的，说不定韦之臣还早一点进行。时间过了一个多月，韦之臣若是有备而来，发现也就不足为怪了。

"十年前的案子没破，但也没有必要再为之牺牲；所有的事情可以由我们来办。你何不正大光明走进皇城经济建设行列，从而改头换面呢？"

方大队长切入正题。

韦之臣的脸色发青，但他强烈地克制自己的情绪道："那么当初呢！"

方大队长无话可说，他不能解释当初的特殊环境，对于一起未破的案子而言，所有的解释都显得苍白无力。

韦之臣并没有给方大队长留下思考的空间，而是接道："那是我一生的仇恨。"

方大队长注视着他，等他继续说。"我5岁时父母去世，哥哥就像我的父亲。为了我能读上书，到初中他就上山砍柴，下地干活。夜里一边帮我补习一边还自己复习课程。那时一切生活全靠我们自己。8岁那年，我和哥哥上山砍柴卖，回来的路上我被毒蛇咬了，我哥哥搁下担子趴在地上吮我的伤口，硬是把毒液吸了出来，等我醒过来，我哥哥还昏迷着。我哭呀喊呀，嗓子都哑了，回答我的只有呼呼的山风和野猪的吼叫。那个晚上我们就睡在山上，如果我们死去不会有一个人在意，我们的生命就像小草，春夏秋冬，自生自灭。老辈人说我命大，幸好哥哥分解了我身上的毒液。我把我哥哥当成父亲，因为我从来没有从父亲那里感受到像哥哥给我的一样的爱。那十年的生活，是常人无法想象的。我哥常说，只要他活着，就不会让我受苦，就一定让我读上大学。那年推荐上工农兵大学，因为是贫农，村里让我哥去，我哥死活不肯，是族里的长辈出来说话，保证我生活和读书的钱，哥才勉强同意。临走的那个晚上，我们面对面坐着一夜没睡。哥说，不管以后他干什么，都要让我活得好好的。他说他所有的努力，都是为了我。因为读书我比他有天分。他还说等他毕业出来挣钱，再供我上大学。韦之臣说到这里停住了，方大队长第一次看到一个刚毅的人流泪，看到了他作为人的本性。

"我哥是无辜的，他只是权位争夺中的牺牲品。"韦之臣停了一会说，"我哥死前结识了一个看守，曾明确对他说，这一切都是人为制造的阴谋。在秦升和我哥谈话后，我哥还告诉看守，秦升说我也是这起案件的策划者，公安机关就要到学校对我下手，除非我哥承认是他作的案。我哥是在被逼迫的情况下认罪的，认罪了就会有帮凶，就会连累其他人，可上哪儿找去？

看守知道这一切也不敢说出来。谈话的第三天，我哥自杀了。死前他托那个看守带出一封信，这封信看守保存了整整 10 年。"

韦之臣说完拿出一张皱巴巴的信纸。信不长，前后写了半张纸。

建跃弟：

　　哥没罪！你也没罪，我坚信！

　　原先我只怀疑秦升干的，前天的谈话更让我确信。这种毒计谁也想不出来，秦升为了自己的目的却干了。他这是一举三得。我知道，不管他们有没有证据，既然他们做了，就不会轻易放过我，也不会放过你。我现在只有一个希望：你能读完大学，往后远离这里，那样我死也瞑目。为了你，我愿意做出他们要求的选择。

　　　　　　　　　　　　　　　爱你的哥哥

这封信没讲到秦升谈话的内容，当时韦建新从多方考虑，回避了许多问题。

"这些年你憋着一股劲，现在有实力报仇了，但是你别忘记了法律。"方大队长看完信后平静地说。

"我学的是经济管理，赶上了时代，给了我施展才华的机会。现在我要还这个愿，为我哥洗刷罪名。"

"于是你从秦升的女儿琳玲那里着手。"

"从秦升身边任何一个人那里着手。琳玲是活着的唯一当事人。"

"你改了名，装着什么也不知道，却把什么都摸了个清，先用 80 万敲开市长女儿的门，利用她的稚嫩，又花了 20 万为她出版了长篇小说。这一切的目的是什么？"

"撕破秦升的伪装。"

"你进展得可顺利？"

韦之臣不置可否，但方大队长看出他胸有成竹。方大队长接着说：

"市里一把手本来可以上，但有人抓住了他的把柄，怕是要进人大了。他又有了晋升的机会。"下头的话方大队长没说出来，言中之意吐露得很明了。

韦之臣停了一会又带几分沉重地说："本来我是想利用琳玲，与她交往中，她的纯真让我深深震动。你也许看过她写的小说，有不少都是她的亲身经历，都是她的情愫最真诚的流露，任何一个有天良的人都不可能对这样的姑娘下手。因此我无法再做下去。另外，也许你知道了琳玲家阿姨的事，她是秦升当年下放的东家，她的丈夫在琳玲被找到的第三天自杀，一年后她到秦升家当保姆。"

"你找过姓余的阿姨？"方大队长吃惊道。

"是的，我找过她，并且证实了多年来模糊的问题，她的丈夫就是所谓绑架案参与者之一。余萃仙的意外死亡，导致了丈夫的自杀。丈夫死前告诉了她事实真相，他的死是为了向余萃仙赎罪，妻子当保姆也因为琳玲；这事对秦升同样有好处，把一个危险的人物置于身边，相对比不能控制更加安全。"

"我知道你做了很多，固然不合法，但也在情理之中；你还有不少证据，打算怎么处理？"

韦之臣浅浅一笑，从抽屉里拿出两张光盘说："揭露秦升的事就交给你们了。"

方大队长看着韦之臣，脸上掠过一丝惊慌。他相信他讲的是真的，像他这样的人说到这个份上，就没必要再隐瞒什么。但是他担心琳玲，这个姑娘怎么办？一旦知道自己所有的身世，知道自己母亲死亡的真实原因，知道阿姨陪伴她9年的缘由，知道爸爸的丑恶嘴脸，知道韦之臣所作所为的初始用意，她那颗本是纯洁的心，能承受这样巨大的打击吗？方大队长不寒而栗。

"你拿琳玲怎么办？"他问这个问题时头皮发麻，他担心韦之臣有一个令他绝望的回答。没想到这一问令韦之臣毫不为难，他认真地答道："琳玲一直是受害者，而且爱上了我。现在，我只是希望她能面对一切，面对周围她所信任的人的一切谎言，面对一个又一个的幻灭。原本我只是想利用她，但通过这段时间的接触和交往，我发现我们之间有诸多的共同点，而她，是那么纯洁、善良又美丽，所以我准备立刻找到她，对她坦白一切，也重新让她爱上一个真实的我。"

方大队长望着韦之臣，欣慰地点了点头，什么话也没说出来。

## 尾声

十天后，方大队长整理好秦升的材料，准备和局长一同向省纪委和省公安厅汇报，韦之臣也告诉方大队长一个好消息："我与琳玲准备下个月订婚。"

# 误入歧途

一

画安的心被卷走了，剩下点点滴滴的碎片残留于胸内一角。

关闭强光顶灯，画室骤然暗了下来。拉开厚厚的窗帘，眼里瞬间摄入一颗殷红的橘子。那橘子绚烂奇崛，耀眼无比，紧挨着树杈跳跃。人说橘子是性的象征，此时画安把这种说法与消退的情绪联系起来，心里掠过一丝甜蜜。让他觉得天空格外明亮，他迎着阳光，张开大嘴贪婪地吸着，像是要把那颗橘子咽进肚里。良久，他才转过身子，把松软的背倚在窗棂下，点燃烟深深地吸了一口，无尽的惬意在体内弥漫开来。

画室里有少许作品，是等待上墙的一部分。画框鳞次栉比，光把地板装扮得斑驳耀眼；刚刚完成的画分外高大，被太阳抹上了一层鲜红，光彩四溢。这是《天女》，是画展的标志性作品。画安一直在寻觅，现在完成了，却不敢窥视。他内心酝酿着画中美的元素，像酿酒师期待着第一滴琼浆玉液的甘醇。这个过程有长有短，很美，常常令他回味无穷。

画安是职业画家。千百行中他唯独选中作画，也算是事应物类，神通天意。画安的父母是地地道道的农民，如果说他们的生活与画有关，那就是年复一年地耕耘着阡陌间的一亩三分土地。那是一张巨大的画布，春夏秋冬，五色轮变，不可穷尽。从他父母为他起这个名字开始，就注定了他的一生将与画荣辱与共。

画安闯进艺术村是在他学画后的第 5 年；在艺术村立住脚并有所建树是在他学画后的第 12 年，此时他已过而立之年。他没有画家飘逸的发须，没有更多的浪漫故事。12 年前为了生存，12 年后为了艺术。现在他不需要为碗粟奔波，他正悄悄了结画匠的生活，开始聘用专门的模特儿，用他全部的积累，在人物绘画方面打造艺术村里的画安品牌。

于是有了艾菲儿。

对艾菲儿他一无所知，她是他从六名应聘的人体模特儿里挑出来的。选中艾菲儿，是因为艾菲儿没受过专业的模特儿训练，却潜藏着极强的可塑性。后天训练可以在短期内完成，天赋却不能在训练中打造。

那是在一瞬间决定的。他在画室里布置了古典透视学的空间，怪异的灯光下，创造了一个离奇神秘的幻境。所有的裸体与摆设未经过设计，让应聘的模特儿在不经意中自主完成。经过训练的模特儿找到了最有表现力的角色，艾菲儿却熟睡了。画安觉得，熟睡的裸体代表着美与爱，生与死，犹如天使在梦中游弋，在爱意中荡漾，在欲望中追求。睡着的美神与死亡太近了，死亡又接近生的燃起。那种氛围被艾菲儿一下抓住了。醒来的哀号，颓丧伏跪，走过的贵妇对生命的冷漠，让苏醒的美神感到了无比的失望，她仿佛在冷漠中预感到死亡的再度来临。艾菲儿表情与姿态的和谐是瞬间产生的，她像一把火点燃了画安的创作欲望。他叫了停，没让艾菲儿重复即逝的一刻，他担心重复所产生的僵硬和刻意的做作会让他失望，他毫不犹豫地选定了艾菲儿。艾菲儿美丽的形体和散发出来的韵味激发了他浓厚的创作激情，这是他所要的。

画安脑海里翻腾着艾菲儿的画面，把目光落在《天女》上。就在几小时前，婀娜走进画室的艾菲儿让他格外激动。她身体里蕴藏着潜质，仿佛只要用画笔轻轻一碰，美的元素就会像甘泉一样涌现。圆形旋转台上，艾菲儿款款脱去衣服，并不在意画安的存在。画安边准备着画笔，不时问一些与画无关的事情。他没规定姿势，在艾菲儿的动态中悉心捕捉。他希望像选定艾菲儿一样，锁定她运动中的具体细节。

《天女》是在冥冥中完成的。当点下最后一笔时，他惊奇地发现，他的情绪和艾菲儿完全融入同一沸点上。灯光有一种温柔飘忽的感觉，每一根线条都在流动，又都是情绪的象征，代表着个性与生命；每一片明暗，都逼真地体现了光影效果；每一笔色彩，都可以信手触摸。画安无法分辨艾菲儿和画的区别，他的目光在跳跃，透过裸体，表达着天然的礼赞。作品《天女》的本身扩大了艺术领域与精神境界，那些纯粹的敏锐的线条是他智慧的表述，而那些温暖透明的色调，则蕴含着他温柔而热烈的情感。一幅具有肉体张力的裸体，是现实还是作品，画安模糊了。艾菲儿站立着，她的表情和画里的一模一样。温柔如水的目光，柔嫩娇可的樱唇，丰满颀长的身体，流露出人生本性的美与调和了知性的感觉。画安不能理解自己从唯美的赞许如何过渡到对肉欲的企盼。当他们共同完成作品的瞬间，都被对方的情绪所感动、吸引了。画安感觉到艾菲儿强烈的企盼，这种感觉是准确无误的；画安甚至不用为自己的行为寻找任何的理由，哪怕是一丝放弃的念头，都是对艾菲儿真挚感情的一种轻蔑与亵渎。

……

良久，意识才稍稍回到身边。非职业的行为让画安有些尴尬，他为赤裸的艾菲儿披上衣服，转过身去。好些时间，他才听到艾菲儿的响动。他猜测艾菲儿会不会为自己的行为后悔，他还担心因为这件事他会失去一名优秀的模特儿。艾菲儿是他所需要的，他不能没有她。艾菲儿走了，还有过一次回头。

吸完烟，画安收回目光，太阳最终落在山梁下。画安这才想起应当对艾菲儿说声抱歉。他打了个电话，电话没人接。这让画安感到不安。他揉了一把脸，脸上火辣辣地痛，接着肩膀上也有这种感觉。画安走到镜子前，看见脸上和身上都有血迹，心想一定是艾菲儿刚才留下的。画安无奈地笑了。

完成了全部展出的作品，画安松了一口气。晚饭独自喝了一杯酒，还买了他喜欢的白切鸡。清理毕画室，画安开车到超市里买完挂钉，然后给阿琛米打电话，要他晚上一起商量邀请贵宾的事。回到艺术村，泊好车，画安提着挂钉准备上楼，墙角猛地闪出一胖一瘦两名年轻人。其中，胖的亮了一下证件喝道："你被拘留了。"

画安一惊，挂钉哗啦啦全散落在地下。

# 二

天像玄底的画布，全黑了。

画安时而呆板时而焦虑，不知道被拘留的原因，好在内心坦然。他始终认为这是一个错误，只是绞尽脑汁也想象不出错在哪儿。自从走进艺术村，他从没做过违法的事，跟犯罪更是沾不上边。警察突然拘留他令他百思不得其解。既然他没错便是警察的错，警察的错出于警察的误解。这样的事有过。媒体常报道刑场上解救下的死囚最后被无罪释放，既然无罪当初怎么被警察关进去，又怎么通过检察公诉和法院的审判？这么一想，画安后怕起来。警察说："你被拘留了。"没说什么罪被拘留，然后被送往看守所，然后是检查身体。警察的果断不像是个错误，问题还是出在自己身上。

画安陷入深思。

号子里有微弱的灯光，一丝月光从高高的气窗里折射进来，让他感觉到温柔与慈爱，他涌动起一股情绪：自由真好。

房间暗，画安心里更暗。他突然想起了蒙卡奇的《死囚牢房》。简明易懂的画面既粗犷又细腻地表达了人物的遭遇和不同的命运。一边是死刑犯，一边是牧师，暴虐者祈求上苍的宽恕，之前他能理解并能体会到死囚的心态，当下，他却不能面对。不同的处境让他的心态变了，做英雄不易。关进来两个多钟头了，门上一直没有动静，他希望有人说话，有人提审，给他一个辩解的机会。

很久，他像是睡着了，并且做了一个梦。他意识不清是梦是醒，他认定是个梦，却又想证明自己不在睡梦中。他把自己变成了戈雅的"巨人"，紧握着拳头，顶天立地。云在他腰际飘过，他步伐沉重，地动山摇。他伸手扭开锁，就像解开一颗纽扣。"咣当"，一声纯粹的巨响，号子里的灯加亮了，门口站着两名警察。他恢复了意识，明白了自己的处境，心里骤然暗了下来。

他被带进了预审室，正想说话，却被警察制止了。

胖警官说他姓武，瘦警官说他姓闻。武警官问他的简历、家庭成员，这一切与他被关进看守所无关，但两名警察并不关心他想着什么，按照他们的套路不慌不忙地写着，把画安的膨胀情绪锁得结结实实。

"为什么关你进来？"武警官主审，闻警官记录。

画安心想，自己是在购物回来时被抓的，为什么被抓应当由警察来回答。但画安没敢这么问，他心里没一点底。警察可以办出手续并且把他关进来，不能说是小问题。而且，外面传说有的警察会打人，他不想与警察发生争执，白受皮肉之苦。画安做了个深呼吸，然后平静地说："一晚上我都在问自己。"

武警官挑了一下眼皮，露出乌黑的眼珠子，没表现出明显的不快。然后又接着说："你被告强奸。进来前对你身体进行了检查，证据对你不利呀。"武警官声音洪亮。

这是画安没想到的。强奸，强奸谁——他突然悟出什么，张着大嘴说不出话来。难怪，才进来他们就检查过身体，并且抽了血。

"你是说下午发生的事？"画安不安地问。

武警官往后仰起身子道："至于什么时间、地点及实施过程，只有你自己知道。我们正想问你呢。"

画安更加糊涂了，他下意识地摸摸脸上的伤，看了一眼武警官身边的闻警官，正想开口，武警官首先道："这是怎么落下的？"他指指画安的脸。

"不知道。"画安如实回答。伤口落下时间他的确不知道。

武警官显然不满意了。"不知道是什么意思，难道叫猫抓的不成，那我们还得找抓你的猫去。"武警官说完看看身边的闻警官，自己先笑了起来。

画安说："我的确不知道，多半是下午落下的。"

"这就是说你承认了。那么说说过程呗。"武警官说。

画安沉吟了半晌，把下午发生的一切如实叙述了一遍。两眼在武警官和闻警官之间交换，想判断他们对自己辩解的反应。"这么说，是别人冤枉了你。或者说别人自愿和你做那事后接着又反悔了，这有点滑稽。"武警官说。

闻警官这时放下笔接住话茬道："画安先生，模特儿的职业有很高的报酬，你出的钱又比一般画家的多，对一个涉世不深的女子来说的确是美差，也是难得的机会。为什么她自愿和你做那事反过来又来陷害你？"闻警官说话温吞慢吐，丝丝入扣，用一种似笑非笑的神态望着画安。

画安讨厌闻警官说话的口气，而且闻警官的笑脸刺痛了他的人格，但他的确不能解释闻警官的提问。不过有一点可以肯定，如果是艾菲儿告的他，也不会像闻警官说的是"陷害"。画安心里想着落日前的那一幕，凭他的直觉，艾菲儿不可能是伪装。艾菲儿就算是演员，演技如此炉火纯青恐怕也不太可能。

"我不知道。"他想了一会面对武警官问道，"也许你们能帮我弄清这个问题。"

"她是你雇的人，你不清楚？"武警官大声道。

"我们才见过两次，她第一次为我工作，我并不了解她。"画安实话实说。

闻警官抬起身子道："我不懂画，也不理解一具美丽的裸体带给你的感受。但凭想象，一个画家或是一个职业医生在工作过程中，对异性的身体产生占有的欲望，我感到不理解。"闻警官不紧不慢地对画安说道。

这话题的确让画安感觉到不安。从学画开始，他就面对各种各样的异性裸体，除了第一次有些生理反应并羞涩以外，从来没产生过占有的欲望。也就是说，一个画家不可能对自己的模特儿产生性的要求，尤其是在工作的时候。但是他和艾菲儿做了，而且做得十分尽兴。他忽略了从职业状态过渡到生理需求的心理轨迹；也不知道怎么会从一个画家走进强奸犯的圈子里。他觉得这里有误会，但他不知道玄机在哪儿。

"我想不起来。"画安实实在在道，"不过我敢肯定，整个过程没有丝毫的强迫，只是自然过渡。"画安觉得这是目前他能找到的最客观真实的解释。

　　"这是你的辩解。"闻警官音量不像武警官，但理性、坚决。"说到自然过渡，那么你脸上、身上的伤痕是怎么形成的？这里有你签字的入监记录。伤痕能不能包含其中的暴力成分？另外，被害人在逃离你的画室后，直接打的到公安分局，这之前，还在车上拨打过110报警。这一点，出租车司机也可以证明。我们做过调查，从你画室到公安分局，路上只要耽搁一分钟，就不可能在那么短的时间里到达。这不仅证明被害人讲实话，同时还能证明被害人受到暴力侵害后对报案的决定没有过半点的犹豫。"

　　画安被闻警官极强的逻辑推断弄得目瞪口呆。照警察的意思，他强奸艾菲儿是黑白分明了。但事情的性质不是像闻警官推断的那样，这里一定有误会。再说，认定艾菲儿逃离画室也不准确。画安极力回忆当时的情景：他们筋疲力尽地躺在地板上，好像还有过小憩，他睁开眼睛时，艾菲儿在穿衣服，那种惬意让他痴迷。后来他听到脚步声睁开眼睛时，艾菲儿已经走到了画室门口。画安清楚记得，艾菲儿有过回眸一笑，笑得很自然、灿烂，像天使。当时他甚至拿艾菲儿的笑与勃留洛夫的《意大利的中午》相比。青春花季的少女表现出欢乐与满足。但闻警官明确说"艾菲儿是逃离画室的"，这似乎不太可能。不可能警察为什么这样说？画安想了半天才从嘴里吐出两个字：

　　"逃离？"

　　"是的，逃离！"闻警官强调道。

　　"不可能，我们还躺了一会，怎么可能逃离？"

　　"但是被害人的控诉无懈可击。"

　　画安再度陷入迷茫，思绪进入真空地带，只觉得警察在眼前晃动，却不能正确判断他们在干着什么。他极力想收拢自己的意念，却感觉到十分地疲惫。不能说这是飞来的横祸，如果不被情所动，违背画家的职业道德，眼前的一切就不会发生。但退一步说，他对艾菲儿实施暴力，那是对他外在的强加，因为事实并不存在。

　　不管画安怎么思考，都无法解开眼前的疙瘩。他下意识问道："我能不能见见艾菲儿？"

武警官警觉地瞪着画安，半晌问道："干什么？"

"她能面对我吗？"画安坚定道。

武警官哈哈笑了，声音直接发自胸腔内部。"这能说明什么？她告了你，就能面对你；面对你，能说明你有罪无罪吗？"武警官说完又笑。

"总可以解释清楚。"画安坚持道。

"被害人说得清清楚楚。她又不是三岁孩子。再说了，就她的生活处境，控告你强奸需要很大的勇气，说假话或是诬告对她有什么好处？"

"我不信。"画安依旧坚持。

武警官觉得画安对他不信任，脸色陡然变了，正要发火，闻警官扯了他一下道："她咬定你施暴，你怎么办？"闻警官很认真地注视着画安，高深莫测。

"那她就不是人。"画安恨恨道。到了这个时候，画安心中才生出恨来。这种恨源于自己被愚弄，这种愚弄又来自令他倾心的纯情女子。两名警察没说话。但画安能感觉到警察的目光在他脸上滑动。画安似乎绝望了。身陷囹圄，绝望的色彩来得尤其夸张与猛烈，以至于他想到了最坏的结果。他会因为艾菲儿的控告被判刑，那么他首次个人画展的前期投入，他所借的高利贷以及名震中华的全部希望与美梦将化为泡影，而后他将宣告破产。

心里急，话便出了口："我会被关多久？"

武警官耸耸肥坨坨的肩膀，像背诵经文一样宣读了法律条文。"你以前没学过？"

"没有。你们有证据认定我强奸？"

两名警察没回答。闻警官收起桌上的笔录让他看，然后要求他签上字，完了离开了讯问室。

"我说还要关我多久？"

画安吼道。没有回答，讯问室里回荡着空洞的声音。

# 三

　　天还黑着，仿佛就没亮过。

　　画安被关到第 7 天，几乎是绝望了。

　　再过一个星期，他的画展就要开张。展品还没全部上墙，门票、画册没印，重要的画家、评论家和主流媒体没拜访，画室到期合同未曾续签。整个画展如果违约延期，画展将被取消。画展筹备了一年多，其间花去了他的全部积蓄并且借了高利贷；这还不算，如果他的公信力不被认可，他将从艺术村被挤出去。让画安恼火的是，阿琛米迟迟不肯露面甚至没有消息。好在画安认为，阿琛米没有消息，是不是预示着画展事项变数不大。但画安对这种想法没把握。他能走到这一步很不容易，在联系对外业务和绘画进度上，环环相扣，任何一个环节出问题，都可能导致画展的流产。而他终将因为一时的性的冲动功亏一篑。

　　画安后悔不已。

　　艺术村貌似平静，为了争夺市场，画家或各流派之间明争暗斗，十分激烈，而他偏偏在这个节骨眼上把自己给扳倒了。

　　那次以后，警察没再提审他。对于强奸艾菲儿他仍旧概念模糊。如果第一次讯问是最后的结果，他只有等到法庭上为自己辩护。不过那时候，画展泡汤了，他也破产了。悬而未果最是难挨的。这些天画安很少说话。监室像森林，什么样的鸟都有。画安觉得自己和他们不同。自己是无罪的，而那些言谈粗俗的人，不少是天生的罪犯。画安不语，就有人劝他，还有人问他犯的什么罪，就像医院同室的病人彼此打听病情一样。画安只回答自己是冤枉的。同室的人说，他们全是被冤枉的，社会不公平，却让他们付出代价，你说冤不冤枉。画安觉得他们说的有一定的道理，慢慢认同他们。但画安放不下外面的一切，把对艾菲儿的恨转向了阿琛米。这个时候，画安接到了被取保候审的消息，保人正是阿琛米。和阿琛米同来的还有艾菲儿。

警察警告画安，出去不能对艾菲儿不利，不能影响案件的侦查，不然会重新被关进看守所。画安无言以对，心里盘算着出去后先做什么。走出看守所，刺眼的阳光让他睁不开眼睛。他在眼眶上搭了个手，便看清艾菲儿款款地站在那儿，心底的怒火突然蹿起。他冲了上去，一把扯过艾菲儿的头发，举手想打，手却在半空中僵住了。他想起了警察刚说过的话，同时看到艾菲儿那双清纯的眼睛和流露出的哀怨目光。

"为什么？"画安撒手低沉地问道。

艾菲儿没有回答，理理被扯乱的头发，说一切往后再说。

下午阿琛米告诉画安，艾菲儿没有改变口供，也不是良心发现，现有的证据警察没把握逮捕画安。艾菲儿说既然如此不如放了他。画安没去想艾菲儿的事，他已耽误了许多时间，好在阿琛米尽管没把握画安能放出来，对画展的事却一直没闲着。

连续两天，画安和阿琛米都在布置展馆，商讨印刷事宜。做完最棘手的事，晚上7点，阿琛米赶着回家，画安疲惫得支不起身子，连晚饭也没吃。精神一松，竟迷迷糊糊在画室里睡着了。画安做了一个梦，梦见自己因为饥饿昏倒在棉花地里，母亲把他背回家，用鸡毛蘸着米醋轻轻地刮着他的脸。他醒了，他是被饿醒的，当他醒来时闻到了一股白切鸡的香味，这是他最喜欢吃的菜；同时，他还看见艾菲儿静静地坐在他的身边。画安翻身坐起，瞪着艾菲儿问：

"你来干什么？"

艾菲儿没回答，默默走到餐桌边，摊开食物，从包里掏出一瓶酒，分别将两只杯子倒满："等喝完了再任你处置。"艾菲儿平静道。

画安坐下。"你我心里明白，那天发生了什么。"

艾菲儿用长长的手指抓起杯子和画安碰了一下，呡了一口答："我明白。"

"为什么，你是被迫的？"

"不，我是自愿的。"

"为了钱？做人模的收入足够养活你。"

艾菲儿沉寂了一会答："我不愿以卖身来完成学业，我要更多的钱。"

"你是学生？"画安惊问，他只知道她是打工的。

"你在被人利用，为了什么？"画安愤怒道。

"那是我的事。"

"可是……你应当向警察说明。"

"没有。"

"因为警察没有更多的证据，让我继续待在看守所里，你和你的指使者顺水推舟，另图阴谋。"画安冲动道，加之酒精的作用，脸色绯红。

艾菲儿注视着画安，低声道："是的，一切都已经开始了，你无法改变。"

"什么意思？"画安瞪着艾菲儿，神志恍惚，觉得眼皮沉重。他猛地晃动脑袋。"你这话什么意思？"画安说着想站起，竟觉得意识模糊起来。他没想到自己这样疲劳，以至于不能将杯子砸向艾菲儿。怅惘间画安听到杯子落地的声音，那个梦再度浮起。恍恍惚惚里，他看到灯光熄灭了，接着是人影幢幢，艾菲儿被人剥去了衣服，赤身裸体地被绑上绳子扔在画台上。画台缓缓地旋转起来，接着是闪烁不定的灯光，这一切不知是梦还是真实。在画安的头脑里，害怕这样真实的场景，这是在犯罪。他想起黑暗的牢房，那里度日如年。这些忙碌的人是谁，他们想干什么，这一切和自己无关，他要制止却没有能力。画安觉得连抬手的力气都消失了，天地在黑暗中下坠，跌进深不见底的洞穴里，狭窄而又令人窒息。在极度的绝望与恐慌中，画安合上了沉重的眼睛。

不知过了多久，画安从噩梦中醒来。他转动着眼球，渐渐恢复知觉。头痛欲裂，手臂发麻，画安扭动颈部，以此辨别神志的状态。于是他看到了窗外透进了一丝光亮，看时间已是次日下午一点。这些天来他一直被关在看守所里，因为艾菲儿控告他强奸，失而复得的自由让他睡得如此深沉。接着他又想起了昨晚和艾菲儿喝过酒，但他不能确定，他想证实，于是支起身子，吃饭用的桌子摆放得和原先一样，桌面上干干净净；他记得他是睡着了，有几个人冲进他的画室，对艾菲儿施暴，他还记得他们对赤裸的艾菲儿拍了照片。想到这儿，画安觉得一切真实起来，惊怵中他从地上跃起，一寸寸扫过画室每个角落，没发现一丝一毫的异常。于是他确认昨晚真正做了一个噩梦。

画安潦草地抹了把脸，阿琛米还没有来。昨天和阿琛米约定今天下午去拜访著名画家。起身准备时，无意中瞥了一眼画架子上的《天女》，心里骇然一惊。在被关进拘留所那天，《天女》被画安用布盖了起来，回来不仅没动过，甚至连看都没看一眼。但是画安觉得，《天女》被人动过，因为在他完成创作后，曾站在同一个角度审视过自己的作品，可现在，角度却大得多。

画安小心翼翼走过去，看到画框下端有一沓照片，纳闷捡起，顿时像被蜈蚣蜇了一下，撒手扔在地上。散乱的相片内容是艾菲儿被捆缚的裸体照。

画安坐在离照片两步远的地方，不时瞥一眼照片，回忆所发生的事情。昨晚不是梦，艾菲儿的确到过他的画室，还和他喝过酒。他清楚记得艾菲儿买来了白切鸡，后来发生了什么？他睡着了，在他闭上眼睛的那一刻，灯突然熄灭了，接着闯进几个人来，他们笑着，剥去了艾菲儿的衣服，用绳子强行捆绑了艾菲儿，对她拍了照片。他似乎听到了艾菲儿叫喊，但一切随之落入黑暗中。他不能确定，《天女》画下的照片是不是昨晚拍的。如果是，那么艾菲儿又在什么地方？

阿琛米不知什么时候走进来的，他的问候吓了画安一跳。

"这是什么？"阿琛米问。

画安如梦初醒，他收起照片道："没什么。"然后问："才来？"

"昨晚睡得太迟，中午出来又堵车。"

画安没回答。阿琛米告诉画安，拜访的著名画家和记者约好了，下午他们都会在家里。画安"嗯"了一声，从柜橱里取出一只牛皮包，和阿琛米一道下了楼。

停车位上，画安打开后车盖，正想把包扔进去，突然脸色煞白，连连倒退，直愣愣指着车子说不出话来。

阿琛米见状走了过来问："画老师，怎么了？"

画安突然反应过来，踉跄向前，"砰"地盖上后车盖，包却夹在那里。阿琛米想替画安打开锁，没承想画安大叫"别动"，吓得阿琛米倒退了几步。

"什么？"阿琛米紧张问道。

画安摇摇头。

阿琛米没等画安反应过来，已经打开了车后盖，一具女人的裸体露了出来。那裸体白生生的，像盘里的虾一样扭曲在后备厢里，长发散乱，遮住了半张脸，她身上捆绑着绳子，和画安在画室里看到的照片一模一样。

阿琛米伸手一摸，大惊，砰地关上车门，道："僵硬了。"

"是艾菲儿！"

两人异口同声，吓得脸色苍白。

## 四

画安不用辨别那张脸，艾菲儿裸体的线条、骨骼、柔和的肌腱甚至每一片肌肤，他闭上眼睛，就能精确地画出躯体的全部特征。他甚至认为，他能在一千具蒙头女性的裸体里，不费力气地辨认出艾菲儿的身体。于是当阿琛米想再次打开后车盖证实他们的猜测时，画安拒绝了。

街上车水马龙，每一次超车的司机和每一个注视画安的行人都会被他认作警察。行前画安和阿琛米发生了争执。画安反对拉着艾菲儿的尸体满街跑，他担心万一有个闪失就可能被现场逮个正着。但是阿琛米却认为：把尸体搁在艺术村露天泊车位上，更不安全，一旦警察发现，他们就没办法解释不开车子坐面的的道理。画安没了主意，阿琛米倒显得冷静异常。他建议照原先的安排，开车去拜访画家。只要尸体在车上，车子在自己身边，心里便会踏实。画安同意了，他要求阿琛米一步不离地守着车子。

画安坐在副驾驶座上，犹如坐在针毡上。他不时回头望望后备厢，想证实不久前发现的一切。他不信艾菲儿死了，昨天晚上，他们还一块喝酒，她像是请求画安的谅解，又像是说明控告画安强奸的原因。有了看守所7

天的经历，画安变得小心谨慎，对艾菲儿的夜访，画安一直提着神。现在想来，他还是中了圈套了，他是被药物麻醉的，这大约是艾菲儿来访的目的。艾菲儿是一名出色的人体模特儿，她的天生条件是他从事十多年绘画生涯里不曾见到过的。然而昨晚在他们喝下那杯酒以后，她却死在了自己的车里。画安不时回头，尽管什么也看不见，但每一次回头，都让他心惊肉跳。他不明白，一次雇佣模特儿的平常事情，一次偶尔发生的性行为，会惹出这么多的是是非非，以至于让艾菲儿送了性命。

车子在红绿灯前停下，画安悬着心举目四顾。街道那边有几名警察在交头接耳，有一名警察朝他的车子张望。画安的心一下子提到了嗓子眼。他突然想起被释放时警察警告他的话，要求他不能对控告人采取不利的行动。而现在，控告人死了，尸体躺在车子后备厢里，他解释不清。看来警察是有预见的，说不定艾菲儿的失踪警察早已经知道，并且发现艾菲儿被捆绑的暴力性照片，那样他就是第一号犯罪嫌疑人，而他却拖着艾菲儿的尸体满街跑，分明是毁灭证据。画安承受不住了，他望着对面的警察突然对阿琛米道："我们自首吧。"

阿琛米惊诧地望着画安脱口而出："你疯了。你是犯罪嫌疑人，再被关进去，画展怎么办，一年多的心血不是白费了？"

"你知道人是怎么在我车上的。"画安说。他发现三名警察都朝这边张望。

"我能证明什么，我又不在现场，何况我是你雇佣的人。"阿琛米说着。

"这样提心吊胆怎么过日子？"

"别想这么多，难关一点点过，总会过去。"阿琛米说。

画安没想到阿琛米这么有主见，平常总对他发号施令，紧要关头，阿琛米却显示出超常的智慧。"你说怎么办？"画安一边注视着警察的动静，一边问道。

"一切放在画展以后再说。"

"尸体怎么办？会发臭，如果移动尸体，往后更说不清楚。"画安说着看到警察的注意力全在他们车上，有一名警察甚至用手指着他们。"他们是不是发现了？"画安道。

一名警察朝车子快步走来。

"不可能，冷静些。"阿琛米鼓励道。

赶过街的警察嘴里唠叨着什么，一脸怒气。画安紧张地摇下玻璃窗。"请把车子靠边。"警察厉声道。

画安望了一眼阿琛米，目光里充满哀怨，他恨不得从车里跳出去。

阿琛米起动车子，驶向警察指定的地点。"请出示驾驶证。"警察敬礼后说。

阿琛米递过驾驶证。警察细细辨认，没看出破绽，探头朝车内扫了一眼说："为什么停着不走，你没看到绿灯？"警察指指红绿灯道。这时画安才意识到只顾着和阿琛米争论，竟忘记了红绿灯。

"对不起，警察同志，我们为工作上的事争吵着，没注意。"阿琛米顺势说道。

警察围着车子转了一圈，然后用脚踢踢后轮子道："里面装的什么？"

"没什么。"画安紧张得声音发抖。

"没什么，看那后胎！"警察用不容置疑的口气道。

画安开门下车，看到后轮瘪了，张嘴不知怎么解释。阿琛米探头道："哦，家里搞装修，买的地砖样品。"他机灵地说。

警察看了阿琛米一眼，用不容否定的口气说："打开看看。"

"这有什么好看的？"阿琛米说着下了车，手里提着钥匙。"警察同志，如果您一定坚持要看，我可以打开。不过车锁有点问题，我正想修理，会慢一些。"阿琛米走到车后，用钥匙折腾着。警察有些不耐烦了，正想夺下阿琛米手中的钥匙，肩上的通话器"刮刮"地响了一下。接着传出了指令。警察把驾驶证还给阿琛米匆忙道："快走快走，首长的车队就要过来啦！"说完朝岗亭跑去。

画安重重地吁了口气。

阿琛米面无表情地走进车子，关上了车门。

"你很冷静。"画安不禁道，竟是一头虚汗。

"这种时候急也没用，一切都得听天由命。"阿琛米起动车子，远远看见警车闪烁，几十米开外跟着一溜黑色的车队。

画安叹了一口气说："首长救了我们！"

整个下午，画安拜请了4名画家，阿琛米一直留在车子里，画安还让他专门给轮胎充了气。走完最后一站，已经天黑了，返回途中，在同一个地点，他们的车子再次被交通警察拦了下来。

"你们从哪里来？"车子停到了规定的地点后，交通警察身后闪出一名男子，他探进脑袋警觉地问。画安一看，就是姓武的胖警官。他身子骨一软，连武警官的问话都回答不了。警察的确注意着他们的动向，担心他们保护的控告人遭到不测，不然怎么会在车水马龙的大街上截住他们的车子？

"你们从哪里来？"武警官加重了口气，闻警官不知什么时候也冒了出来。

"邀请客人，过两天就举行画展。"画安支支吾吾回答。他见警察不满意他的回答，便回头望了一眼阿琛米，希望他能出来证实他刚才的话。

阿琛米坐着没动。

"你助手很能干不是？"警察顺着画安的目光问道。

"所以我雇佣他。"画安机械地回答。

"简单的提问还用得着他证实吗？"警察敏锐地说。

"你们有什么事？"阿琛米突然口气生硬道。

警察又看了他一眼，而后望着画安问："见过艾菲儿没有？"

画安脱口而出："没有。"

"哦。两天两夜，我们没能联系上她，这不正常。"

"我的确不知道，该不是她做了违心事，怕见我，也怕见你们。"画安说。

两名警察相互望了一眼，画安能看出，他们并没有相信他的话。闻警官对画安说："画安，取保候审是一种强制措施，如果离开划定区域，就得向我们报告，不然你会被重新收押，这是法律的规定。"

画安答："我没出城，教授就住在城里。不信，你们可以证实。"

闻警官没听画安的解释，就像几天前，对他的讯问拟定好提纲一样。武警官开始围着他的车子转，并且用脚踢踢车子后轮。"车子里装的什么？"

"没什么。"画安的心一下子又提到了嗓子眼。

"没什么？"闻警官走到画安面前望着他。画安想起下午撒的谎忙补充说，"哦，家里准备装修，买了几箱地砖样品。"

两名警察转到车后，其中武警官又一次用脚踢车轮。"地砖很重，轮胎怎么那么鼓？"

听了这话，画安跳下了车，果然见轮胎鼓鼓的。他后悔让阿琛米充了气，更没想到阿琛米把气充得那么足。

"打开看看。"

"地砖，有什么好看的？"画安抢到警察前面，下意识地用身子护住车子。

"打开。"武警官只说了两个字。

画安大声叫阿琛米，希望他有对付警察的办法。阿琛米走下车，神情淡漠。画安目光里含着丝丝乞怜。他想，他们不可能有下午的运气了，躲得过初一躲不过十五呀，首长不会再救他们。画安下意识地往车前退，甚至产生了逃跑的念头。但他担心，在警察发现艾菲儿尸体的节骨眼上弃车逃跑，很有可能被警察当场击毙。

"你们想看什么？"阿琛米平静问道。

"只是例行检查。"武警官道。

"有检查证吗？"

武警官愣了一下，闻警官接话道："对犯罪嫌疑人，我们可以在任何时候对他的住处或物品进行检查。"

"你们除了浪费时间还能怎么样！"画安听到阿琛米十分不满的口吻。接着听到了钥匙转动的声音。画安恐惧到了极点，心想一切都完了，不再会有奇迹，一切都将暴露无遗。警察看到尸体后会作何感想，最大的可能就是他会被枪口顶住脑门。他感到极度虚弱，无力地闭上了眼睛。

短促的交谈，然后是"砰"的关车后盖声。不知过了多长时间，他听到了阿琛米叫着他的名字。他睁开了眼睛，看到自己躺在车子后座上。车子已经缓缓起动。画安不明白发生了什么，想象不出所处的状态。他用悲哀的口吻问道："这是去哪儿？"

"回家。"驾驶座上传来阿琛米平静的声音。

## 五

画室里，画安喝着咖啡，一副心不在焉的样子。

一只燃烧着的火球落在树梢上，像一颗红透了的橘子。平常收笔后，画安最喜欢坐在西窗前喝咖啡，欣赏着欲坠的太阳，被山口淹没前的太阳宁静而又绚丽，用一种轸怀而又渊博的心态注视着画安，常常令画安怦然心动。这是从画安走进艺术村的那天开始的。

艺术村原先是一片农舍，离城近，房租便宜。不少到城里掘金的艺术家落脚于此。慢慢形成一个颇有特色又有文化氛围的艺术村。寻梦的人在此卧薪尝胆，磨砺修炼，不少人从维持生计的匠人，成长为真正的艺术家。画安就是他们中的一个。其间，艺术村繁衍出各种经销商。画安的经销商叫藤龙哥，50多岁，是艺术村老资格经纪人。拿藤龙哥自己的话说，他养活了一代画匠，也培养了一批画家。画安做过藤龙哥四年画匠，他按照藤龙哥提供的照片，画着规定的油画，然后依照商定的价格由藤龙哥统收统销。画匠的画不署名，也不知道卖到世界的哪一个角落，藤龙哥会根据市场的需求不断地改变绘画的内容。藤龙哥喜欢画安的画，但讨厌画安画里的个性，更恼火他对用料和配方的保密。讨厌画安的个性是因为画安的画不能大批量模仿；讨厌他的用料、配方是因为没人能达到画安的作品所表现的色彩效果。当市场对画安的画需求量越来越大时，画安的收入越来越丰厚。于是，他有了展示作品个性的双重基础。有个性的画，促进了市场消费，相对市场而言，画安的画太少了，经纪人恨不得拿着鞭子，把他当石磨上的毛驴。越是这样，画安越是不耐烦。两人的合作处于胶着状态。一次香港拍卖会上，画安认出了自己的画标着国内某著名画家的名字，并且拍了很高的价钱。于是和藤龙哥彻底闹翻了。在艺术村其他画社里，没人能够模仿画安的油画。藤龙哥手里拿着大量订单，只得找别的画社。当大批作品送到客户手里时，又一幅幅被退了回来。一个老牌经销商因此破产，而后在艺术村消失。他记得藤龙哥离开前到过他的画室，还撂下过一句话："我培养了你，却毁在你手上。"当时画安动了恻隐之心，但市场的需求已经远远超出画安的创作能力；他又不愿意将自己的配方交给别人，让自己回到平庸。后来他才知道，不是市场，而是那些经销商不要真正的艺术。越普通、明快的色彩越能模仿，培育、引导市场的口味，是所有像藤龙哥那样的经销商的经营策略。

画安呷了一口咖啡，觉得有些凉了，便把杯子搁在窗台上。

尸体不知去向，画安心里反倒着急。昨晚他和阿琛米聊了一个钟头，阿琛米只是含糊其词。有一点阿琛米承认，在画安去拜访几位教授期间，他一直没离开过车子。最后画安从阿琛米的谈话里明白了他的意思：这件事就这么了结了，警察不可能再发现艾菲儿的尸体。这似乎明确告诉了画安，尸体是他处理了。

阿琛米办事干练，是画安一直让他待在画室的理由。在艺术村，雇佣任何人都不需要了解他的过去，就像雇佣艾菲儿一样，只要按照雇主的要求干好分内的事就行。干活的人十有八九是想从这里学到东西，做工只是谋求生存的一种方式。这样一来，口碑就显得十分重要。近两年来，阿琛米表现一直不错，尤其筹备画展的整个过程，显示出非凡的协调才能。除此之外，阿琛米不喜欢画画，画安允许阿琛米在场的时候，阿琛米也心不在焉。有好多次，画安有意放慢节奏，给阿琛米留出领悟的时间，但阿琛米连看都不看一眼。

现在他和阿琛米共同厮守一个生死攸关的秘密，这让画安宽慰，同时也让他惊慌。

尸体不见了，尸体是熄灭了灵魂的艾菲儿，画安感到惋惜之余，也开始思考。艾菲儿为什么会死？从招聘认识她，前后不过10天时间，这10天里，他和艾菲儿见了三次面，当第四次见到艾菲儿的时候，她已成为尸体躺在他车子后备厢里了。艾菲儿的死十分蹊跷，更为蹊跷的是尸体的失踪。画安想不透渊潭之大鱼，弄得心烦意乱。正巧，阿琛米出现在门口。阿琛米把手里的报纸递给画安，换上工作服。画安打开报纸，从里面掉出一个信封，拾起撕开一看，像是忽然抽去了骨头一般，整个人散了。

"你是从哪儿拿来的？"半天，画安坐在椅子上颤巍巍问道。

阿琛米放下手中的画框，往前探探身子答："信箱里，是早报吧？"

"我问的是信。"

"也在信箱里。"阿琛米看到画安神情不对，走过来答道。画安犹豫了一会，把那封信交给了阿琛米，只见上面写道："我手里有你强暴、拍摄、杀害那名女子和搬运尸体的照片证据，想让我保持沉默，除非听我的。"

阿琛米愣了一会，然后笑了。

"无稽之谈。"说着翻过信，并没有看到其他的文字，把信还给了画安，"信里没有说这么做的目的。"

画安有气无力道："我也不明白。我既不是富豪，也不是大人物，什么人会对我设陷阱，甚至是草菅人命。"

"您的意思，艾菲儿不是您……"阿琛米打住了话头，望着画安。

"你以为我杀了艾菲儿！"画安愤怒道。

"我——不知道。"

半晌，画安才有气无力道："和艾菲儿有那事是实情，当时到了那种氛围。没想到她会控告我强奸。出来第二天，艾菲儿主动到画室赔礼道歉，还带来酒和食品，我不知道会烂醉如泥，艾菲儿被拍了裸照。至于发现尸体，我们两人都在场，你怎么能怀疑我？"

"对不起，画师傅，我一直以为是您做的一切，所以艾菲儿的尸体……"

"说下去。"

"反正一切都过去了，写信的人不可能有证据，哪怕有暴力照片，警察找不到艾菲儿的尸体，根本立不了案。不然昨天我俩早就栽进去了。"

阿琛米这么一说，画安心里稍许安定了一些。反过来一想，还是忧郁道："如果写信和杀害艾菲儿的是同一个人，这么大的动作是为了什么？或者说，这一切刚刚开始。"

听了画安的话，阿琛米也愣在那里。半日阿琛米瓮声瓮气地说："莫不是谋财？"

画安笑了，"我是有财的人吗？"

"画师傅，画展耗去了数百万，您即将展出的作品有388幅，是您这些年来的全部心血。作品的风格在市场上绝无仅有，如果展出成功并且拍卖，您估计过市场价格没有？"

画安想了想道："数目的确不小。"

"会不会有人冲着这次画展来的，针对您整体拍卖的收入？"阿琛米提醒道。

"冲着展拍，有必要杀人吗？"

"这个我也想不明白。"

"按照你的思路。"画安让阿琛米坐下，给他冲了杯咖啡道，"他们利用艾菲儿，制造强奸，把我弄进看守所，这可能会导致画展流产。画展流产，有悖于你说的动机。"

阿琛米想想答："定不了您的罪，可以为他们实施敲诈增加砝码；定了您的罪，您会因为短钱而贱卖您全部作品，他们就有从中渔利的机会。"

"你推测，拍暴力照片，也是他们的砝码之一？"画安注视着阿琛米的眼睛。

"我这样想。"

"但是杀死艾菲儿呢，他们为什么要杀艾菲儿？"画安有些激动，咖啡杯里的勺子发出叮当的磕碰声。

阿琛米道："也许他们担心艾菲儿会坏事，利用完了杀人灭口。这样断绝了后患，同时把罪责推到您的头上，增加敲诈您的砝码。"

"你的意思：在警察眼里，我不仅是强奸犯，而且暴力要挟艾菲儿，达到性或是报复的目的，同时因为某种原因杀害了艾菲儿？"

"警察会认为杀害艾菲儿是您对指控的报复，杀人动机合情合理。"

"现在看来，真正的凶手已经完成了敲诈的准备，于是提出了要求。"画安抖抖手里的信说。

阿琛米点头。

"你说他们没有证据，至少没有移尸的照片，你有这个把握？"画安问。

阿琛米还是点头。

"他们怎么会说到'移尸'两个字？"

阿琛米愣了一下没有回答。

画安叹气道："他们的砝码还是不够，我们躲过了一劫，下一步我们怎么办？"

"以静待动，兵来将挡。"阿琛米说。

"你很有把握？"画安问。

"没有，我觉得这是目前最好的办法，并且不至于耽误画展。"

画安放下的心又提了起来，脸上显出焦急的神情。"怎么会卷进这个圈子里？"

"树大招风。在艺术村，没有比画老师更出色的画家。"

"这让我得罪了人，比如藤龙哥之类。"

对画安的判断，阿琛米没吱声。他放下杯子继续干他的活。画安看着阿琛米的背，心里七上八下的。他仔细想想刚才的分析，觉得有一定的道理，只是谁对他下的手，他不知道。画安一直与世无争，与世无争，世人就没办法和他争。但这次不同，他和阿琛米的想法一致，那就是这个不惜杀人的幕后人，是冲着他300多幅作品来的。除了这些作品，画安再也想不起来还有什么能让世人对他产生非分的欲望了。

正想着，两个男人闯进画室，画安一眼认出就是武、闻两名警察。他直愣愣地站在那儿，思维僵硬。武警官走到画安身边，捡起落在地上的信。

# 风起滴水弄

画安从惊魂中醒来，一把夺过信件塞进口袋里，磕磕巴巴解释道："是一份商业合同。"

武警官看了他一眼没追问，便在画室里转了起来。闻警官低声问着阿琛米什么。阿琛米有一句没一句地回答，显得不怎么配合。转圈的武警官站在作品《天女》前，很认真地欣赏着。好一会儿，他像是内行，对闻警官大声说道："小闻，这幅图画得最好，也画得最像。"画安好像听到阿琛米说了一句"还没上油"。警察没去理睬阿琛米，扎成一堆欣赏，不时还理论几句，传递一个笑容。好一会，他们一起向画安走来。画安的心一下子又提了起来。

"你一直没看到艾菲儿？"闻警官问。

画安摇摇头说没有。

"据我们调查，你出来的第二天晚上，艾菲儿还到过你的画室。"两名警察同时瞪着画安，显然对他的回答很不信任。

"没有的事。"画安辩解道，"这些天一直没休息好，那天晚上早早睡了，就没见艾菲儿的影子。再说，她冤枉了我，还敢到画室里来见我？"画安心里踏实，表情也坦然。

"但是我们说过了，我们有证据证明艾菲儿前天晚上到过这里，那以后再没出去。"警察并没有把眼睛挪向别处，还是盯着画安，弄得他心里直发毛。

"我真的不知道，你们检查过了？"画安简直是胡言乱语。

"我们的确看到了。"闻警官说着从身上掏出几张照片，在画安面前晃了一下又放入口袋，"你不会忘记，这一带有电子监控。"

画安浑身紧得像一块石头，他竟把这一截给忘记了。

阿琛米不知什么时候出现在警察的身后，接过警察的话道："电子眼只能证明艾菲儿走过前街，不能证明到过画安画室。在北边，还有很多画室和其他艺术馆，她可能成为他们任何一家画室的模特儿。"

警察听了他的话愣了一会，然后转身问阿琛米道："你很了解。"

"能不了解吗？去年画安画室被盗，你们就没破案。当时画老师向警察提过意见，在所有路口安装电子眼。"阿琛米说完没再搭理警察。

"那是技术部门的事吧。"警察显得没话找话，神情落在下风。当画安从惊恐中醒过来时，阿琛米去一边干活去了，警察也不知什么时候离开了画室。画安重重吁了一口气，觉得背沟里湿漉漉的。

# 六

画展前的几天，画安没停止过噩梦。所有的梦都是一个内容：那就是艾菲儿赤裸的尸体和苍白的皮肤在无声地腐烂。每次做梦都在警察激烈的追逐中惊醒，然后面对黑洞洞的枪口；每次醒来画安都是大汗淋漓。好些次他觉得支撑不下去了，产生了投案自首的念头，但他对投案的结果心里没底，而且他担心连累阿琛米。阿琛米不但知情，还藏匿了尸体，这是同谋。如果画安受到刑事追究，阿琛米也逃不了干系。他不知道阿琛米怎么处理尸体的，他们一同拉着尸体出去到傍晚回来被警察当街截住，尸体却没了。烧了埋了都不可能，在他拜见教授的空当里阿琛米没时间；唯一的办法就是藏匿或是丢弃在河里。但阿琛米明确说过，警察不可能再发现尸体，藏匿或丢弃迟早会暴露。画安担心的是，艾菲儿尸体一旦再现，他无疑是警察抓捕的头号犯罪嫌疑人。那时他有千张嘴也说不清楚。画安一直在投案与躲避之间徘徊，有好些次他什么也不想直接就往停车位跑去，但最终还是没能起动车子，把自己送进公安局，如果结果并非想象的那样，岂不是自投罗网？

同时，他顾忌画展。

画展是几年里的全部。包括他的心血，他所有的积蓄。两年多前，当他意外发现自己的画标着著名画家姓名卖得火爆后，他便不再卖画，并把原先准备出卖的作品全部收藏了起来。那以后他的生活来源和画展的投入全靠原先的积蓄。他知道，市场上买不到他的作品，画的价格就会上升。此后画安精心创作，筹备着画展。他希望能在这个城市乃至全国画界引起轰动，因此他邀请了国内著名画家和评论家出席他的展出仪式；还花重金，请到了主流媒体的大腕们。只要展出成功，他将走进艺术天堂，那时物质的担忧将不复存在，他会有一个属于自己的画室，有专门编织的画布和特定木料制作的画框，有固定的模特儿。他可以摒弃俗念，把自己打造成一个中国的凡·高。画安觉得自己有这个能力与才情。

直到画展的前一天，警察都没来骚扰他。

这天晚上画安没有回家，就在画室里猫了一夜，早早起来，画安认认真真地打扮自己，他把今天的日子看得很重，这是他生活甚至是生命的一个转折。画安仔细看了展出程序安排，对着镜子把演说词朗诵一遍。看看镜子里的画安，仿佛是他在屏幕里展示，心里变得一片阳光，随之神采奕奕。手机一直没响，这似乎有些不正常，不过展出的全部事宜阿琛米都安排妥了，手机不响意味着一帆风顺。看看还有时间，画安给自己冲了一杯牛奶。他与阿琛米约好的，提前一小时到会展中心。当画安一切准备妥了以后，给阿琛米拨打了电话。阿琛米告诉他已经往会展中心赶，画安心里踏踏实实。

会展中心被画安整体租下，388 幅画占去了全部主要的展厅，这在个人举办的画展里绝无仅有。的确，当初画安签署合同的时候，心里就有一种孤注一掷的感觉。

准点赶到会展中心，保安开了门，画安舒展双臂，呼吸着展馆里特有的气味，内心显得格外明亮。此时他忘记了所有的不快，甚至忘记了被阿琛米藏匿的尸体，抬脚走进展厅。

鹅黄色的大理石发出柔和的光，偌大的展厅悄然静谧，所有的作品各得其所仿佛生长在原有的位置上。展厅的布置是阿琛米请了专门人员设计完成的，每一幅画的摆放都经过多次商议。不仅如此，绘画内容也是全国画展少有的，388 幅作品只有一个主题，那就是裸体女性。虽然展出的主题单一，但绘画的技法和画面的构图之独特前所未有。展出的标志性作品就是艾菲儿做模特的《天女》，这幅画被放在了最醒目的位置，并且作为这次展出画册的封面。画安环视展厅，内心里燃起一种成就感。再过一个钟头，这里将会人声鼎沸，而他会以画家的身份与大师和主流媒体侃侃而谈。

偌大的国家，能说话并且让别人注意你说话内容的人很少；你说的话能影响别人的更是少之又少。而他画安，毕竟走上了国家级油画的舞台，并在舞台上展示自己的才华。就在明天，国内的各大主流媒体都会向世人宣告，他画安在画界开始发声，这样的发声极有可能影响绘画派别的发展方向。这就是成功，一个男人的成功。

豪情过后，画安平静下来，情不自禁地走到《天女》面前，他凝视着自己得意的作品，聆听着内心审美的诉说。艾菲儿是上苍在最后送给他的礼物，她化作《天女》为画展的腾飞插上翅膀。艾菲儿死了，《天女》却活了，爱也斯恨也斯。恻隐之心让画安迷迷瞪瞪起来，脑子里闪烁着艾菲儿坐在画台上的每一个动作，每一个动作都让她洁白的皮肤变换着不同的色彩。他想起了巴黎画派大师莫迪里阿尼，想起了他的作品《仰卧的裸妇》，他甚至觉得《天女》比《仰卧的裸妇》更有审美的韵味。人体修长舒展，流畅的线条梦幻般起伏，构成肉体的柔和与丰满；朱红色的乳头、蜷蛴般的颈和柔性的腰表现了女性的唯美的性感和无穷的诗意；安静仰卧姿势强烈地透出静默中的诱惑与渴望。创作《天女》画安的意识是流失的，他没有刻意追求理性的感悟，在沉醉中完成了创作，并且把艺术的本质融入了自然。也许在画安的脑子里早已蕴藏着唯美理想，使得渗透到骨子里的风格在极度的忘我中通过潜意识表达了出来。但画安始终没有明白美的创造与性的释放的衔接点。接下去发生的事情，令画安完全陶醉了。而此时，他满脑子都是对艾菲儿的回忆，各种各样的画面交错、重叠，变换着不同的颜色与节奏，犹如一部激昂流畅的交响曲在天堂里奏鸣。

有人拍他的肩膀，画安从梦幻中惊醒。抬头发现眼前站着的竟是武、闻两名警察。

"时间已经过了。"姓武的胖警官说。

画安下意识地看看表，果然已经过了十分钟，举目扫过展厅，贵宾没到，观众也是寥若晨星。

画安惊呆了。

"我敢和你打赌，专家不会来，媒体不会来，也许只有零零落落的观众。"武警官注视着画安说。

画安摸不着头脑，不知道眼前发生了什么。警察打的赌完全是一个不着边际的玩笑。所有的画家、评论家和媒体都是他亲自下的帖子，并且全部支付了现金。同去的还有阿琛米……阿琛米呢？

"发生了什么？"画安惊魂未定地问道。

警察像是专门捉弄他，两人同时耸耸肩膀。

"你们依什么和我打赌？"画安压抑不住地叫了起来，忘记了眼前的是警察，而他是个犯罪嫌疑人。

警察并没有回答他的问题，同时跨前一步挟着他，把他带上了门口的警车。

我怎么能离开？我是画展的主办人。画安欲喊，想起警察说的话，便像开水焯了的生面，顿时软了。

眼前黑了。

"我又犯了什么罪？"预审室里，画安愤怒地对警察嚷道。他一次次被逮进来，自己却完全蒙在鼓里。

瘦小的闻警官停住了脚步，带着奇怪的表情反问画安："你自己都不知道？"

画安使劲地摇头，表现出无辜与清白。

"那你再想一会，理出个思路我们再谈。"

"别，别。"画安害怕警察撂下他不管。画展开着他不能多耽搁一分钟。"您给我一点提示，我这人丢三落四的。"画安道。

警察没搭理他，转身走了。画安陷入极度的恐慌之中。他没想到，会在这当口再次被警察传讯。警察不肯提示，潜台词像是不言自明，是你画安揣着明白装糊涂。强奸呗，拍裸照呗，杀人呗！这不是明摆着的吗？这一切迟早会来，他能怪谁？怪自己。阿琛米没能准时到达展厅，行前阿琛米明确告诉他已经往展馆路上赶了，过了时间他却没到，难道阿琛米也被抓了？画安想到这里，升起一股绝望之情。上次自己被抓，幸好阿琛米帮他打点一切，现在都在里面怎么办？阿琛米能干，只是不够圆滑，警察早就盯上他了。说不定正在隔壁交代全部，并且把一切推到他身上。想到这里画安起了一身鸡皮疙瘩。

眼前关键的是画展。警察凭什么断言邀请的人不会到场，但不可能发生的事好像真的发生了，当他被带离展馆时，竟没见到一个他邀请的贵宾。为什么？个别的可以理解，全部没到怎么解释？预先他没有接到过一个电话，谁也不敢白白拿了别人的钱而不出力，这不符合道上的规矩。可阿琛米没来，并且没有提醒他如此重大的变故！想到这里，画安下意识地摸摸手机，才想起早被警察收了去。

画安的情绪低落到了冰点。他模糊觉得，这一切和艾菲儿的死有关。他后悔当初没能投案自首，向警察说明他既没有暴力袭击艾菲儿并且拍她的裸照，更没有杀害艾菲儿。艾菲儿的尸体置于车上他并不知情，这一点阿琛米完全可以证明。他后悔自己优柔寡断，偏信了阿琛米的话，让自己铤而走险。但责怪阿琛米有什么意义？自己毕竟是老板。现在的问题是画展开着，画家却不见了，这有点像临近拜堂不见了新郎。毁了，整个画展都毁了，他面临着破产甚至是蹲监狱。此时的心情让他想起了藤龙哥，藤龙哥作为艺术村里的一个龙头老大，因为他富有个性的作品而破产并从艺术村销声匿迹。他行前怆然落魄的神态和凄楚悲悯的声音再度浮起："我培养了你，却毁在你的手上。"藤龙哥当时的状态和他现在的一样。油然升起的自怜让画安想起"报应"两字。举办画展的失败，结果会像藤龙哥一样。与之不同的是，藤龙哥的破产与他无关，他是个黑心商人，而他画安却是无辜的。

警察进来了，胖的姓武，瘦的姓闻。画安心急，警察铺开笔录纸，犹如和尚念经般地问着上次已经问过的姓名、家庭与简历。回想近期所发生的一切，画安急切地想知道警察与他打赌的依据，只有他们才能解开眼前诸多的谜团。

"我只有一个请求，告诉我画展上发生了什么事？"画安几乎是哀求了。

"展馆和先前你看到的一样，没人。"

"我发过邀请……"

"你让他们来看什么，看你的画吗？会馆里所有展出的作品，在全市与文化沾边的店铺里都可以买到。尤其是《天女》，画得和你的一模一样。"

画安一听乐了。"这不可能，展出的作品从来没上过市，而且《天女》是在半个月前完成的。"

警察互望了一眼，闻警官道："我们跑了不少商店，至少看到了20幅《天女》，这个数字不会少了。"

画安听到这里先是惊讶，而后像驴一样"咚咚"地笑了。"满街都是我的画，充其量也是赝品，这无形中给我做了广告，只会提高真迹的市场价格。"

这回轮到武警官笑了。他捏着肥大的下巴颏道："你用什么证明是别人仿制你的而不是你仿制别人的；或者说你的全部作品也是别人仿制的一部分。再说时间上，市面上比你展出得还要早。"武警官说着把脸伸过来，在很近的距离注视着画安。

听武警官这么一说，画安紧张了起来。"没人能仿制我的作品。"他申辩道。

"你指的颜料和颜料配方，或者是绘画技法？"这回是闻警官说了。

闻警官这么一问，把画安惊得目瞪口呆。"你怎么知道？"

两名警察没有直接回答，而是拿出他的手机问道："这是你的手机。"

画安看了点点头。闻警官用画安的手机拨打号码，桌上包里另一个手机响了起来。闻警官把响着彩铃的手机送到画安面前问："看看这是你手机的号码吗？"画安看到一个陌生的号码，两眼睁得老大。闻警官接着说："你用的手机被偷换了内存卡，取消画展的消息完全被封锁。"

画安明白了，他"嗖"地站起对着两名警察嚷道："是谁，是谁干的？"

警察没理会画安的叫嚷，而是把一张纸递了过来。画安颤巍巍地接过，只见上面写道："我出这个价格收购你的全部作品。"画安看见"这个价格"后面标的数字，差一点晕过去。

"你不用惊诧，这个价格和市场上的价格一般高。"闻警官说。

"这个价格会让我倾家荡产！"画安痛苦道。

闻警官看了武警官一眼耸耸肩膀道。"批量生产，薄利多销。"说完脸上泛起无可奈何的表情。

画安几乎绝望了，他的画被这般收购，不仅血本无归，还无法偿还高利贷。他会因此像藤龙哥一样，为逃避债务被人追逐，从此销声匿迹。那么所有的梦想将随之破灭。

"是谁坑害我，纸条从哪儿来的？"画安挣扎着问。

闻警官望了他一眼说："你的画被大批量复制，涉及作品侵权，我们会将此案交由经济侦查部门。现在我们要知道的是艾菲儿的下落。艾菲儿在你出去的第二天晚上出现在艺术村，从此失踪。我们有理由怀疑你或是你的助手阿琛米对艾菲儿下的手。"

画安从画展失败的痛苦中挣扎出来。他意识到，警察的注意力并不是他的画展，艾菲儿的失踪始终会找到他头上。但有一点画安可以肯定：警察追问艾菲儿的下落，证明阿琛米所说的没错，他们并没有发现艾菲儿的尸体，这似乎又给了画安一线生机。

"我不知道，我说过，最大可能是艾菲儿觉得对不起我，没脸再出现在艺术村。"

"那么我问你，《天女》这幅画是什么时间完成的？"闻警官严肃问道。

"在艾菲儿指控我的当天。"

"此前所有展出的作品是不是都完成了？"

"是的。"

"但是你要用《天女》作为画展的标志。你一直在画室，别人怎么能赶在你前面大批量临摹你的《天女》？看守所是你最好的去处。"

"我被陷害完全是个阴谋。"

"也可以这么说。他们知道警察不可能轻信艾菲儿的口供，可在你出来的第二天，你对她做了什么，我警告过你。"闻警官的声音不重，却有一股瘆人的威严。

"我没对艾菲儿干什么。"

"证据对你不利。在你释放的后两天晚上，你约了艾菲儿，用预备的药酒麻倒了她，并对她拍了不堪入目的照片。你想通过这种方式控制她，让她放弃对你的指控。也许你并没有达到目的，于是对艾菲儿下了手。"闻警察又进一步道。

"不，事情完全颠倒了，是艾菲儿带来了药酒麻倒了我，有人趁机拍了照片，以此来要挟我。至于杀害艾菲儿的事我一点也不知道。"

"艾菲儿被杀害了？"闻警官紧追一句。

画安发现说漏了嘴忙辩解道："我不知道艾菲儿已经死了。"

"艾菲儿已经死了？"闻警官抓住不放。

画安越说越糊涂，不敢再开口。两名警察也不往下追问，而是自言自语道："你两年多没卖过一幅画，全靠前几年的积蓄过日子。为了画展，你倾囊而出，甚至借了高利贷。如果失败，后果你最清楚。你这是孤注一掷。你的绘画特点和配置的颜料，是你的商业秘密，别人想临摹你的作品不仅要知道你使用的矿石料和植物名称，还要知道天然颜料的配方比例。你提防了内行，却忽略了你认为的外行。近两年时间，你所有的秘密都被窃取，所有的作品都被临摹。现在我让你看样东西。你能否辨别哪幅画是你创作的作品？"闻警官说着拉开一块大布，倚墙支着的两幅《天女》油画呈现在画安的面前。

画安呆若木鸡，这的确是他的作品，从帧幅大小看去与他创作的《天女》一模一样；画面色彩明暗与线条结合相得益彰。他不知不觉从板凳上站起，闻警官示意他可以近前观察。画安细细看了创作技法：细节领先，是他创作的主体，通过细节带动画的整体。人体在色块中构成，在明暗中凸显，有一种特殊的空间感。画安运用色块表现饱满肌肉的特征技法是独一无二的，尤其运笔起合唯他独创。眼前作品从任何角度来说和他的作品如出一辙。画安不信，还考证。从檀木框的制作工艺到麻、绨画布都是他的特创。他失望了，无法判断哪幅是哪幅非。只得犹豫地指着跟前的那一幅道：

"也许是这幅。"

"不，两幅都不是。"闻警官说。

画安像爆了气的轮子，瘫坐在地上。警察把他扶到板凳上，为他冲了杯水。茫然中他想起了阿琛米，只有阿琛米才可能了解他的全部。但阿琛米明摆着是不懂画的。他曾问过，也试探过。警察说他"提防了内行，忽略了他以为的外行"。这人无疑是阿琛米了。这么说，阿琛米到画室的目的，就是为了窃取他所有的秘密，他还带他采赭石、垩土、茜果、槭叶，并且让他处理颜料的原材料。阿琛米对画一窍不通，即便知道矿物、植物，也不知道提炼方法，知道提炼方法，也不知道调配比例，知道调配比例，也不知道怎么使用。遗憾的是所有的假设都建立在另外一个错误的假设上——阿琛米不懂画。近两年时间，他的创作过程基本上不回避阿琛米，阿琛米也不关注他的创作，但他眼里不时发出的那种睿智光芒，却一直没能敲开他的警惕之门。阿琛米为什么这么做，还有艾菲儿和艾菲儿的死？他们合起伙来整他是为了什么？想到这里，画安的潜意识里突兀地冒出一个人来。

"藤龙哥。"画安脱口而出。

"对，藤龙哥。你第一次进来，我们就对阿琛米产生了怀疑，并对阿琛米的通信工具和行动进行了追踪，发现了藤龙哥这个人。他们搞的画室不在艺术村，也比你大得多，他们雇用了几十个画匠，流水作业。阿琛米是个天才画家，有超常的记忆和极强的临摹能力。这么说也许你能明白了。不过也有我们不明白的，藤龙哥这么做仅仅是为了和你争夺市场？"闻警官接着问道。

"不，为了报复。"

"报复？"

画安对警察讲了藤龙哥的事。两名警察才吁了一口气。"好了。"闻警察说，"现在的问题是你把艾菲儿怎么了？"

画安觉得再隐瞒已经没意义了，他捶胸顿足，对阿琛米仇恨至极，他没杀艾菲儿，一定是阿琛米和藤龙哥他们杀的。

"她被杀了。"他坚定地说。

"是你干的？"

"不，不，发现时她已经被扔在我车子后备厢里。在我喝了酒被麻翻以后的第二天下午。尸体捆绑着绳子，和照片上的一模一样。"

"那么尸体呢？"

"不知道。是阿琛米处理的。那天下午送请帖，车上就装着尸体，晚上你们检查时我才发现尸体不见了。我问过阿琛米，他没说怎么处理的，只说警察发现不了尸体。"

两名警察脸上呈现出疑惑的表情。"在你们送帖子的时间，阿琛米有机会处理车上的尸体？这是在城市，不是农村。"闻警官显然不相信画安的话。

"真实的情况就是这样。下午我拜访了 4 名画家和评论家，最长的停留不过 40 分钟，其间阿琛米给车胎充过气，那是唯一的空当。"

"藤龙哥跟你有仇，为搞垮你，可以不惜血本，但用得着杀害艾菲儿吗？"

"我也这样想。即便藤龙哥破产与我有关，毕竟是生意上的纠葛。他是江湖上的人，懂得孰轻孰重。但艾菲儿的确被杀了。我想，藤龙哥杀人一为灭口，二是栽赃于我，为敲诈增加砝码。除了阿琛米，我无法证明艾菲儿不是我杀的，阿琛米又是藤龙哥的人。我掉入陷阱了，不能自圆其说。"画安倒出真话，心里只剩下悲哀了。

"藤龙哥杀人动机不成立，反证杀害艾菲儿的犯罪嫌疑人是你。"闻警察的目光像鹰一样，让画安无处躲避。

"我也想，只有阿琛米了。但倚着他，就像羊毫倚着朱色洁不了身。画展黄了，怕是命也保不住……我想知道阿琛米在哪儿。出来前我与他联系过，他正在赶往展馆的路上。"

"不，那时阿琛米已经被我们控制，是我们让他这么告诉你的。"武警官插上一句。

"敲诈信是从他那拿下的？"

警察不置可否，画安从警察眼神里看得出答案是肯定的。

"关于艾菲儿的死，阿琛米怎么说？"画安这么问，觉得不妥，转而道，"请警官理解我的心情。"

没承承想武警官干脆答："没说，但快了。"画安看到武警官很有把握的样子，心里平静了许多。只要阿琛米开口，他就没事了。

"那么藤龙哥呢？"画安想不停地提问，哪怕是警察不回答，他也能发现点什么，画家有类似于警察的洞察力。

"同时被传讯，因此，我希望你能说实话。"武警官说完，注意力已经不在这儿了。

他们一同离开桌子，画安还想问什么，两名警察已经拐过门角。

完了。这是画安最强烈的感觉。如果藤龙哥和阿琛米一起栽赃于他，他是有口难辩的。画安有一种大难临头的感觉，甚至觉得眼前一片黑暗，犹如被宣判了死刑。要是藤龙哥和阿琛米真的杀了人，自然不会承认，他画安就是替死鬼。画安遍寻记忆，想找出解脱杀人之嫌的真凭实据，但一点也没有，一切安排得如此巧妙，可以说是天衣无缝。他不得不佩服藤龙哥的老谋深算，佩服阿琛米和艾菲儿的演技，让他一路走来，最终误入歧途。想到这里，画安心如死灰。

不知过了多长时间，当警察再度走进讯问室的时候，画安已经是泪流满面了。他甚至没听见警察叫着他的姓名。

"说你呢，不走了？"武警官显然催促了多次，不耐烦地叩桌子。

画安站起，茫然地望着警察："去哪儿？"

"展馆里爆满了！"武警官声音洪亮道，脸上颇有血色。

"展馆……你是说我的画展。"画安惊颤颤问，不信自己的判断。

"走吧走吧。"武警官说，"闻警官以警察的名义，照着邀请的名单通知了一遍，并且作了简单的解释。"

画安迟疑着，闻警官的手机响了，他听了一会笑了，对着手机说："你自己对他说吧。"

画安接过手机，听到一个女人的声音："画老师，我对不起您了。一切我都跟警察交代了，我愿接受法律的处罚，以后愿成为您的专业模特儿。"

　　画安再次惊呆了，这声音太熟悉了，好像在哪儿听过……艾菲儿，是艾菲儿！画安张着嘴说不出话来。于是他仿佛听见闻警官说："艾菲儿没死，那是藤龙哥和阿琛米一手策划的。其实也是你粗心，你只看到裸体的艾菲儿，阿琛米说'尸体僵硬了'，你便信了。在你拜访教授的时间里，阿琛米放出后备厢里的艾菲儿，我们自然见不到艾菲儿的尸体。"

　　画安还听闻警官说："艾菲儿已经在意大利了，我们一直不相信她会被杀，藤龙哥和阿琛米也承认了。通过出入境管理部门我们找到了她，她不仅当过模特儿，而且是美院的学生，为了筹集去意大利的学费，成了藤龙哥的从犯。"

　　闻警官还告诉画安。阿琛米的身份已经查清，他是藤龙哥的亲生儿子。

# 刑侦大队

一切都不是开始，一切都不是结束。

——作者手记

## 一

早晨走进开化县刑侦大队小院，大队长汪名六像往常那样抬头看了看那几棵枝叶茂盛的水杉。记得他跨进刑侦大队的第一天，就特别注意这幢两层楼前的四棵水杉。那时水杉也没这么高大，这般雄姿勃发。就像他自己，一张白白的脸庞和短短的头发，心里没多少内容。那时他只有一个信念：干好警察这一行。这些年来，从刑侦大队技术骨干到派出所副所长，直到去年再回到刑侦大队担任大队长，一晃就是 13 年。每天早晨上班，他总是情不自禁地看看这几棵树，虽然没有发现树在生长，但和刑侦大队这幢两层楼相比，会猛然发现树端已超出房子许多，树干也大了几圈。望着眼前这几棵树，汪名六觉得它们就像自己走过的路，他似乎把这几棵树作为一面镜子。"目失镜，则无以正须眉。"他总想起这句古训。

汪名六掏出钥匙打开门，抽出腋下的小包，拎着水壶打开水。今天的天空特别晴朗，阳光早已蓬蓬勃勃地爬上了山岗，光芒抚着春末的大地，目力所及是金灿灿的一片。5 月的气温像柔软的白云，拥着人性的慵懒，小鸟在树枝上叽叽喳喳地喧闹，依偎着人的亲情，像是送过一声声清晨的问候。

放下水瓶，汪名六拿起扫把清扫院子。大队里的探长陈利新骑车进了大门。

白白胖胖的陈利新在队里算是老大哥了，由于胖，待人随和，队员们送他一个外号叫"大肥"。

陈利新向汪名六汇报不久前发生的那起盗窃案，说要和蔡教导员和小董到西乡桐村去一趟。

安排好工作，汪名六在笔记本上记下1997年5月27日，星期二，晴。

汪名六有记日记的习惯，自当刑警以来，汪名六先进行干痕迹检验，在微观世界里捕捉与发现，赐给他最充分的特点就是心细。他的心细程度致使他平常的眼光已不足用了，他必须借助放大镜来窥探甄别那些不同的特点，这个习惯同样也影响着他的工作。他早上记录全天的工作安排，中途记录工作进展和遇到的问题，晚上记录工作完成情况。正是这种细致的工作作风，使得他在先后十年的痕迹检验工作中，无一差错。

做完笔记，桌上的电话铃响了。

刑侦工作让他总结出一个特点：9点半以前的电话大多是报案的。今天又是什么案子呢？汪名六想。

电话是邻县淳安汾口派出所打来的，说是在开化和汾口交界处的大龙山上，发现一具裸体女尸。

汪名六放下电话，他并不慌张。这些年习惯了，除非是突发性案件，他都显出刑侦特有的沉着与冷静。

他在电话簿上记下内容，给到桐村的蔡教导员打了传呼，然后，通知负责技术中队的副大队长小毛，准备勘查尸体现场的器材，然后把电话打给分管刑侦的朱杭林副局长。

"齐溪大龙山上有一具裸体女尸。"

朱杭林副局长个头不高，身骨不算大，三十多岁的人显得有些发胖，屁股尤其凸显，但不失精神。他调入县公安局后一直在城关派出所，后来自修攻读大学法律系，门门功课考试在全市名列前茅，被评为同届的优等生。1993年他担任开化县城关派出所所长，被选为市人大代表。1996年被提拔为公安局副局长，分管刑侦工作。当朱杭林副局长一行出现在汾口派出所时，所长热情地接待了他们。所长用轻松的口吻说案件的管辖不在淳安汾口界内，口吻像是很遗憾。

"50米。"所长说，"你们真是运气呀，获得50米之内的管辖权。"接着，所长给大家冲了开水，简单介绍了案情。

早晨5点左右，汾口樟村青岭脚自然村有6个人翻过大龙山想到齐溪水库炸鱼，其中一个打猎的在过山岗时发现路上有一摊积血，便大叫"发财了"，他们以为有人打伤了野兽，自己捡了个便宜，便沿着血迹寻找。就在柴火里，他们发现了一具裸体女尸，于是匆匆赶到村办事处报案。"尸体离分界线50米，是你们开化境内。我们通知你们齐溪派出所了，你看，光荣的侦破任务交给你们了。"所长幽默地说。

淳安汾口派出所与开化县交界，与当地齐溪派出所更是亲如兄弟，因而哪怕谈及案情，都会带几分幽默。

朱杭林副局长听了苦涩一笑。

汪名六没吱声，他满脑子是对现场的猜测，此时此刻他只有一个心愿，就是赶快到达现场。

樟村青岭脚离汾口20公里，山高路陡，道路狭窄，极不好走。开化公安一行9人，驱车赶到青岭脚。

"还有十多里山路。"下车后，汾口派出所的同志说。

青岭脚二十多户人家，零星分布在青岭脚下。她像青山绿荫之中的一颗明珠，山前山后所见的是一片片青竹，透着清凉，遍布整个村庄。青岭脚就是开化所称的大龙山，岭北岭南一山之隔，岭北淳安，岭南开化，相距在10公里以上。

汪名六让刑警带上勘查器材，沿着小路往上攀登。一路上，汪名六满脑子闪烁着尸体的画面，他不知道第一眼看到的将是什么景象，而这第一眼对一个刑侦大队长来说是多么重要。很多重大案件正是在他第一眼中得出一个"破了"的预测；很多案件就在这个预测中侦破。他不知道刑警的欢乐在哪里，但刑警的欢乐在很大程度上系于希望与失望之间，希望和失望的交替，铸造了刑警所有的个性。汪名六突然感到浑身燥热。

此时，一个五十开外的老汉挤了上来，他虽年迈，脚步却出奇地轻盈，他不时主动要为刑警背包提袋，还说着乡村里的故事。

有人喊休息一会，各人找地段坐下。那老汉掏出大中华香烟，刑警吃惊不小，细看烟盒，原来是假的。

老汉自称姓吴，就住在青岭脚下。他没有因为民警不接假烟影响他的情绪，而是说这烟是儿子从上海特地给他带来的，至于真假他并不在意，只要是大中华，牌子硬，就足以见儿子的孝心。吴老汉显然是听说山上的案情，恶语咒骂案犯的凶残，又大谈世风日下。汪名六边听边问青岭脚村里的情况，此刻他怎么也没想到，这起案件和这名老汉却有千丝万缕的联系。

青岭顶和大龙山的交界处就是山岗上那条狭窄的小路，小路蜿蜒逶迤，灌木丛生，在一个拐弯处，轻巧地将这起杀人案划给了开化警方。

汪名六第一眼看见的是那具伏卧的裸尸。正是这第一眼，他心灵深处猛地跳出了几个字眼："此案破也。"他无法知道这种意识基于什么样的条件，是知识、经验还是荒山冷坞里那具赤裸女尸启发了他的想象？他想眼前的一切不会欺骗他的意识，那在一瞬间跳出来的字眼就像他能读出每个刑警队员的姓名那样精确、明晰。此案必破！

汪名六向朱杭林副局长简短地汇报了一下，决定现场从中心向四周辐射勘查。

尸体倒卧在大龙山小路下 50 米处，几根杉木和柴根拦住了尸体。尸体下身全裸，上衣卷到胸脯以上，合在地下的面部开始腐烂，面目全非，无法辨识。在尸体上方发现一摊发黑的血迹，还有两块足以致人死亡的石头，石头上沾有血迹和头发。往四边搜索，发现一双白色女式皮质凉鞋和一条粉红色内裤。

尽管是 5 月，阳光在山头上显得肆无忌惮，翻动过的尸体在强光下，将臭气蔓延开来。法医小汪捏着手术刀，一处处解剖，汗水噼噼啪啪地砸在地下，他全然不知。

综合各方面情况初步分析：死者是 30 岁左右的女性，已婚，死亡原因是他人扼颈后用石头猛砸头部而死。然而令汪名六头痛的是，现场没有搜索到证明死者身份的物品。由于脸部朝下，腐烂得面目不清。

找到尸源，这是野外凶杀案侦破的前提。

吴老汉一直坐着，不停地给休息的民警递着大中华香烟。他一会支支吾吾，一会大声骂着凶手惨无人道，说抓到凶手一定千刀万剐。汪名六又仔细询问了吴老汉这一带路线，得知这条路通常只有两个村的人行走，一是开化齐溪大龙村的村民，二是汾口樟村的村民；而樟村的村民走这条路的一般都是青岭脚自然村的人。那么，知道这条路的又有些什么人？作案人和大龙村、青岭脚自然村村民是否有关？如果把案犯缩小到这个范围，这个人又会是谁？

太阳渐渐落山了，黄昏的红云依着太阳架在山岗上，汪名六望着那片红云沉思。

刑警陈利新从桐村赶到开化已是中午 11 点钟了，蔡教导员说到汾口派出所再吃饭吧。当他们登上青岭顶时，正遇着汾口所的两民警下山。民警说别上了，现场基本看完，没发现什么有价值的东西。陈利新问了路线，仍旧往上爬。

那时现场搜索已接近尾声，陈利新问明了案情，远远望见齐溪派出所的民警小汪和小廖从大龙山那边冒出头来。

小汪和小廖说沿途村里都知道了这起杀人案。据了解，前几天中午有一男一女上山，黄昏时又见一男的下山。

听到这个消息，汪名六舒心地笑了。他暗暗地松了口气，向满头大汗的派出所民警投去赞许的一瞥。他脑袋里再一次冒出那个念想，如果说原先的意识只是凭着老刑警的一种直觉，那么齐溪派出所民警的这条线索，完全将他从盲目的直觉中解脱出来了。一直以来，汪名六都有这种自信，在过去很多起案件的侦破中，尤其是案件进入死胡同里的当口，就是靠着这种自信让案件变得柳暗花明。那是五年前，汪名六在刑侦队任技术员，开化县张湾乡修配厂发生一起入室抢劫杀人案。犯罪分子携带了七种作案工具撬窗入室，击倒室主，抢去现金 600 余元。现场勘查中，汪名六像只鹰，仔细地搜寻极其细微的犯罪痕迹。案件调查了一个多月，硬是利用现场柜子上获取的半枚指纹，认定了犯罪嫌疑人。

汪名六和朱杭林副局长、蔡教导员商量了一下，要求技术人员继续勘查搜索现场。蔡教导员带人到淳安青岭脚调查；陈利新和齐溪派出所民警前往开化大龙村访问。

吴老汉非常客气地跑过来，给陈利新递了一支大中华。陈利新接过烟卷架在耳根上，他只在路上吃了几个冷包子，爬了十几里山路早已是饥肠辘辘，再往后只有消耗自己身上的肥肉了。

陈利新站在大龙山顶朝四周望望。此时能见着的大地，只有两种颜色——青和黄。青的是麦子，黄的是油菜花。再过些日子，麦子和油菜都黄了，那时就是丰收的季节。他深深地吸了一口气：辛勤的播种总会有收获。这位下放过当过农民的中队长心想。

下山十里路，到山底是下午6点了。

陈利新从山的最深处开始访问，当他走到最后一家，脸上才露出微笑。

陈利新在村书记家匆匆吃点饭，赶到了齐溪派出所。

现场勘查再也无法继续。当天空收进最后一丝光亮，汪名六带着所有人员靠着手电摸下了山，又驱车到了淳安汾口派出所。

齐溪派出所收获的消息，像雨后的一道阳光，撩开了汪名六心中重重乌云。他想陈利新的补充调查，可能成为案件重要的转折点。

汾口派出所所长招待汪名六一行吃晚饭，电话正在这时响起了。汪名六接过电话，默不作声地听着，不时点点头。室内静极了，人们从汪名六的脸色和聚精会神的神态中，知道电话的重要性。几乎在场的所有人都猜到了，电话是刑警中队长陈利新打来的。

"请他到汾口派出所。"汪名六说完放下电话。

陈利新的电话通过汪名六传到了参战民警的耳朵里，一张张脸顿时容光焕发起来，那些个劳累、消沉早已是风卷残云。刑警的喜悦不在破案，而在破案前的曙光；只有临近破案的曙光，才能打破深重枯燥的摸排与访问。至于破案，是曙光之后的必然结果。

汪名六没有喜形于色。作为大队长，他想得更远，他把喜悦放在犯罪证据收集完毕之后。只有在他案前摆着无懈可击的证据，一个个单独的证据形成链条，案子才算侦破。陈利新的电话固然重要，但离那个时候还有很远的距离。

陈利新带来这么一个消息。

大龙村有一条古道，道下是狭窄的河流，两边是鳞次栉比的房屋。进入村口从下往上延绵数里，除了本村和淳安樟村的村民，外来人口极少。5月24日中午11时左右，有一男一女从大龙村口石板台阶往山里走，男的在前，女的在后，相距50米左右。女的身材矮胖，大约三十几岁，沿路曾问过村民这地方是什么县什么乡什么村。当天下午6时左右，男子下了山，身前身后不见了女子。那男子从容地在村中小河里洗过手。男的年龄在三十几岁，蓄发尺长，身高1.68米左右。大龙村有一个村民以前曾见过他，他是汾口樟村青岭脚自然村人，姓名不详。

深夜12点，陈利新返回大龙村，带走了那名村民；次日凌晨2点，披星戴月驱车赶到淳安汾口派出所。

那一刻，屋里静极了，不论是开化的还是淳安派出所的刑警民警都没睡意。大家望着案前大龙山的村民，听着户口簿一页页翻动的声音，那声音仿佛轻轻地翻过黑夜，迎来了黎明。村民没有犹豫，他的目光是在翻动那一页时瞬间凝聚不动的，手指着上角的照片说："就是他！"

大家把目光集中到照片上，然后又转向大龙山的青年，人们看到的是肯定的、没有一丝犹豫的神态。

"没错，就是他。"大龙山人又说。

## 二

此时他正睡在床上，席梦思应该说是柔软而富有弹性的，但他觉得有些硌人。他辗转反侧，像躺在一堆乱石上。这种时候，他才真正体会到恐惧过后的疲惫，却没有丝毫的睡意。他不信有鬼，却被一种看不见的力量操纵着。他现在本该在新加坡，今年 2 月已办好了手续，他的妹妹劝阻了他。他儿子已经 6 岁了，下半年也该读书了，他想将儿子带到嘉兴，那地方比山沟里的家乡好多了。正是这种想法，让他错过了赴新加坡的机会。他在嘉兴干了好些年，出身的低微和生存的本能，让他放下做人的尊严。他本是一无所有并不担心失去。这些年他在商战的夹缝中寻找到了一条生存的道路，他靠着卖玩具，从零售到批发；骨碌碌转个不停的风车和流动的摊位，为他摞起了致富的台阶。正是他意识到未来的结果，加上妹妹的劝阻，让他放弃了前往新加坡的机会。

那日他在设摊，面前来了个并不漂亮但有几分妖艳的女人。

"生意好吗？"那女人问。

那女人问的第一句话和第一次投过的眼神，激发出他的本能。这简单的刺激让他脑子里顿时色彩斑斓起来，他的眼前仿佛拓开了一条玫瑰色的大道，这是一种信号。一切如他想的，吃饭前这个女人又一次出现在他的摊位前。她说她是青岛人，也在这一带做小生意。他懂得女人的暗示，匆忙收了摊，说请女人到店里吃碗面，他想目前只能如此。他不是大款，那女人也没有倾城之色，与他的生存环境应当是相同的，他们都有各自的需求，否则她不会两次出现在他的摊位前。

吃完面，天已黑了，那女的说到南湖去玩。说南湖有东、西两湖，相连似鸳鸯交颈；南湖有湖心岛和仓圣寺两个岛屿，湖心还有烟雨楼。他不答应，到南湖首先要坐船，还要开支费用；再说他们玩的目的彼此心知。他说到小南湖吧。

小南湖在南湖对面，四周有类似竹片的隔离带。进得门去，他们寻着了一片草地。五月的草经过一冬的寒冷，已是生机勃发，柔软得像席梦思。他的情绪在急剧变化，所有的监督意志已经丧失。那短暂的烈火在燃烧，像是袭过猛烈的风暴。激情短暂，恶雨不长，一切都过去了。他问女人住哪里，女的不答，说，她会找他。

第二天如法炮制。女的问感觉怎样，他说好。女的说："那我做你的老婆。"男的说他有老婆。女的说他没良心，如果不同意和她结婚就给她两万块钱，不然告他强奸。他傻了。这是他第一次经历，他活跃的思绪第一次被迫停顿，那思绪继而像一只猛虎，在意识的牢笼里闯荡。他似乎明白了女人的目的，但不明白的是和女人做那种事是否构成强奸。强奸要坐牢，坐牢他就会失去妻子和儿子。简单的刺激再次激起他的一种欲望，并有一条路在他面前展开，那里没有玫瑰色彩，它幽幽的，如同地狱的曲径，在本是完美的心灵深处植下了一个恶毒的念头。

他转身对女的说："我这里没钱，都寄回家了，要么明天我们一同回家拿去？"女子笑笑答应了。

那晚他就像今天一样无法入睡，一种愿望像烈火一样在他心里滋长燃烧。他左思右想，最简单、合理的方法只有如此。他脑子里几乎没有想过法律后果，他要加速实现这个愿望，解决问题，走出困境！

第二天中午，他如约到了车站，那女人已在等了。她非常自信地挎着个小包，双眼带着讥讽地望着他走近。

1997年5月23日凌晨3时，车子到了开化马金镇，他们在旅馆里住下。第二天中午醒来，那女人已为他洗好了衣裳，买来大饼和啤酒。吃完，他们乘上到齐溪镇的中巴，在大龙村路口下了车。他把那女人带到了大龙村，沿着小河爬上山岗，便看到了卧于竹林中的青岭脚。

"那就是我的家，风景多美。"他叹道。他知道他没办法带她回家见他父亲、妻子和儿子。他必须照着先想好的去做……

他转了个身子不敢往下想。他想，都说这世上没有鬼，他一定是见着了。想起明天要到他弟弟那里，便强迫自己早些入睡。

他不再做那个梦，他一定要让那个噩梦在记忆中消失。


汪名六让陈利新记下户口簿上的姓名。

吴天顺，男，30岁，住青岭脚自然村。

朱杭林副局长将汪名六、陈利新和小毛招到跟前说："现在很难确定吴天顺是否在家，我们要做的事是迅速查清他的下落。"

"在秘密调查过程中，决不能打草惊蛇。"汪名六补充说。

5月28日凌晨3时，他们与汾口派出所的民警叫开了书记家的门。民警告诉村书记，他们是来查外出打工人员情况的。书记想想说："青岭脚底有5户人外出打工，没见着有谁回家。"

吴老汉见是公安局的人，又拿出他的大中华，见没人，接着就说："我那还有几条呢，都是儿子买的。"

老汉告诉汪名六，他有两儿一女，小儿子在千岛湖养鱼，大儿子在嘉兴打工，女儿嫁到了山那边。老汉还说大儿子3月份外出打工一直没有回村。

听了吴老汉的话，汪名六心里一阵难过。这位善良的老人哪里会想到，他的儿子吴天顺正是目前追捕的凶手呢？他更没有想到，白天亲眼所见的惨案，正是儿子一手制造的呢。他不明白，这位老实而又善良的老人知道真相以后会作何感想啊！

一夜没合眼，汪名六脸色苍白，陈利新腮帮子上泛起一块块红斑。他们想休息，但没权利。为了查清犯罪嫌疑人的去向，朱杭林副局长决定兵分三路，一路继续搜索现场，一路到龙山底调查，并准备赴嘉兴、上海一带。再一路到千岛湖姜家派出所找吴天顺的弟弟。

姜家派出所一位年龄稍大的民警听说后拍着大腿道："我和他熟着呢，就在湖边网箱养鱼，我时常去的。"

大家喜出望外，汪名六大致讲了案情。

老民警出去不一会又回来了。他说吴天顺的确没来过，但他昨天打来电话，明天（29日）要到弟弟这里报名学开车。电话打到开化县公安局吴局长那里。吴局长当即指示：严密布控，快速缉捕。

29日中午12时，排岭轮渡到岸，数百人鱼贯而下，人群中并没发现吴天顺。

接着姜家派出所也来电话，吴天顺没有回家。

刑警小董望着明镜似的千岛湖，整个湖面就像一座巨大的盆景，几叶白帆在水面上荡漾，微风拂过，湖面一片片涟漪。

小董此时压抑住诗情画意，他重任在身，得先藏起那份儿女情长。他不时将目光瞟向通往船只的路上，远远地看见吴天顺提着箱子上了船。没等他意识到什么，就被戴上了手铐。

吴天顺端坐在开化县公安局刑侦大队办公室里。他中等身材，长方脸，蓄着一头过耳的长发，五官端正，应该说他是名英俊的小伙子。汪名六怎么也不能把眼前的小伙子和那位被杀的女性联系起来。

讯问是单刀直入的。没几个回合，吴天顺已是汗流浃背。

"我一定是见着鬼了。"他眼前又泛起那一幕。

"你家乡的确美丽。"那女的附和道。

"回家就没那么随便了，我们再来一次。"

女的脱下裤子。吴天顺猛扑上去，卡住那女人脖子。这一切都是在嘉兴设计好的。但他没想到，女的突然叫喊起来，猛地掀翻了他，双双往山下滚去，这一滚，便从淳安县的山界往开化县山界翻了50米。吴天顺没有迟疑，他抓起石头往她头部砸去，鲜血如注。

吴天顺做到他想做的了。当他望见眼前正在流血的尸体时，才猛然想起自己该做什么。他迅速脱掉自己的血衣，抱起女人的裤子和小包拼命往山上爬去。那山没道路，尽是茅草、灌木和荆棘。他像头受伤的野猪在柴篷里窜，身上划出一道道口子，他越跑越快，总觉得身后有人追赶。他奋力将衣物掷出去，又猛跑了一段路才坐下休息。当他低下头时，那满脸带血的尸体就在他面前，他大叫一声，起身又跑。40分钟后他战战兢兢睁开眼睛，自己仍在尸体旁边。他再跑，一直往上。当他返回大龙村时，已是临近黄昏。

6月3日，开化县公安局吴局长、郑副检察长领着汪名六刑侦大队一行再登大龙山。吴天顺和大肥陈利新铐在一起。他眼里闪着恐惧的光。他老想起那骇人的一幕。经过4个小时的寻找，终于找到了吴天顺丢弃的衣物。

根据吴天顺交代，在马金镇查到了他和那女人的住宿登记单，女的叫阿芬，通过赴嘉兴查找暂住人口，查明了阿芬的住处，用现场提取的钥匙打开了她住处的门，提取室内指纹和尸体进行对比，认定同一。现场提取的物品有一面镜子，经阿芬的女儿辨认，镜子是她买的。

那是一个梦，那不是一个梦，就在梦与非梦之间，吴天顺毁灭了阿芬，也毁灭了他自己。

## 三

汪名六放下电话，带人匆匆赶到县建行，调出图像监控中的录像带开始播放。

"江一龙！"在座的异口同声。

谁也没想到，监控图像上会出现江一龙的画面。

那是吴天顺杀人案侦破第十天，也就是 6 月 10 日下午，开化县水电工程处一职工家被案犯踢门入室，盗窃金首饰、"群得利"奖券以及现金总计一万二千余元。开化刑侦大队接到报案后，一边开展调查，一边对建行各营业场所进行了布控。两天之后的 12 日早晨，建行来了个三十来岁的青年人兑换"群得利"奖券。警惕的营业员发现券号与被盗挂失的一致，正想拖住兑换人，这青年人却转身溜走了。

江一龙和被盗人住在同一幢房子里，是朋友；房屋结构和被盗者相同。当晚传唤了江一龙，江一龙交代自己并没有直接进入现场，发案时正和人打牌，而作案人另有其人，他们专门到江一龙的房间里看过，以熟悉被盗的房屋结构。

江一龙当晚被刑事拘留。

应当说在录像里发现江一龙的那一刻，有一样东西凶猛地撞击了汪名六的心，这起盗窃案必破无疑，就像一个老练的垂钓者，既然鱼咬了钩，杀钩起钓是顺理成章的事。那撞进汪名六心灵的是另一起案子，那起案子像块坚硬的石头，在汪名六心里搁了 5 年。这 5 年里不停地翻起咀嚼，咽下的却是难以嚼烂的残渣和不可名状的苦涩。

那是一起失踪案。失踪的对象就是江一龙的朋友叶宝玉，而江一龙是最后一个见到他的人。

5 年前的案卷重新放在汪名六面前，5 年里汪名六不止一次翻阅过，每次都觉得烫手。刑警的直觉告诉他，失踪的叶宝玉早已不在人世了，而叶宝玉的死一定是他杀，他的家人苦苦等了 5 年。凶手是谁？汪名六脑海深处有个影子，这个影子忽明忽暗，一直没跨越度的范围，汪名六一直在等待时机。他翻开案卷，由于空气湿度大，纸张变得十分柔软，翻过一页页竟然无声无息。

1992 年 12 月 16 日，叶宝玉的朋友江一龙到他家，说安徽休宁有 15 吨钢材，转手三天可以净赚 3000 元人民币，只需要两万元的周转资金。停薪留职 1 个月的叶宝玉深信不疑，当即要求父母帮助筹集资金。母亲取出 13000 元的拆迁费，又从女儿和邻居那里借了 7000 元，颤抖着将钱交到儿子叶宝玉手中。

次日，叶宝玉和江一龙去了安徽，21 日返回开化。中午，江一龙和叶宝玉及徐德标在开化三岔路口吃了中午饭后各自回家，此后叶宝玉悄然失踪。

第二天，叶宝玉的母亲和江一龙母亲相遇，得知江一龙已经回家，大惊。叶宝玉的父亲找到了江一龙。江一龙说那日吃完饭，他和叶宝玉同往江滨路，走到芹江一桥时，"他回家，我过桥。"

十天后的 12 月 25 日，叶宝玉母亲向公安机关报了案。

当时，汪名六在刑侦大队，接案后他做过调查，怀疑叶宝玉失踪和江一龙有关。但发现唯一的线索就是 12 月 23 日，江一龙还给水泥厂朋友人民币 1000 元。

不久，叶宝玉父亲所在的工厂门卫，接到自称叶宝玉的电话，说他在厦门做事。门卫将电话转告给叶宝玉父亲，让他多了一份希望。但正是这个电话，引起了汪名六巨大的疑虑。只是经多方核查，疑点一直不能上升。

汪名六合上案卷，走出办公室，抬头望着满天的星星，他忽然发现那几棵水杉的树枝直插云霄，比以前更高。这 5 年前和 5 年后的水杉截然不同了。他心中涌动着一种欲望，一种临阵拼搏的欲望。一个想法逐渐形成，这个想法和看到江一龙画面时一瞬间的镜头相互吻合。

汪名六再次打开案卷，拿出笔记本，在笔记本上记上了第二天的工作，深夜回到家里，妻子已经睡了。

汪名六的妻子美香，在工商部门工作。他们1993年结婚，1994年生了小宝宝，汪名六在城关派出所当副所长时，负责分管刑侦工作。那年正值搞刑侦大格局，全所刑侦工作各项指标名列全局第一。那时汪名六也很忙，他并没要求她承担全部的家庭重任，他认为警察的妻子应当和别人的妻子一样，享受家庭那份温馨和丈夫给予的闲适。但妻子每每见着他清癯的面孔，就自己操劳起来。五六年的磨合，家庭的运转已上了一个难以改变的轨迹：那就是由妻子包下家里的全部。妻子习惯了，汪名六似乎也心安理得了，大凡警察都这样。

汪名六在儿子嫩嫩的脸上摸了一把，然后冲凉。虽然他已想定了明日的工作，但仍旧反复地琢磨着。如果叶宝玉真的被杀，如果抓不住这次机会，那么叶宝玉永远难以瞑目；而犯罪嫌疑人江一龙不再受到法律的严惩。

第二天，汪名六将1992年的案卷交给大肥陈利新，他要求所有参战人员熟悉案卷。接着对江一龙的住处进行搜查，在江一龙的床上搜出一个使用过的存折，存款记录表明1992年12月22日存进1000元。这样加上当年12月23日归还的1000元，在叶宝玉死后两天里，江一龙冒出了2000元钱。叶宝玉失踪时，身上带着的是两万元呀。但事物的秩序和联系总是以不变的形式表现出来，一切现象都是按一定的原因和规律产生的。这2000元又说明了什么问题？或许江一龙的主观上，要避开大笔款的出现，但有钱即还的天性却在下意识里流露了出来。叶宝玉的失踪，江一龙手头变得宽裕，加上翁村的那1000元钱欠了半年多，偏偏是在叶宝玉失踪后第二天才想到归还？

天气很热，汪名六在床上翻来覆去睡不着，妻子问他怎么了，汪名六不答。他想目前最需要的是扩大线索。

# 四

第二天，汪名六组织召开了第一次案件分析会。会上首先成立了专案组，由汪名六、小毛、小张、陈利新等七人组成。

"凭直觉，江一龙和叶宝玉的失踪有关。"

汪名六开场白直接简单。

大家围绕着怎么扩大线索开始探讨。最后集中于两点：围绕江一龙的亲属及社会关系进行调查，配合一些秘密侦查措施。

十天过去了，由于没有更多的线索，十天里调查江一龙与失踪案的疑点仍旧没有上升。

那天叶宝玉的父亲又找到汪名六。儿子失踪 5 年里，做父亲的不止一次跑刑侦大队，他只认一个理：儿子一定是被江一龙杀害的。

"你不知道呀，汪大队长，这 5 年来，我们家里没一点生气呀，他母亲都快急疯了。每天早上起来第一件事就是站到阳台上看看儿子有没有回来，不管她在做什么，只要听到楼下的喇叭声，就疯疯癫癫地跑到阳台上，说是儿子回来了。逢年过节，她更是食水难咽。今年 3 月，女儿厂里的一个师傅说做了一个梦——梦见我儿子匆匆从他的厂门口过去，师傅叫住了我儿子说：'你父母等你都白发了。'我儿子说：'你告诉我的父母，等 5 年后的 7 月 1 日，我就回家了。'我女儿把这个梦告诉母亲。她兴奋得两眼发光。每天望着电视，掰着手指数日子。这么多年来，如果确定儿子死了，我们也就死了这条心，可儿子一去 5 年，再没良心的人也会回个话。他走了，遗下妻子和 5 个月的女儿呀，不是被江一龙杀了，还会是谁呀？可死了也让我们见个尸体呀！"

汪名六眼眶里涌着泪水，他理解老人的心。

汪名六为老人泡了一杯茶，望着那满是皱纹的脸，心情十分沉重。老人虽然提不出更多的线索，但老人痛楚的心情，却增强了汪名六的勇气。不论困难多大、条件多差，也要将叶宝玉失踪案查个水落石出。

第二次案情分析会是在十天以后。朱杭林副局长说："能否侦破此案，关键是决心和信心。我说'此案'现在只是一种推断或者说一种想象。但刑侦工作在很大程度上就是以极为粗略的材料，借助想象去寻找真实答案的。想象就是在情形非常不明确的认识阶段上发挥作用的。我们现在有什么材料？2000元的存还款，一些可以变换的口供，其他没有。但是现在我们的条件和1992年大不相同，那就是江一龙因盗窃被拘留，徐德标仍在外头，两人隔绝，便是突破口。我们要抓住时机。我说'想象'不是空想，必须有所行动，贴近案情的行动，抓住有利条件突进。"

一时没人说话，室内十分安静。

汪名六接话说："客观上我们不可能从外围搞到更多的证据材料，线索一时难以展开，疑点不能上升，如果搁下，可能永远搁下了。因此我们要改变思路，围绕着讯问江一龙进行。当然，这样做有很大的风险，因此不能盲目，首先要对江一龙进行全面调查，然后分析其特点爱好，寻找突破口。"

专案组人员都清楚案件的难度，也都知道目前重新拾起这起案件的全部意义。案发于5年前，不论从分管还是现管的局队领导来说，已经换了几茬，如果就事论事地侦查盗窃案，用不着费那些心思。甚至除了刑侦大队的人以外，没多少人知道江一龙曾与叶宝玉失踪案有关。上不上叶宝玉失踪案对刑侦大队业绩并没多少影响。但刑警的职业道德要求他们去发现并惩治一切犯了罪的人。他们就像狩猎者，将对犯罪分子的追踪作为自己的使命。这大约也是刑警的社会责任感吧。

会上，专案组人员畅所欲言。刑警就是这样，谈起自己对案件的分析观点，非争个你死我活的，那时眼里没有什么局长、队长的，一旦意见集中到一点上，操作起来便会步调一致。

汪名六最后将调查人员分为三个组，并要求每人写出一份侦查讯问方案。

明天就要预审了。大战临近，汪名六仍旧表现得那么沉着。但他的内心如同潮水般澎湃。侦破5年陈案，挖出犯罪分子，并绳之以法，这是他想得最多的事。

晚风透过格子式的窗户轻拂他的脸，送进一股透心的爽意。他望着桌子上那一沓讯问提纲，脑海深处掠过一张张熟悉的脸。他队里民警都很年轻，但都有丰富的作战经验。副大队长小毛，1.73米的个头，圆圆的脸，刑事照相专业出身，平常少言寡语，工作起来舍生忘死，曾被县里评为"十佳青年"。副大队长小张，侦查员出身，中等的个头，时而戴一副眼镜，能说会道，多次参加县里演说，常年订有一本《新华文摘》，通晓古今中外天下大事，发表过小说和报告文学，荣立过三等功。还有小刘，偏瘦身材，业务之外的话不多，1990年警校毕业后分配到派出所，1993年调到刑侦大队搞痕检，曾被县里评为"十佳岗位能手"。还有中队长陈利新、城关中队长毛学军。这些人如同星座，在固定的位置上运转着……汪名六常常被他们的执行力感动。其实这些人的特点早已在平常工作中，潜移默化地渗透在汪名六的心坎里。偶尔触动，便好像静水荡舟，波光粼粼起来。

每个人的讯问方案都有六七张纸。汪名六仔细翻阅，小毛的简练，小张的热情洋溢，陈利新的操作性强，小刘的逻辑严密，里头包括了开局、原则、方法、技巧，可利用疑点和对话设想及注意问题。从这些审讯方案来看，足见参战人员调查之广泛，对江一龙之熟悉。假设江一龙杀害了叶宝玉，这种行为同时包括了社会心理因素。那么，解开这个谜首先就要从社会和心理两方面作为突破口。社会因素起源于个体所处的社会和文化环境之中，它通过个人的人格和行为的心理渠道，对人们的行为施加影响。个体所处的社会和文化环境，是由所有的外部因素组成的，这包括个体的家庭、环境、领导、学校、工作单位、社会区域。那么就应追根溯源，积极为对方理性回归创造必要的条件。集思广益，这是汪名六一大特点。

汪名六拿出笔纸，在上头端正写道：

叶宝玉被杀一案讯问提纲：

一、指导思想：攻无不克。

二、总体原则：软硬并施。硬：造成强大攻势；软：多做教育疏导工作。注脚：讯问伊始，攻势凶猛，以钳制其精神，尤其在其气焰嚣张时，一定要压倒他。

考虑到叶宝玉的失踪在 5 年前，案犯心理趋于稳定、踏实，加上江一龙已步入中年，沉着老练，见世面宽，因此还得以软克硬，寻找突破口。

三、讯问方式方法……

汪名六写完站起做了个扩胸动作。他想，客观上我主动，你被动；我正义，你反正义；我踏实，你心虚。何况人本情物，要做到以心换心，以诚换心，激发对方真情实感，消除误解，彼此信任。第一步争取在一定氛围下的默契。他突然想起那位师傅讲的奇遇叶宝玉的梦：

"等 5 年后的 7 月 1 日，我就回来了。"

## 五

2017 年 6 月 27 日晚上 9 时，一辆警车徐徐开进离县城 1.5 公里的看守所，车上走下 6 个卷着铺盖和衣物的侦查人员。下车后，他们没说一句话，而是鱼贯地进入看守所的大门。

江一龙被带进这间经过特殊布置的讯问室。他高个，腿长，身材结实。在看守所里关了 10 天，脸色有些苍白。看见坐着的 6 个侦查人员，他鲜明地感知到预审室的气氛与往常完全不同，倒吸了一口冷气，而后走向角落的凳子。

很长一段时间没人开口，6 双眼睛同时注视着江一龙，像一把把锋利的剑。江一龙无法抵挡那些目光，他轻轻咳了一声，低下了头。就在此时，突然响起了震耳欲聋的声音，这个声音长久地在四壁的空间回荡，江一龙想到了，但没想到那么直接。

"江一龙，今天晚上讯问你不为别的，是为一桩失踪案件，他姓叶名宝玉，家住城关镇。"汪名六一字一句地说。

　　江一龙抬眼望去，6名着装统一的警察，坐在铺着白布的桌子后面。他想回答，却不知怎么开口。屋里宁静极了，他听到了自己的气喘声，他希望有谁弄出点声音，或希望屋里有点其他的色彩，否则他的精神要崩溃了。

　　"国家法律明确规定，只有走坦白的路，才能得到从宽处理。"那声音又响起。像沉重的铁锤，砸在他的心坎上。

　　"我没杀人，我没杀人，5年来我都是这么想的。我有什么可坦白的？"江一龙内心抵抗着。"叶宝玉的事跟我没关系，几年前我就讲清楚了。"江一龙终于否认说。

　　"5年前的事我们查得一清二楚，现在还不说。"汪名六打断他的话。

　　"我不知道说什么，我和叶宝玉是朋友。我……"

　　"我说过，不用你说5年前和叶宝玉分手的事，我要求你如实交代你心里藏了5年的事。前面我们宣讲过国家的法律，你别失去机会。"汪名六一口气说。

　　江一龙又说和叶宝玉做生意，却一再被打断。

　　"叶宝玉是我的朋友。"江一龙又说。

　　"你专门坑害朋友。"陈利新突然接话说。"刚才大队长说了，你只有坦白才能从宽，你说你和叶宝玉是朋友，不说远，就说这次盗窃金器和'群得利'奖券，你偷了朋友的，又卖给朋友。兔子都不吃窝边草，你却专门害你最亲近的人，这是你江一龙的特点。"

　　江一龙怎么也没想到讯问人员会这么说，这一切就发生在十几天前，那是无法抵赖的事实。

　　小张缓缓翻开《刑法》，向顾宝龙宣读了法条后说："你知道，按照《刑法》规定，这是死罪；但《刑法》同时规定，有死刑、无期徒刑和有期徒刑。就是说，犯了这条罪的案犯，不一定都判死刑。这里的差别就是事实与认罪态度。"小张用铿锵有力的声音，讲了开化近年来发生的凶杀案判决结果。

　　"这些案件审判的结果，你比谁都清楚。因为每一次判刑，在你的内心都会比较、权衡。这是你 5 年来最关心的问题。"陈利新又接过话题。

6 个侦查人员都在说,其间几乎没有中断,一层层地递进,一层层地剥除伪装,为江一龙走出 5 年来内心的樊笼铺平道路。

三个钟头疾风暴雨般的讯问,江一龙开始时沉默。他时而低头,时而用非常专注的目光盯着陈利新,这些侦查人员当中,只有陈利新他认识。那是 1982 年,因为殴打他人,江一龙曾被行政拘留,那是陈利新办的案子。但江一龙的目光在陈利新脸上稍作停留就滑了过去,然后是一声不轻不重的叹息。

微小的动作没逃出汪名六的眼睛,他心里踏实了。他没有看错,就这种专注带有祈求的目光和无声的叹息,激起他必胜的信心。现在应该进一步施加压力,不能有丝毫的放松。

"你的盗窃问题我们全部查清,现在要讲的就是叶宝玉被害一案。你被拘留 10 余天了,外头的事千变万化。我们可以明确地说,白天作案是你的一个特点;宝玉就是白天被害的,而且不止一个人作案,你首先讲清你的问题,揭发他人,才能争取宽大处理。"汪名六说。

"有句古话,'要想人不知,除非己莫为。'你们作了那么大的案,不用说人家,自己良心都不会放过自己。这 5 年来,你们每天都提心吊胆地过,只要你想想作案的情形,想想怎么处理尸体,就会心惊胆战。更何况不止一人作案。"陈利新接过话题。

"你想吧,"小毛接过陈利新的话,"叶宝玉是你的朋友,他家里人你都认识,那个家成了什么样了?叶宝玉为了养活老少带着女儿到义乌打工,被害时女儿只有 5 个月大;他父亲跑遍三清山、少华山求神问卜,盼着儿子回来;他母亲天天站在阳台上看,在阳台上等。儿子是父母的心头肉,这么不明不白地失踪了,换上你的父母想想看。"

"再看你的父母,"小张说,"你父亲是当地的名人、劳动模范,最早获得 50 万公里安全行车奖章。如果现在他活着看到你会怎么想?再看你母亲,76 岁高龄,自己几乎没有生活来源,靠你的兄弟姐妹给她生活费。她都骗他们,你每个月都给她生活费,其实你还要到她那里拿钱用。还有你的姐姐，她最疼你，为了你的事心都操碎了。你的儿子，非常听话，在学校成绩很好，老师很喜欢他。他10岁了，开始懂事了，如果知道你是这样的父亲，会有多么难过？他现在正是学知识的时候，要有一个非常好的学习环境，而你会在他的心里种下什么种子？他会因为你而难过一辈子。"

江一龙沉重地低下头，泪水模糊了他的眼睛。父亲、母亲、姐姐和儿子，是家庭中最亲密的人，以往他从没把这些联系起来；而如今——他心里翻江倒海一般。即将泯灭的人性在逐渐复苏。人与人之间需要什么呀！如果仅仅是一种利益，那么亲情关系又是什么？我做了什么、我做了什么？……

汪名六一行反反复复讲着这些，江一龙不再出声，当提到他父母亲和儿子时，又泪流满面，以至于哭泣出声。

天亮了，窗外透出了一丝亮光。汪名六脸色有些发白，陈利新腮帮子上又起红斑。但他们6人仍旧精神抖擞，滔滔不绝地叙情讲理。

此时，室内的氛围完全在预料之中。他们心灵彼此沟通，已经达成了对杀害叶宝玉一案的默契。汪名六知道，这种时候最需要的是打消江一龙侥幸过关的心理，给他一条出路。于是他又宣读《刑法》，讲解杀人判刑的弹性和幅度。

"我能不能看看法律？"江一龙抬头，那目光充满着祈求。

小毛将《刑法》书交给他。

江一龙逐条逐句琢磨。一遍、两遍、三遍，他在衡量、在比较。时间一分一秒地过去，江一龙看了很长时间，汪名六静静地等待着。他知道他心里充满了矛盾。整整隐瞒了5年的秘密，此时就要冲出喉咙。但那是什么呀，那是一条无辜的人命，在他道出这一切之后会是什么样，会失去或者得到什么呢？

江一龙又翻着那本《刑法》。陈利新此时搬过凳子坐在他面前。江一龙似乎看到了什么。

陈利新和他小声交谈，谈良知、谈人生、谈家庭，他们像唠家常一样说着。看看火候到了，陈利新递过茶杯，为他点了一支烟。

"我有个要求。"江一龙低声沙哑地说。

"你可以说。"陈利新习惯地往后仰仰身子。

"脚铐别铐。"他说。

"不,你还有一个要求,保条命。"陈利新说。

江一龙微微地点了点头。

"你唯一的希望就是争取主动,你看过法律了,法律会做出公正的判决。"

"我一个人搞不死他。"江一龙终于说。他突然有一种莫名其妙的轻松,这是一种对沉重的释放,一种对5年来的压抑、沉闷、担忧和恐惧的抛弃。5年来他第一次感觉到这种心情,第一次感觉到做人光明磊落和踏实。6月28日下午3时,江一龙在经过18个小时的思想斗争后,交代了5年前和徐德标杀死叶宝玉的罪行。

那真是一场梦,一场噩梦,一段人生经历的恶变。如果一切都不是在瞬间发生,如果良知在心里逗留片刻,一切也许就不会发生。每个人生活在这个世界上为何有那么多的差异?如果我有很多钱,如果我有一份收入稳定和踏实的工作,如果有些人不是那么幸运,如果我对自己的能力和所处状况感到满意,那就不会有变态行为的出现。那真是一种冲突,一种邪恶和善意的冲突,在看到叶宝玉两万多块钱的瞬间,邪恶便占了上风。这真是一种严重冲突,在冲突中我必须做出选择。那时我无法分辨什么是善、什么是恶,无法区分什么是危险、什么是安全,良心陷入垂死的痉挛。我无法跨越那种状态,从休宁返回开化,我找到徐德标,没想到一拍即合。人以群分,说得不错。如果徐德标劝阻我,同样不会发生那场恶变,我们眼前也许是另一番天地。

我们请他吃饭,徐德标回到601厂宿舍,支开妻子,准备好绳索。吃完饭我们到了徐德标那里,我们先是打牌,恶魔在作祟,我们哪有心思?下午3点,我向徐德标递了一个眼色,即动手用绳子勒紧叶宝玉的头颈，用棒槌敲头部。恶魔在操纵着一切，那一切身不由己，因为人的良知不翼而飞。搜完身，我们将叶宝玉的尸体装入麻袋藏进贮藏室里。我和徐德标又到江边寻找埋尸地点。当晚7时，我们借来三轮车和锄头，将尸体拉到江边垃圾场埋掉。然后是分赃，订立攻守同盟。最后是冒充叶宝玉从厦门打来电话。

从那以后，我的内心再也没有平静，生存好像变得失去价值，良知时隐时现，恶魔忽进忽出，生命即便是永恒，也想以死亡来寻求平衡。可是我的母亲和儿子……

江一龙说完了。

汪名六没有动，交代了不等于破案。

破案的关键是找到尸体。

当晚6时，汪名六带着陈利新和小刘在北门车站出租车内抓到了徐德标。

江一龙被抓，徐德标似乎早有准备，讯问时一句话不说。两个钟头突然冒出一句："你们好话别讲了，反正我是个死，抓到我时我就知道了。"他提了两个要求，讲出了杀人的全部过程。

汪名六又想起那位师傅说的话："5年后的7月1日，他就回来了。"

今天离7月1日，也就剩53个小时，他不知道在53个小时以内能否找到叶宝玉的尸骨；即便是找到了，对两位老人和叶宝玉的妻子还有什么意义？苍天有眼，苍天也无眼，叶宝玉的托梦也许只是幽幽的预兆，但这种预兆给了做父母的一个明确的绝望，这个绝望比起梦中的希望来得更加冷漠和残酷。

汪名六猛地发现自己陷入了一个怪圈。从破案角度来说他也许有喜悦，但面对现实，他又觉得悲伤。江一龙、徐德标见财起杀心说明了什么？仅仅是两万元钱，就害死自己的朋友，害苦了三个家庭那么些亲人，这用多少万块钱才能购得的呀。一个人，只有懂得人生的价值，敬重生灵，才不会误入歧途呀。

汪名六沉重地想着。

不管怎样，一定要尽快找到叶宝玉的尸骨，即使是残酷的，也好让两位老人悬着的心有个着落。

当晚，汪名六、陈利新分别带着江一龙、徐德标指认埋尸地点。

汪名六看毕埋尸现场，心里透凉。

<h1 style="text-align:center">六</h1>

埋尸地点位于芹江垃圾场，现在的江滨路的尽头。这条路是通往华埠的复线，依山傍水。山脚路下是早先的垃圾场。再往外，是浩渺的芹江。但原先的垃圾场现在已是一家预制砖厂和开沙场，早已面目全非。

据江一龙、徐德标称，那晚他们把尸体背下车后，往乱石和垃圾堆里扔下去，正好被石头挡住，他们扒下垃圾碎石，草草埋了。第二天又到现场看过，埋得不深。

5 年前的情形与现在完全不一样。从现在推测，整个预制砖厂就建在原先的垃圾堆上。

另外在公路旁边，是一家化工厂，建厂时倒出了大量黄泥石。根据公路面和田地的落差计算，尸体的深度在 4.5 米之下，而且难以断定是否在制砖厂下坝的 200 平方米之内。

汪名六担心的还不是这个问题，即便是按 800 平方米的面积计算，搬土 5 米，约计土方 4000 立方米。他所担心的是抛尸的时间在年底，接着是春潮涨水，当时的水位远远超过了埋尸的高度，万一尸骨被水冲走，他不敢设想。

1997 年 6 月 30 日早上 6 点钟，10 个民工开始从乱石堆上往里挖掘。根据江一龙的回忆，从乱石尽头往里四五米就能挖到尸体了。但由于石头大小不均匀，石层又厚，挖了一个上午，才挖了几方土。

江南的夏天，热汗如泉。汪名六腰带上蓄满了汗水。山坡上，公路边，预制砖厂上千人在观看。死者的父母亲、妻儿蹲在一边，那目光透着希望、担忧、恐惧和悲伤。

汪名六紧锁眉头，照此下去，估计要挖半年时间，他迅速从公路段借来一辆铲车，打开一个 10 米宽、3 米深的豁口，并以此推进。然而铲车推进了 10 米，一直挖到了简易棚，仍不见叶宝玉的尸骨。

汪名六的心悬在半空。按江一龙讲的位置，已远远超出了五六米，难道尸体真的被水冲走了不成？真要这样，前期所有侦破工作都将陷入僵局。

西天一抹残霞，点破晚空澄碧。此时正是暮霭昏昏，斜阳淡淡。一声惨烈的叫声划破天空，盖过铲车的轰鸣。"儿呀，今天 30 号了，你说过要回来的。"叶宝玉的母亲冲出人群猛地跪在铲车前，呼天抢地；妻子跪在地上哭道："宝玉，你回来吧，那么多的警察，那么多的好人在等你，在接你呀！"

人群一片唏嘘。汪名六难过地转过身去。

天黑了，为了不损坏证据，铲车停止了挖掘。

汪名六将专案人员分成两组，连夜到公路段、环卫等部门，了解这些年现场情况的变化过程。

一定要找到尸骨。汪名六恨恨地想。他明白，如果不能找到叶宝玉的尸骨，这起案件就会因为没有证据无法提起诉讼。虽然有两名犯罪嫌疑人的口供，但找不到尸骨，别说法院，连检察院这关都过不了，在刑拘法定时间内就得放人。那意味着"断蛇不死，刺虎不毙"，其伤人则愈多。

汪名六眼前老望见叶宝玉母亲在垃圾场的情景："孩子，你该回家了。"

汪名六辗转反侧一夜没睡。第二天早上 6 点，他开车赶到时，吴局长和詹政委已在现场。

"对埋尸地点你有几分把握？"局长问。

"分别讯问，分别指认现场，查过三轮车和作案工具，案犯先交代杀人，后交代埋尸，唯独隐瞒埋尸地点，似乎不太可能。"

"百分之百？"政委又望了他一眼。

"是的。"汪名六坚定回答。

"那么就挖，一百方土，一千方土，一万方土，也要挖出尸骨。"局长说。

汪名六信心百倍。他感激地望了两位领导一眼，快步走下坑底。他拾起坑道里的食品袋。一连几个，上头都标明1995年。这说明现在还没挖到1994年以前的深度。叶宝玉被杀是1992年，应当被埋在1992年的垃圾堆里。食品袋就是最好的标记。

铲车又开始挖掘。开铲车的师傅水平极高，他两眼紧盯着前方的地面，像剥笋一样一层层剥去垃圾，精确度十分高超。

整个上午，侦查员们不止一次跳进坑里检查挖掘深度。当挖到1993年的背心袋时，每个人的心都提到了嗓子眼里。

挖掘到4米多深，推土机还在推进。1992年的食品袋出来了。尽管是酷暑炎炎，人群也没有散去。当铲车再度插进、高高擎起的瞬间，汪名六和在场的侦查员几乎同时大叫：

"停！"

那是一条裤子，话声刚落，"啪啪"落下两截骨头。

一片凄惨的哭声："宝玉，你终于回来了，你终于回来了！"

"爸爸，你回来了！"

那种呼喊充满着撕心裂肺的悲伤。他们呼唤着儿子回来，但不希望儿子是这样地回来。然而，现实就是这么残酷。母亲昏倒了，"悲莫悲兮生离别，重逢又在断肠间"。她苦苦等了5年的儿子出现在面前时，她却昏倒了。

一切都不会错，不再有任何幻想。儿子穿的衣物完完整整，江一龙、徐德标交代的杀死叶宝玉后，头上裹着的塑料袋、捆的绳子依然在，还有上牙床那颗白金假牙……

1997年7月1日上午10点，被江一龙、徐德标杀害5年之久的叶宝玉的尸骨从土堆里起出。

案子破了，而且是5年前的积案，刑侦队的民警无不兴高采烈。

汪名六没有喜悦。吴天顺为了两万元杀人，江一龙和徐德标同样为了两万元杀人。人眼之浅令人瞠目结舌。两万元是个不太大的数目，却平白无故地毁灭了一家又一家的性命。人有血气皆争心，但利不可强，思义为愈；义，利之本呀。况且，当你举起屠刀时，是否想过有一把正义的利剑，正悬在你的头顶呢。

# 七

"我对不起你们，害得你们政府花那么多的钱，派那么多的人找我，我该早些向你们坦白的，我对不起你们。"

他几乎是跪在汪名六面前。苍老的脸上爬满了泪水。

陈利新让他坐在凳子上，给他递了一杯水。他开始讲述自己杀人的过程和杀人使用的工具。

"我有个请求，"他望望汪名六说，"我求你们别把我想得太坏，我不是坏人。我杀人，罪当该死。但我不是坏人。他跟我没深仇大恨，只是这个人坏透了。我只是杀了一个坏人。"他结结巴巴地说，口齿开始不清。

他的确苍老了，因为他接近60岁。个头不高，长方脸，脸上的褶皱像晒干的茄子。他的手有些颤抖，五指几乎难以伸直。由于常年干体力活，他的背脊有几分弯曲，浓密而又粗短的头发，把脸部轮廓衬得很分明。他的外号叫"难民"。

"难民"是建德那边人。8岁那年，"难民"父亲去世。或许是被洪水治怯了，母亲带着他和两个妹妹往开化山沟里跑，一路要饭到了开化池淮航头，在池淮找了个男人。后来，母亲死了，继父带着他到了星口。开化这地方新中国成立后极少有人讨饭的，对外来逃荒的人通称"难民"或"讨饭"。

"难民"就这么叫出名了。因此，在星口村一带很少有人知道"难民"的真名实姓。

"难民"请求完了，他的请求就是，在承认杀人后不要把他看成坏人。

"杀人的人不是坏人"是一个大字不识的难民极力想说明的问题。好人和坏人有质的区别，这大约是用良心秤称出来的一句话。想想也是。

的确，"难民"自己永远也无法说清好与坏的区别，因为人类社会的家园里，从来也没解决建立在良知基础上的伦理和建立在法典上的伦理之间相一致的问题。善与恶在良心的天秤上是分明的，而在法典上是无可奈何的。法典只寻求法定的结果，现实的结果却又是良心所不能及的。人类社会想利用法典包括道德苦苦维护良心的尊严，但良心往往会指使人在行为上的背叛。这种背叛又是法典所不能容忍的。就像"难民"抱着一颗善心去杀人一样。

当"难民"拿到判决书以后，他没有因为死刑而觉着委屈，他只是为法律文书上一句毫不相干的措辞，让他的良心难以承受。他的上诉很大程度上就是因为这个词。

"难民"不停地重复着"我不是坏人"这句话。他不希望面前的讯问人员把他当成坏人，以证明自己的清白。

1997年7月初，天空下起了特大暴雨。这场历时短、范围广、雨量大的暴雨，引起山洪暴发，开化交通通信全部中断。正在这场暴雨肆虐之时，7月8日上午，也就是叶宝玉被害案告破的第8天，县公安局吴局长为救灾赶到华埠时，华埠派出所接到电话，星口一村民周天龙死在自己的鱼塘里。

吴局长带人从华埠赶到星口现场，刑侦大队蔡教导员也带侦查员赶到星口乡政府。

雨没停，照旧下得如瓢泼一般，民警干脆扔掉伞，脱掉鞋子。

现场离星口一华里左右，紧挨着星口砖瓦厂的公路边上。那地名叫小龙口，中间的小山布满坟茔，靠路边筑起高高的水坝，坝上一溜孤零零的平房。那是周天龙的饲料、宿舍和养猪场。在山与房之间是一个两亩地的鱼塘，左边沿路是一条排水沟。鱼塘下是公路，对面是一条弯弯的小路，直通星口村。

齐大腿的水从山上冲下，进入鱼塘又涌上公路。周天龙的尸体就在鱼塘里，只露出一个黑黑的头皮，可见泡得发白的创口，创口向外渗稀稀的血，几片带毛发的头皮漂在水面上。房门开着，门边的白墙上有极少的喷血点。

蔡教导员一边要求技术人员勘查现场，一边派侦查员调查访问。

尸体检验后发现周天龙头、胸部有 10 处以上伤口，而致死的伤口在头部。根据凌乱的伤口分析，周天龙的死系仇杀。

鱼塘水位两米深，由于仍然下着大雨，排水不畅，水还在涨。但细心的侦查人员还是在排水沟的铁丝栅上发现半包"旗鼓"香烟。除此之外，大水和大雨淹没了所有痕迹。

那天汪名六和朱杭林副局长在杭州办案。汪名六接到电话后再三要求技术中队长小杨认真勘查现场。

星口乡党委书记老郭让人打开小会议室，这里成了"7·7"案临时指挥部。

周天龙，36 岁，星口乡人，原先在星口联防队待过，后来到灯泡厂当门卫。他在星口是出了名的"坏种"，常有敲诈、斗殴、寻衅滋事等违法行为，是个身体强壮、个性蛮横的人。

案件性质确定为仇杀，但周天龙结仇甚广。

村里干部说，打架两三个人近不了他的身，周天龙不是村里人杀的，村里找不出敢杀他、能杀他的人。

蔡教导员没吭声，陈利新和小张望着前来协助侦查的市公安局刑侦支队的同志，希望他们有个初步结论。

刑侦支队的意见：不能排除凶手系当地人雇佣杀人。

小张望望局长开口道："不可能，依据是案发前，有人曾推倒过未砌好的墙；有人推他的门并且从两米多高的窗户上往里扔肉包子想毒死周天龙养的狼狗；他的活动情况外地人不知道，外地人作案动机不明。而且从现场看，应当是熟悉地理环境的人。"

陈利新说："雇凶手杀人也不可能，本地经济状况不行，想雇凶手杀人也不一定支付得起费用。雇凶手杀人的现场不像，凶手杀人目的是致人死亡。而尸体身上创口多而凌乱，有一种发泄表象。"

吴局长听了接话说："我同意仇杀，以星口村为重点，对象从和周天龙有过矛盾的人入手，以此作为切入的线索。"

意见一致，大家冒着大雨消失在夜幕之中。

7月9日，因涨水封路，朱杭林副局长和汪名六大队长绕道赶到了星口。

朱杭林副局长到星口后，和汪名六听蔡教导员和两位副大队长介绍了情况，然后冒雨赶到现场。汪名六望着汪汪的鱼塘沉思。

山洪仍旧从两道沟里奔泻而下，撩起波流，水还在涨，雨如倒井，没有一点想停的迹象。汪名六无可奈何地摇摇头。

朱杭林和汪名六一致认为，目前侦查方向是正确的。

全面了解后，排出和周天龙有仇的对象24人。汪名六将侦查人员分成4组，要求每组包查6个，将所有嫌疑对象填上表格，说明排除的硬性理由，签上侦查员的姓名。

通过全面摸排，有4个对象都在近期和他打过架，曾扬言如果公安机关不解决，他们就自己解决。但其中两个人没有作案时间，另两个疑点在下降。

副大队长小毛小组包查6个人，其中一个叫阿康的脸上有破痕，据他自己解释，是在守机埠时滑倒碰破的。阿康吸旗鼓烟，只是这一带的农民基本上吸这种低价的卷烟。

"他和周天龙有什么矛盾？"汪名六问。

"1985年造房子，到河滩拉了车清水砂，周天龙向他收费60块钱，说河滩是包给他的。当年村里批了3户造房子，唯独收阿康的；因为那两户在村里有势力。此后不久，阿康夫妇在外村属的河里挑了两拖拉机沙子堆到自己房子边，结果让周天龙卖掉了。两件事都没处理。"

这天晚饭时间，大家开了第一次分析会。

阿康，今年57岁，身体瘦弱，平常少言寡语，老实本分。1997年5月起，村里安排他在机埠搞灌溉，每年支付1800块钱。阿康每晚吃完饭七八点钟，就从星口小路步行到公路上，行走1公里查看机埠设备。

目前有疑点：吸旗鼓烟，脸部有伤，与周天龙积怨，每晚到机埠上公路时，直对周天龙的鱼塘和房子，熟悉周天龙的活动情况。

会上产生两种意见，一种认为阿康不可能作案，理由：和周天龙积怨不深，不到非杀人不可的激烈程度；身瘦体弱，年近 60 岁，不敢主动上门和身强力壮、凶狠的周天龙面对面搏斗。

汪名六心想：阿康是个文盲，虽然平常少言寡语外在老实，似乎不可能，但很多发生的事往往是无法解释清楚的。当你用严密的逻辑推测，用通常惯例去比较而加以否定的时候，偏差就发生了。在侦查生涯中，汪名六得出一个结论：有文化、高智商的人在犯罪过程中思路更清晰。尽管那些作案人采用了不少反侦查措施，但都无法逃开自身所学到的那种逻辑的限制；正好让侦查人员用同样的方法顺藤摸瓜。而那些没文化、低智商的罪犯作案常常让人摸不着头脑。那种跳跃的思维方式和混乱的逻辑常把你引入歧途。阿康也许正是在人们认为不可能的情况下完成了作案。

"我同意围绕阿康调查。"汪名六说。

阿康被带到乡政府。沿路人对阿康说："找到你了，再借你十个胆，你也不敢杀人。"

阿康低头嘿嘿笑，笑得很憨厚。

"你的脸怎么破的？"刑警小殷问。

"8 号守机埠弄破的。"阿康说完解开衣服，身上也露出伤痕。

"那天你干什么啦？"

"我看完电视，8 点钟老婆让我去机埠看看，说雨太大，别冲走机埠里的机器，我回来时老婆睡了，我就和儿子一起睡了。"

"你的手提式手电筒呢？"

"那日跌倒，我在水渠里洗身子，手电筒放在边上忘了，第二天去看就没了。"说完阿康就要水喝，神情有些不自然。

小殷让阿康回去想想，如果有什么遗忘了，主动回来讲清。

阿康弓着背走了出去。

第二次分析会在会议室进行。阿康的疑点上升。手电筒失落，估计失落在现场或破损后丢弃了；阿康那晚没和儿子睡觉；现场有搏斗，他身上有伤；他的习惯是晚上回家即将手电筒充电，回来路上又要用手电筒，应当马上发现，不可能到第二天再去寻找。

7月13日上午，汪名六又出现在鱼塘边。雨逐渐小了，山洪不再咆哮，该行动了。

"放水。"他对毛副大队长说。首先要解决手电筒的下落问题。

民工在塘边挖了一条深深的沟，泥黄色的水像条巨龙冲下斜坡。

下午3时，逐渐见了塘泥，一斤来重的鱼露出脊背噼噼啪啪地乱窜，搅起厚厚的泥水。技术中队中队长小杨眼尖，一眼望见一个红红的异物，为了不让现场围观的群众看见，蹦跳下泥塘，将那东西藏在怀里。

雨停了，就停那么一会。

# 八

当7名刑侦队员并排在泥塘里摸索完后，雨又滂沱起来。民警也不想打伞，就让雨水冲刷全身的烂泥。

星口乡政府办公室，小杨掏出那东西，是一个折断的红色手提式手电筒的头。

阿康疑点上升，汪名六又一次召开分析会，决定讯问阿康。大家分头查阿康的历史和家庭情况。

7月14日那天，阿康在田里治虫，汪名六将车停在公路上对着他大叫"难民"。

阿康抬起头，望一眼停在公路上的警车，沿着田塍蹒跚地走过来。

汪名六没有说话，将阿康推上车。

"我的治虫工具要不要拿回家？"车子启动时阿康问。

没人理睬他。

"我要不要换双鞋子？"阿康又问。

仍旧没人理睬他。只有引擎的低鸣。

阿康被撂在办公室里一整天，没人和他说一句话，没人回答他一个问题。他不停地喝水，心理防线彻底垮了。

晚上9点，阿康在讯问开始不到一小时，就交代了全部杀人过程。

如果说沙子的问题处理了，阿康不会杀人；如果说周天龙每一次敲诈勒索，强占强拿，寻衅滋事得到严惩，阿康也不会杀人。阿康虽然在被欺侮之后一声没吭，虽然他只有独自躲在房间里咬自己的手指，揪自己的头发，但冤屈一点没削减。每当听到周天龙欺善罚良，他太阳穴就会抽筋。那时周天龙在联防队里，后来到灯泡厂当门卫。在他眼里，周天龙是个穿官服的人。他一个外地人，要势力没势力，怎敢与他明斗？一想起那些事，甚至一想起他的名字和他的相貌就揪心地痛，咬断牙根；那双深陷的眼睛就会放出阴森森的光来，每每令他不寒而栗。周天龙在鱼塘边筑起平房，他每晚走过都看得见。他曾两次将刚起的砖墙推倒在鱼塘里。他不想让周天龙过安静的日子，因为周天龙一刻都没让他的心里安宁。周天龙养着一条狼狗，常带在身边，阿康把它视为周的化身。就在作案的前两天，阿康走上公路，看见对面鱼塘的房子没亮光，便爬了上去，猛地踢门。狼狗猛烈吠着，只是被锁着，他觉得非常解恨。然后他从怀里掏出藏有老鼠药的肉包子，爬上两米多高的窗门，将包子扔进去。

7月7日晚8点，妻子催他去看看机埠有没有进水。他穿上雨衣，腰里别着柴刀，提上手电筒，穿过小路上了公路，看见对面黑黑的。他端着手电筒上了坡，他还要踢门，看看踢门后狼狗会不会再叫，踢了门狗不叫，他会很开心。他一手端着手电，一手拿着柴刀，像前天那样猛地踢门。门突然开了，周天龙手拿平板锄出现在门口。"难民，原来是你呀。"

那是一个痉挛的动作，一个几乎没经过思考的下意识的动作，一个被压了多年的仇恨使他爆发的动作。周天龙话音未落，阿康手中的柴刀就劈在他的头上。他像青年人一样扑向周天龙，结果双双掉进水塘。阿康什么也不想，只是挥刀猛砍。周天龙毕竟身强力壮，不停地反扑。阿康爬上平地，周天龙双手扳在水泥地面上也想上来。阿康居高临下又一阵猛砍，周天龙渐渐松开手，落在水里，水面上咕咕地冒起几个泡泡。

天空像开了个缺口，小龙口的山洪奔泻而下，闪电打亮了半边天空，雷声震耳欲聋。

阿康坐在地上，任凭雨点敲打，逐渐恢复了意识。他自己做什么了，想起了杀人偿命的古训。他想背起周天龙，扔到大河里。百年不见的洪水会将尸体瞬间吞没。那样当人们发现尸体时，就不知在衢州还是在杭州了。但阿康再没力气了，所有的仇恨在发泄完之后，他就像泄了气的皮球。他收拾东西往回赶，这才发现手电筒的头掉了。

那晚他没睡，他穿着湿衣服呆坐在堂前。堂前黑黑的，仿佛地狱一般。他想着下一步该怎么办，一包包地吸着旗鼓烟。

第二天妻子起床，见他这副模样吓了一跳，便问他出了什么事。

"我杀了天龙。"

妻子不信，天龙怎么杀得死。

阿康说了，说得很仔细。

妻子让他脱下血衣，当即洗了。然后点着锅灶，把雨衣、手电筒放进去烧了。妻子又让阿康把柴刀柄弄断，把刀柄也烧了，又把烘干的外衣一并烧掉。

第二天，警察来了，阿康不信警察能查到他，但下意识还是去了航头亲戚那里，他想和妹妹喝杯酒，路上他将柴刀扔进渠道里。

妻子说过，你快60岁的人了，没人会查到你杀了周天龙的。

阿康也信。

在阿康交代的同时，妻子也在星口交代了毁灭证据的事实。毛大和张大等人在阿康灶头灰缸里找出了黏状的雨衣和手电筒头的金属片。次日，在渠道里，蔡教导员用强磁铁吸出了柴刀。

汪名六让陈利新为阿康填好刑事拘留表。比起江一龙、徐德标和吴天顺，阿康是个令人同情的人；而且阿康又是病态的。他有狂放的热情同时又缺少意志。他不断用干柴烈火烧沸自己的痛苦，这大约是阿康的全部精神生活意志。

正如阿康自己说的，他是个好人，不过是杀了个坏人。阿康应当是个苦命的人，他的出身决定了他做人胆小，谨小慎微。他一生不敢做一件坏事，不敢伤害一个人。当他被伤害时却忍气吞声，他是个善良而又无能的人。但阿康是个人，他同样有喜好、欢乐、兴奋、激情，同样有憎恨、愤怒、忌妒、恶毒。作为一个人，一个不起眼的小人物的权利和人性，被轻巧地忽略了，扼杀了；同样作为一个人的人性，其特点在阿康的身上与他人一样充分，它没有因为被忽略、扼杀而消失。阿康在遭受挤兑、欺诈的情况下爆发了。人性被毁灭，又反过来毁灭人性，这是一种莫大的讽刺。

"我和他没多少怨仇，我只是气不过。"阿康重复这句话。他似乎是想告诉汪名六，他只是打抱不平，他的杀人，不过是侠义之举。

"我不下地狱，谁下地狱。"这句话他不懂，汪名六想。

# 九

那天是汪名六最不开心的一天，因为线索查得山穷水尽了，队里的陈利新和小董硬要汪名六请客，原因是汪名六的一篇论文得了二等奖。

汪名六接受这个建议时甚至没笑，没笑就有几分严肃。汪名六 1.78 米高，瘦瘦的，脸型不尖不圆，单眼皮，只是高高的鼻梁最有特色。说实话，汪名六本来不算美男子，现在不同了，原先蛮有特色的鼻梁被那双单眼皮代替了，单眼皮成了美男子的象征，刑警的单眼皮尤其宝贵。谁也不知道事情会弄成这样，大约是看电视连续剧《英雄无悔》闹的，公安局长高天的单眼皮生出无限的英俊，又有十分的魅力，把个追星族弄得神魂颠倒。

去年 7 月，一名报社女记者为汪名六写了一篇报道，刊登在省里一家杂志上。那女编辑看了汪名六的照片，写了一篇《呼唤儒警》，赞美之意字里行间隐约可见，其中不能排除因为汪名六单眼皮的魅力。

但今天汪名六没笑，他更不想请客。他满脑子飞舞着那只鞋印和那枚指纹。那只踏在被害人脸上的血印和污渍指纹，两个月来成了他的一块心病。

汪名六 1985 年从省警校毕业后，就从事痕迹检验工作，1989 年担任技术组长职务。他从 1986 年就获得技术鉴定权。1988 年、1992 年曾两次在温州市公安局和中国刑警学院痕检培训班学习。

自他从事痕迹检验工作以来，参与勘查现场 1700 余起，出具各类鉴定证书数十份，无一差错；利用痕迹直接破案和破串并案 300 余起，提供侦查线索上千次。为此，他连续被评为"优秀公务员"、"衢州市十佳民警"。汪名六在痕迹检验这一行可称得上专家。但就是这位专家，却被一枚少见的鞋印和怪异的指纹难住了。全队集中力量摸排调查了两个月，犯罪嫌疑人仍然杳无音讯。

这起案子压得汪名六透不过气来，因为这不是叶宝玉式的陈案，不像周天龙、阿芬被杀在乡下，这起案件就发生在开化的"大财团中心"。

案发现场的东北面是县委县政府的九幢宿舍楼，东面是县供电局大楼，供电局大楼门前是通往二桥的宽阔大道，正对面是烟草大楼，现场正对着工商银行大厦，北面是县汽车站，现场前门是宽阔的街道。正处于丁字路口新星五交化店里。77 岁的店主古百被杀。案发时间 1997 年 8 月 6 日，在周天龙被杀的后一个月。

汪名六没笑，陈利新和小董不再言语，他们理解汪名六。作为一队之长，案发城关镇闹区，近两个月还没有眉目，心里能不急吗？

汪名六走进办公室，从抽屉里再次搬出厚厚的案卷，不声不响地翻起来。

现场就在 15 平方米的店堂内。店堂被一溜玻璃柜台隔着，只留出一个进出的缺口。店堂内横着货架，货架后面是床铺。古百的尸体倒在柜台内店堂中，头部有严重的钝器伤，颈部有一条绳索。地上有一摊血，勘查现场不得不覆盖塑料皮，法医认定古百系他人用铁锤敲击头部后又用绳索勒颈致死。死亡时间大约在饭后两小时。

现场翻动凌乱，在勘查过程中，县公安局吴局长、詹政委、朱杭林副局长全都在场。汪名六五次重复勘查现场，从死者脸部获取一枚血迹鞋印，又从死者床下获取一枚左手拇指指纹。现场情况分析，认为罪犯有可能一人，年纪较轻，与被害人熟悉或是生意上有往来。作案性质是抢劫杀人，但不排除仇杀。进一步访问证实，当晚 10 时左右有一人和死者在柜台里站着喝酒。

死者古百是个极有耐心的人，笔记本上记录有交易对象 400 来人，另外还有名片。有县内、市内和省外的。

侦查重点范围划定在城关、龙山底一带，先查清这 400 来人。

对象一个个被否定，一个月过去了，喝酒的人没有浮出水面。

关于喝酒的人，13 个目击者对体貌特征有 13 种说法。

在城关、龙山底一带，侦查员采用地毯式排查，所有的对象被否定，线索在扩大，全镇、全县、省内，甚至省外。

对案情的定性也开始怀疑，从抢劫杀人到奸情、赌情……所有可能的变得不可能，所有不可能的却像是极有可能。但有一条汪名六心里十分清楚，那喝酒人有重大嫌疑。

古百生活俭朴，平常省吃俭用。在生意生涯里，难得请人喝酒吃饭，那晚一次买了两瓶啤酒，喝到 11 点，实属少见。因此，如果喝酒的人就是凶手，那么一定是他的熟人。那又会是谁呢？案件完全陷入僵局。

汪名六知道，如果循规蹈矩，按照常规继续查下去，永远也不能发现线索。他想起 1994 年杨林镇下庄村发生的盗窃枪支案和同年篁岸乡发生的凶杀案，全是查得山穷水尽挂了起来。如果想侦破古百被杀一案，只有彻底改变思维方式，找到合理的切入口，才有可能使案件柳暗花明。

然而，切入口在哪里？汪名六在笔记本上打了个大大的问号。

正在这时，朱杭林副局长打电话让汪名六到他办公室。

朱杭林副局长望了一眼进来的汪名六，眉宇间流露出几分喜悦。

办公室还有经侦大队小罗。

"盗枪案有重要线索。"朱副局长开门见山说。

1994 年，开化杨林镇下庄交警中队被盗，案犯撬门入室，盗去五四式手枪一支、子弹 13 发、现金 1000 余元。

案发后，局里专案组在省厅、市局指挥下工作了 4 个月，排查浙江、江西等地的十余个乡村，列排嫌疑对象 5000 余人，筛选重点嫌疑人 177

人，查到人力、物力无法支撑为止。

据小罗汇报，1997年8月，信用社职工陈富贵，因侵占巨款逃跑，在北京被警方抓获。陈富贵在交代完罪行后，突然对侦查人员说，1994年下庄的枪案可能和杨林、陈小青有关。

小罗又说，陈小青同陈富贵讲过，他与中队民警关系较好，还有民警的房间钥匙，他讲到那里弄点公款用用。案发后陈小青讲："糟糕，那个人抓起来了。"陈富贵问陈小青："那个人抓起来和你有什么关系？"陈小青说："下庄的枪是那个人搞的。"但陈小青始终没说那个人是谁。

听了介绍，汪名六陷入沉思。陈富贵是在明知被判重刑时，才道出压在心底几年的话，作为一名金融职工，当时为什么不揭发，他突然想起合理的切入口，不觉心中一震。陈富贵绝处求生，那么另一方面呢？有一样东西在汪名六心里猛然地撞击了一下……

"古百案到了死胡同，不妨先查盗枪案，说不定会事半功倍。"朱杭林副局长说。

汪名六点头，他和朱杭林副局长想到一块了。

那沓材料跟山一样高。汪名六迅速找出重点嫌疑人员名单，陈小青也是其中之一。但记载表明，陈小青没有作案时间。

1997年9月17日，汪名六带着陈利新赶到杨林，了解到高坂村被抓的是郑某，郑某属劳改释放人员。为了不使枪支打响，晚8时，陈小青和郑某被分别拘捕。

对郑某讯问，他是1995年9月被判刑。而陈小青和陈富贵讲"那个人被抓"是1996年2月。那时郑某已被押5个多月，不可能会被抓那么长时间才让陈小青紧张。进一步调查，高坂村还有一劳动教养人员。此人叫郑天平，1994年1月因扒车盗窃被收审，7月14日解除；1996年1月郑天平因白天闯民宅作案被抓获，劳动教养3年。下庄的枪案发生在1994年8月28日，也就是在郑天平解除收监审查后的个把月。

由此看来，作案者不是郑某而是郑天平，但陈小青呢？

汪名六想起江一龙和刘某盗窃"群得利"案。江一龙曾让刘某在自己房间看房屋结构，以便熟悉地形，并制造了"不在现场"的证据。陈小青是否也用这种老掉牙但是十分管用的伎俩呢？

再看陈小青：28 岁，大专文化，17 岁考取衢州师范，毕业后在星口、青阳、焦川、下庄、东坑口等地任小学教员。23 岁结婚，生一女，24 岁离婚，一次性付给女方抚养费 8000 元。因缺钱，向下庄交警借款 3200 元。陈小青不甘寂寞，1995 年开始自修法律专业，不到三年，功课全部合格。陈小青属智商型犯罪，具有反侦察常识。而这点技能，正是汪名六怀疑的原因。

讯问室里，陈小青仪表堂堂，颇有学士风度。汪名六、陈利新和小董在座。

汪名六望着陈小青，那张清秀的脸上的确充满了灵气，但眉宇之间流露着世俗。

"你先讲讲你的亲戚朋友和社会关系。"

陈小青像教师讲课一样娓娓道来，但这位法律专业的高才生却犯了一个错误。

在所有的朋友中，他没有讲到郑天平。

在郑天平的材料里有这么一份笔录。1996 年 1 月，郑天平因白天闯民宅作案被当事人抓获，当事人称当时杨林有个叫陈小青的老师来讲过情。郑天平被抓直接威胁着陈小青，作为盗枪同案犯和朋友讲情是十分自然的事，但现在，陈小青竟然忽略了郑天平。

那么是刻意回避。汪名六笑了，第一个回合，陈小青失算了。

"我们今天是为了下庄枪案来的。"

"那事和我没关系，我从学校毕业后就当教师，当教师首先是为人师表，安分守己，那是我们的本分，何况我是个有智商的人。"

"我们现在谈的是盗枪案问题，不是谈你的职业道德，再说高智商不一定高尚。"汪名六又说。

"我和那交警是朋友，他是个好人，很大方。我和老婆离婚，他还借我 3000 元钱。他因枪支被盗的事受到处分，作为朋友怎么会坑害人呢？"

"于是你就利用了朋友的信任。"

"这怎么可能，人都是有良心的，他对我那么好，非常信任我，把钥匙给我，我时常还在他房间里休息，我怎么会那么丧尽天良？"

"你拿了他的钥匙，就不怕说你利用这个方便吗？你是知道现场有撬痕，所以主动说起钥匙的事。"陈利新突然说。

陈小青不吭声。汪名六发现，陈小青再三狡辩，始终没说过"你们抓错人"的话。陈小青是学法律的，如果是无辜的，他早就会用法律来替自己辩护。

"根据调查，枪支被盗和你有关。"

"我承认，如果说有关系，一定是我平常说话不注意，说漏了他有钱的秘密。"

"在什么地方和谁说？"汪名六步步紧逼。

"这个我记不清了。"

"开始我们就讲了政策法律，我们还是希望你如实讲清，我们说你和枪案有关，就说明你不是唯一的作案人，我希望你想清楚。"汪名六又说。

"你们一再说我和枪案有关，又说我不止一人作案，那么请告诉我，另一个人又是谁？"

陈小青反诘，把防线推到了前面。

"这个问题应当由你自己来回答。"陈利新又说。

陈小青显出得意的神色。

其实这个问题包括汪名六在内的三人都不清楚，除了郑某和郑天平，还会不会有其他人。如果主动说出姓名恰恰又不是陈小青的同案犯，陈小青永远不会交代了，他赌的就是这个局。也许陈小青在被抓的那一刻，就觉得自己漏洞太多，比如和陈富贵讲的话，又如郑天平被劳教；他没有把握谁会供出他来。所以他只想在交代前摸摸警察的底，一再说"那一个人是谁"的话。当陈利新说出那句话时，陈小青心里踏实了。"你们哄我。"他想，如果共同作案人不交代，那么他陈小青到死也不会交代，盗窃枪支他毕竟不在现场。

"我没做过，我说不出。你们知道，你们说。"陈小青又说。

"郑天平。"董少华突然说。他知道，如果说错姓名，那就前功尽弃了。但陈小青听了董少华说出的名字后，便垂下了头。他想他们摸到郑天平了。

陈小青承认了，枪的事他不知道，在郑天平作案后他问过，郑天平说没偷，但枪和钱是同时被盗的，他推测就是郑天平干的。

他承认，郑天平从里面出来后想搞钱，他自己也要钱。他说交警那边有钱，而且每晚7点至9点房间里没人。他可以搞到房门钥匙。

作案前一天，陈小青偷出备用钥匙，让郑天平开进门偷出钱后，把钥匙放回原处。离开后，用螺丝刀再撬门，伪造撬门入室现场。

郑天平出来后，没告诉他偷枪的事。

陈小青交代，他之所以看中郑天平，是因为郑天平顽强。

1994年元月，郑天平和同村的郑某在杨林到下庄的路上扒车，偷窃价值6000元的皮鞋，被巡逻队发现。后调查查获郑某，郑某交代和郑天平共同作案。杨林派出所将郑天平传到华埠派出所，极尽所能，郑天平只说两个字"没有"。最后，被收容审查6个月，也没交代。郑天平的顽固得到陈小青的欣赏。他还配制了陈富贵的信用社钥匙。要不是郑天平被劳教，下个目标就是他朋友陈富贵了。

郑天平，现年29岁，1996年1月因盗窃被劳动教养三年，现在十里坪农场。

杨林派出所老詹太熟悉郑天平了，他身高1.70米，较瘦，长方脸，性格内向，满脸阴气，交了一群坏朋友。老詹一阵感慨道："他是我当所长以来遇到的最难对付的人，就说那次盗窃皮鞋，在派出所期间逃了3次，弄坏了5副手铐，还绝食，不得不到医院挂盐水。最后关了六七个月，什么也不肯说，案件不了了之。"

所长的话让汪名六沉思。他问："这么说，他灭绝人性了？"

"差不多。不过，他有女儿和继父，他们感情很深。"

郑天平是杨林下江村人，父亲去世后，母亲改嫁高坂，后来，母亲也不幸去世，继父也没再娶。郑天平结婚后，生一女儿，现年 5 岁，妻子因生活所迫在外地打工，继父带着 5 岁的孙女艰难度日。为了进一步摸清郑天平的情况，为讯问打基础，汪名六带着陈利新等再一次到了高坂。

郑天平的继父程发根在田里干活，他身子佝偻，脚一瘸一瘸地走到汪名六面前。他今年 70 岁，的确苍老了。几根白发在风中无依无靠地飘着；寡瘦的脸坠着一层焦黄的皮囊，颧骨外凸；干瘦的脖子由于肩膀的重压往前抻出。汪名六心里涩涩的，说不出个滋味。老人告诉他，郑天平进去两年，他还要为他耕田种地，带 5 岁的孙女，里里外外一年忙到头。现在老了，田里治虫也只能背半桶水。盼望着天平三年后改好出来，把女儿交到他手上，也就放心了。

这时，一名小姑娘奶声奶气地叫着"爷爷"跑过来，她围绕在老人的膝间，无比亲昵。

"就她。"老人用弯曲的手指，抚着她头上几缕黄发深情地说。

那孩子着实可爱。身着红底白点衬衫、黑色牛仔裤，那裤子的膝盖上虽然补了两块，但也干干净净。白白胖胖的脸，小鼻子翘翘的，扁着个小嘴，手指像藕节一样，她抓住老人的衣袖，扑闪大眼，望望这个，望望那个。一老一小的对比，便知程发根老人用心了。

汪名六说："我们准备去看你儿子，你有什么话要捎带的吗？"

"让他听政府的话，改造自己，告诉他，家里让他放心。"

9 月 20 日，朱杭林副局长带着汪名六、小张和陈利新等 9 人，赶到十里坪劳教所。车上，詹所长详细地介绍了郑天平的情况。总体给人的感觉是个死不开口、不可救药的案犯。明的都不肯说，何况时过境迁的盗窃枪支大案，口供的难度非常大。

"他首先是个人，要把他当人看。"汪名六说，"这点我们要正本清源。想让郑天平开口，最重要的是尊重他的人格，消除他的对抗心理。郑天平在劳教所待了两年，对讯问是知道的。"

郑天平在贫困的环境中成长，生活留给他一种自卑感。随着年龄的增长，他对生理、社会需要越来越强烈。但由于缺少文化和良好的社会环境，实现需要的行为和社会道德法律发生直接冲突。这种冲突发展到和政法公安民警的直接对抗。偏执性的对抗在和公安民警反复较量中越发变得顽强阴沉，导致了他的变态人格。汪名六心想，原先的讯问方案不会错，即便郑天平已经成为恶魔，他也首先是人，他是由人变成恶魔的。

十

劳教所里，管教告诉朱杭林副局长一个好消息，郑天平由于表现良好，1996 年 3 次减刑，总计 22 天。郑天平为短短的 22 天，付出比他人更多的劳动，他非常在乎这 22 天，难道这不是人性的复出吗？汪名六信心百倍。

讯问场景是庄严的，这体现了法律的庄严。

郑天平被带进来了，他理着短发，应当说看到了眼前的阵势，他就明白了几分。不过，只是瞬间的惊慌，转而显出一副任人宰割的模样。

坐定了，没人说话，讯问人员的表情异常严肃。郑天平知道，他的案情重大，那种严肃的气氛不算过分。"你们打死我吧，我不承认，枪在我手里，你们拿我没办法。"他心底升起固有的冷硬，这种冷硬反过来支撑着他，让他变得踏实。他嘴角流露出残酷的阴笑。

"我们刚从你家里来，你的女儿非常活泼、漂亮、可爱，你父亲捎口信说让你放心。"汪名六用注满热情的声调说。

郑天平猛地抬头。在他用恶毒、阴暗的心理抗拒着即将来临的暴风骤雨时，听到的却是一声平和、温暖、充满人情味的话语。

他愣愣地望着汪名六，不敢相信自己的耳朵。那一刻，他仿佛觉得视线模糊了，这些来自家乡的警察，首先送给他的是亲人的消息和温暖，但是他，犯的是多大的罪呀！

"你看你的父亲，70 岁的人啦，带着你的女儿，为你种田种地，多不容易呀！你已近中年，本该赡养老人。但反过来，他还要为你付出那么多。那天我们去了，看见他头发白了、脱了，作为继父，你欠他多少呢？"小张接着说。

郑天平低下头不吭声。他内心波涛翻腾，他忘不了，他被劳教的当日，父亲苍老的身子倚在门上望着他远去，却竭力挡住3岁的女儿，他忘不了。

"再看你女儿，"陈利新接着说，"她胖胖的，穿得非常干净，她都5岁了，妈妈在外地打工，父亲劳教，她这个年龄最需要的是家庭的温暖、父母的爱，但她没有。"陈利新声音洪亮地说。

"我们看到了你女儿和你继父站在一起。你继父为了撑着这个家，为了你女儿，恨不得割掉身上的肉当油熬。"小董又说。

郑天平眼睛完全模糊了，泪水噼噼啪啪地砸在地上。他想他女儿，离开她时还是3岁。就在他被劳教的几天前，他和妻子、女儿还照了一张相，他和妻子牵着手，女儿在中间坐在他们的手臂上。他后来没看见那张照片，却忘不了那份温馨……他不敢想了，他担心自己会哭出声来。

"我们来，你就知道是什么事了，你应当相信党的政策和国家法律，你表现好，劳教部门给你减刑，这就是政策法律的体现。"汪名六说。

"我和你一样当过农民，田间地里锄草不锄根，几天就发青；如果带着问题来劳改，就不可能改造彻底。你应当痛快地交代罪行，争取宽大，好早些报效你的继父养育你的女儿这点情。"陈利新又说。

汪名六又谈他继父，谈他女儿，郑天平早已是泣不成声了。凌晨4点，在讯问8个钟头的时刻，郑天平突然跪在地上叫道：

"我犯了那么大的罪，你们还把我当人看，我再不讲就对不起你们呀！"郑天平恸哭，小张上前扶起他来。

"我也许永远见不到父亲和女儿了，"郑天平平静下来说，"我希望交代后让我见见父亲和女儿。"汪名六答应了。他看到了郑天平的人性，脆弱的人性虽然来得如此蹒跚，但它毕竟沿着封闭多年的小径缓缓走过来了。

他交代了，交代得很彻底。他按陈小青说的去做，伪造了撬门的现场，当他偷出枪时，又觉得烫手了。他只得把枪藏在自家墙外的一个洞里。

9月21日凌晨，郑天平被带到开化，他说："我一看那样子就明白了，我是有准备的，看你们怎么办。我等着你们打我，没想到你们那么好，第一句话就把我的心搞乱了。"

这日，汪名六一行从墙洞里取出了用油布包好的五四式手枪。郑天平和父亲、女儿见了面，三代人相互拥着，小汪为他们照了一张照片。

1997 年 9 月 24 日，市公安局发来贺电：欣闻你们在侦破五年前叶宝玉被杀一案后，又成功破获了开化下庄交警中队 94.8.28 盗枪案，特表示热烈祝贺，并向全体参战民警表示亲切慰问。

汪名六没有陶醉，他还在想着"合理的切入口"，他仍旧想着陈富贵为什么在几年之后才揭发盗枪案线索，而在下庄干了 4 个月的专案组和他很熟，却只字不提。

十一

那些日子，汪名六的思维完完全全被束缚了。束缚他思维的是那些个条纹和用放大镜才能看得清楚的纹线。当排查陷入困境时，他想从尸体脸上的鞋印和左拇指纹线着手。他花去千元从江苏购进一套包括全国数千种鞋印的激光盘，没有查找到同类鞋印。他不止一次查阅上万份指纹卡片，同样没有发现同类指纹。作为痕迹检验出身的他，对这种证据有着特别敏感的反应。如今现场有较好的条件，却无法寻查到源头，对他而言，无疑是最沉重的打击。

那些日子，他脑子里全是纹线。只要闭上眼睛，那些线、点、桥的布局和由此构成的画面就会呈现在他眼前。睡前醒后，他会用思维的笔端去勾勒同类的印迹；他可以在任何时间任何场合，迅速地画出鞋印的花纹和指纹纹线的全部特点。那些纹线像一张巨大的网笼罩在他的头顶，抹之不去。

那天，来了一个老党员，告诉了汪名六这么一件事：古百在某乡有个极好的朋友。这位老党员之所以主动提供线索，是因为不久前刑侦大队为他破了一起案子，追回了损失。

应该说，这条线索的本身并不重要，问题是驱使老党员提供线索的心理。

那个村可以说是地毯式查过了，对当时没发现任何线索的侦查员来说，这无疑是一条非常重要的线索。

但是，这条线索却没有摸上来，掌握线索的还是一个党员。为什么那些忽略的范围或是线索掌握在一个毫不相干的人手里呢？这件事对汪名六震动很大，任何一个侦查员都不可能不折不扣地并且带有创造性地发挥指挥员的意图，这本身涉及侦查人员的素质。你网撒得再大，从理论上讲有着缜密的结构，但操作过程中是难以量化的。任何一点疏忽，都会让案犯逃脱。就如你有一张价值昂贵、质地优良的网，但只要有一个洞，鱼儿就会漏网一样。

让汪名六感叹的第二个问题就是，如果刑侦大队没帮这位党员办理这起案件，或者办理了又没能追回损失，这名党员还会主动提供线索吗？不得而知。

再说，如果陈富贵提供枪支线索而不可能减轻处罚，如果他不能从交代中获得自己的利益，这起盗窃枪支案的线索在陈富贵心里还会再藏3年甚至30年。这里头恐怕有个"利"字……那头小鹿再一次撞击汪名六的心，合理的切入口被撞开了，在第10次案情分析会上，汪名六提出了一个大胆的设想。

1997年9月20日，由张永亮副大队长草拟了这份《启事》：

> 1997年8月6日凌晨，我县城关镇芹南路12号"新星五交化商店"发生一起重大抢劫杀人案，店主古百被害死在店中。为鼓励公民与罪犯作斗争的积极性，公安机关拟对为破案提供重要线索的公民奖励人民币1万至3万元，并对提供线索者予以保密。

上面注明了联系电话和传呼号码。

《启事》通过侦查人员在有关地区散发。10 月 10 日晚，汪名六接到一个传呼，接着手机里传来一个陌生的声音：

"三岔路口的案件和林山乡的江小明有关，那天他住玉屏旅馆。"

如同一锅温水的刑侦大队像灶底添了一把火，沸腾了，汪名六当即要求调查住宿登记单，8 月 5 日江小明的确住过林山乡某村，身份证号码3308247……

次日，林山乡政府出现了两个劳动部门的同志，这两位同志在乡干部的带领下到村里了解该村村民外出打工情况。据可靠调查，江小明外出打工半年多没回来，但村里提供，还有另一个江小明，游手好闲，七八月份回过村，现在广东一带做事，和另一个江小明同名同姓同年同月生。

两个人赶到乡里，在派出所查明，1996 年有个自称"江小明"的人来补办身份证。办好后送到江小明手里，江小明却否认补办过。补办身份证的江小明得知后，赶到江小明的家，拿了不是自己照片的身份证，再也没更换。

调出另一个身份证底卡，查看号码后几位数是 04001，与 19001 相差15 天出生，经照片辨认，04001 的证照和住宿的江小明相吻合。

江小明的父亲十几年前的商店就开在古百的隔壁。那时的江小明只有十几岁，江小明可能就是和古百喝酒的人。江小明作案疑点骤然上升。但江小明在哪里，他父母的确不知道。他们在林山寻找江小明的时候，了解到张某是江小明的朋友，他可能知道江小明的下落，但张某自己外出打工半年，他妻子可能知道张某地址，但他妻子是哪里人不知道。经继续调查，方知张某妻子迁入地是开化马金。

布满阴霾的天空终于撕开了一个缺口，阳光透过那缝隙直射下来。那缺口被灼热的阳光烤着，越来越大。

10 月 14 日，刑侦大队一行赶到马金。

张某的妻子提供，7 月间江小明到过广东，和她丈夫住了几夜，后来去向不明。她丈夫在广东中山一个家具厂做工。

这晚，汪名六几乎没和妻子说话。案件的结局即将到来，他既高兴又担忧，高兴的是经过两个月的侦破，终于查明了犯罪嫌疑人；担忧的是最后的一击唯恐失手。江小明自 16 岁就在广东沙溪做工，了解当地情况，熟人多；如果此去抓不到江小明或无法查清他的落脚点，一旦走漏风声，江小明就会成为惊弓之鸟，再也难以拘捕。江小明将是永远的危险。

汪名六感到身上的担子很重，他不能将这些告诉妻子，所有的压力都要自己担着。这一夜，他没睡。

天一亮，汪名六就带着小毛、陈利新和小刘赶到黄山，乘坐飞往广州的飞机，当日又从广州赶往沙溪。

10 月 16 日上午，汪名六等人和沙溪公安分局刑侦大队联系，大队派小陈带他们到沙溪派出所。

出乎意料的是，张某就在派出所对面厂里做事。

张某找来了，张某的回答让汪名六透心凉。他说他和江小明是朋友，但江小明这个人他也说不准摸不透。大约是在今年七八月份，江小明只身跑到这里说是找事做，住了几天后就走了，现在也说不清去了哪里，再也没见过他。

线索断了。如果张某不能再提供其他线索，所有的希望就会破灭。江小明会同深海脱网的鱼，永远难以寻觅。

汪名六双眼盯着张某，因为再次询问和张某的回答，对捕获江小明至关重要。他的目光在张某脸上停留足足半分钟，然后一字一句地问："怎么能找到他？"

"找不到。"张某摇摇头说。

所有的人都呆在那里，偌大的沙溪，偌大的中山市，偌大的广东乃至全国，上哪儿去寻找江小明，又有谁承担得起追捕江小明的费用开支？

"不过……"张某犹豫了一下说。

"说。"汪名六低声而有力地说。

"他哥哥江小红在沙溪一家家具厂做事。"

"谢谢。"汪名六匆匆握一下张某的手，握得十分有力。

沙溪派出所民警派人找家具厂，汪名六寻找暂住户口，查到了江小红的登记，但没江小明的记载。

老板来了，四十七八岁，瘦小的个子，头发料理得油光锃亮。老板告诉沙溪派出所的民警，江小红是 9 月 1 日到厂里做事的，大约 9 月 10 日带了一个开化林山乡的人，此人叫徐土兵。

调出暂住户口，果然查到徐土兵。

徐土兵又是谁？汪名六拿着徐土兵的身份证细细地看了一眼，然后交给老板。老板看毕摇摇头说："江小红介绍的不是身份证上这个人。"人证不符。

老板说完，拿眼看沙溪派出所民警，一脸惶惶。

汪名六从包里抽出江小明的身份证复印件。

老板端详了半天说看不准，最好叫他老婆来，她是管工人的。

老板娘胖胖的，像是滚着走进派出所里。

汪名六将江小明和徐土兵的身份证摊在老板娘面前，她看看这个，又看看那个，最后抬眼望着办公室那一班人。

"江小红介绍来做事的青年是身份证的哪一个？"汪名六问。

"这个啦。"老板娘指着江小明的照片。汪名六的心放下了。冒充徐土兵登记的人，就是杀人嫌疑犯江小明。这个恶棍，设了一道又一道屏障，企图蒙混过关，可惜算盘不精呀。

汪名六舒心地想，几个月来压在心里的石头终于落地，现在该收网了。

然而，好事多磨。

老板娘赶到厂里，10 分钟后回来说，江小明不在车间。

难道走漏了风声？汪名六仔细回忆到广东的全部活动，一切都不可能。那么江小明溜了吗？

"昨天还看到。"老板娘察觉事关重大，怯生生地说。

汪名六要求老板娘以干活名义，直接找江小红问江小明的去向。

10 分钟后，老板娘喜形于色地走进来。她说江小明在隔壁一家厂里做事，今天厂里事不多。

沙溪分局小陈要求老板去看江小明的穿着、发型和作业场所的情况。

老板回来后，拿起笔迅速地画好进出通道、江小明位置，老板画完望着汪名六说："江小明是做雕花工的，手中有斧子。是不是……"

汪名六挥挥手，即便他手上有枪，也不能延缓拘捕。现在知道我们意图的人太多，不迅速捕获，后患无穷。汪名六想。

抓捕方案迅速形成。

那幢房子有两个通道。分别派人把守，沙溪分局小陈、陈利新和小刘执行抓捕。为了避免伤亡，汪名六要求他们三人装着观看工艺的生意人靠近江小明，挨近身子，先下掉斧子，守候在门上的 5 名民警同时上。

上午 10 点，一切就绪。小陈是位十分精干的小伙子，二十五六岁，临近抓捕杀人犯，显得冷静沉着。他领着陈利新和小刘走进工厂，一边用生硬的普通话介绍产品，一边慢慢地向江小明靠近。

江小明正抓着斧子雕着花，听到后面说话转过头来，看了一眼又回过头去。

只是在一瞬间，小陈"啪"的一声打掉江小明手上的斧子，陈利新飞起一脚踢在江小明的脚踝上。江小明扑倒在地，一只鞋飞起翻过来落在一边，大家一拥而上，铐起了江小明。

汪名六拾起那只鞋子，又扳过江小明的拇指。这鞋底花纹和拇指纹线是多么熟悉。这些纹线在他的头脑中飞舞盘绕了两个多月，它们时而飘逸像绸缎，时而像巨网在梦中张合；他梦寐以求，苦苦追寻鞋印和指纹的客体，终于呈现在他的眼前。那些纹线跳跃着，带着惊慌失措的哨声从头脑中消失了。

江小明没有惊慌，脸上充满着疑惑，也许正是这种疑惑抵御了他对死亡的恐惧。

"我想不通。"上车后，他对着陈利新说。

"为什么？"陈利新往后仰仰身子，饶有兴致地望着江小明。

"我和古百没任何关系，不可能联系到我作案，你们破不了案的；就算破了案，你们也抓不到我；这个地方只有我哥知道，我哥不可能出卖我；暂住登记不是我的名字，你们查不到我；从到厂里做事到现在，没有第二个人知道我和我哥是兄弟；我从 16 岁到广东、广西一带打工，别说本乡人，就是本村人都不认识我。怎么会发现我，抓到我？"

"恃德者昌，恃力者亡。"陈利新说。

的确，汪名六心想。俗话说：百行以德为首，吴天顺、江一龙之流，当他们举起犯罪屠刀的瞬间就决定了一种必然，那只是个时间问题。

1997 年 10 月 18 日上午 7 时，县委常委、政法委詹书记，公安局吴局长和詹政委在衢州火车站迎接"8·6"抢劫杀人案凯旋的民警。

那是一个必然的结局。

一连串的凶杀案在 1997 年岁末开庭，每一名罪犯都得到了应有的惩罚。

一切都不是开始，一切都不是结束，汪名六和伙伴们没去观看宣判，他们又投入无休无止的侦破当中。

（文中部分人物使用化名）

# 云在天边雨在林

## 一

扣纽扣，老金爱反着来。

老金叫金德孝，中等个头，额头上布满生硬的斧凿痕，坑坑洼洼十分扎眼，是很难美化的那种。平常别人爱叫他老金，时间长了竟然忘记了他的大名。

老金起身伸了一个懒腰，香妹取下衣架上的外套，老金伸开两手钻进袖筒子，香妹旋即转到老金面前，只听得老金轻轻地咳嗽一声，香妹"扑哧"笑了。"金爹，我就是学不会反着来。"老金说："习惯而已，很多人一生都没办法改掉习惯。"香妹听了鼓起嘴说："金爹，您是笑话我没有智商呢。"老金笑笑说："这倒没有，我只是打个比喻。这人呀，从娘肚子里出来，就生活在门和套之间，过了一个门，落进一个套子；走出套子又过一个门，以为摆脱了什么，却落进了另一个套子，反反复复了结一生，到死都不会明白这个道理。"老金边说，香妹已为他扣好纽扣。

"金爹，为什么偏要从下往上扣纽扣，这也是您说的套子吗？"

老金没回答香妹的问话，从袋里掏出三十块钱塞进香妹手里，香妹犹豫片刻还是接了。

香妹叫钟茗香，云南人，四年前被人以打工名义骗到石荡城，卖到山里做了别人的老婆。香妹死活不从，伺机逃进了大山，结果迷了路。见着进山查案的老金，香妹从柴篷里蹿了出来，"咕咚"一声跪倒在地，还没张口便晕了过去。老金和协警小林手忙脚乱将香妹放平，见她手上脸上布满伤痕，接过小林的矿泉水，倒进香妹嘴里，又在人中上掐了几下，香妹才

162

苏醒过来。

两人匆忙将香妹送进医院，付了钱，看了医生，听了香妹的话，才晓得她遇见了人贩子。香妹说那人叫马老板，50岁光景，中等个儿，是江浙一带人。因为提供不了更多的线索，调查没能进行下去。

老金托了人，把香妹安排在园区一家工厂里做工，每月1600块钱。对香妹来说，这已经是相当高的收入了；老金还通过云南公安，证实了香妹陈述的家境，但香妹并不知道，父亲为了寻她，在昆明被卡车辗死。因此，香妹除去出嫁的两个姐姐，家里没有了亲人。往后一年，老金时常到厂里看香妹；香妹轮休时也往警务室跑，里里外外帮助打扫卫生。一次余夫子问香妹还记得拐卖她的人吗？香妹听了脸唰地青了。余夫子连忙解释说："我只是想把他画出来。"此后，照着香妹的描述，余夫子一遍又一遍地修改画像，直到香妹说："就是他了。"

香妹管老金叫"金爸"，还问老金这样的称呼听上去顺不顺耳。很多人奇怪香妹与老金的关系，园区财主任对老金开玩笑说："老金，听说你认了一个干女儿。"老金不置可否，稍后回了一句："茗香是个可怜的孩子。"

说老金不留意是假话。那日小林说："师傅，香妹长得很漂亮！"老金听了把眼一瞪道："你别想歪了。"小林说："我只是说她长得好看，老让我梦见。"老金望了小林半天然后嘀咕一声。那以后，老金注意到香妹和小林走得比先前要近，至于发展到什么程度，老金没有多问。

老金在园区警务室待了8年。主任换了几个，剩下的他算是元老了。园区的经济占着石荡城工业年产值的80%以上，税收在全县的比率更高。因此，这里的主任比其他乡镇高出半级。园区警务室配置了两名警察，两名协警。警察24小时带一个班，通宵巡夜，没案子早晨休息半天；遇上案子先要固定证据，才能踏实地躺在床上。除了老金，警务室还有余夫子，余夫子小老金4岁，戴着一副眼镜，人精瘦且好学，分析问题既深入又精辟，脸上时而流露出清高，转而又十分谦卑，表情显得变幻莫测。余夫子也喜欢香妹，见着香妹总是客客气气，然后不论香妹在警务室做什么，眼睛一直追随着她的身影，像是深入观察，嘴角又流露出一丝嘲笑。没人注意余夫子细微的表情，也没人知道他嘴角上那一丝微笑意味着什么。有一次小林向老金提起这件事，老金咧了咧嘴道："书读得多就怪模怪样。"小林没听明白，也不好再问。小林跟老金，心里也向着老金；余夫子带着协警小范，小范佩服余夫子，处处学着余夫子的模样。余夫子尽管为香妹画了嫌疑犯的画像，一则因案件搁置多年，没发现新的侦查线索；二则余夫子不是刑侦技术人员，谁晓得画像离谱有多远。那张画就扔在余夫子的抽屉里。不过老金看了总觉得这人面熟，不断地回忆，却像拿着铁勺子在大海里捞鱼，怎么也不能得手。

老金平常忙，老爱在各企业间走动，到了晚上两脚胀痛得不行，脚趾间时常霉烂。老金有一癖好，爱泡脚，这是老山前线落下的病根儿。

老金当过兵，还参加过自卫反击战。没人知道老金攻占过哪个山头，杀过多少敌人，只晓得他在"猫耳洞"里待了差不多三个月。老金说，三个月里几乎天天淫雨，为了避免冷枪和炮弹，白天吃喝拉撒全在洞里，没洗过澡，没吃过一顿热饭菜，只有到了晚上才能钻出洞口活动活动身子。老金裆下霉烂得发臭并且往下掉肉，他时常望着黝黑的天空，企望看到一两颗星星和宁静的月亮，但天空永远像一个巨大的锅盖压在阵地上方。两个多月后，老金的两脚踏在地上像灌了铅，脚趾霉烂到了骨头。再后来，老金的脚伸不直了，连当地的战友也得了同样的毛病，最后老金还是被送到了后方医院。退伍前老金治愈了脚，可疼痛的毛病只有自己晓得，这种疼痛随着年龄的增长愈发严重。在派出所里，老金时常打一盆热水，然后关上门，双脚往盆子里一放，身子顿时变得轻松舒缓起来，疼痛也立即消失。同事说，老金泡脚的水滚烫，别说是脚，连手都会氽脱一层皮，可老金没事还觉得挺爽，这大约是老金治疗脚疾的一种土方。

轮着老金值班，巡到小半夜过后，换了警服，老金不时到警务室背面的"芳草御足"泡脚。"芳草御足"是河南人开的，敞开式那种，老板姓方，是个40多岁的女子。警务室的人管她叫"靓姐"。靓姐白天没事常到警务室坐坐，对警察有一种亲情般的热情。靓姐时常对老金说："小看脚一双，头上增层霜。"余夫子对靓姐有些反感，对类似行业也有偏见，时不时说些风凉话，私下里在内网调查过她的底细。靓姐禁止打工妹为客人提供任何形式的额外服务。因此在店堂内写下八个大字："健康服务，以德换心。"余夫子时常提醒老金说："靓姐有动机呢。"老金不置可否。余夫子又说："她其实是想证明'芳草御足'是清白的。"老金说："你不懂。"不久靓姐拿过两卷发黄的书，余夫子看了半天，认出是清乾隆年间刻印的医书，叫《脚气治法总要》，共两卷，上卷纂论十二篇；下卷偏方四十六。从纂论看，说脚气由风湿引起，但根源出自肾虚和阴阳失调。治疗起来有"春夏秋冬之异，老壮男女之殊"。余夫子看了问道："这能说明什么？"

靓姐答："要紧的是四十六偏方。内服外用尽可治愈病根。自从'变故'后独自开了足浴，靠这两卷书治愈许多患者，也招揽了很多生意。"

余夫子将书还给靓姐，本想问问"变故"之事，心想都是靓姐的托词。于是道："你是想证明'芳草御足'的清白？"靓姐听了余夫子的话笑了笑，那意思像是在说："我不用证明。"

老金看人准，但听了余夫子的话还是在巡逻的时候去过两次"芳草御足"，那里整洁明亮，一切都是透明的。后来老金随着园区财主任有过几次足浴的经历，每次都是靓姐亲自为老金洗足。靓姐的眼光与手法非同一般，竟能从老金的脚骨上摸出老金的病根。靓姐说："得治，再往后就落残了。"

老金对靓姐的足浴有了依赖，尽管不能常去，心里却时常想着。靓姐拒收老金的钱，她说："把足浴开在警务室背后，省去小喽罗敲诈的钱足够老金一辈子洗脚的了。"老金自己洗脚，却不让余夫子和其他协警踏进"芳草御足"，老金说："我是陷在里面了，你们别再陷进去。"余夫子琢磨老金的话，最后得出一个结论："老金这么说，证明他是清白的。"

老金没陷在里面，更多的时间还是自己泡脚。但两年前的一件事让老金彻底改变了想法。那晚老金值班，在园区里转了一圈回到警务室打开电视，便看到了央视一套正在播放"感动中国十大人物"。这节目老金每年必看，把它当作世界杯一样企盼。老金当兵打仗，周身充斥着英雄气概，每次老金总是看得泪水哗哗地流。那晚，老金正把脚放进盆里，全身心地沉浸在主持人煽情的悲恸之中，这时门突然被推开了，靓姐情绪激动地冲了进来。老金心里"扑通"一声,不知发生了什么事。还没开口,只见靓姐泪流满面指着电视道:"刘丽,洗脚妹,我们一起干过,她感动了中国。"言毕一手抓住老金的手臂"呜呜"地哭了起来。这时老金才把电视里的感动与身边"芳草御足"的靓姐联系起来。

这个晚上,靓姐一定要为老金洗脚,她说,这是她干洗脚20多年来最开心、最自豪的一天,她一定要为警察老金好好服务一次。这次洗脚让靓姐从未有过地快乐,她神情专注,脸上洋溢着幸福,尽管是冬天,鼻尖上依旧渗出细密的汗珠,柔软的手指抚过老金脚上的每一片皮肤,每一根汗毛,她不仅仅是在为老金洗脚,而是将老金的脚当作一块美玉,热衷而仔细地欣赏着;她仿佛用她的手向老金述说20年的沧桑经历。这一天,老金了解了靓姐,也了解了她的警察情结。

靓姐说:"警察是我的再生父母!"

## 二

老金没有职务,所里封他一个警长,每月多拿50元岗位津贴。园区警务室工作有四大项:一是暂住人口管理;二是夜间巡逻;三是调解纠纷;四是防盗、防火、防重大责任事故。这四项工作都涉及基础工作,因此,要紧的是对企业人头、环境熟悉。至于强征强拆的事情,既是政府也是警察的事。不过警务室还有一项任务,不是分内工作却十分地重要,这便是"招商引资"。派出所王所长每次开会都会说:"局里今年招商引资任务4000万,落地1000万,指标虽然没下派到派出所,但每一位民警都要把这项工作放在心上,在工作中发现捕捉机会,这不仅关系到年底公安机关在全县的排名,更重要的是关系到经济发展,特别是园区警务室的同志要注意。"警察招商说难并不难,宾馆、娱乐中心、浴室和歌舞厅偏偏喜爱公安机关来招商,这些商人帮助公安机关完成每年引资任务的同时,在往后的经营过程中,还想得到警察的特殊保护和额外的关照。因此,这些场所管理起来很困难,社会上也时有非议。

对于招商，老金有不同的看法。在园区，前来接洽项目的客商像搬食的蚂蚁进进出出，上头出台过工作时间不得饮酒的规定，但还有一条"招商引资"除外。这个例外让园区整日热闹异常。高标准装潢的内部食堂每日客商不断，咨询优惠政策，谈项目，看地块，测三通，签署意向书。总之，招商引资像一把筛子，摆动摆动留下来的没几粒石头。老金看不下去，一次曾对财主任说："多是食客吧？"财主任笑笑答："食客，筛选呗，谁也没有火眼金睛。"老金觉得财主任说的在理，投资商对投资环境和企业发展都有自身的要求，一点勉强不得。只是老金觉得，8 年的经验告诉他，真正的投资商不会在签合同前把动静弄得很大，而前期费用通常都是自行负责的。

值班室里，余夫子一早与老金交接，签了字，收了枪支。余夫子说，昨晚"仁德硅业"与"武军红木"又发生争执，好几十个工人对峙着，幸好我到得及时。老金问有没有向环保局报案。余夫子说，报了，来了一辆环保监测车，转了一圈就走了。余夫子边说边往外走，刚到门口又转身对老金说："'万宝硅业'开工了，新招近百名工人，我与管事的说了，让他提供一份花名册，对了，还有一件事，昨晚财主任电话通知，今天上午 8 点钟召开紧急会议。"

老金应了一声，便看到小林从外面走进来。安排了小林的工作，看看还有时间，便拿起留在桌子上的案卷。其实"仁德硅业"和"武军红木"的纠纷不是一天两天了。石荡工业园区说是"生态园区"，但由于地域与交通上的弱势，很难引入真正的生态企业，而通常是被发达地区排挤的重污染工业，看好石荡工业园区的低门槛，地块便宜，劳动成本低廉，政策优惠等。这些企业尽管有齐全的减排设施，但使用起来同样会产生高额费用，因此，许多企业会在夜里偷偷排放。紧挨着"武军红木"的"仁德硅业"也一样，倒霉的是，只要"仁德硅业"夜里一偷排污，"武军红木"刚上油的家具就遭了殃。对此两家发生过冲突，"武军红木"把"仁德硅业"偷排的情况报告给环保局。"仁德硅业"老板却说："环保局的官员是我纳税供养的，再说，局长不是县长任命的吗？""武军红木"只得把"仁德硅业"告到法院。因为"仁德硅业"是石荡城的支柱性工业，县里出面干预后，双方作了庭下调解。

两家企业主老金都熟，他们都把老金叫"金大哥"。老金深悉"仁德硅业"面临的困境。在原材料价格攀升、产品销售不景气的状况下，企业只得靠降低生产成本来维持正常运转。对此，老金也是多次与两家协商，最后老金说："仁德的硅炉常年不能熄火，武军的油漆却是生产过程中的一道工序，若是到了上漆的时候，通知仁德一声，一晚也好两晚也罢，仁德给武军一个干漆的时间，相比两家都不会遭到更大的损失。"两人一听，说看在老金的面子上暂且如此。只是企业毕竟有其自身的运作规律，"武军红木"近日生意特别好，每天24小时不休息，连续十多天连夜上漆，这样仁德那边受不了，说："停一夜，损失几千上万，照顾别人自己吃大亏，不划算。"结果，有了昨日的冲突。老金看完案卷心想，还得与双方再谈一次，不能让生产冲突转化成社会问题。

上班时间到了，空气显得拥挤起来，门口水杉上两只候鸟，正与外来的入侵者争斗，身影在树枝间穿梭，发出激烈的"喳喳"惨叫声。这两只鸟年年都在窗外树上做窝，生下三颗鸟蛋，孵化三只小鸟，不久便数次练习起飞，再不久在树上消失了。老金每年欣赏着这个过程，感叹着生灵的伟大与执着。

门外走廊上杂乱的脚步声夹着大声的喧哗，老金看看时间，会议就要开始了。出了门，跟着人群上了四楼。财主任的表情和上个月开会回来完全两样。上个月因为石荡城招商引资排在全市最后，招商局长和财主任被黄书记狠狠地骂了一顿。黄书记说："三个月内不能力争全市中等水平，你们两个统统引咎辞职！"那日财主任灰头土脸坐在老金面前，厚厚的眼镜看上去朦朦胧胧都懒得擦一擦。财主任说："毕竟是招商局的事，如果有项目没地块，那是我财天明的责任。"老金不用问，知道财主任挨了骂，于是一支接一支地给他递烟，说着大面积的安慰话。末了，财主任让老金陪他喝酒，老金推说值班；财主任又让老金陪他洗脚，老金只得答应了。

此时台上的财主任情绪激昂，压抑不住的风光荡漾在园区干部面前。

果然，财主任在谈了一通全国政治、经济形势后，话题一转讲到了招商引资在全市垫底的事，而后铿锵有力道："只要我们同心协力、众志成城，就能把落后的帽子抛到石荡江里。"

其实财主任没说，下头的干部早已议论纷纷。老金从议论中也晓得了八九分：园区引进一个光伏项目，意向投资 198 亿。按照市里给的任务，这个数目接近石荡城全年引资任务的二十倍。"也就是说，我们在 20 年里不再受招商引资任务的困扰，鼓舞人心哪！"财主任伸手挥舞了一下，在空中攥紧了拳头。

财主任的话不仅感动了自己，把场下所有的干部都感动了。想想前些日子园区干部被冷落的憋屈，也该轮着扬扬眉，吐吐恶气了。

为了让这次招商行动更具有战略意味，财主任建议将其命名为"腾飞一号"。说"腾飞一号"将以文件的形式报告给党委政府，一揽通过，即刻启用。

话说回来，这的确是个巨大的成就，如此命名也不算过分。别说 198 亿，即使 18 个亿对石荡城来说也是非同小可。会上，财主任成立了腾飞一号专门攻坚小组，布置各个环节的工作，并特别强调："现有的地块不够投资方用地面积，因此近期还有一项重要任务——征地，而且迫在眉睫。"

财主任说完把目光落在老金脸上。

那个晚上，财主任找到老金说："若是您老人家吃不消，能不能派警务室其他同志跟着前来洽谈的投资商？当然能自己出马更好。"

老金听了奇怪，问为什么？财主任道："'腾飞一号'是全县目前工作的重中之重，也是全县干部的中心工作，所有部门不论分工都要统一到这项工作当中来，都要为这个项目开绿灯。黄书记在动员大会上明确指出：'谁坏了这个项目，我就砸了谁的饭碗！'因此，项目的成败与洽谈过程是否让投资商感到满意关系紧密。有警务室的民警暗中保护投资洽谈人，我这个做主任的心里才踏实。"

老金道："做洽谈人的保镖？"

财主任说："也不是，只是排除外界对洽谈人的干扰，如果人家有什么特别的爱好，给他创造一个宽松舒适的经济环境。"老金没回答，说先请示王所长再说。

三

"腾飞一号"行动几乎是秘密进行的。即使在紧急动员会上，财主任也没有说明投资方是谁，只是用投资"D"方作为代号。准确地说，投资方公司名称，洽谈人姓名及联络方式、居住宾馆等只有极少数领导和攻坚小组的人员知道，对此，所有参与人员都像地下工作者一样，一脸平静，一脸淡漠。财主任说，这关系到招商引资的成败，更关系到引资人的切身利益。很多天以后，余夫子算了一笔账，说第一期工程哪怕年内资金落地百分之一，那么年底考核园区可以增加 60 分，按一分 200 元计算，园区干部每人收入增加 12000 元。不过对参与人和领导来说，这只是个小数目。

园区动员大会结束不久，县公安局也召开了动员大会，会上常委葛局长就招商引资工作重要性进行深刻的阐述，号召全体民警、辅警投入县委县政府的"腾飞一号"重大工程当中来，特别是东区派出所，要把维护"腾飞一号"顺利推进当作头等大事，一切工作服从服务于"腾飞一号"开展。局纪委甘书记也宣布了三条纪律，核心的意思就是谁拖了"腾飞一号"的后腿，就拿谁开刀。

天空有些阴，老金腿一抽一抽的，这是个信号。老金不断地挪动屁股，三个小时的会议，让老金的腿疼得不行。挨到会议结束，几乎不能站立了。余夫子了解老金，开会时就坐在他的身边。散会后，余夫子陪着老金坐着没动。同事问怎么了？余夫子说："与老金落实局党委会议精神。"同事说："你们的担子够重的。"老金苦笑了一下没吱声。人走光了，余夫子扶起老金下了楼，上了车，余夫子说："还是送你回家吧，晚上我代班。"老金说："这副模样回家还不把你嫂子吓死？"余夫子问："嫂子还不晓得你的病情？"老金摇摇头说："知道一点，否则成天提心吊胆，唠唠叨叨，怎么过日子？"余夫子说："迟早会晓得。"老金说："那不一样，若能再活 20

年，后5年晓得就少痛苦15年。"余夫子笑笑起动了车子。老金说："还是到'芳草御足'吧，香妹的手法真管用。"

余夫子听了"扑哧"一笑。

下了车，余夫子扶着老金走进"芳草御足"，里头的人不少。这两年这里的生意越来越好，一则因为"芳草御足"开业后，极少有小混混来滋扰。二则扫黄之风不时刮起，城里的洗头房、按摩店、足浴轩时常被警察冲击，唯独"芳草御足"从来没来查过。老金向王所长保证，只要发现"芳草御足"涉黄，我即刻取缔，然后处分我。王所长看了老金半天，然后笑笑没吱声。三则"芳草御足"像是园区的"内部餐厅"，许多商客吃了饭喝了酒都想找地方消遣一下，财主任会告诉他们，"芳草御足"是最安全也是最便宜的地方。

"芳草御足"生意兴隆，收费却比一般的便宜。老板靓姐看到老金十分热情。而且，自从香妹到"芳草御足"之后，只要老金来，出场的肯定是香妹。香妹是年前到的洗足坊，而靓姐认识香妹就在老金的警务室。

此前，香妹从来没向老金提起过要到"芳草御足"干活，即使靓姐也没向老金透露过。那日晚饭后，老金正准备到企业里去走走，却在园子里遇到靓姐。靓姐一看老金走路的姿态，皱着眉头要老金晚上到"芳草御足"泡泡脚。老金没答应，靓姐攥住老金的衣裳道："我给你配制的这味草药效果如何？"老金不得不承认行。靓姐说："东莞的老人用的就是这味药，再说，我并没收老金您的钱呀！"老金道："靓姐不收钱，我更不敢去了。"靓姐听了想想道："那以后我只收中药的成本费，这样老金您总过意得去了吧。"老金不置可否，笑笑走了。晚上老金还是去了，令他没想到的是给他洗足的不是靓姐而是香妹。

老金半日没反应过来，以为自己看走了眼。眼前的姑娘穿着粉红色的西服，领口系着白色的蝴蝶结，收腰的衣摆下是蓬松的马裤，有些夸张，但在老金看来十分和谐，这服装是"芳草御足"的标志。老金看了半天才明白过来问："怎么会在这里？"香妹笑笑答："金爸，不上夜班晚上歇着没事。"老金用平静的口吻说："我的意思是怎么会做这个？"话一出口，老金看到了柜台旁结账的靓姐，改口道："什么时候学的这个？"香妹笑道："金爸，学了一个多月了。"老金想起央视"感动中国"的场面，没往下再问。香妹洗足的技巧不亚于靓姐，而且让老金感到其手法完全是照着靓姐的炮制的。完了，老金问靓姐怎么回事。靓姐反问道："老金看扁这个职业？"老金摇头否认。靓姐道："可以容忍别人做这个行当，也为刘丽流下眼泪，轮着自己的孩子，内心就不能接受了？"靓姐说着脸色骤然忧郁起来。老金解释了半天，就听得靓姐轻声道：

"香妹学洗足，是为了她的金爸！"老金听了愣在那儿了。

今天香妹没在，靓姐从老金的目光里察觉到什么。靓姐说："我也奇怪，今天没夜班，有两个晚上没来了。"老金听了心里"咯噔"一下，自言自语道："不会出什么事吧？"靓姐想了想道："不至于呀，她又不是孩子。"老金还是放心不下，拿出手机给香妹打电话，手机关机。靓姐说："都什么时候了，小女孩还不休息呀？"老金依旧不放心，又打给了香妹上班的工厂的老板，老板听说是老金，连忙与车间主任联系，一会回话说："香妹身体不好，请了两天假。"

老金听了感到很不踏实，靓姐见老金心情郁闷，要给他沏茶，老金谢绝了。

不知为什么，在老金心里，早已把香妹当成自己的女儿，尤其知道他父亲车祸去世之后。香妹在老金面前像一张透明的纸，纯洁，善良，让老金看得明明白白。今年春节，香妹想回老家，说想她爸了，还说她给爸爸写了信，爸爸回信说过年车费太贵，她说心里很矛盾。老金说："这还用考虑？当然留在金爸这里。"香妹说："做梦见过我爸好几回了。"她说出来找工作，没想到发生那样的事。说到这里香妹眼睛里噙着泪水。老金一时不知怎么安慰香妹，想把真实情况告诉她，又怕她过于伤心。老金说："你给你爸寄点过年礼品。"几天以后，香妹答应了，给她爸买了一套衣裳，一双鞋子，还给寄了2000块钱。那日是老金开着车陪着香妹去的邮局。可东西还没寄出，转身就被老金拿了回来。不几日，那2000块钱也转到了老金的卡里，老金为香妹开了户头，把钱存了进去。不几日香妹爸爸回信说："钱和衣服都收到了，家里一切都好，要她安心在外面工作，省得过年人多车多来回折腾。"香妹哪里知道，这一切都是老金的精心安排。

老金只有一个儿子，在美国读博士，临近年末收到儿子的信说准备回家过年，末了还是没来。儿子找了很多理由，老金觉得最大的理由就是儿子少了一份孝心。不过老金不怪儿子，对他而言，儿子一切都好，不给家里添麻烦就是孝了。

过年家里多了香妹，显得很别样。香妹像只蝴蝶在家里飞来飞去，飞到哪儿都带去欢笑。老金的妻子开始心存疑虑，老金告诉她香妹的身世后，妻子比老金还要挂念香妹，遇到双休日，还时常要香妹到家里吃饭。总之，香妹在老金家里出现，不仅填补了夫妻思念儿子的空虚，还给老两口带去意想不到的快乐。

香妹生病请假，老金没想到。香妹身体一向很好，精力充沛，到工厂后没脱过一天班，即使晚上到"芳草御足"加班，一觉睡醒依旧新鲜活脱。这些年来，香妹对老金并没有心理上的依赖，但她遇到事情，总是十分礼貌地先告诉老金。这次却把老金忘到一边了。

老金边想边往园区管委会大院里走。天上的半瓦月亮，时隐时现，飘浮的云朵不离不弃，暗蓝色的夜空时有陨石坠落，划出一道道耀眼的光亮。老金满怀心思走进大门，便看到树边有一具黑影，心里一顿愣在那儿了：

"茗香！"

老金叫着快步上前，黑暗中看不清香妹的脸色，却能看到她眼睛里一闪一闪的泪花。老金没说话，抓起香妹的手往警务室走，倒水、涮毛巾，然后坐在对面望着香妹。"告诉我，发生了什么事？"

夜很静，只有远处传来阵阵机器轰鸣声，这声音以前时常在老金睡梦中出现，很多次老金都在揣测这声音出自哪里，但一直没有寻到结果，直到老金习惯了这种空旷中飘来的噪音。老金一直在想，一定是香妹知道了父亲去世的消息，但似乎不可能。老金在云南的战友一直伪装香妹的父亲与她保持着联系，香妹并没回去，不可能识破他们的伎俩。灯光下，老金细细观察香妹，见她脸上除了泪痕还有愠色。

"茗香，你慢慢说来。"老金再一次问道，声调低沉了许多。

"金爸，我看到那个……那个畜生了！"香妹终于道。

香妹一说，老金即刻明白了。在香妹眼里，这个世上只有一个畜生，那就是将她贩卖到石荡城的"马老板"。那畜生不仅将她像牲口一样贩卖到山里，还在江西境内的客栈里强暴了她，这些证据在老金救出香妹之后都作了固定。

老金看到香妹落泪忙安慰道："别急，把看到那畜生的过程告诉我。"

香妹顿了顿说："两天前在'芳草御足'，那个畜生到店里洗脚。"

"茗香认出了他，不会认错吧？"老金故意道，想摸摸香妹的辨认有几分把握和信心。

"金爸，即使把那畜生的皮肉都剥去，剩一副骨架戳在那儿我都能认出。"香妹愤愤道。

老金想起了余夫子画的像，从抽屉里翻了出来。"茗香告诉我，现在的他和余夫子根据你的叙述画的这个'马老板'像吗？"

香妹看了道："就是他，比这个胖了点，看上去气派点，还梳了大背头。"

"那么，现在他在哪里？"

"在石荡国际酒店。"香妹有十分把握地答道。

老金又认真看了一眼香妹。这时她才告诉老金说："那天晚上马老板来洗足，尽管比先前胖了一点，衣着也考究了许多，但我还是一眼认出他来。"香妹发现，马老板像是很有身份，与他一道洗足的还有几个官员，对马老板显得很客气。她清楚记得，马老板的手机停机了，嘴里却嘀咕道："忙昏了头，手机欠费了。"边上的官员笑笑说："马先生，请等两分钟。"说着拨通了一个电话，片刻马老板的手机响了。香妹听出陪同的官员都是本地口音，又从谈话里听出马老板还住在石荡城，便想再看看那畜生的住处。泡完足，官员又请马老板在园区外吃夜宵，这个过程香妹一直跟着。后来香妹悄悄问其中一个等候的司机，司机看了香妹半天，以为她要做生意，便告诉她客人住石荡国际大酒店。"前天一大早，我去了酒店，总台说没有姓马的住宿记录，询问服务员最好的房间谁住，回答说：'政府包了。'"香妹说，她请了两天假，是想弄清楚那畜生想干什么，然后再告诉金爸抓他。

"那你弄明白了？"老金镇定地问。

"那畜生每晚回宾馆总是醉醺醺的，都有人陪着，第二天睡到 10 点才下楼，总有一两个年轻女子陪他喝茶，然后被车子接走。"

"茗香。"老金一脸严肃地叫道。香妹不解地望着金爸，不明白老金的脸色为何像冰霜一样冷。"这不是你的工作。"老金嗓音低沉说，"从第一次看到马老板，你能做的就是马上告诉我，而不是自己去跟踪。这样做不安全，还可能打草惊蛇。"

"金爸，我只是恨，三四年了，这仇恨就像一块大石头压在我心里，我一直在想，只要抓到那个畜生，就是死了，我也没什么遗憾了。"

老金压住自己情绪，他想起香妹在江西的遭遇。刚满 18 岁的香妹恐惧地跪在地上求饶，他却像畜生一样扑向她。当一切结束，香妹痛得昏死过去，可他"嘿嘿"笑了两声转身走了。老金望着香妹道："茗香，我理解，四年多时间过去了，姓马的再次回到石荡城，我们不了解他来干什么，什么身份，若是没有充分的证据又惊动了他，非但报不了你的仇，他还会继续坑害像你一样的人，你说是不是这个理？"

"金爸一说我就明白了，今晚找您就是想告诉您这些。明天我要上班，一切就靠金爸了！"

老金听了点点头。

## 四

走进石荡国际大酒店是上午 9 点钟。宽敞明亮的大堂里客人不多，一名保安在大门边走动，几个身着米黄色制服的中年妇女在搞卫生，右边敞亮的茶厅里有客人在喝茶，微弱的音乐优雅地飘荡在空中，大堂的沙发上慵懒地坐着几个青年人，一个个专注地抱着手机。

老金环顾四周，一切显得平静自然，于是朝空着的长沙发走去。刚坐下，便听得有人唤他，老金扭头一看，坐在另一头的居然是辅警小林。

"师傅一身规矩的打扮，差点没认出您来。"小林说着移过身子。

"大白天你在酒店里干什么？"老金问。

"师傅，不是您安排的任务吗？"小林显得很委屈。

"我安排的任务，什么任务？"老金感到奇怪。

"师傅，难怪每次表彰辅警都没我的份，敢情是您老人家一边叫人干活，一边就把事给忘了。"小林噘起嘴道。

小林这么一说，老金想起来了。"你是说招商引资？"

"就是呀。"

"那你守在这儿做什么？"

"那'大款'不是没起床吗？晚上少说守到一两点钟，早上没10点他不下楼，下了楼喝茶，喝完茶领导接他逛景区，接着大吃大喝，弄到半夜三更才回酒店睡觉。"

"那你干些什么？"老金奇怪地问。

"不干什么，早上8点前到酒店，他喝茶我看着，他走了我随同车子跟着，他逛景区我远远陪着，他喝酒我在隔壁候着，他回房我在大堂里坐着，他睡了我才能回家。"

"这叫什么？"老金愤愤道。

"这事得问财主任了，是财主任亲自布置的。"

老金听了一声不吭。警务室工作够忙的了，当初自己把这事推了，可财主任说："老金呀，你一月拿多少薪水？"老金说了数字。财主任道："政府每年硬性支出得20个亿，现在全年GDP50个亿，财政收入只有5个多亿，比起政府正常运作所需资金差14个亿。这些钱哪里来？大人当大家，小人当小家，就拿老金家庭比吧，若是你们夫妻月收入只有3000元，又有5个儿女，吃饭穿衣学习等硬性开支月支出9000元，那怎么办？头个月可以借，第二个月也可以借，当别人知道你的支出像无底洞，你还能借到钱吗？小家和大家一个样。石荡资金缺口，成了领导心里的头等大事；石荡是个穷地方，物产贫瘠，地理偏远，交通落后，几乎没有经济增长点。要想把 GDP 搞上去，捷径只有工业，工业又只能靠招商引资。石荡党委政府花了那么多钱修路征地，兴建工业园区，不惜一切代价引进项目，这份苦心，难道不是昭然若揭的吗？现在有了，有了一个大的，叫'腾飞一号'，争取'腾飞一号'落地，这是全县工作中心，项目的成败关系到我们每一个人，这样的任务让老金出个人配合一下过分吗？"

说实话，老金反驳不了财主任，只是觉得类似于保镖的工作不是他的职责，这样的理由在财主任的大道理面前，像水草一样立不起来。财主任又道："有时候，做这件事或不做这件事，并不在事情的本身。"老金没话说了。只好推说脚不行，让年轻的辅警去。财主任点点头说："我直接找小林谈。"

老金还是没想到，财主任吩咐小林干的，看不出与那番话有什么关系。

老金问了小林一些情况，电梯口出来几个人，小林抻抻衣服道："下来了，就是他。"

顺着小林的目光望去，只见两个艳丽的年轻女子陪伴一个 50 岁光景的男人走出电梯，那男人中等个儿，偏长的脸，微胖，身着西装领带，挺胸昂首朝着大堂走来。老金一下想起余夫子的画像，继而又联想起早已淡出记忆的一个人，他的名字叫马富贵。老金心里"咯噔"一下，不由自主地站了起来。小林扯了扯老金的衣角道："他们还要在那儿喝咖啡，少说得 40 分钟。"

老金脸色铁青，心里翻江倒海地奔腾，"这，这就是你保卫的对象？"老金声音怪异问道。

"正是。"

"他叫什么名字？"

"他们管他叫马总。"

"马总，马老板，马富贵，哼。"说着老金霍地起身，拉开步子。小林想阻拦他，见老金大步朝总台走去。

"对不起，我们不能告诉您。"小姐看了一眼老金说，"即便你们是做保卫工作的，没有得到授权我们也不能告诉您客人的信息。再说，先生真是做保卫工作的，可以从其他的途径了解客人的情况。这是我们领导专门交代过的。"

老金本想告诉总台人员他是警察，但这样的身份传到那个姓马的耳朵里会怎么样。这么一想，老金咽下一口气转身走开了。

回到沙发上，老金对小林说："既然是财主任布置的，你就好好按照领导的要求完成任务。"小林听了点点头道："任务挺轻松，只是有些无聊。"

老金道："无聊的任务也是任务，实在没趣味，我再给你布置一项任务。"

"什么？"小林问。

"尽可能跟得紧一些，多拍些照片，看看他每天都做些什么。"

"就这个任务？"

"完不成？"

"其实我一直在做。"

老金点点头道："那就好，现在起从无意转向有意，然后把拍的每一张照片发到我手机里。当然，这项任务排除所有人只对我负责。"

"师傅放心，这些年我一直只对您负责，除非您另有交代。"小林打趣道。

老金拍拍小林的肩膀，起身离开了。

走出酒店，刚刚冒出的太阳被一片乌云遮了去，天气变得凉凉的。上班时间，人流不多，整洁的街道偶尔驶过车子，开阔的广场上有许多中老年男女在跳舞，刺耳的音乐在树间穿梭，震得树叶颤抖翻飞。有些老人扎堆下棋、打牌，还有些围坐在一旁闲聊。老金只顾低头走路，想着20多年前的一件事。那时他在东区派出所当治安警，联防队员抓住一个贩卖银圆和观音票（伪币）的人，从他特制的腰带里搜出20块假银圆和一沓观音票。只是这家伙死活不交代，硬说是自己被骗，正在寻找骗他的人。审了一天，开头和最后都是那句话。没办法，请示后老金办了收容审查手续，到他老家调查，都说他一直在外头。因为收集不到证据，一个月后不得不放人。临行前他还说被骗，说政府冤枉了他。此后老金没再见到他，也没忘记他的名字叫马富贵，当警察这么多年，这是个难缠的主。

老金想着，手机"丁零丁零"地响，打开看，是小林给他传来先前拍的照片。马富贵是眼前的"马总"吗，是糟蹋香妹的"马老板"吗？老金觉得事情太巧，有谍战片里的诡异。不过老金心里有一种踏实的感觉，好像这三个人肯定就是同一个人！到了停车场，老金坐在车里想着下一步的行动。不管这个"马总"现在干着什么，贩卖妇女儿童和强奸的罪名他是无法逃脱的。想着，老金把车子驶向东区派出所。可是让老金没想到的是，半天下来，根本无法找到原先办理贩卖假银圆案的案卷。

# 五

余夫子在输入企业人员名单，老金神情凝重地走了进来。余夫子问道："局里又开会？"老金没答，往板凳上一坐拿起茶杯就喝。"那是昨天的茶。"余夫子说。

警务室有三间办公室，老金和余夫子一间，小林和小范一间，另一间用于讯问，里头安装了监控。余夫子半天没见老金回答又问："脚病又犯了？"老金叹了一口气。余夫子这才回头看老金："你的脸色这么难看！"

老金抹了一把脸说："遇到麻烦事了。"

余夫子停下手中的活，知道老金指的是工作。与老金共事这么多年，老金从来没谈起过家里的事情。"什么事能难倒战场上的老兵？"余夫子说着继续打电脑。

"能把手里的活放放吗？"老金提了提嗓音。余夫子歇手转身对着老金道："说说吧，谁把老金愁成这副样子。"

老金想了想道："茗香的案子你知道的。"

"当然，查了一个月，线索太少，交给刑侦大队搁着了。"

"对，犯罪嫌疑人出现了。"老金说。

"那好呀，还不动手。"余夫子道。

"动不了手。现在身份不同了，他是我们的保卫对象，石荡的大财神，'腾飞一号'的主角。"

"这有什么关系，有法可依，有法必依。就是天王老子犯强奸、贩卖妇女儿童罪，也要将他绳之以法，这是我们的天职。"余夫子说着在空中挥了一下手。

"话说得没错。只是现在不仅仅是园区、全局甚至全石荡城都围绕着'腾飞一号'工程，若是我们莽撞上案，让重点工程断弦，结果会怎么样？"

"……"

"再说，局长说过，维护'腾飞一号'是任务，每一位民警都应当全力以赴；黄书记在干部动员大会上也宣布过：'谁坏了中心工作，就砸谁的饭碗！'"

"我说老金，你为什么给我出这么大的难题？"余夫子两手一摊道。

"你不是挺能的吗，平常一套一套的，现在呢？看的书都烂在肚里了。"老金嗓门越喊越大。余夫子连连摆手，让老金放小声点。待老金安静下来，余夫子才正经道："好吧，我们现在以侦查员的身份，来谈谈这起案子。"

"对，先丢开乱七八糟的东西。"老金赞成道。

"我们先确定身份。"余夫子说，"香妹说的马老板，是不是'腾飞一号'的马总？"余夫子严肃问道。

"肯定是。这家伙20世纪80年代起就行骗江湖，怎么错得了？"老金说着把20多年前办的假银圆案件说了一遍。

"那你找到案卷没？"余夫子问。

"没有，国家废除收容审查前，市局、省厅多次调阅检查案卷，所里脱管很长时间，加上人员调动频繁，案卷再也没找到。"

"可惜，里面肯定有相片和指印。但是你能证明什么？最多只能证明这个叫马富贵的人几十年前曾经卖过假银圆，难道曾经卖过假银圆的马富贵就不能变成现在的马总吗？就不能再为石荡做贡献了吗？"余夫子斩钉截铁道。

"但至少确定了所谓'马总'的身份。"

"没有，因为你找不到20多年前的那份档案。"余夫子说完在电脑上"噼噼啪啪"地打了起来，不一会又对老金道，"电脑查不到马富贵的犯罪记录。这就是说，如果我们不接触马总本人，根本吃不准他的真实身份——好，再说证据。我们有他的强奸、贩卖妇女的证据吗？"

"当然有，茗香是被害人，她可以指认。"

"因为茗香是你干女儿，老金感情用事了。没有精斑、毛发和其他物证，香妹的指认也只是她的口供，什么是支撑香妹的口供的佐证呢？"

"没有……"

"这才是职业化的态度。"余夫子笑笑说。

"说一千道一万，不能撞上了又放了吧，这个马富贵一贯游手好闲，贩卖、强奸犯罪事实客观存在，我们做警察的不只是看看热闹吧！"老金急切道。

"只是我们缺少对事实的证明。老金，你曾是我的老所长，你心里明白，怀疑是怀疑，逻辑的证明终归取代不了事实的证明！"

"那你说怎么办？"

"外围调查，静观其变。"余夫子道，"现在的阻力来自声势浩大的'腾飞一号'，那个马总又在里头扮演了关键角色。这是一条不能触及的高压线，谁碰了谁倒霉。我说外围调查，是要看他此行的目的，弄清楚他所代表的企业里的身份；我说静观其变，是要通过小林这条内线，尽可能摸清他的动向，观察他的一言一行。现在传闻很多，谁又知道'腾飞一号'是不是一个光鲜的泡沫呢……"

"不行，让他溜了，岂不是再一次伤害茗香！"老金说。

余夫子看到老金怒气冲冲的样子，知道说服不了他，便问道："那么，你想怎么做？"

"现在没想好。"

"那好，想好了告诉我。"

其实，老金说没想好是假话，在与余夫子交流以前，老金早打算好所要采取的行动，只是他想听听余夫子的想法。他不能否认余夫子讲的有一定的道理，不过他不喜欢余夫子提出的"静观其变"策略。他觉得应当更加主动一些，给马富贵下猛药，逼他就范。唉，有时候单纯的执法行动相对于顾及其他因素要困难得多。

老金眼前闪过许多画面，从刺蓬里钻出来的香妹，衣不蔽体，遍体鳞伤，两日里颗粒未进，老金还没明白怎么回事，香妹便倒在了他的脚下。现在香妹发现了这个畜生，而老金对此却束手无策……

树上的鸟儿又开始了争斗，捍卫领地的候鸟顽强地坚持着，失败者的叫声渐渐远去。一切又恢复了平静，浓密的枝叶里传来小鸟应和的"叽叽"声。

上了四楼，最东头的办公室门开着。老金叩门走了进去。

财主任精神焕发，独自微笑看着一份文件，见了老金主动起身让座。财主任刚好 40 岁，到副处这个位置算是赶上了。他胖胖的身体，中等偏矮的个头，鼻梁上的眼镜偏大，老是压在鼻翼上，于是时常用食指顶顶镜框。财主任平易近人，平常爱开玩笑，别人管他叫"财主"，他也乐意接受。

老金坐下问道："中大奖了？"财主任笑呵呵道："比大奖还大。"说着递过一张市日报。报纸头版头条刊登着石荡工业园区为招商引资出的新招，不到半个月新增土地面积 500 亩的文章。让老金惊讶的是，报纸上竟然出现了"腾飞一号"主打的标题。财主任说："市委书记在报纸上作了重要指示，要求市政研办专题调研：石荡偏僻的山区通过什么'新招'引进大项目的。另外，市长也在政府简报上作了长达 178 个字的批示，号召全市各级党委政府向石荡学习，学习不甘落后、赶超先进的顽强精神，这是'石荡精神'！"财主任说完，脸上洋溢着一片喜气。

老金听了微微笑道："的确可喜可贺，不过财主任，我有个毛病，纽扣爱从下往上扣，很多人不适应，我倒也得心应手。"

财主任听了道："好呀，往上扣也罢，往下扣也罢，只要扣好衣服就行。"

"财主任说的没错，我现在很想知道几个问题，若是不涉及秘密，希望财主任直言相告。"

"当然，你老金是我们的保护神，对你还有什么秘密？"

"那就好。"老金道，"这个马总一定是 D 公司的高管，不然我们的阵营不至于闹得这么大。"

"这个当然。"

"对马总的姓名、身份园区一定核实过，这算是机密吗？"

"当然。你都看到了，投资商一拨一拨来，又一拨一拨地走，首先核实身份，不是拿着刀子往外驱财吗？不过对马总的身份我们的确核实过，只是没你们警察那么专业。"财主任说着哈哈地笑起来。

"那么，真实姓名和在 D 上市公司的身份是……"老金见财主任又笑哈哈，于是接着道，"这是商业秘密，不便说，好。"

"这个项目的信息来源可靠吗？"老金知道问不出什么，还是想证实一下。

"老金呀，既然问起，我们就一起学习学习。招商引资信息来源有两类：一类是'招商引资网'，谁都可以获取，但竞争也激烈，成本也高，成功率很低；另一类是从亲朋好友，各地商会、企业获取的信息，这类信息精确度不高，信息量大，项目小，是石荡主要的信息来源。"

"那么'腾飞一号'的信息也来自以上两类？"老金盯着问。

"哈哈，老金，你真是个好警察。若是来源于以上两类，就不能叫'腾飞一号'了。我们还有更加精准的渠道，这不是常人能够想到的。正因为常人想象不到，就有一定的保密性，所以……"财主任打住了话题。

"我理解。"老金说，"财主任，我还想知道，现在谈判进展顺利不？"

"这是一个大投资，双方互为摸底。投资方要了解地块平整进展、土地优惠政策和金融支持；还想知道税收额度和政府配套优惠，一切都完了，还要委托第三方做项目投资评估。我们要考察项目的正当性、可信性、风险性、持续性和扩张性。总之就像地下工作者彼此探揣，没到那个份儿上没法坐下来摊牌谈判。更要提防的是，这个项目对方可能选择了数个考察点，他们会根据自身的发展需要，综合考虑地理位置、成本优势及基地布局需要，然后确定。这就要我们努力争取，对前来考察的代理悉心关怀，首先让他满意，才谈得上公司决定层满意。告诉你老金，派去协警，其作用不在于保卫，而在于我们的重视程度。我只是告诉他：'那个年轻的警察是专门保卫您的。'就这，他当即给公司打了电话，报告平地的进展，并对我们的工作表示充分肯定。"

老金听了哈哈大笑，然后突然道："若是这一切都是子虚乌有呢？"

财主任听了一脸严肃道："这样的念头一闪都不行。'腾飞一号'如同排山倒海，什么样的阵势挡得住！"财主任说完两眼像锥子一样盯着老金。

老金听了后，说出一番让财主任吓了一大跳的话："财主任，真正的投资者，通常是公司自己对投资项目做评估。编制投资意向书、调查报告，可行性报告的主要目的是供自己决策；而以融资或是其他目的假投资者，考察会像拉锯一样一来一往，且要政府承担费用，他们通常会让政府或是第三方替他们去做项目评估。那么这个马总每天都做些什么，有没有着手这方面的工作？"

财主任皱起眉头看着老金，像是在深究老金为何这个时候提出这样荒唐的问题，片刻一拍手道："老金呀，不管你心里想什么，或即将做什么，你都给我打住。其中的原因我就不多解释了。项目进展，领导心里自有分寸。你、你们局里，我、我们园区及全石荡上上下下几千名干部，都应当顺时而进，谁要有一丝的悖逆，后果只能由他自己担着。"财主任说完站起身子，两眼并没有离开老金，似乎在刺探老金对他这番话的反应。

## 六

这个下午，香妹一直在警务室里等，看到老金进来起身叫了声"金爸"，两眼泪汪汪地望着老金。老金知道她想问什么，只是没想好如何回答。香妹为他沏茶，老金道："抓人就像足浴，有一个从头到尾的程序，不像金爸扣纽扣可以反着来。"

香妹道："这么多年一直压在心底，见着了就有一股仇恨往外蹿，我杀他的心都有了。"

老金安慰道："不得胡思乱想，现在那畜生的身份特殊，到时候你什么仇都报不了，还会再次伤害到自己。"

"余警官告诉我了，我一个打工妹怕什么？"

老金听了香妹的话心里很不是滋味。尽管香妹没有责怪他，实际上就是那个意思。他不想更多地安慰香妹，只是希望香妹明白，他和余夫子不仅仅是在帮她，而且是在尽一个警察的责任。想着便道："茗香听着，事到如今，已不是你和那畜生的事，而是警察和犯罪嫌疑人之间的事。因此，上好你的班，这里的一切交由我们来办。记住，任何行动都可能把事情弄得不可收拾，这样的结果你我都不想看到。"

香妹看着老金，勉强点点头。余夫子从外头进来，老金望了他一眼没吱声。老金问香妹下午怎么没上班，香妹说是晚上的班。老金让香妹先歇着。香妹一走，余夫子即刻问老金道："你与财主任谈了什么？"老金看看余夫子道："我没谈到马富贵，只是提醒他'腾飞一号'成功的可能性。"

"我说老金，你是被香妹的事弄糊涂了，还是真的不明白呢？你当那些传闻是无风生浪吗？你说，领导会幼稚吗？投资者的身份、项目的真假算什么，没听说现在正刮人事调动风，'政绩'才是第一位的。你怎么可以触及这么敏感的话题？你老金幸好没有说到马富贵的事，说了，你就死定了。"

老金望着余夫子，真的不明白他说些什么，余夫子看了一眼老金道："你的眼睛不好使吗？别弄出一副天真的模样，我从财主任看我的眼神里猜到了一切。"

"你要说什么？你又猜到了什么？别给我拐弯抹角的。"老金烦躁道。

"这个我们先不说，你实话告诉我，下一步你想怎么办吧？你不用把我当成对头，我们同事多年，你应当了解我。"

老金望着余夫子，像要证明眼前这个人的可靠性，末了道："我要直接与马富贵接触。"

"然后呢？"余夫子压着嗓门道。

老金没回答。

"是你没想好还是想好了不说？"余夫子追问道。见老金还是不回答，接着说道："如果正面接触，你的目的是什么？你想拆穿他的身份，你没证据；想揭露他的罪行，你也没证据。20多年前你与他打过交道，为了几块银圆收容审查了他一个月，不是什么都没得到吗？经过这些年修炼，他算是老甲鱼了，你还指望他老老实实地告诉你他是马富贵，是你们抓捕的强奸犯，或这次是骗钱来的。退一步说你想这么做，你选择什么场合接近他？如果他否认身份或是以人身安全受到威胁闹起来，你怎么应付，局里又怎么应付？"余夫子一反常态，脖子上的青筋扛了起来。

"那你有什么高招？"老金问道。

"我什么高招也没有，只是站在财主任的角度去思考。人人都会夸耀自己的孩子，别人看却未必。现在有两条路：一是照我原先说的静观其变，真金不怕火来炼，'腾飞一号'若是一个泡沫，迟早会破，那时动手也不迟；二是把拐卖人口和强奸案推给刑侦大队，只有他们晓得，上次的线头断在哪儿就从哪儿接起。"

"怕是这两条路都不行。"老金道。余夫子问为什么，老金不肯回答。余夫子知道老金感情用事了，一切都想自己干才放心。这个下午，老金和余夫子在办公室发生了激烈的争论。最后，余夫子对老金说："我说的一切都是为你好，为保住你那几块退休金！"

像上次一样，老金对余夫子留了一手。他早想好了，要把小林换回来，由他直接保卫马总，然后找机会接近他。正如余夫子说的，经过这些年的修炼，马富贵必定成妖了，否则弄不出这么大的动静，这样一想，还真的不能硬着来。不过余夫子提到幼稚什么的，他也早听说了。说马总一涉及意向书就回避，只说这个项目给石荡带来多少税收多大好处，此外成天就是吃喝玩乐。更加可疑的是，马总让别人打手机费不说，还向陪同的人借了钱，将整个考察进展都赖在石荡官员身上，让人私下里有许多猜疑：这家伙说不定又是个食客，只是省、市舆论依旧在登在喊，石荡的干部都在为"腾飞一号"加油鼓劲，就像奔腾的战马想停都停不下来。好在目前只是下头摆动，领导层的口子一点都没松。

这事怎么弄的，难道领导没听到一丝风声，不产生一点怀疑？若是有，为何还继续把"腾飞一号"弄得轰轰烈烈！老金心里像缠着一团乱麻纠结得不行。

如此说来，领导是明白的。

不过老金想得更多的不是"腾飞一号"是否是泡影，而是如何证明马富贵的身份，进而获得马富贵贩卖妇女和强奸的犯罪证据，将他绳之以法！

老金毕竟是个稳重的人，当他坐到王所长对面讲述自己的疑虑时，王所长并没表现出太多的惊讶，他翻转着手中的笔，不时看老金一眼，让老金捉摸不透。对王所长老金是有把握的，毕竟他看着他一步步成长起来。末了王所长道："老金，你是我的第一任所长，也最了解我，这件事我有两点看法：其一，马总是真是假不关你我的事，'腾飞一号'的成败，与你我无关，因此，您老没必要过多操心，一切照园区领导的指示办；其二，马老板是否贩卖人口或是强奸案犯，几年前就移交了，我们能做的只是通知侦查部门，后头就是他们的事情了，往后你也别再把这件事放在心上。"

老金感觉到王所长变了，变得越来越有官味。他看着王所长半日，想从他眼里发现其他隐情，但王所长的目光像浮云一样随风飘走了，继而手机响了起来。王所长恭敬地听着，然后挂了电话对老金道："局长找我有事呢，就这样吧。"

天完全黑了，还下起了小雨，空气中袭来阵阵凉意。老金换了便装往石荡国际大酒店走，雨伞遮住了老金半个身子，一双沉重的脚在吃力地挪动。通往国际大酒店的路上，不时有小车飞驰而过，灯光下的雨点分外清晰，积水在轮胎下飞溅划过一道道弧线，行人跳跃着闪避。

过了路灯，老金看到自己长长的身影，另一个身影也叠了上来，老金回头，见身后的人雨伞压得低低的。继续走，酒店门前停满了车子，里头灯火辉煌，老金在门前驻足，甩掉伞上积水走进大堂。小林依旧斜倚着长沙发，尽管手里玩着手机，还是发现了老金。

"师傅，这么晚了还来检查工作？"小林起身笑笑问道。

"客人还没有回来？"

"快了，他们已经喝完酒了。"

"有什么动向没有？"老金坐下问。

小林漫不经心道："还是老样子。不过听说过几天马总要走了。"

"要走？"老金紧张起来。

"说是回去向董事会汇报，然后签署意向性协议；还听说，马总对石荡官员的合作很满意，公司的投资量还可能加大！"

"放屁！"老金脱口而出。见小林愣在那儿，老金解释道："大企业投资只根据自身的发展、地理位置、成本优势和生产基地布局需要综合而定，不会因为地方招商引资力度而加大项目投入。那个马总是一派胡言。"

听了老金的话，小林一时没弄懂什么意思，接着又听老金道："小林，这些天真是辛苦了，今晚你回去休息吧，这里由我盯着。"

"这怎么成？您这个年纪，让您顶我的活不成。"小林摇摇头道。

"本来就是我的活，我担心脚步跟不上，才让你过来。现在看来，这活还算惬意。"见小林还在犹豫老金又道，"这些天茗香心情不好，你有时间陪陪她。"小林听了脸上一喜，忙道："师傅善解人意，今晚不会有什么事了，明天上午我接替你。"

老金说："需要的话我再通知你。对了，余夫子来过吗？"

"没有。"

"哦，没事了，快走吧。"

小林再谢，然后飞快地走了。老金坐下，环顾四周，心里还想着与王所长的谈话，王所长心不在焉的感觉怪怪的，也是他没有过的经历。王所长的两眼很有神，任何人与之交流，他都会专注地看着你的眼，随着谈话内容释放出不同的含义。这一招是老金10年前教给王所长的。老金说，不为什么，就让对方感觉到他的话很重要，感觉到你有亲和力。可是今天，这种专注在王所长脸上像冰冻的鱼一样苍白。老金一时没想明白，却听到了大厅外的喧哗声。扭头看时，最先跃入眼帘的是财主任。财主任满脸通红，两手搭在另一个男人肩上，摇摇摆摆往里走。

这些日子马总的照片像瓦檐下的滴水发到老金的手机里，装满了他一脑袋。他的内心有一种本能的欲望，就是尽快揭露马总的真面目，为此他必须承担风险。老金把马总和马老板以及那个贩卖假银圆的马富贵在心里打上了一个结，他相信，一切都不会错，马富贵、马老板、马总就是同一个人。想着老金霍地站起，绕过沙发，本能地走向马富贵，他的举动被财主任看在眼里。只见财主任迎着他走了过来，先用身子挡住老金的视线，然后笑呵呵地伸出手："是肖老板，多日不见。"

老金被财主任捉住手，两眼被他的目光死死锁住，财主任一使暗劲把老金推到一边道："老金，我警告你不能感情用事！"

财主任这么一说老金倒是清醒了许多，老金道："你把我介绍给他，告诉他我的姓名，是来保卫他的。"

"你疯了，你再胡来我打电话给你们局长！"财主任做出欲拨电话的模样。"洽谈到了关键时候，今晚你敢接触马总，明早就让你脱衣服滚蛋！"财主任说完回头看了一眼，见马总被其他人扶着上了电梯，转而怒道："你回去，把小林调过来。"说完转身打电话去了。

老金压住火，此时他已经变得很冷静。刚才他像是被人牵着鼻子走，几乎丧失理性。现在的怒气倒不是因为财主任的制止，而是财主任的态度。或许在财主任眼里，天下的事没有比眼前的马总更重要的了，那是198亿甚至更多的投资，拿下这个项目，对财主任意味着什么？失败，对他来说是致命的。

财主任见老金平静了一些，向外招了招手，即刻跑过来一个年轻女子，那是财主任的司机。财主任说："你负责，把老金送回园区警务室，做不到，明天就别来上班了！"

老金刚想说什么，财主任转身走了，紧接着耳旁响起了委婉的声音："我的亲爹，你赏我一口饭吃……"

# 七

老金是在"芳草御足"被公安局纪委带走的，那时，靓姐正在给老金揉脚。

这一晚老金没睡，甘书记绕来绕去给老金说了很多道理，老金理解为一层意思：靓姐、香妹和他的关系暧昧！

甘书记说："你救过香妹，她家里没了亲人，把你认干爹说得过去。那么靓姐呢？靓姐总不是你救的吧，你经常上'芳草御足'洗脚，还是免费的，从逻辑上讲只有两种可能：一是她有求于你，或者说你是她的靠山、保护伞；二是你们的关系说不清道不明。"

老金没好气道："乱七八糟的，说什么呢，甘书记说的两种可能都不存在，是谁在你面前胡说八道的？"

"这个你别管，我们赶到现场，那个靓姐正抱着你的脚揉着，那情形像抱着自己的娃娃，这是事实吧，这个事实正常吗？当然，也许你们早有肌肤之亲，那种状态在你们心里很自然，但在旁人眼里是另一回事了。"

"你，你们简直……"老金压住怒火心想，那么些年过来了，什么时候不好问，偏挑这个节骨眼上，想着吁了一口气问道："你们到底要知道什么，抓紧问吧。"

"就说说那个靓姐吧。"

"最先我与你有同样的想法，总觉得她对警察有一种额外的亲近，为这事余夫子还提醒过我。后来她告诉我一件事，这事与警察有关。在她28岁那年，她所在东莞一家足浴馆发生一起持械绑架案，一歹徒手持利器劫持两名姑娘，其中就有靓姐。一名年轻的警员要求与两位姑娘替换人质，并当着歹徒的面脱掉外套，待那歹徒认可后又给自己戴上手铐。人质安全了，没承想在搏斗中这名警员身中数刀，当晚因抢救无效死亡。靓姐没想到的是，牺牲警员家中有偏瘫的父亲和体弱的母亲，父亲也是一名老警察，儿子在世时每天给父亲泡脚搓背。从那天起，靓姐除了上班，承担了警察父母的一切。整整 172 天直到那位父亲去世，靓姐除了干家务活，天天为老人泡脚搓背。对了甘书记，您知道董汲吗？"

甘书记像是从梦中醒来，仓促地摇头说不知道。"对，你当然不会知道。"老金道："董汲是北宋人，幼年学儒，进士落第后放弃功名学医。他广读本草奇书，治疗多获奇效，却重医德，把他人疾苦，当作自己之苦。董汲一生编写多本药书，其中一本最著名，就是《脚气治法总要》两卷。"

"这和靓姐又有什么关系？"

"老警察去世后，他妻子十分厌世，靓姐每天去她家安慰老太太。并与街道干部一起动员她去敬老院。行前老人从保险柜里拿出两本发黄的药书，就是《脚气治法总要》。老人说，无以报答，仅剩祖上传下的两本药书。此后靓姐才知道她是董汲的后代，祖上是广东一带有名的老中医。"

"这个故事很动人。"甘书记道。

"靓姐从事的是正规足疗。得到古书后，自己开了一家足疗馆，几年后随着老公到了石荡城，生意一直做得很好。"

"即使故事是真实的，也不能证明你和靓姐的清白。"甘书记最后道。

"我没办法证明，但是余夫子知道，小林和小范也知道。"老金平静道。

"实话告诉你吧，举报你的正是余夫子同志。他敢做敢当，曾告诉组织上他是实名举报！"

"你……你胡说！"

"金德孝同志！"甘书记严肃道。

"对不起，我和余夫子共事多年，我了解他，他是个有原则的人。"老金道。

"余夫子同志正是有原则，才揭露了他同事、挚友甚至兄弟，并且一点也不避讳。"甘书记说着打了个哈欠然后说，"好了，今天就到这儿吧，局里已经决定关你七天禁闭，那是你的床，好好反思反思，明天我们再谈。"

"甘书记……"甘书记的身影已消失，门在他身后关上了。

那日在办公室里，香妹来找老金说要回家。小林说老金出远门了，要七八天才回来。香妹问金爸去哪了，小林不答。香妹两眼含着泪水望着小林道："我收到姐姐的信，父亲为了找我，早在昆明被车碾死了，我要回去祭奠父亲。"小林慌了手脚，忙道："怎么也得等老金出来吧？"香妹不解地望着小林。小林片刻道："香妹，你走了，我怎么办？"香妹道："金爸怎么了？"小林说："香妹，想想我们之间的事吧。"香妹嚷道："我问金爸怎么了！"小林无奈，把老金被关禁闭的事告诉了香妹。香妹说："如果不走，你务必答应我一件事。"小林问什么事。香妹说："让我跟着你一起搞保卫。"小林说："不行，我不能违反纪律。"香妹道："那么你告诉我那畜生的动向。"小林想了半天才道："这可以，但是你不能告诉别人，也不能胡来。"香妹听了点了点头。

马总走的消息是小林告诉香妹的，那日，石荡的领导挨个儿与马总握手告别，一个个脸上都堆着笑容，车子将马总一路送往机场……

放出老金，马总早已离开石荡城。余夫子和小林接到电话后在局大楼门口等着。阳光暖暖地照进花圃，散发着特有的芬芳。小林一脸焦急不时往大楼内探探身子；余夫子嘴里叼着枯草，若无其事地靠在警务室那辆别克车上。一会，老金走出大楼，脚下有些蹒跚，小林即刻上前扶住他，大家无言上了车，余夫子坐副驾，小林开着车。刚上路，老金突然道："停车！"

小林连忙刹住车子扭头问："师傅，忘记了什么？"

"品行掉了！"老金道。小林没听懂，反问一句。老金望着余夫子问："那天在国际大酒店是你偷偷地跟踪我？现在一定有话要说吧。"

余夫子想了想道："其实不用我说，你老金就应当明白。"余夫子说着目光看着窗外，点燃烟吸了一口，又吹成一个烟圈。"从结果看，一切正常。昨天下午我把原因全盘告诉了局长和甘书记，书记说要给我处分。老金，只有现场查获你违纪，局里才可以对你关禁闭。此前你曾向王所长报告，结果怎么样？我怕你控制不住自己，真弄出事来，到时候你自己丢饭碗脱警服还会连累一大片领导，相比之下孰轻孰重？这个账你老金应当算得比我还清楚。"

老金道："我与靓姐什么关系？"

"还用问吗？我们都能证明。"余夫子道。

"既然清白你还往我头上扣屎盆子。"老金突然攥紧拳头，余夫子没有躲避，老金的拳头停在了半空中。

"明知清白我还告你，这里头的意思再明白不过了。"余夫子淡淡道。

小林接话道："师傅，今天幸好余师傅找局长力争。"

"这么说来我还得谢谢余夫子？"老金没好气地说。

"谢也就罢了，只是别把我看扁了。"余夫子说着掐灭了烟。

"这是聪明还是无耻呢？总之，身边有你这样的人就没安全感。"老金沉重地说道。余夫子看看老金没吱声。

车子一直走着，车内却十分沉闷，老金打开了车窗使劲吐了一口痰道："那个畜生在哪里，我问的是那个马总在哪里？"

"走了。"小林道。

"走了！"老金怒道。

"老金，你冷静些。"余夫子安慰道，"马总回公司汇报去了，不久还会回来。"

"回来个屁！"老金道。接下去谁也没听清他嘴里嘀咕些什么。大家没话，车子继续走着。老金突然道："'腾飞一号'有进展？"余夫子听了"扑哧"一笑："现在不提了。书记调任省农业厅当副厅长，县长当了书记，财主任到县里当副县长，公示刚刚结束。"

"那么'腾飞一号'没人过问了！"老金脸色十分难看。

"宣传有声势，影响搞得很大，这就够了！"余夫子阴阳怪气道。

"你……"

"另外我还想告诉你一件事，香妹和靓姐在马总走的那天失踪了。"

"什么？"老金跳了起来，头狠狠在撞在车子顶棚上。

"老金，你悠着点，具体要问小林了，是小林干的好事。"余夫子道。

小林接着道："我只是不想让香妹回去，才答应她的要求，靓姐的车子也没在，我想她们一定是跟着马总车子到了机场，往后的事就不清楚了。"

"问过局里没？"老金问余夫子道。

"问过，局里叫我们别管，他们正在想办法。"余夫子答。

"一定是香妹指认马富贵了……"

## 尾声

关于马总的结局没人知道。香妹和靓姐的确是尾随马富贵到了机场，那已经不是石荡城管辖的地段，三个人在候机大厅打成一团，香妹和靓姐被机场派出所民警带走，马总随即不知去向。

财主任离开园区上任那天，老金在楼下遇到他，那时财主任正想上车，看到老金便停了下来。财主任问："老金，你还好吧？"老金没回答。财主任像是突然想起一件事。"对了老金，上次在办公室你曾问起招商引资另一条精制的渠道，现在我告诉你：我们专门分析上市公司财务报告，从上市公司未来的发展和投资规划中去寻找招商信息，通过研究上市公司发展规划和项目建设目的地，主动争取项目。"

"这样的信息像马总那样的人也可能获得。"老金嘲笑道。

"老金，你真是童心未泯呀。"财主任拍拍老金肩膀，钻进车子走了。

很久以后老金才知道，马总一进石荡城就被刑侦大队盯上了，根据葛局长的命令，刑侦大队秘密介入调查。香妹和靓姐被机场派出所民警带走后，马总随后也被带到了机场派出所，石荡侦查人员早就等候在那里了。

香妹当晚坐飞机回了老家，靓姐也想回家看看。这样的安排正是刑侦大队愿意看到的。

刑侦大队很快证明了马富贵身份，贩卖、强奸妇女原先已经查清了上下线，对马富贵的认定有了完整的证据链。马富贵尽管没有承认，但冒充上市公司高管行骗的事实无法抵赖。因为，此前刑侦大队早就向 D 公司作过证实。马富贵承认，是偶然机会得知 D 公司的投资发展规划，而且预选了三个省。这样的信息，同时也被财主任捕捉到。马富贵以 D 公司高管的名义到了石荡城，还骗了十万块钱，过了一阵帝王般的日子。

关于马富贵的案子，半年以后开庭。

# 鬼闹夏家大院

一

夏家大院闹鬼，出自作协主席沈国民之口，这本是酒后戏言，却像秋风下的树叶，散飞了出去。

文联在夏家大院办公，那是一片老宅，前些年城市扩建与提升，追星星，赶月亮，把城里的 37 幢老宅一一拆了，唯独留下夏家大院。夏家大院得以保存，仰仗市里的一位姓夏的领导。老开阳都知道，夏家大院先前住着十来户人家，到了 20 个世纪 80 年代末 90 年代初，房顶瓦片开始漏水，瓦下梁椽霉烂，考虑到居民的安全，县里以"危房"名义低价收购夏家大院，迁走了院内的全部居民，作为闲置的国有资产，一搁就是八年。待到姓夏的领导当上副市长，这才划拨了专项资金，修缮了夏家大院，归属"县城改造提升办公室"使用。稍后传出消息：大院内阴气过重，"城改办"的人逐一搬了出来；之后又来了一位有文化的县长，说："老房子代表着传统文化，该有文化单位进驻。"这样，夏家大院成了文联的办公室。

大院占地两千多平方米，用鸟的眼睛看，建筑物起起伏伏连成一片，且有数个天井。因为大院东面建有一排高楼，把两层的老宅遮掩得严严实实，因此，贬值了许多。

俗话说：山管人丁水管财。夏家大院西面挨着卧佛山，前头是连绵数公里的西渠，是块风水宝地。房屋的格局也暗中显示：夏家有过不俗的辉煌。只是到了土改，许多人搬进了夏家大院，之后，谁也不晓得真正的主人是谁。

大院分东、南、北三个门，进门是小天井，往里走中堂大厅，悬挂有"正德堂"匾额。四周是回马廊，回马廊围着大天井，又通厨房、房间、楼道和二进、三进房，各有匾额"明德堂"和"尚忠堂"。大凡第一次走进夏家大院的人，很难找到出口。"城改办"的人说得没错，不论季节，夏家大院总是寒气逼人，体弱的人根本扛不住。大院西端高出一丘平地，那是夏家的坟茔，装修时，"城改办"感觉到老宅阴气过重，不敢久坐，便动山挖土，挨着老房子背后造了一排仿古建筑，高出老宅半个身子，用于办公。

老沈是文联的"元老"，在文联当秘书长。他本来是中学数学老师，因为酷爱文学，被当时的宣传部长相中，调入文联当创作员兼作协主席。数学老师搞创作本当缺乏形象思维，老沈不然，像把剪刀反着给力，喜欢写些玄乎、神秘的小说。这些年老沈作为作家，常在省级杂志上发表作品，得过一些奖，加入了省作家协会；作为作协主席，也培养了十来个文学青年。黄副主席调入文联后曾问过老沈创作情况，老沈没有直接回答，而是说："我是文学工作者，不是真正的作家。"不管老沈是否承认，他就是一个专业作家，只是力有不逮，没写出大作品，却被当成大作家对待。

文联除了老沈，还有一个姓方的办公室主任，年龄比老沈大。老方是书法家，比他还老，他独善籀文、好篆刻，还时不时对黄副主席说"篆刻是能使石头唱歌的大艺术"，吹说自己像赵孟頫"汉风犹存"，时常摆弄吾衍的《三十五举》。老方是书法家协会主席，和老沈一样孤守方寸，极爱清静，两人办公室紧挨着却各干各的，平静如水不相往来。再到后来，舞协主席梅子搬了进来，她是个身材苗条、面目娇美、肤色白净的女子，她被安置在老房子里。梅子入住，让老沈和老方的脸上有了一丝血色。

时过不久，夏家大院传出闹鬼的事。

老方胆小，嘴上不说心里害怕，下午四点一过硬是"吱吱嘎嘎"地锁上门匆匆离去。文联是个穷单位，没人待见不说，时常不是停电，就是断水，加之地处府衙之外，别说提前下班，一月半月关门，也从来没人过问。

夏家大院闹鬼，一开始在小范围里流传，也因为老沈是小说家，听者当是小说里的情节，或是白日做梦。老沈咧咧嘴也不解释，那表情像是说：

"你们总有知道的日子。"老沈是老开阳，家离夏家大院不远，妻子在家里养了三条狗，过于闹腾，老沈落得早出晚归，多数时间泡在文联。黄副主席到文联后，听说过闹鬼的事，也没往心里去，权当是作家、书法家无聊时作祟。但文联毕竟是老宅子，许多房间闲置，到了夜晚站在天井里，抬头望天，或繁星点点，或乌云密布，风萧萧起于鱼鳞瓦片，泻落幽蓝的暗光，猫头鹰也老在树上啼叫，间隙伴随着沙沙的脚步声，像是幽灵在黑暗中徘徊。不过，更让人感到有压力的是回马廊旁边空置的房间，黑黝黝的像是演绎着明清以来的沧桑，有多少冤魂殁没于此呢？不过老沈暗悉开阳城的方志，里头有一则烈女故事。相传吾氏媳妇因老公抗金孤守空房，与堂兄有染，女子以死鸣冤，缢死在房间里，舌头伸出八寸长。后来知道，堂兄在战场上被箭射去阴囊，完全没有能力，吾家这才立牌坊，上谱牒，敬为烈女。

让人害怕的是看不见又想得着的东西，挨着生活近了就有了细节，有细节就有铺垫。你说你看到鬼了，别人会笑。你说你真的看见鬼了，别人还会笑。你说那鬼没长脸却长着长舌和长发，别人就笑不出来了。老沈是作家，懂得调节字性，把握气氛，但关于闹鬼的故事他没有多传，到了后来许多人探头探脑地走进文联，老沈问做什么的，他们回答："看鬼。"老沈说："大白天哪有鬼！"来人说："不是四点钟以后闹鬼吗？"老沈听了哭笑不得。

黄副主席调入文联，闹鬼的事越传越玄乎。黄副主席正式找老沈谈过一次。那日下着秋雨，老屋与天空一样昏暗，黄副主席打电话让老沈到他的办公室，倒茶、递烟然后问道："老沈，你了解我，我曾是外科医生，动手术的，是个彻头彻尾的唯物主义者，你别像哄别人一样哄我，这故事是你编造出来的吧，或是你小说里的一个情节。"

黄副主席本是医院的外科医生，乳腺手术专家，说是给一位女领导动了手术后，调到卫生局当副局长，转而是政府办副主任。一年后，又被女领导贬到文联当副主席，其中原因没人知道。老沈不明白，黄副主席怎么问起这事了，老沈没编，也不是小说里的情节，若是幻觉，还说得过去，想了想道："黄主席……"

黄副主席伸手打断了他："我说老沈，我一到文联就告诉过你们，我是文联副主席，不是主席，任何场合都不能叫我黄主席，这是个原则问题，你老沈怎么就改不了口呢！"黄副主席说着脸上没一丝表情。

老沈脸一红，愧疚有拍马屁之嫌。他轻轻咳了一声："黄副主席，我真的看见了。"这么说老沈有自己的判断，既然黄副主席问起闹鬼，说明也是半信半疑，这时候不能改口否定自己。

黄副主席嘴里叼着烟，眯眼看着老沈，半晌道："你倒是说说看。"

"嗯。"老沈轻轻咳嗽了一声说，"那是个雨夜，我正在写作，忽然一道影子从门前飘过，我抬头看是个女子，只有长发，看不清脸庞……"

"既然看不清脸庞，又怎么判断是个女子——还有长长的舌头。"黄副主席打断了老沈的话。

老沈肯定道："我没看到脸，但女性的婀娜显而易见。我以为是幻觉，还拧了自己一把，扇了一个耳光，对着影子大叫道'进来，进来！'，那影子瞬间消失了。"

"你还叫进来，你就一点儿不害怕吗？"黄副主席疑惑地问道。

"我大叫也是因为害怕，毕竟是第一次，给自己壮胆呢。"

"这么说，还有第二次？"黄副主席问。

"另一次是下午四点钟后，天昏地暗，雨下个不停，周遭极其安静，那情形和上次差不多，只是看得更加清晰。"老沈道。

"老沈，你真的相信这里闹鬼？"黄副主席一字一句问。

"我当然不相信，但事实不好解释呢。就说后来那次吧，倒是老方提醒了我。"老沈又说。

"老方提醒你什么，他每天四点不到就往家里跑，像是回去晚了老婆要罚他跪搓衣板似的。"黄副主席幽默道。

"那也是事发之后。"老沈答。

"事发什么？"黄副主席把烟衔在嘴上，可老打不着火。"见鬼了！"他道，看了老沈一眼把烟丢到一边。

"这种事总发生在阴雨天里。"老沈说，"办公室的门你知道，是双开的，开合时'叽叽叽嘎嘎嘎'像架破牛车，不用力推不开。那日有雨没风，我正写着呢，门被推开了，而且'嘎嘎嘎'的一扇门被推到了底。这不像是风，倒像是走进一个人。老方在隔壁喊道：'老沈，是谁呀？'我抬头看看回答：'没人。'老方听了连忙收拾东西，没打一声招呼就匆匆走了。"

"老方也相信大院里闹鬼？"黄副主席问道。

"这个我不知道，本来想，是我写作写出了幻觉，后来老方告诉我，他也遇到过两次，这门无缘无故地被推开，于是特别敏感。"

"你的意思那以后，老方下午四点钟前必定离开夏家大院？"黄副主席问。

"有这个因素呢。"老沈看看黄副主席答道。

# 二

那次谈话后，老沈想了很多。说实话，夏家大院闹鬼他真的不信。一个教数学的算得上唯物论者，什么妖呀、鬼呀、仙呀，统统是饭后茶余的谈资。话说回来，未知的不一定没有，就像化圆为方、三等分角、倍立方等几十道数学难题，的确存在，只是不曾被人破解罢了。

好长一段时间，老沈始终是闹鬼的始作俑者，但从一个小说家嘴里说出来的话，可信度不高。都说老沈写小说产生了幻觉，还说老沈讨厌别人串门，闹鬼吓唬别人。有的比较阴险了，说老沈闹鬼，晚上没人敢进文联了，正好与舞协美女梅子促膝谈心或是和其他女人约会什么的。如此无穷尽，老沈笑了，真是这样，倒是个好主意。不过梅子尽管大大咧咧，也不是胆大包天的女子，明知夏家大院闹鬼还稳稳地坐在办公室里等着幽会？至于其他女人，老沈多次遭到黄副主席的批评，说他写的小说没荤料，一上床就没戏，没有深入生活，说："下回写到床上，给我留350个字。"黄副主席说得真切，老沈也信了。但老沈看了黄副主席的文字竟然一阵脸红。在黄副主席的坚持下，忐忑着把稿件寄了出去，结果遭到编辑的一顿羞辱："沈老师，您是老作者了，那些文字能给读者看吗，不说肉麻二字，就文学批评而言，能写得那么满吗？您老沈本来不是这样的呀，是不是近期变坏了……"老沈拿着电话一脸羞愧，一句话答不上来，悻悻告诉黄副主席："编辑把您的文字都给删除了。"

总之，黄副主席和老沈交谈之后，有更多的人开始关注夏家大院闹鬼的事，与原先不同的是，关注群体不仅仅停留在民间，而且到了高层。也就是说，那些部委办局的领导遇到老沈都会问一句："大作家，文联有鬼吗？"老沈听了不置可否。说实话，闹鬼伊始，老沈的确是无意的，到了这个份儿上，他也觉得有趣了。文联常常揭不开锅，有了上顿没下顿，成为关注的焦点不是坏事。老沈的沉默，胜于辩解，让神秘变得更加神秘。黄副主席嘴上不说，心里还是信的，不然，这样的消息是怎样上升到他那个层面的？怕是黄副主席不甘寂寞，在领导面前故作神秘，能围绕文联多一个话题，这样，老沈自然要配合的。

事情沸沸扬扬，总有熄火的时候。县里大搞文化旅游，各部委办局都有硬性任务和指标，既然是文化旅游，文联就脱不了干系，只是文联没有独立的投资项目，忙着为其他部门涂脂抹粉，挖掘历史文化和历史人物。但是县委书记不这么看，说："所有部门都在为文联干活，文联就是搞文化的，难道你们就不会动动脑子搞搞关系，引进外资搞些文化项目！"这样的要求让黄副主席很是头痛，会后，他硬是躲在办公室里一支支吸着烟，本来稀少的头发又掉了不少，显得更加荒芜。

一日，老方神神秘秘走进老沈办公室，平时老方很少踏进老沈的门，老方手端玻璃茶杯，泡着厚厚的茶叶，不用老沈招呼，一屁股坐在沙发上。"万事总有缘由。"老方不紧不慢说道。老方故弄玄虚，老沈知道那一套，既然来了，话不说完他不会出去的。果然老方接着说道："夏家大院里闹鬼，这是有缘由的！"

老沈停下手中的活儿，望着老方。老方对闹鬼的事深信不疑，说有缘由，也一定是他的独创，否则，老方决不会踏进他的办公室。老方没看老沈，自顾道："北门天井上方来了一窝蜜蜂，下头堆着杂物，那门从来不开，我们也很少到那儿去，你说对吧？"

老沈点点头。文联搬进夏家大院后，他的确没去过北门，不过老方前一句后一句的，没听懂他说些什么。"那蜂怎么了？"老沈只得问。

"那蜂把我引向北门天井，在天井边缘杂物里，我看到了一块倒扣的石碑，让人帮着翻过来，结果是一块墓碑。"

老沈抬头，尽管到夏家大院有些年头了，他还是第一次听说墓碑的事。

"什么样的墓碑？"老沈有些好奇，望着老方肿胀的眼袋问道。老方喝了口水不紧不慢地说："看你还是个作家，夏家在开阳是个大户，官宦人家，一个作家不了解地方历史，那么，你成天写些什么呢？"老方就是这样，你急他不急；你不急，他却要缠着你说话。

"你也别考我了，你是讲太傅夏原吉吧？"

"原来你知道呀。"老方喝了口水，几分尴尬。老沈说："老方，论篆书，我不敢与你相提并论，说到开阳历史文化，就不得不说比你略微强一点儿。"老沈也喝茶，然后道，"夏原吉是洪武、建文、永乐、洪熙、宣德的五朝元老，官累户部尚书、太子少保、太子少傅，去世后宣宗赐他为太师，谥'忠靖'。后人赞夏原吉是：'一生清操如冰雪，万世励节似苍松。'我说这些你或许不感兴趣，我只是知道，夏原吉与夏家同族，其他真要请教你老方了。"

老方狡黠一笑道："那我跟你说说？"

"你就别卖关子了，我还等着赶写其他稿子呢。"老沈说着把目光收回来。老方听了笑道："前面我说过的，夏家大院闹鬼，是有缘由的。"老沈正想开口，老方举手制止道，"你知道我们坐在哪儿吗？"他见老沈眼光依然望着他，继续道，"我们坐在夏家的祖坟上！"

这是老沈没想到的，他从椅子上站起，低头回望四周，像是要证实老方的话。老方看了嘿嘿笑了，递过一张纸："你看看这个。"

老沈接过，抬头是"故显考清濂公显妣刘氏之墓"，果然是块墓碑。右侧小字是："公生于洪武甲子年仲秋二日子时终于景泰庚午年酣春一日午时；氏生于洪武癸亥年仲夏十日晨时终于景泰甲戌年季冬十五日未时"。老沈算了算，"洪武甲子仲秋"也就是1384年8月2日；终于"景泰庚午年酣春"即1450年2月1日，享年66岁。从墓碑记载看，氏的终年是70岁。碑文载："先考进士及第会稽郡累官知县字日升号夏公暨妣刘氏孺人合葬佳城卧佛山麓夏家西丘。"再看立碑的时间是"景泰辛未年"，也就是1451年，氏去世后的第二年。立碑人是"男兆龙呈龙"和孙辈。

老沈看毕没动，这么说，这闹鬼的事还真有来头。"你看看老沈，'夏公暨妣刘氏孺人合葬佳城卧佛山麓夏家西丘'，这不是你的屁股底下吗！"老方手指老沈椅子。老沈跳起虎着脸道："怎么认定在我的椅子下而不是你的椅子下！"

老方见老沈认真的模样，开心地笑了："你的位置正呀。"说着指着外头说，"你看看，左边青龙，右边白虎，中间是朱雀，恰恰对着你老沈的座位！"经老方这么一说，还真的没错。这样看来，老方像是蓄谋已久了。

老沈想了想道："不说这些没用的，这石碑怎么会放在那儿？"

老方道："我专门去了'城改办'，肖主任告诉我，当时建房时挖出石碑，同时还有骨头之类的东西，他们看不懂碑文，知道与夏家大院有关，就搁在北门天井边了。"

老方像是说完了，端起茶杯，方步走到门口，然后回头道："《旧唐书》说，'开劫坟墓'与'十恶忤逆'同罪。这样一来，'城改办'的人在夏家大院感到不适，也是事出有因了。"

这话无疑是说给老沈听的，"城改办"建办公室，扛不住老宅的阴气走人了，他老沈还坐在青龙白虎之间，而且位居当中！

## 三

这件事，很快传到黄副主席耳朵里。

那日下午上班，黄副主席说召集会议。所谓开会，只有黄副主席、老沈和老方三人。三人都好烟，办公室就像硝烟弥漫的战场。黄副主席的烟好，不接老沈、老方的，接了也扔在一边。这样，适逢会议，就像是老沈、老方改善烟品的机会。

尽管人少，会议进行得很严肃。主持人黄副主席端着笔记本，详尽传达县委扩大会议精神，老沈、老方认真记笔记。会议主题是：开动脑筋，调动资源，促进文化旅游大发展、大提升。精神传达完了，黄副主席叫老沈、老方出主意。老方说："书法呀就像人体毛发，学古人字形，没什么内容，不像文学，是灵魂里的东西。不过，只要哪个部门用得着我们的，书协全力以赴。"

老沈说："老方说得对，我们作协能做的就是根据文联的要求，配合县里和乡镇挖掘历史文化，写写故事和导游词，其他还能做些什么？总之，我听黄副主席的。"

黄副主席说："协会日常工作要做好，关键还要开动脑子，放开胆子，在职能之外做贡献。比如，县作协上面有市作协、省作协吧，县书协上面有市书协、省书协吧，这些都是资源，怎么运用，就要看你们各自的能耐了。"

老方听了不吱声，老沈也不吱声。

黄副主席也没指望他们，话锋一转道："老方，听说你找过'城改办'的肖主任了，还问起北门天井里的那块墓碑？"老方朝老沈看了一眼，然后一笑道："我也不是专门找肖主任的，街上遇到了，顺便问起墓碑的事。"

黄副主席望一眼老方，分别给两人递了烟，说："这事往后别再传了，民间说说也就罢了，现在传到部委办局领导那儿，像是夏家大院成天闹鬼似的。你问了肖主任，就让他有联想了，说当时就觉得不对，十四名办公人员不到半年，两个死了，三个病了，言中之意玄乎了，这也在暗示我们嘛，好在我们命硬，这么多年平安无事。"

老方听了把脖子缩进衣领里，两眼望着老沈。老沈笑笑道："黄副主席，不是我们命硬，是我们干净。就像梅子说的，'心底没鬼，就撞不见鬼'。文联是个清水衙门，你我两袖清风，鬼缠你做什么！至于老方，一字一字地收钱，心里有没有鬼就不好说了。"

"我那是辛苦钱，要说收钱，你的字也不比我的便宜！"

"你俩就别在这儿相互挤对了。老沈呀，不管这事与你有关没关你都得担着。你是作家呀，什么故事都敢编，鬼闹夏家大院只不过是小说里的一个情节。这些天，我被问得头都痛了，夏家大院大白天来看鬼的市民也不少，鬼闹夏家大院，文联在夏家大院，不就是鬼闹文联吗！这样下去，政府的形象就出问题了。"

老沈道："黄副主席，我倒没什么，关键是您那儿不好交代呢。再说了，现在大搞文化旅游，优化环境是最重要的。"

"老沈呀，客套话就别说了。"说着又递烟，"我前面说过了，文联是个穷单位，没钱没资源，但有文化啊，有文化就是资源，就可以搞合作。尤其是老沈，是个老作家，写小说的都是大智慧，底蕴深厚，脑子好使，套路也多，这样的料子不用，文联就没有可剪裁的衣料了。老方，你说是不是？"

"那是，老沈就是老沈，大智慧，情商也高，是块好料，制作什么器具都用得上，我们怎么能比呢！"

老沈翻了老方一眼。黄副主席接话道："毛发也好，灵魂也好，人是文联的人，鬼是文联的鬼。只要我们动脑筋想办法，一切都会有的。我还要告诉你们，这次大发展、大提升的成绩不但是政绩，还是年终考核的依据，少50分多50分就是上万块钱的差别。我们文联内部也要讲考核，谁拉动项目，弄到资金，年底考核就倾斜，这话是算数的。所以呀，下去后要开动脑筋，好好活动活动。当然，如果老方能拿出东西，解决文联年终奖的问题，同样是大好事。我的意思你们明白，这是大家的事，不是哪个人的事，年终奖人人有份。这样说来，看似完成县里布置的工作，其实是为我们自己做事，为自己赚钱。"

话没说完，只听得下头老房子里闹将起来。

黄副主席道："好了，你们去看看是怎么了，这大白天真的闹鬼了！"

走下楼梯，老方道："我放放笔记本哦，你先看看去。"老沈没睬他，只顾往下走，过了放生水池就看到门内围着几个人，其中还有梅子。老沈

205

三步并两步走进人堆，看见一个中年男子满脸通红，一身酒味儿，舌头打着结说："我就看看祖宗的石碑，你就不乐意了？这房子是夏家的。"

老沈拿眼看梅子，梅子道："这是单位，又不是景点，可以随便进出吗？再说了，要看也别喝得烂醉呀，还撞了我，让你道歉过分了？"

"在我祖宗家里，撞着别人怎么了，谁让她在这儿晃来晃去的。"

看了男的醉态，老沈知道没理可讲，问梅子道："你没事吧？"梅子摇摇头。老沈自己也想看看石碑，便道："都散了吧，你真有兴趣，我陪你去看看如何？"男人转身一把抱着老沈说："你是好人，那个女人，漂亮得像夏家的女鬼！"老沈对梅子咧咧嘴，半拥着男人往里走。

墓碑就立在北门天井边板壁上，老沈弯下腰细细读起来，那男人也挨着老沈垂下脖子。老沈问："看得懂吗？"男人左看右看然后摇摇头道："看不懂，写的什么？"老沈道："我和你一样，也看不懂。"男人听了哈哈大笑道："我当天下只有一个饭桶，原来还有一个！"

老沈咧咧嘴道："想起祖宗的墓碑了？"

男人道："开阳城都在传夏家大院闹鬼，还说全是漂亮的女鬼，就想进来看看。没想，进门就撞见一个……"

老沈毫不客气道："你是夏家后代，你祖上不是这样的，夏原吉至少当了部长以上的大官，成为明代五朝元老；而你，连祖上的墓碑都读不懂，百年之后你怎么面见祖上呢！"

男人呆呆地望着老沈，片刻攥嘴道："有钱就有一切，我看不懂墓碑，可我有钱呀，我有钱就可以指使看得懂墓碑的人去看，有钱能使鬼推磨呢，嘿嘿。"

老沈本不想再说，可听了这话心里闷得慌，觉得自己像是被钱使唤了的鬼，于是道："倘若都像你一样指使鬼去推磨，还有谁能看懂你祖上的墓碑呢！"

那人把话噎在喉咙里，不知怎么回答，突然"哇"的一声吐了一地。老沈忙跳到一边。男子说："没事——没事，就就就多喝了一点点。"说着摇摇晃晃往外走，嘴里道："还真撞见了鬼祖宗，嘿嘿……祖宗有钱吗，祖宗是个什么东西？"

老沈心里一揪一揪地难受，说不清什么道理。

路过梅子办公室，见关着门，正想离开，却见梅子长发飘飘地回来了。老沈问："怎么就回来了？"梅子道："这人倒霉喝凉水都塞牙缝，说好今天排练，又说市委书记要到学校视察，师生列队欢迎，这又改日了。"老沈道："这不好吗，捡来的休息。"梅子道："派定的活，省了今天省不了明天。"老沈说："也是。"转而又道，"那人没醉装醉，那句'漂亮得像夏家的女鬼'是醉态里说得了的吗？"梅子没好气说："沈老师在幸灾乐祸呀！"

老沈看梅子掏出镜子补妆，便眯着眼呆呆地望着她。

梅子算得上漂亮，是什么场合往那儿一站，就特别显眼的那种。老沈常用作家的眼光审视梅子，面若秋月，色如桃花，眉如墨画，目若秋波，躯体婀娜，丰胸挺拔……老沈仿佛能看到梅子的身子，心里一惊，不觉脸上热热的。梅子从镜子后瞄了老沈一眼："怎么了，沈老师？"老沈道："没什么，没什么，真有这么漂亮的女鬼，会吸引多少人看呢？"

梅子说："沈老师不是见过了吗，论漂亮，那鬼与我能比吗？"

"不能比。"老沈讪笑答。梅子听了说："我就说的，在开阳论漂亮，人也好鬼也好我都排第一呢，哈哈。哦，得到学校去呢，女儿快放学了。"说着匆匆起身。

上半夜老沈没入睡，老想着醉酒男人和梅子的话。"我有钱呀，有钱就可以指使看得懂墓碑的人看！"那么，他老沈就是夏家后代指使的那个"鬼"了！去他的，没见过大钱也没卑贱到这个份儿上。该死的暴发户，没钱还算个人，有了钱连东西都算不上了。这世道，造就了一拨拨没有廉耻的牲口呢！于是他又想起梅子的话："人也好鬼也好我都排第一呢。"梅子直言，从不避讳，想说什么就说什么，老沈喜欢这种性格，简单明了，交往起来不累人。关键是梅子的确漂亮，至少在老沈眼里，梅子的自夸一点儿不过分。到了后半夜，老沈不知不觉睡着了，还做了一个梦。他梦见梅子在夏家大院天井里跳舞，长发飘逸，双眼暗含秋波，红唇性感而又媚艳，柔韧有力的腰肢灵巧扭动，缠住了老沈的目光，老沈总觉得梅子越舞越近，四肢像飞舞的银蛇，缠绕着他的脖子。他看见她眼白里的纹理，嗅到鼻尖上细密的汗香，肌肤几经相撞，燃烧起阵阵欲望，老沈惶恐地醒来，恍惚间以为真的在夏家大院。回望四周，才明白这是一场梦，听着妻子的鼾声，真希望这个梦永远不醒。

再也睡不着了，翻了个身，想起刚才的梦，老沈颇感奇怪。所有的梦都会在醒来的瞬间潜入意识的底层，唯独这个梦，在他完全清醒之后依旧真切。老沈又想起醉酒男子说的话："我撞见祖宗了。""这漂亮的女人像夏家的鬼。"还想起近日接踵而来看鬼的人，心里被拨动了一下。片刻，他突然兴奋地大叫起来："不在眼前吗！"妻子惊恐地醒来，茫然地望着老沈，三条狗倏地冲进房间。老沈对着狗喝道："窝里睡觉去！"然后自己钻了被窝。"是发神经了吧。"妻子嘟囔一句，一转身鼾声再起。

## 四

第二天老沈正常上班，脚下轻盈，步态方正，嘴里哼着京戏，嗓子眼里拉着过门，这是少有的。仰头看看楼上，黄副主席没来。步入走廊，老方倒是先到了，老沈朝那边喊了一声："老方，起了个早呀？"那边没吱声，老沈也没指望，烧好水，沏好茶，刚静下心来，老方却推门进来了。

他端着玻璃杯，泡着酽酽的茶，两指夹着烟卷，望着老沈幽幽道："人逢喜事精神爽啊，昨晚摊上好事了？"

老沈也不理他，只顾自己整理稿子。老方又说："人心隔肚皮，别人都传你跟梅子有一腿，由此散布夏家大院闹鬼，吓跑了别人，给自己留下空间，可事实不像传的那样呀。"

听到梅子的名字，老沈想起昨晚的梦，心里一顿，老方为老沈证明，倒让他觉得惊讶。于是道："一则没完，你又散布什么谣言啊！"

"呵呵，我道你上心呢，原来这般冷漠呀！"说着往外走。

"又来这一套，有话就说，不说你也难受。"老沈说话时不看老方。

"哈哈，老沈呀，听说梅子晚上在文联与人幽会呢。"

老沈吓了一跳。凭老沈对梅子的了解，她不可能做出那种事。关于梅子，老沈早就细细想过，她人漂亮，让不少干部心动，只是她把自己弄得大大咧咧像个男孩儿，或许是明应暗拒。老沈不相信老方的鬼话，他平时少言寡语，多半在心里做事，看透他的人就有了提防，朋友也就少了。于是老沈道："我说老方，这话可不能瞎说，梅子这个人我了解，别看她疯疯癫癫，心里有分寸着呢。"

老方听了道："我这就是对你说说，有没有分寸，要看对谁了，这就像书法，章草楷篆，喜欢哪个祖宗，都是个人的才情。不过女人呀，就是度量不清。"说着走出门去。

老方说的话像是扔下一颗炸弹，让老沈内心再也不能平静。倒不是因为梅子有了其他男人，而是梅子心里从来没有过自己。梅子有孩子有家庭，是青少年宫常年聘请的舞蹈老师，担任着舞协主席。梅子是天才的舞蹈家，不仅身材好，舞感也特别强，不管哪种民族舞，看一遍即刻能抓住特点，模仿出味儿来。说到感情，老沈与梅子其实没什么，别说拥抱亲嘴，连手都没好好摸过。但老沈能感觉出梅子对他与对别的男人不同。比如，冬天户外演出活动，她愿意挨在老沈身边，甚至把细嫩的手伸进他的袖筒里；下雨了，她愿意为老沈打伞；夜间行路，挽着他的胳膊枕着他的肩……如此种种，都让老沈生出感觉，生出念想。老沈是个作家，不过，作家也有错觉，他不应该循着错觉毁掉彼此间的默契，只是小心呵护这份心思，不管梅子怎么想，他都愿意细细品尝那种别样的滋味。老沈有些心灰意冷，本来昨晚想好的，要为梅子打造一个平台，让她尽情地展示自己，可现在……

一杯茶后，老沈恢复了平静。他指责自己不地道，什么年纪啦，尽想些年少荒唐之事。人家梅子挨着你，不就因为你没邪念吗，在安全与快乐中，梅子选择了安全。这么一想，老沈觉得自己老了。罢了，该做的还得做，不说为梅子也为文联，年底还有上万元大奖呢。

整整三天，老沈锁上了门，谁也不理谁也不见，以至于老方当他不在。老沈不在，老方下班更早，到了星期四的雨天，老方干脆没来。这些日子，老沈总是听老房子下嚷嚷着看鬼的人，还不时有人在办公室门外探头探脑。老沈装作没看见，没听见，埋着头像咀嚼草料的水牛，写着他的演义计划。星期五上班，老沈本想给黄副主席递交策划文本，又怕匆忙间疏漏或是不够周全，硬是压了下来。当日回家，饭桌上老沈向妻子简约地谈了自己的想法，妻子听了瞪大眼睛问："真的假的，怎么没听你说起过。"

老沈道："这种事连我自己都把不定，有什么好说的？"

妻子讥讽道："怕是你心里有鬼吧？"

"我心里有什么鬼？"

"你心里有女鬼。"

"是的是的，我胡须满面，豹眼圆睁，狰狞恶狠，身上还背一把大折扇。你借我一个胆呗，把我当钟馗啦！"老沈没好气地说。

"总之，要不你恋了女鬼，要不你拿鬼吓人，在文联搞鬼。"妻子总结道。

老沈觉得奇怪，人人都这么想，唯独他没这么做，真要做了也就是这么一个结果么。这么一想，自己先乐了。

妻子说："你笑什么，让我说着了？"

老沈没回答，而是认真说道："夏家大院闹鬼的事不知怎么就传出去了，而且传到领导的耳朵里。这路上问的、到文联看鬼的还真不少。现在县里搞文化旅游大发展、大提升，还和政绩奖金挂钩，我就想啊，夏家大院是开阳唯一的老宅子，与明代五朝元老夏原吉同属一宗，老宅子里故事多呀，看山看水看景点的多了去了，倘若到老宅子里看鬼，岂不是特别刺激？"老沈试探着问妻子道。

"刺激刺激，我第一个买票。可是鬼不是一叫就来的呀，真来了还不把人吓死了呀！"

老沈哈哈地笑了："这个你就不懂了。"说着钻进被窝里。妻子一把掀开被子道："你要憋死我呀，说不清楚今晚就别睡了。"

老沈探出头对妻子笑笑说："鬼是现成的，招之即来呢！"

第二天上班，老沈细细把策划看了一遍，确定无误，上楼到黄副主席办公室。黄副主席刚烧好开水，为老沈沏了茶。"还真得要坐一会儿呢。"老沈说。

老沈清清嗓子道："美国佛罗里达州的南端，有一个圆形石堡博物馆，博物馆有一个罗伯特娃娃，你只要看看它，就不寒而栗。罗伯特娃娃曾经属于一个叫罗伯特的小男孩儿，后来被施了巫术，游客不仅发现罗伯特娃娃会自己移动，脸部表情也时常变化。不过游客别想拍照，否则相机就会出现故障。"

"嗯，你想说什么？"黄副主席点了一支烟，扔给老沈一支，"我今天忘了带烟呢，就剩两支了。"

老沈嘿嘿一笑："吸我的，吸我的，只要黄副主席不嫌弃。"末了掏出烟放在桌面上，接着道，"美国的加利福尼亚州有一幢叫温切斯特的房子……

"能不能说点儿中国的？"黄副主席打断他的话。

老沈会心一笑，他猜黄副主席已经明白了他的心思。"那就说说中国的。河南沁阳郊区有个封门村，群山环绕，林木森森。明清时，村子里有200多间房子，但现在没有一人住在这里，原因来自一把木头椅，只要坐上去的人，都会神秘地死去。"

"别说了，我身上发冷呢，像是见了鬼似的！"黄副主席抖了一下，犹如雨中的狗甩脱身上的水珠。"那么言归正传，你老沈是想借着闹鬼，把夏家大院弄成闹鬼的旅游景点？"

老沈听了哈哈大笑："英雄所见略同，黄副主席果然是大智慧，一点就通。"黄副主席听了摆摆手："我说老沈，这个设想不是小工程，硬件改造、软件投入需要一大笔资金。"

"黄副主席，硬件改造，花不了几个钱，把西面北面的一二十间贯通，木板结构好解决；软件就更简单了，文联造景所需软件，只要黄副主席开口，一切都能好办；至于经费，看到商机，就不怕没有投资人。"

黄副主席望着老沈，诡谲一笑说："看来大作家是胸有成竹呀！"

"哪敢呀，黄副主席。"老沈谦逊道。

"嗯，老沈呀，你一定想了很久，要不先弄个文字稿？"

老沈没答话，微笑地望着黄副主席，像是有意调节气氛，片刻扑哧一笑道："我都为黄副主席准备好了。"说着从口袋里掏出一沓纸，双手递给黄副主席，然后道，"那么，我就不打扰了，有什么意见我们再谈。"说着退了出来。

递了策划文稿，像是卸掉身上的一块石头。本想把这事给忘记了，可老沈还是惦记着里头的细节，尤其是关键部分。老沈觉得，关键部分就是梅子扮鬼的环节，这个环节应当似有似无，若隐若现，借用舞美，渐渐引游客入幽境。想着想着，不知不觉走进老房子，绕过回马廊，看到了梅子办公室的灯光。

梅子桌面上一大堆宣传册，那是招收学生的广告。见老沈进来，梅子道："沈老师坐着，我一会儿就完。"老沈没坐，浏览起墙上的照片，都是梅子和学生练习跳舞和演出的剧照，尽管很美，却有渲染的成分。有一张照片老沈特别喜欢：梅子穿着红色紧身短袖衫，下摆齐腰，与黑色短裤间露出一截肚皮，白皙中嵌入浅浅的肚脐眼，均等圆滑，柔韧润泽。老沈心里一动，就听梅子道："漂亮吧？"

老沈没回答，表情已经肯定了梅子的话。梅子干完了手中的活儿，拍拍一扎扎的宣传册道："一百一捆！"老沈问："你要带多少学生呀？"梅子答："这是网呢，不一定都能捞着鱼！再说，多少那是少年宫的事，我只是拿固定工资。"

老沈笑笑道："多了单位赚，赚了也少不得你哦。"梅子摇摇头说："一直说改革，至今没动静！"转而问老沈，"沈老师找我，是想请我吃饭呀？"老沈笑笑道："这好说，随便什么时间。不过我想和你聊聊赚钱的事。"

梅子望着老沈，目光水水的，嘴角泛着微笑："你当真的吧？"

老沈笑笑说："这还有假，你记得姓夏的醉汉吗？"

"当然记得，那个冲撞我的男人。"

"来夏家看祖宗，结果让人家把你当成了艳鬼。"老沈说着看梅子的反应。

梅子迟疑片刻问："沈老师，你想说什么呀？都说老宅闹鬼，你不会也当真吧？"

"真作假时假亦真，无到有时有还无。"老沈笑笑答。

"别让我起鸡皮疙瘩，沈老师到底想说什么？"梅子问。

老沈上下打量梅子，目光像是穿透了她的衣服。梅子下意识地缩缩身子，只听得老沈道："别人来看鬼，如果有鬼给别人看，不就是人气吗！"

梅子睁大眼睛望着老沈，转而大声道："沈老师，作家就是点子多，你是想把夏家大院打造成旅游景点，对吧？"

"然后在里面看到形形色色的女鬼出没。"

"太好了！把夏家大院当作一个舞台，由我们扮演女鬼。"

"你真聪明！"老沈赞道。

"这事黄副主席晓得么，县里正搞文化旅游大开发、大提升，这可是个好主意呀！"梅子像个开心果，笑容满面。

"梅子也这么认为？"老沈用调侃的目光望着梅子。只见梅子嘴角一挑道："沈老师是夸我呢、损我呢，还是怀疑我呢？"老沈望着梅子挑衅的目光，心里软了。

"都不是，梅子思想敏锐，洞察一切呢。"

梅子听了哈哈大笑。老沈接着道："估计这几天文联就要开会，到时候谈谈你的想法，当然，不能忘记按劳取酬。"

"那是必须的！"

## 五

没想到的是，黄副主席不但没召集会议，倒像是把这件事给忘记了，这让老沈十分不安。本想做件好事，为文联积攒点政绩，赚点年终奖，现在好，黄副主席不吭声，弄得老沈像个犯错的孩子，策划的文稿也石沉大海。附带的是，梅子会怎么看，老沈很在乎这个，言而无信是他一生的大忌，他责怪自己沉不住气，将没把握的事情告诉梅子，倘若黄副主席没个信儿，就会在梅子那儿把脸丢尽了。

十多天过去了，老沈实在憋不住了，便主动与黄副主席打招呼，在门口、回马廊或水池边。黄副主席"嗯嗯"地没了下文。回想会上的布置，黄副主席是肝胆相照，瞬间冷漠的变化，让老沈想不明白了。既然不宜直接问，老沈只得忍着，后来想，不就是烧掉几包烟吗，创意是否对路，作为文联一员算是尽了力了，至于结果，不是尔等能把握的。如此，便把心思放下了。

好些日子后的一个上午，老沈正写作，门被推开了，抬头见是老方又埋下了头。老方没理会，端起水壶给自己杯里添水，然后道："黄副主席让我通知你，下午三点开会，各协会主席都到。"

老沈"嗯"了一声，继续写作。老方见老沈没反应又道："你老沈可以呀，冷不丁来这么一下，也算帮了文联的大忙了。"老沈抬头，没明白老方说什么。老方笑笑又道："黄副主席把投资公司都搬来了。"老沈有些恍惚，他几乎把这事给忘记了，听老方这么一说，有一种血往脸上涌的感觉。他看看老方，克制着情绪道："我差点儿没想起来！"老方哈哈一笑，走出门去。

老沈坐不住了，他小看黄副主席了，除了赞同方案，黄副主席不吭一声把前期工作都做了，并且找来了投资公司，老沈心里一乐，手下便没了成形的句子。他想到梅子，想把消息告诉她，思忖梅子早该知道了，于是忍了下来。

心潮澎湃地挨到下午，走进南门便是前庭，前庭设有巨大的天井，左右回廊，一堂六室，通过回廊可通往二进堂屋。会议室在二楼，楼上贯通，四周的花格窗围着天井，打开是一扇扇窗户。花格窗图案或寿桃佛手，或花瓶月季、谷穗蜜蜂，暗喻吉祥。楼上南北向置仿古长条桌，围着桌子可坐二十余人；北面横头坐着黄副主席，身边是一个粉头青年，各协会主席依次在座，老沈算是最后一个到场。

黄副主席没有像往常一样先发烟，他目光扫过众人然后道："这位是

'长足文化旅游公司'的夏总，也算是夏家的主人。"夏总起身点点头，没人知道黄副主席要说什么。黄副主席开场白讲文化旅游大发展、大提升任务的艰巨性，分析文联在这场重大活动中所具备的主客观条件，然后道："从南边的'百花谷'公园到北面'千叶林'公园，有一条六千米的古西渠，尽管两侧布满业态，但缺少代表性的典型文化景点。从地理位置上看，夏家大院居位其中，是城区保护完好的、唯一的明朝老宅，有很深的文化底蕴，如果，我们通过对历史人物的挖掘，把老宅打造成旅游景点，融入'百千公园'旅游线，不但可以丰富旅游项目，还能提升旅游文化品位。"

这一刻，大家才明白会议意图了。黄副主席脸色泛红，显出几分激动，他环视四周，又不在任何一张脸上停留。老沈心想时机未到，到了自然会隆重推出他的创意，好在在场的有人明白，一个是老方，一个是梅子。老沈看老方，老方脸上没有表情；老沈又看梅子，目光相遇，彼此会心一笑，老沈顿觉身心舒坦。

黄副主席又道："因此，我请来'长足'的夏总，下面请他谈谈设想。"

夏总微笑着点点头道："我接这个活儿，因为是'夏家的活儿'，我是夏家的子孙；我接这个活儿，因为是开阳的活儿，我是开阳的后代。把历史人物和历史故事，做成旅游景点，是当下的大趋势。因此，我来了！"

夏总的话颇有诗意，符合文化人性格，言之实在，讨人欢喜。"其实，我本身没有资源，我的资源在眼前，就是各位有文化、有见识的大家们。"主席们听了脸色开朗起来，彼此低语，夏总继续道："我不是恭维，这个创意十分精彩，是我'长足文化旅游公司'所不能完成的文本，因为这个，我来了！"

夏总说着拎过一个包说："另外，我还带了一样宝贝。"说着抽出布袋，露出一个卷轴，慢慢展开，但见青黄两色，织锦云纹，前端青色绢布有双龙围绕"奉天诰命"四字，这样的款式分明是明代圣旨呀！在场的人都惊呆了，夏总说："我不知道写些啥，请各位老师给解释解释。"

老沈附身细看，上书道：

奉天承运，皇帝诏曰：国家褒宠臣下，而推及其祖父者，所以嘉善而广恩也。户部尚书夏原吉，故祖希政，恭俭淳笃，蕴德不施，诒厥孙子，光辅予治，沂其所自，宜有褒荣，特赠尔为资政大夫，户部尚书，其承宠命，永绥后人。

落款是"永乐十年二月初一日"。

"这是永乐皇帝赏赐给夏原吉的，怎么会在你这儿？"老沈惊问。

"这个我也不知道，总之是祖上传下来的。"

老沈道："这道圣旨，出自同一日的'钦赐敕文'，你们稍等。"老沈跑了出去，回来时手里拿着一张纸，"这是《四库全书》'忠靖集'的敕谕和诰赠，同样出自'永乐十年二月初一日'。"

奉天承运，皇帝诏曰：为臣能竭诚尽职以事君上，而国家推恩及其所生者，所以嘉贤劳而劝天下之为人父者尔。户部尚书夏原吉，故父时敏，好义积善，忠信有常……制曰：国家褒荣臣下而推恩及其母者，盖重其所出，且以劝孝也。尔廖氏子夏原吉为户部尚书……

"这个我就更不懂了。"夏总为难地把纸递还给老沈。

"不懂不要紧，有这道圣旨足够了！"老沈答。

老沈心存感激，有了这个宝贝，就有文章好做了。当然，创意文本本身出自他的手，夏总的赞扬实实在在，倘若说出姓名，就让人没个念想了。往下夏总谈了装修的想法，极为详尽，在老沈看来，有许多创意性的东西，很是专业。"总之，一块石头、一方砖瓦、一片木板都不能破坏，这是原则。"夏总最后道。

黄副主席说："现在有了皇帝的圣旨，一切更有声色了。硬件方面夏总都说了，我不多讲，下一步是各位专家大显身手的时候。文学、美术、书法、音乐、舞蹈和舞美都得上。当然，文学首当其冲，既然与夏原吉挨得上，就有历史底蕴了，明朝五代元老，是个什么景象，有多少故事呢！"

会议讨论热烈，黄副主席感觉到了商机，像饿鬼吃肉一样的味道。从工作内容来看，老沈的担子是最重的。他不但要挖掘历史人物，还要编撰故事，写导游词。不过老沈觉得有趣，弄好了文联不但有钱、让梅子开心，还是一部上好的小说题材。

黄副主席没提闹鬼，梅子不好多问。在老沈看来，这笔太重，必然另有交代。散会前黄副主席苦着脸说："真是不好意思，我这个主席连请大家吃饭的钱都没有，夏总说他请，各位没有其他安排，留下来喝杯水酒呗。"

时间还早，黄副主席叫了夏总、梅子和老沈，边走边聊。黄副主席道："如果夏家大院不闹鬼，这个景点还有什么特色？"

夏总插嘴道："平淡，和许多有文化没趣味的景点一样，受众面会很小。"说着望老沈，老沈不吱声，夏总又说："最好是女鬼、艳鬼、冤鬼，有故事可讲，够刺激才有游客。"

这点，老沈没有在文本里明确。其实，他赞同夏总的说法，只是夏总作为夏家的后代，感兴趣的是女鬼，就有失恭敬了。于是接着夏总的话道："中国写鬼莫过于《聊斋》了，但是，里头写的女鬼通常是才子佳人的爱情，鬼与人之间的友情，对黑暗社会的反抗和讽刺。这样的作品才能引起读者的共鸣，才有市场。比如聂小倩、巧娘、林四娘，即便是鬼，也是唯美的、善良的、可爱的。"老沈把话摺给了夏总。夏总听了急切道："就是这个意思，作为夏家的后代和投资人，不能对祖上不敬！"

黄副主席扭头对梅子道："从技术层面，这样装扮有问题吗？"

梅子笑笑答："这要看黄副主席的要求了。"

"这样要求和那样要求区别在哪儿？"

"如果往逼真里演，演得把人给吓着，就有难度，倘若让观众觉得在演戏，就简单得多。"

"当然要前者，不然有什么意思呢？"黄副主席道。一边的夏总连连点头说："让别人看上去像真实的一样，才能赚钱。"

梅子说："只要有投资，什么都做得到。国内有鬼的景点不少，像宋城之类，灯光舞美配合，加之幽灵般的导游词……"

黄副主席接着说："梅子这么一说，让我毛骨悚然呢。"

梅子笑道："黄副主席怕呀，怕就不闹鬼了！"


一个多月的时间，夏家变了一张脸，东门北门开启，作为景点的出入口；南门通往内院的甬道封死，隔离老宅和文联。门外有大面积的景点介绍，东门入口到北门出口，每一片板壁都布置着有关夏原吉的史料和鲜为人知的故事，让五朝元老的英魂填满了整个夏家大院。

诡异的是二进三进内侧的厢房，面朝厅堂的门全部封死，通过花窗的空隙，可窥视室内朦胧的影子。许多房间已经贯通，布置了恰当的灯光和布景，沿着幽静的回廊，一间一间迂回曲折，穿过空旷的天井，器乐幽冥低回，诡谲多变。

"长足文化旅游公司"占据了开阳30%的旅游份额，这足以影响开阳的旅游态势，而夏总早已疏通了文化旅游局，在旅游线路中增加了夏家大院这道景点。夏总希望夏家大院景点开张定在十月一日，借助国庆节旅游高峰，一炮打响。

国庆的前两天，文联再一次召集会议，说是开会其实就是吃饭喝酒。

酒过三巡，夏总道："相比一个多月前，夏家大院变化很大，今晚，大家吃饱喝足，按照旅游线路走一遍，大师们是这个景点的第一批贵客，事后请多提出宝贵意见。"

老沈胳膊碰碰梅子，梅子面无表情，老沈不知她心里想着什么。前些天夏总曾与梅子商量，女鬼可不可以穿得少点儿甚至不穿。梅子怪异地问："都是你的祖宗，你忍心让她们裸体见人！"夏总想想道："这次投资不小，迅速收回成本，才是问题的核心。这个过程，文联和每位参与演出的人员都有提成。"梅子听了"扑哧"一笑道："这才是你投资的初衷吧？"夏总说："也不全是，主观为了自己，客观是为了开阳的文化旅游。"梅子不客气道："问题是要舞蹈队付出了，这种付出有悖于道德，不但是我，黄副主席也不能接受。"夏总道："一切的一切都由我去摆平，只要你这里没问题。"梅子长发一甩说："我这里问题很大！"

这件事怎么解决，老沈并不知道，总之，可能是黄副主席出面调停，说服了梅子或是夏总。如此，梅子既然答应出来吃饭，就没有生气的理由了。

黄副主席没有参加晚宴，面对夏总的客套，主席们像是齐心排挤他似的，各自说着文艺圈里的话题，硬是把他晾在了一边。两天后夏家景点就要开张，每个人都在揣摩这顿饭的意思，毕竟干了一个多月，大家出力不少，至今没拿到一分钱。

老方环顾四周，轻轻咳嗽了一声，端着酒杯站了起来："夏总，我敬您两杯酒，这第一杯酒敬您的孝心，四五百年前的事了，作为夏家的后代依旧惦记着，投入资金，恢复有关夏原吉的历史文化，这是光宗耀祖的事。"说着一干而尽。夏总拱手感谢，把酒也干了，然后说出一番动情的话。老方斟满酒又道："这第二杯呢，是敬您的爱心，有孝就有爱，主席们为你干了一个月，两天后开张了，相信夏总不会忘记大家的辛苦。"说着又干一杯，站着把杯口对着夏总。

夏总请方主席坐下。"这自然是我夏某不能忘记的。"说着喝了酒，拿过皮包，伸手掏出一沓红包，一一分了。"各位劳苦功高，我心里惦记着呢，往后生意好了，文联的份子钱，黄副主席也少不了各位的。"

拿到钱，大家脸色温暖了许多。夏总的目光在梅子身上滚动，梅子只管吃菜。夏总又从包里拿出合同，双手递给梅子，梅子接过看了一眼，放进包里。老方道："美女主席有好事了？"梅子道："你们干完了，我算是被种在这儿了。"老方一听又道："好呀，好呀，只要肥足，种着就会开花，开花就会结果呢。"

老沈觉得别扭，插嘴道："老方，过了知天命的岁数，还有这美好的心态，难得，难得，正所谓'此心未与年俱老，犹解逢花眼暂开'呀！"

老方喝着酒，通红的脸上溢着笑，待桌上安静了便道："老沈呀，搞书法的怎么能跟搞文学的比呢？你们是红楼春梦，沁心幽幽，因此，说起年轻的心态，我是相形见绌呀！美女主席，你说是不是呀？"老方眯眼望着梅子。

梅子哈哈大笑，这一笑让老方局促了。只见梅子长发一甩，箸头指点着老方道："听起来，方老师套路比沈老师还深呀！我说沈老师，不如把你的作协主席位置让给方老师呗，好让他在红楼春梦里，沁心幽幽一番。"

梅子的话引得哄堂大笑。夏总道："文化人就是文化人，骂人没有一个脏字。"

大家又笑。老沈惦记着晚上的事，看看时间道："夏总，宴席总有散的时候，晚上还有事呢。"

"好，我们喝完杯子里的，然后参观夏家大院！"

# 六

夏家大院老沈熟知，也参与了相关的装修，这个晚上，还是让老沈心里很不舒服。

离开酒馆上了街，但见夜空缀满星星，月亮在云层里时隐时现，有一种喧闹中的静谧。

刚过八点，小城的街道已渐渐入睡。走过西渠"德懋桥"，便是夏家大院东门，那里等着一个女子，自称姓夏，是今晚的导游。她身着粉红色紧身衣，领口开得很低。不过，导游一口标准的普通话，遮蔽了她低俗的艳丽。领进门，乐曲悠缓低鸣，灯光下，主席们跟着导游，每两步都是夏原吉史实呈现：或文字，或画像，或雕塑，导游的介绍时轻时重、时缓时急，明代五朝元老啊，封太傅，谥忠靖，伴君而行半辈子，节节都是文章，篇篇都是故事。其间有主席惊叹地问："这些材料出自哪里，真实吗？"导游答："都是史实，出自大家之手。"老方笑笑说："是我们的沈大家吧。"导游微笑："只有夏总知道这个秘密，总之，他是个高人。"

二进大厅里，灯光渐渐黯淡，星星像是被云层吞没了，整个大厅异常宁静。老方四顾，发现天井上空没了月亮，诧异间正想问明是非，只见花格窗内蓝光闪烁，一个女子悠然出现在内室。主席们没明白过来，趋步扒窗探望，但见她长发披肩，半张脸白得没一丝血色，上身穿水红色长衫，胸襟镶有白色宽边，裙带宽松，酥胸半掩。此时乐曲悠悠，女子缓缓前移，臀部之下竟然没了双腿。一棵树旁，隔着枝蔓飘过忧伤的诗句："玄夜凄风却倒吹，流萤惹草复沾帏……"孤寂凄凉，哀怨悖然。这样的诗句不断重复，直抵人的内心深处。少顷，一个男人的声音由远而近："幽情苦绪何人见？翠袖单寒月上时。"女子听罢猛一转身，扒开枝叶，露出长舌獠牙，恶状尽显。主席们大惊，只听见一声叫喊，个个弃窗而逃。

惊魂未定间，只见老方捂住胸口，脸色苍白，目光惊悸，剧烈地喘着气。

终于，老沈忍不住哈哈大笑，他拍着老方的肩膀道："老方，不是企盼着艳鬼吗，现在来了，倒是吓得你像个叶公。"

导游掩嘴一笑："让各位老师受惊了！这是'闹鬼'的第一场，整个夏家大院一共有六场鬼戏，今晚我陪老师们一一参观。"

老方慢慢缓过神来，老沈笑得拢不住神。老方两眼一瞪道："不去了！"说着往外走。老沈道："你出不去的，外面没灯，不知啥鬼等着呢！"说着又笑。其他主席缓过神来，一同劝老方，老方愣了半天，"扑哧"一声自己也笑了。

"鬼东西，弄得还真吓人！"

跟着导游往里走，个个缩着脑袋，尽管晓得是人在扮鬼，还都屏住呼吸，像在看一部恐怖片。

后面场景不同，却是精彩纷呈，惊人魂魄。老沈明白，夏家宗谱烈女孝妇没那么多，因此，导游词大多运用了《聊斋》里的故事。如此，又有多少人晓得？当然，夏原吉的故事老沈没有编造，从户部四川部主事，到少保兼太子少傅户部尚书，六十五岁辞世，被称之"股肱之任"和"蔚为宗臣"，这些都是真实的写照。除此之外，轶事典故有些水分，也都是合理想象，这是不得说破的情节。作为作家，老沈的确研究过夏家的历史，夏原吉前十代去了江西德兴，但与开阳夏家却是同属一宗。

对文化旅游，老沈颇有心得，无非挖掘历史事件和历史人物，而后造景、造物、造人。不妨呀！广州看车头，桂林看山头，西安看坟头，北京看墙头，夏家大院看丫头！这么一想，老沈笑了。

最后一场，老沈听到主席们窃窃私语，而导游介绍本是轻声恐怖的，现在缠绵了许多。老沈见大家扒在花窗上看得痴迷，快步上前，透过花窗空隙，老沈看见一个几乎赤裸的女子。这女子没头，身材极是标致，乳房像两个倒盖的白碗，均匀圆滑，白净可人；扭动的腰肢纤弱，但不散漫，柔韧紧致，像琴弦一样富有弹性。女子乳房上贴着两片向日葵，腰际缠绕着藤蔓，优雅地舞动着，那姿态分明是梅子。老沈跳了出来，喘息着，然后瞪着圆眼对导游道："怎么弄成这样！"

导游有些不明白，眨眨眼睛说："这都是大师设计的。"

老沈啐了一口："狗屁大师，大师会干这事？"

导游说："我的确不知道，一个导游又不能询问夏总，我要靠他吃饭呢！"

老沈吁了口气，他的确不能责怪导游，但不相信梅子会下贱到如此地步，除非亲耳听见。于是看看导游，她标致的脸上布满委屈，老沈的心一下软了。

"竟然有这样的女子，无耻到了当众现丑？"老沈说完，看到导游的半个胸。导游不好意思遮了胸口："我不清楚，都是夏总安排的。"

老沈想起梅子告诉他的故事，又想起晚宴中夏总递给她的合同，叹了一口气心想，若不是黄副主席出面，梅子绝不可能答应。他觉得黄副主席很不地道，即使为了工作，搞旅游大提升，也不能出卖部下呀！这么一想，恨起黄副主席来。

老方悄悄走过来，像是吃了美餐的猎狗。"老沈啊，那女子是谁呀？"

老沈两眼一瞪："问我，我问谁去！"

"奇怪了，这身材开阳城少有，你老沈应当熟悉呀！"

"老色鬼，我告诉你吧。夏原吉就任户部主事时，遭刘郎中忌妒，谗言陷害夏原吉，结果被皇帝处死。刘郎中有个女儿，美艳动人，为报父仇，自缢在夏原吉大门口，舌头老长……冤魂哪，几百年没入阴曹，这不，追到夏家大院来了！"

老方听了跳开道："你个死鬼，编出这么吓人的故事……"

这时灯光亮了起来，天井上方的帷幕渐渐拉开，露出满天的星星，夏总微笑着步入厅堂："各位老师，请提出宝贵意见哟。"

老沈看了他一眼，冷冷道："都是你的祖宗哦！"说着转身出了北门。

不管老沈是否后悔，夏家景点照预定时间开张。

西渠步行街人来人往，夏家大院顿时热闹起来，除了景点，院内开设了购物点，既有旅游产品，也有本地特产。夏总运筹得很是到位，游客比预计的多得多。第一天，接待了八个团队，散客单独购票，人头不计其数。往后的几天里，团队一天比一天多，以至于出动警察维持秩序。谁也不知道，一个假期里夏总赚了多少钱，老方说："投资成本全部收回还有结余。"老沈不知道，也不关心这些，他满脑子都是梅子的裸体，他想象不到自爱清高的梅子，会为钱低头；他也诅咒自己利欲熏心，弄出个"鬼闹夏家大院"的创意；至于黄副主席和夏总，一个官，一个商，倒是天生的一对。

这些天，老沈一直想找梅子聊聊，一是想证明看到的事实，二是看看她是否还清高得起来。国庆后第一天上班，天下着雨，夏家老宅更加阴暗潮湿，老沈走进办公室。夏家大院装修，梅子搬到了老方的隔壁。老沈见她办公室亮着灯光，便走了进去。梅子身着宽大通红的袍子，遮蔽了窈窕的身材，老沈见桌上一堆钱，笑笑道："收成颇丰呀！"

梅子数着钱，睫毛跳了一下。"忙得跟车辘轳一样，都是姐妹们的辛苦钱。"

老沈本来带着鄙视的心态，看着她的模样心肠软了。"她们都说，最后鬼戏是你扮演的，还说没穿衣服，我绝不会相信！"

梅子像是没听见，一拍手掌道："正好！"然后拿起桌子上的电话，一个个拨打。"你不是看过了吗？"间隔中她插话道。老沈说："灯光太暗，我也不相信自己的眼睛呢。"

梅子放下电话："比现在还暗吗？"

老沈不知梅子何意，老实道："比现在暗多了。"

"好吧。"梅子起身关门，转身走到老沈对面，"你想看不？我脱给你看。"

老沈跳了起来，惊慌地望着梅子："你你，你这是什么意思！"老沈的确没有思想准备，更想不到她当面给他脱衣服，倘若这个时候老方在，真要闹出天大的笑话了。又一想，梅子一直是圣洁的，以至于为了维护这种圣洁老沈都不敢往歪道上想，生怕污秽了她的形象，他宁愿把那份念想藏在心里，而不愿意把它变成现实。那一定是自己听错了。

梅子并不答话，解开领口的纽扣，老沈即刻转过身去，听到梅子窸窸窣窣脱衣服的声音，急忙道："再这样我走了！"

梅子问："你真不想看？"

老沈急得说不出话来，只听得梅子"咯咯咯"大笑说："我穿好了。"

老沈转过身，梅子开了门坐回椅子上，依旧挂着笑容："其实呀，你什么都看不见。"说着又是一阵大笑。老沈不明白梅子说什么，只是呆呆地望着她。梅子捋起一只袖子，擎起手臂道："沈老师你看，能区分衣裳和肤色吗？"

老沈认真看起来，梅子手腕上戴着小叶紫檀手串，细长的手指像在弹奏钢琴，老沈的确没看出衣服。"你看得出来不？"梅子问。

"只有你的胳膊。"

"这就对了。"梅子说。"这叫薄软肤色舞蹈打底衫，也叫舞蹈隐形衣，沈老师没看出来，说明衣裳与肤色十分接近。"说着梅子伸出两指，拉起隐形衣弹了一下。

"这么说，那天晚上你穿的就是这件衣裳？"老沈问道，真希望梅子也这样回答。果然梅子道："当然！灯光下又是白天，沈老师都看走了眼，何况光线幽暗的空间里呢？"

正说着，有女子高声喊着主席，老沈知道是取钱来的，便告辞出来，随之心里的石头也落了地。

往后两个月，参观的人流像池塘里逐食的鱼，东门挤进，北门挤出，许多游客出门后酷似棺材里倒出来一样脸色苍白，更多游客抑制不住兴奋。

黄副主席整天哼着小调，端着茶杯到处递烟，不仅是年终奖有了着落，房屋租赁和门票分成已足够协会常年的活动经费。起初，老沈心里尚有疙瘩，事情弄得这么大，且包含了"四旧"和不健康的成分，一旦上头追究起来，事情不好办了。两个月过去了，游客照旧潮水般涌来，日出日落，平安无事。再后来，老沈的心悬起来了，文本创意和景点布置让他呕心沥血，到了这个份儿上，黄副主席没有一句好话，下属功劳归功于领导，这个道理老沈明白，但内部得有个青红皂白呀。这样想来觉得内心的平衡要比奖金重要多了。

那日下午，黄副主席走进老沈办公室，脸上没一点儿表情。在老沈看来，黄副主席像个受了重创失血过多的人。

递了烟，沏了茶，老沈坐下望着黄副主席。他不知道黄副主席情绪变化的由来，早上还是好好的，现在，倒像是一张婆婆脸。

黄副主席抽了一口烟道："你知道的老沈，总会遇到不能自主的事，这次，我们有些麻烦了。"说完一脸怆然。

老沈一听，心想担心的事还是来了，为了夏家大院这个景点，黄副主席挨了领导的批。黄副主席好心哪，是在执行县里"旅游大发展、大提升"的号召呀，这个过程即使出现偏差，也用不着"一刀切"吧。再说，闹鬼的事尽管有点儿出格，毕竟没有脱衣服，犯了哪条国法了！好在这一切都是我老沈策划的，黄副主席完全可以推脱自己责任的。

"老沈，我有些对不住你呢，是我把你给供出来了……"黄副主席道。

尽管老沈有准备，话从黄副主席嘴里蹦出来，还是让他很不舒服。两个月来一直以为是件好事，黄副主席也没一个谢字，更不会把"责任"摊到他头上。现在挨了批，有责任了，倒是供出我老沈了。这么想着，嘴里却说："黄副主席，这就对了，我老沈算什么，前半辈子吃粉笔灰，后半辈子吐墨水，是个靠自己浮在水面上游的人。儿子今年大学毕业了，路他自己会走；老婆寂寞了，养三条狗有她忙着；我靠本领吃饭，不至于因此丢了饭碗吧！即便丢了，我老沈还有老婆供养，还有这支笔帮着赚几个烟钱。您黄副主席就不同了，这些年学这学那，毕竟不能靠那些养活自己，您的官龄可上可下，正在人生岔道口上，您的女儿刚上大学，需要一个有能力的父亲。您不把责任推给我，难道您还自己扛去不成？真要那样，这个政府办副主任就白当了！"

老沈没想到，这番话说得这般慷慨激昂、感人肺腑，不管黄副主席是否感动，老沈是把自己给感动了。

黄副主席什么话也没说，默默地坐了一会儿走了。

## 尾声

一个星期里，夏家大院景点没有关闭，看鬼的人照旧来来往往，火热异常。一个星期之后，黄副主席的提拔公示见了报，同时公示的还有老沈。黄副主席拟任文化旅游委主任；老沈拟任文联副主席主持工作。

# 风起滴水弄

　　我师傅向卫国出生在汐埠镇老街滴水弄以西。一生都在弄堂里进进出出，直到被抓剥去警服的那一天，他长长的身影才消失在滴水弄的尽头。

　　滴水弄学名"人民弄"，长百余步，宽不盈两尺，青砖砌墙直插云层。站在弄里抬头望天，天被挤成了一道白线。因此，滴水弄也被叫过"一线天"。"文化大革命"期间，红卫兵觉得滴水弄有"封资"之嫌；"一线天"又不能反映大好的革命形势，便改滴水弄为"人民弄"，并在后来的镇志上写上了一笔。

　　滴水弄本该三尺，三尺滴水弄的习俗起源于亘古何朝何代我没有考证，但二尺宽的弄堂有悖习俗，有悖习俗自然会导致事物失衡。因此，从滴水弄成型的那天，生出的大小是非从没断过；最大的还闹出过人命。我师傅从当警察那天起，就一直管着滴水弄那片辖区，因为弄两边的房子是我师傅两个大伯的，我师傅曾提议拓开滴水弄，方便东西两头的百姓行走。政府对我师傅的想法有过考虑，终因拆除、修建涉及民事权利而作罢。汐埠镇开放后，作为全县的古建筑集中群，老街和老街的徽派建筑身价百倍。我师傅大伯的两幢房屋是老街上的标志性建筑，沿江的水埠和滴水弄变成了汐埠镇旅游的一道景观。这样，弄里发生的故事代表民俗民风，成了汐埠镇的文化，挑起了游客的兴致。由此，狭窄的滴水弄闻名遐迩，整修滴水弄的事再也没人提起。滴水弄从这个角度风光起来，是几十年前向家兄弟没想到的。

　　滴水弄所以狭窄，源于向家兄弟的一场赌气。在汐埠镇，向家是大户人家，向家兄弟三人，老大向阳伯是当地的商会主席，老二向阳仲是买办商人，老三向阳季，也就是我师傅的父亲，在读书回家的路上被误抓了壮丁，向家曾出高价寻觅。老二衣锦还乡，便自立门户，在向家大宅边上建起了青砖大瓦房，顶端的马头墙高高挑起，傲视滚滚的汐江；房屋内外装修用料考究，在汐埠镇屈指可数。老二建起汐埠最好的房子，让商会会长脸上有光，同时也感觉到了压力，于是想在老房基上建起与老二一模一样的房子。没想到的是，北面的距离偏偏少了二尺，只得往南面挤压。尽管向家弄西的百姓反对，终因慑于兄弟俩的权势，房子就这么造了起来。汐埠街多了向家双雄，却生出一条细线般的窄弄堂。

向家邻街有十间店铺，店铺生意红火，在江浙一带水埠里出了名。唯独老三向阳季到了新中国成立后第三年，穿着黄军装，拖着一条残腿回到了汐埠。有人说向阳季当的是团长，有人说当的是师长，但不管向阳季当的是什么，生活跟一般居民没什么两样。政府照顾他，在向家以西划拨了一间老宅。安顿后向阳季在老街租了一家店铺，靠着薪水和店铺里收入过日子。20世纪50年代末，31岁的向阳季娶了农家女子，次年生下了我师傅向卫国。生下我师傅没几年，"文化大革命"开始，首先受到冲击的是向家兄弟俩，一个资本家，一个买办商人，归结起来是"封资修"。老大向阳伯被挂上重重的牌子斗死在汐埠古街上，曝尸一天，还是向阳季殓的尸体。斗死了老大向阳伯，拖来老二向阳仲。向阳仲命硬，撑着没死，但是向家两幢大宅给没收充了公，家里的老小被赶进村里一间破败的房子里。这事没完，因为向阳季为哥哥收尸，人们怀疑起他的政治背景与政治立场。通过外调，搞清了他是潜藏的台湾特务，他每月的汇款就是特务活动经费。革委会连夜突审，查明当年向阳季被抓当的是国民党兵。向阳季说：后来自己发现投错了部队，带着一个班的人和12条枪投奔了共产党，并在淮海战役中负伤落残。革委会的人不信，一边逼着向阳季拿出证据，一边为他糊好高帽。上面写着"特务向阳季低头认罪"，还兴师动众地到他家里搜查，想发现电台什么的。好在向阳季保留着转业时省军区开出的介绍信和一沓立功勋章，在临近挂牌游街那一刻，免去了一场恶斗。不过，介绍信不但免去了向阳季的皮肉之苦，还让革委会知道了他的级别是县团级。

那以后，向阳季家境开始好转，我师傅也读上了书。

我师傅向卫国是个乐天派，从小爱玩。当我在预审室里见到我师傅时，他没有为自己的处境伤心。他对我说：他一生都拴在滴水弄里，那里遗有他童年的梦。他说他们一年四季不论春夏秋冬，几乎每个夜晚都与小兄弟在弄里穿梭躲猫猫。滴水弄铺着青石板，近百年来被踩踏得光亮可鉴。冬天，滴水弄有些阴森；夏天，却十分凉爽。汐埠镇有句俗话："香是韭菜葱，凉是弄堂风。"到了夏天，我师傅他们除了泡在汐江摸鱼，就是赤条条地躺在滴水弄青石板上，吓得姑娘羞涩不前，小媳妇甜甜地骂。

滴水弄窄，窄得担不得箩只能挑畚箕，推不得车只能步行。交会时擦、刮、顶、揩避不开，少不得。先前西区老人挑粪桶到汐河里洗，在弄头悠扬地吆喝一声"担来哎——"，弄另一头的人就会止步。最难扯清的是异性之间。不过两尺的弄，交会只能侧身而过，男女面对着面刮着女人的奶头；背对着背屁股顶屁股，通常是女人面墙，男人背墙。但这样的纠纷也不少，不是说男人顶了女人的屁股，就是说男人从后面捏了女人的奶子。滴水弄发生过成百上千个故事，发生过成百上千场纠纷。

我跟师傅4年。刚开始师傅就说：派出所警察一辈子就可能和管区里那几个人打交道，"死皮"就是其中的一个，我承认师傅说的。不过我不认识死皮。分配到汐埠镇派出所时死皮还在牢里。死皮是在滴水弄里强奸妇女被我师傅弄进去的。死皮大名叫秦瘦，母亲早死，靠父亲抚养长大。12岁秦瘦学坏辍学，偷摸抢夺、打架斗殴什么坏事都干，在汐埠老街众口交谪。秦瘦第4次从牢里出来刚过30，这次有了人模狗样。羔裘玄冠，头发精光，言谈举止斯斯文文。到派出所报到那天，秦瘦满脸堆笑，点头哈腰挨个儿递烟，我师傅介绍我。秦瘦说："多多关照，多多关照。"我师傅说："秦瘦，这回可要学好了。"秦瘦立正，毕恭毕敬向我师傅鞠了三个躬，说出一番惊世骇俗的话来："向伯，我秦瘦这30年白活了。夫子说'十五而学，三十而立'，三十的我却是一无所有。往下混，到了四十不惑也惑呀！从今往后您老放心，我要干出一番事业，来报答您对我前半生的关照。"我被说得感动了。我师傅却睨视着秦瘦。我感觉到师傅有过疑惑，但从我师傅随即释然的表情里，看得出他希望秦瘦像他自己说的那样。可是结果连我师傅都没想到。

我师傅告诉我，秦瘦少管一次，劳教一次，判刑两次，加起来共 16 年。有一半时间是在牢里度过的。师傅还说，这次他和受贿的地市级干部关在一起，那干部精通儒学，教会了秦瘦很多道理。

秦瘦的确出息了。秦瘦大字不识几个，却成了水利建筑工程师。秦瘦出狱不仅没再惹是生非，还做起了正经生意。第一站，秦瘦包下了沿江堤防工程。这一笔赚了多少没人知道。秦瘦第二个工程是汐埠争创全国文明镇项目，从地下排污到城市翻新，工程预算 8000 万元，明眼人能算出秦瘦获得的利润。秦瘦的第三个工程是汐埠沿途国道的第 3 标段。工程是省里领导的一个亲戚拿下的，3 标共 9 公里，投资数亿元。到了秦瘦把工程做到国道上，已经是今非昔比了。不到 4 年工夫，秦瘦当上了村主任、县政协委员、十大青年企业家。诸如此类的头衔一个接着一个。秦瘦穿的全是上海货，出入坐的是宝马，小包里的钱一沓一沓的，没拆过封，常年就餐在县里的高档宾馆，很少在古街露面了。秦瘦也还到汐埠派出所，也来看我师傅，但握手的模样居高临下，说话的内容不是县长就是书记，不时还抬出市长、省长。每人都为秦瘦的风光叫好，唯独我师傅恂恂如也。

我师傅就是这样一个人，汐埠谁家父辈姓啥名甚，娶了谁家女儿当老婆；生下儿女叫什么、做什么工作；谁家做什么生意、开什么店，亏了赚了我师傅一清二楚。至于那些被打击处理过后"归正"的人员，我师傅了解得滚瓜烂熟。市里不信我师傅的能耐，派出 8 人考核组逐一抽考，没一个能难倒我师傅的。我对考核组说："还有绝的，师傅不但知道汐埠镇家家户户人头，还知道人家里的狗的名字和脾气。"我让考核组随便翻出一个，果然师傅说那狗叫"小布什"，性情暴戾，不过现在看不到它了，因为昨天在汐埠老街被车轧死了。把考核组组员弄得个个瞠目结舌。我师傅未沉溺于对管区的熟悉，反而有一种忧郁感。我问过为什么，师傅叹气说："人很少不败其所长。比干之殁，在抗；孟贲之杀，在勇；西施之沉，在美；吴起之裂，在事。"我没听懂，师傅也不解释。直到师傅被抓，我才真正领略师傅的教诲。

　　秦瘦发达前是在滴水弄栽的，发达后再也不走滴水弄了。两年前他在婉峰山买下山岙，和交通、广电、电信、农业银行的头头们一道盖起了汐埠最豪华的住宅。但是秦瘦的女人不耐寂寞，老街的人气重，她还常到老街打麻将。秦瘦的女人不是汐埠的，除了我师傅没人知道她是哪省哪市的。她叫云姣，形貌昳丽。据说，秦瘦常年在外寻花问柳，却不准老婆和别的男人说话聊天。于是从保安公司雇一个江西籍的保安，名为看守门户，实为监视老婆。没承想那保安和云姣相处久了，生出枝枝蔓蔓的情来，风云无度时让秦瘦逮个正着。秦瘦不忮不愠，只是拍拍保安肩膀，好好地放他走了。没几日听说保安被人卸了卵子，后来便不知去向。这只是传说，一或空穴来风，受害人没报案，派出所立案无从谈起。

　　我师傅说，这么多年来，滴水弄的纠纷大多只有当事人双方清楚，闹到派出所准是男的吃亏。我师傅后来向镇里建议，用乡规民约来规范男女在滴水弄交会的姿势。镇政府采纳了我师傅的建议，在推出的文明守则里专门加了一条：大凡男女在滴水弄交会，男的一律面墙。这条规定遭到一片"女男不平等"的反对声。但我师傅却有了很多心思，因为，此后有关"揩油吃豆腐"的闹剧，只要有悖"男的面墙"之约，就得肯定全部责任。

　　滴水弄的故事有了许许多多性的细节，变得生动起来。这些个故事后来被文人写成文章传了出去。许多人到汐埠旅游，都要到滴水弄亲身体验一番；有些人甚至是冲着滴水弄的狭窄而来的。尤其到了夏天，裸脚踩着光滑透凉的青石板，夹在十余仞高的青砖裸墙之间，在类似一线天的窄道里，生出许多情来。我师傅说，不少男女就在滴水弄定下了终身。我师傅还说，这样的故事说都说不完。

　　我师傅在滴水弄行走了一辈子，深知礼、义、廉、耻四字。不仅如此，我师傅在我到派出所的第一天就谆谆叮嘱："当警察要义、勇、智三字并举。义是正气，但须知礼，有义无礼则莽；勇是无惧，但须知礼，有勇无礼则乱；智是聪颖，但须知礼，有智无礼则奸。这'礼'字就是党纪国法，就是警察的职业道德。"这么多年来，我师傅从来没有乱过纲纪。我曾对我师傅说，像他这样的人很少了。他答："譬如为山，未成一篑，止，吾止也。譬如平地，虽覆一篑，进，吾往也。"我没听懂师傅的话。后来所长告诉我，秦瘦学得一点儒学，回来后狂放不羁，几次把我师傅难住了，我师傅专门买了"四书"、"五经"，戴着老花镜啃着。我向师傅证实这一说法。我师傅解释道："世上唯有警察这个职业对天文、地理和人文知识有着无止境的需求。"

我师傅因强奸嫌疑被拘留，而且从派出所直接送进看守所。行前我师傅被下了枪。警察被下枪，而且被刑事拘留，结果不言而喻。

还说秦瘦。秦瘦一身儒雅，反倒让我师傅越加忧虑。师傅说："蛰伏于九地之下，必动于九天之上。"秦瘦压制暴戾，平添了一分险恶。对秦瘦我没有师傅那份担心。秦瘦第一次给我的印象不错。在我眼里，秦瘦从来就是彬彬有礼的；不仅如此，秦瘦待人热情，出手大方，和县里的领导称兄道弟，当上了村主任后成了警察依靠的对象。从我认识秦瘦开始，他展现给我的就是一个正面形象，这一点我和师傅有分歧。人总是会变的。穷则变，变则通，通则久嘛。秦瘦恪守旧道，只有死路一条。不过秦瘦出来的头三年，也算是"归正人员"，了解他的动向，是我分内的工作。那段时间我曾阅读过秦瘦的副卷，但无论如何也不能把眼前鲜活的秦瘦和尘封已久档案里的秦瘦对应起来。秦瘦第4次坐牢是在滴水弄对女人施暴，手段之残忍令人难以想象。当然，尽管秦瘦给我的印象不错，社会上对他的议论我还是挺警觉的。比如，说秦瘦套用银行资金放高利贷；比如豢养打手讨钱逼债，伤及无辜；比如欺行霸市，伤及人命。这些案子一件件都作了处理，但也一桩桩地接着发生。汐埠古街上议论：后台老板就是秦瘦，秦瘦的老板是那些有权有势的人。传说很多，我们没证据。但秦瘦卸了保安的卵，这事明里暗里都好证实。保安是局里保安公司派出去的，有名有姓有住址，寻找容易，取证不难。我曾把想法告诉师傅，没承想被师傅臭骂了一顿，禁止我再提卸卵的事，更不要去管秦瘦。我一直想不明白，希望师傅做出解释，但师傅像是早把这一茬给忘记了。

在我师傅出事前两个月，他的行为变得诡秘起来，做事躲躲闪闪，有意无意地避着我。我想弄明白为什么，他不是支支吾吾就是推三阻四，从来没给过我机会。我追得急了，师傅干脆请了年休假。这对我师傅来说是第一次。师傅的假期20天，直到最后那天晚上，我师傅在滴水弄犯了大案。

师傅是被镇上的居民扭送到派出所的。当我得知消息赶到派出所时已经是凌晨一点。县检察院、局纪监的人已经介入。我没能见到师傅，因为师傅被纪监的人看着。所里的人用一种诡秘的目光看我，仿佛把我当成了怪物。没人告诉我师傅出了什么事。直到一个钟头以后，副所长才悄悄把我拉进办公室说："你师傅在滴水弄里强奸妇女。"

听到副所长的话，用晴天霹雳四个字形容我当时的感觉一点也不过分。那是一种昏厥，完全是意识的断痕。脑子里的空白让我像白云一样飘起，然后又重重地跌回到现实里。在我恢复的第一丝知觉里，首先闪出的是"胡说八道"四个字。我两眼发直地瞪着副所长，像是要一口把他给吞下去。副所长往后退了一步说："别意气用事啊！"好一会儿，副所长见我平静下来，才说出事情的原委。

110指令说滴水弄发生强奸案，正是副所长带人出的警。车子还没到，我师傅向卫国就被几个居民押着往派出所推搡，后面还跟着一帮看热闹的人。被害人是名年轻女子，后来我知道她叫柳妹，年方二十四，美得让人动心。她衣不蔽体，被几名妇女簇拥着跟在后面。当副所长抓住强奸犯的头发时，便惊呆了。好在人们一下子没认出我师傅。几个妇女把受害人推到副所长面前，披在柳妹身上的衣服滑落下来。副所长忙把我师傅和那女子弄上车，这时人们认出我师傅。人群里一声大叫："警察强奸妇女了。"这一叫，场面顿时乱了。百姓喊叫着围堵警车，想把师傅弄下去，好在副所长机智，快速离开现场。

副所长还告诉我，派出所当时被镇上居民团团围住了，他们要求所长交出强奸犯。幸好镇里派出30多名干部插在人群中间做说服工作，我们又迅速对当事人、证人开展了调查和现场勘查。不一会儿政委带着纪委和检察院的同志赶到派出所，将案件移交给刑侦部门办理，才平息了事态。不过关键的还是，那女子不是汐埠镇人，家不在本地，居民闹起来底气不足，不然那个晚上决收不了场。

不管副所长怎么说，我只认一个理，我师傅不可能干这种事。我师傅干警察30多年，是是非非见得多了，心里明白着呢。他在滴水弄穿梭了大半辈子，弄里男女之间的纠纷处理不下千起，怎么会栽倒在那个坑里？再说，我师傅土生土长，生活简朴，交往慎重，特别是男女之间，几十年里从来没有传出过绯闻；至于犯强奸罪，更是匪夷所思。但是副所长后来的话让我变得理性起来。副所长说："把你师傅带上车时，闻到了他身上浓烈的酒味。另外，你师母常年患病，你师傅根本没有性生活。"

我完全跌入痛苦的深渊。师傅的确是当场被抓的，被抓的时候，深深的滴水弄里只有我师傅和被害人；我还了解到，女子喊叫救命时，我师傅惊醒了，他想挣脱女子夺路逃跑，无奈被闻讯赶来的居民堵住了弄头。在居民抓到我师傅的瞬间，被害人还死死地扯住我师傅的衣服不放。但有一点我不明白：从我师傅被抓后，他既没有完全承认，也没有过正面辩解。这不是小事，哪怕强奸未遂，也要判3年以下有期徒刑，至少我师傅要丢掉饭碗，后半辈子生活将没有着落。

下枪时，我师傅被带到了办公室，枪在办公室保险柜里，密码只有我师傅知道。恰巧所里突然停了电，我打着手电，希望师傅说句话，哪怕是稍许的暗示。我想，除非是师傅亲口告诉我，即使证据堆积成山，我也不相信师傅会犯强奸案。但我没想到的是，当师傅把枪交给纪监同志的瞬间，脸上竟然掠过诡异的笑。

检察院和纪检插手，我想了解案件进展就很困难。好在刑侦主办民警是我警院的同学。我是案发地管区民警，却因为师徒关系不能主办，但我熟悉辖区情况，至少可以协助专案组调查。我把想法报告给所长，所长看了我半天，然后说请示一下，结果没了下文。

现场、证人和被害人陈述对我师傅十分不利，最不利的还是我师傅指甲里的皮屑，与被害人的DNA测序相同。这足以证明：我师傅曾在那女子身上留下伤痕。

批准我参加调查师傅的专案组，是在案发后的第三天。那是个星期天，我正准备带老婆孩子看望岳父岳母。接到电话，我抛下妻儿就往所里赶。我了解师傅，更相信师傅。我不能左右侦破方向，但可以影响侦破思路。证据基本明确，专案组讨论结案。我提出："假设强奸案是桩阴谋，我师傅是被陷害的，我们该做什么？"这一问把大家都愣住了。专案组只在收集证明我师傅犯罪的证据，却没有从另一个角度考虑。倒不是他们没想到，而是没有我和我师傅这份情感与信任。我说把精力放在被害人身上，如身份、职业、经历、家庭成员，果真是场阴谋，被害人必定知情，那样在了解被害人详细情况时，容易发现动机、识别漏洞。开始有人反对，但我联想起师傅前段时间的怪异行为和突然间的休假，坚持我的想法。排除全部的不可能，来反证我师傅犯有强奸罪，也是我们的侦破方法之一。后来大伙同意了。我希望控制被害人，这样她的幕后人就会紧张，但我的想法只是假设，专案组不同意。我建议对被害人上技术，并且进行跟踪，专案组勉强答应了。

回头再找柳妹时，发现她已经失踪。柳妹是在城里打工的洗头妹，那天是来汐埠看同乡姊妹的。但对柳妹的状况进行调查后发现，她提供的地址是假的。好在通过技术我们很快找到了柳妹。在派出所询问两个钟头后，她承认女儿叫阿娇，才5岁；丈夫叫柳明寺，他们是同乡。而后她号啕大哭，再也不肯回答任何问题。另外专案组还发现一个疑点：妻子柳妹被伤害，丈夫柳明寺一直没出现。我上网搜索，惊讶地发现，柳明寺当过保安，他就是被人卸了卵，并且从秦瘦家里被赶走的那个人。

事情的复杂性让专案组开始重视我原先的推测，纪委监察也从维权的角度考虑问题。我们确定案件为"陷害"，柳妹不认识我师傅，被胁迫利用的可能性很大。但这件事和她丈夫柳明寺被卸卵有什么关系？我们把工作重点放在柳妹身上，让她明显感觉到压力，但柳妹表现出更多的是痛苦与无奈。当我们问及她的丈夫和女儿去处时，柳妹恸哭不已。

我突然说："你是被迫的，你女儿很危险。"我说这样的话本身就在冒险。要是判断错误，会失去柳妹的支持，揭露案底会更加困难。但联想起侦破案件的转折，我确认，这是一起陷害案件，柳妹是帮凶。只是我们还不明白背后的支持者和作案的动机。

柳妹听了我的话，惊了一下止住了哭声，后提出要和丈夫通电话，而且不要警察在场。我悄悄打开抽屉里的录音机，把她和丈夫通话的内容听得个明明白白。许多疑惑便有了清晰的答案。

找到柳明寺是在出事的第6天。师傅被办了延期拘留手续。我希望早早结束师傅的冤案，我不想让他老人家在里面多待一天，但一切都必须有说得过去的理由，不然放出师傅，他也无脸见汐埠的父老乡亲。柳明寺是悄悄被带到刑侦大队的。我望着他什么话也没说，但是我们的目光在交锋，仿佛两把利剑在空中厮杀，我能听到铿锵有力的撞击，伴随震耳欲聋的叫喊，柳明寺败下阵来了。只是瞬间，柳明寺蓦然脱下裤子，一把捋起干瘪的阴囊，在场的人都看到了，本是殷实的睾丸在阴囊里空空如也。这时候，市局打黑专案组找到了我们，让我们了解到许多内情。

鉴于我在案件中的表现，最后一次提审师傅我被获准参加。我曾看过当晚我师傅的口供，师傅承认那天他喝了酒，而且喝得不少；师傅承认在滴水弄遇到那个女子，但对于指控他强奸的过程，师傅说得很含糊。当时专案组认为，我师傅是酒精过度后失态，但我不信。我师傅在滴水弄行走了一辈子，汐埠镇的居民无人不知，在滴水弄对我师傅下手，也算是好的选择。下了车，交了手续，坐进预审室，吭当一声，接着传来"报告"。铁栅栏那头的门开了，我师傅蹒跚地走进来。不知为什么，我突然想哭，想大声骂娘。但师傅泰然的表情让我变得坚强起来。

讯问像是在交流，过程也顺当得多。师傅说：他在弄口看见里面有两人，开始怀疑自己喝多了，还等了一会儿，见里面的人半天没出来，就往里走，接近那两个人时，却见女的衣服脱落了下来，接着两人扭成一团。我师傅第一个念头就是女的遭到了蹂躏，便快步赶过去，那男的突然冲出弄口，我师傅欲追赶，却被那女的一把抓住，大喊强奸。我师傅用手推她，但无法摆脱，昏暗的灯光下，我师傅看到女子身上的伤痕，这时我师傅才意识到，那些人出手了。

我无法抑制自己的情绪，无数疑问在我头脑里盘旋。我问："收枪时您为什么笑？"师傅说："他们给我挖陷阱，等于给自己掘墓，要收摊了，我能不笑吗？"我问："当场为什么不辩解？"我师傅说："当场被抓，辩解有用吗？到派出所，我倒平静了，不关押我，派出所乱哄哄的怎么收场，他们暴露得也不充分。最重要的是，我为市局打黑小组争取了时间。"我问："是谁，谁是幕后人？"师傅哈哈一笑道："你小子是揣着明白装糊涂，还会有谁？秦瘦呗。"我问："这事和柳明寺有什么关系？"我师傅答："几个月前，就是从柳明寺那里突破的。"我问："为什么是柳明寺的老婆柳妹陷害你，秦瘦卸了她老公的卵，彼此应当是仇人。"我师傅答："正因为是仇人，你们才不会想到陷害。另外，此前我就知道，柳妹相貌出众，早成了秦瘦的泄欲工具，他不能忍受柳明寺同时占有他喜欢的女人，让柳明寺看守云姣，又让他勾引她，事成之后卸了柳明寺的卵，独占了柳妹。"我问："从什么时候开始调查秦瘦的？"我师傅答："三个月了，任务是市局布置的。"我问："所以你不让我了解柳明寺被卸卵的案子。"我师傅谆谆地答道："你还年轻。"我怒不可遏道："我也是警察！"我师傅沉吟半晌然后说："我被关进来，一直希望你能发现疑点，我信任你。"我心里涌出一股酸痛，泪水在眼眶里直打转。

后来，我们查清，我师傅在滴水弄看到的男人就是柳妹的老公柳明寺。他们并不想帮助秦瘦陷害我师傅，但秦瘦挟持他们的女儿相威胁；还答应，事成之后送给柳妹夫妇20万元，作为对柳明寺卸卵的补偿和陷害我师傅的报酬，然后让他们远走高飞。

我师傅被释放的那天，秦瘦被关了进去，我去看守所接出我师傅。那天天气晴朗，没一丝杂云。看守所的上空盘旋着一群鸽子，奇怪的是那群鸽子竟然白色的居多。我与宿命打了个照面，内心喜悦而又坦然。我和我师傅刚走进派出所，四周响起了鞭炮，然后是古街，然后是汐埠全镇。

# 爱到最深

走到楼梯口，亦琳美回首望了一眼，目光里充满着期待与悲戚。

张文波没动。她本能抬起左手，这个告别动作曾让他着迷了很多年。

还是在城里的一间普通公寓里，亦琳美第一次离开张文波的早晨，也是在楼梯上向张文波招手，瞬间的画面镌刻在他的脑子里了：幸福的目光，灿烂的微笑，白色的吊带长裙，动作优雅自然，浑圆乳房随着举起的手臂像半瓦明月露了出来。张文波不顾一切，拦腰把她抱在怀里。一夜的风云让彼此熟悉了癫狂的路径，就在客厅的地板上，他们剧烈地滚动着，喘息着，暴风骤雨一路把爱推向怒放的高潮。烟雨过后，大汗淋漓，光滑的地板上躺着两条赤裸身体。"我们会有结果吗？"亦琳美自言自语。"只要我们愿意。"张文波回答。"你知道吗？今天我可能失去这份工作。"亦琳美平静地说道。张文波想起了什么，一翻身从地上爬起。"对了，你今天有个谈判会。"亦琳美软软地躺在他的怀里，梦呓般道："这样的幸福，任何一个女人都会放弃拥有的一切。"作为业务主管，在外贸谈判中不能按时到场，公司拿不出外商所要的全部资料，也无法对资料的细节做出精确的解释，使得公司失去了 6000 万美金的订单，这样的订单占取了公司年外贸总额的13.6%。亦琳美被公司炒了鱿鱼。

张文波站在落地窗前，看着亦琳美的车子驶出金富小区，犹如坠入了梦幻。他漫无目的地在楼道里行走，这些年来，房子每个角落都隐藏着爱的故事，寄托着他的全部梦想。现在不同了，所有的一切都化作了虚无，甚至是仇恨，都将失去并且回到从前。这是他的画室，这里锁着他的智慧与灵魂。学院派培养了张文波严谨的画风，还造就了张文波孤傲的个性。他的父母都是知识分子，学的是经儒，更热衷于古文经学，对《尚书》、

《毛诗》、《左传》的真伪，与同行们争论不休；而对汉代古文鼻祖刘歆指责为"改乱旧章，毁先帝所立"的人恨之入骨。张文波读大学前，完全生活在"三纲"、"五常"滋生的环境里，内心充斥着叛逆精神。还在张文波刚毕业的时候，父母为他择一姬姓女子，说是同门。他一听便知道与父母毕生的研究有关。如果应从，能躲避父母悠扬的"子曰"之教，却无法摆脱妻子八股式的生活风范。还没和姬姓女子见面，张文波毫不犹豫搬了出去。一年以后他有了亦琳美，他的个性不仅仅在生活中，还在这80平方米的画室里得到了最充分的展现。

画室宽敞明亮，朝花园的一面全是落地玻璃，藤蔓垂落在玻璃下，送进一丝凉意，一片温馨。画室四周支挂着各种油画作品。他喜爱英国古典主义学院派的作品，崇尚弗雷德里克·莱顿。让张文波着迷的是《沐浴的普赛克》。他平静的性格与学院派的严谨、平衡、色调稳定出奇地一致。那幅《沐浴的普赛克》就支在最为显眼的位置，只不过主人是妻子亦琳美。

认识张文波后，亦琳美一直是张文波的模特儿。他们画画、做爱、沐浴乐此不疲。张文波说应当有一个类似于《沐浴的普赛克》里的脚下浴室。亦琳美说，会有的，一切都会有的。

几年以后，他们有了意大利大理石镶嵌的鸳鸯浴池。亦琳美婷婷站立在浴池边缘，微微抬起左手，完全是圣女的现代版。她洁白的身体与鹅黄色的大理石交相辉映，池内滚动的波纹，抚摸着身体的曲线，具有画院派风格的张文波，一改严谨的画风，把亦琳美临别的姿势画成《沐浴的普赛克》，而与之不同的是，亦琳美在尽善尽美里添加了更多的天真、欢快与妩媚。这幅画张文波一气呵成。也就是说，在他把亦琳美当作模特儿的那天起，他第一次真正进入创作状态。

张文波呆呆地凝望，灯光斜映在画上，亦琳美像希腊神话中的灵魂女神，侧转身体抬起左臂，洁白的乳房微微悸动。背景上的色彩深重的幕布使形象更加鲜明突出。爱奥尼亚式的廊柱、长方形的画面把裸体拉得愈加修长。亦琳美倦漫的动作与女神的沐浴姿势如此吻合，让张文波对亦琳美爱到了极致。

张文波知道，画同样一幅作品，他的画艺再也不会进步，但张文波不在乎，世界上本来就不少他一个画家，他不需要承担任何社会责任，对亦琳美的迷恋程度和每一次渴望的满足，足以抵消人世间所有名利对他的诱惑。

此时张文波心里酸酸的。他能感觉到亦琳美离家时目光里的含义，但他心里只有藐视与仇恨。他走到窗前，玻璃像面大镜子印出他的身影，他仿佛看到头顶盘绕着的灰色。他用心，用灵魂造就的另一种生命将别他而去。他向倾注自己一生精力与才华的作品作最后的告别，一甩长发，看到了玻璃里男子汉的身影。


这的确是个隐蔽的场所，连日雨水使得湖水上涨，把那条逶迤的小径给淹没了。

身后的灯早就坏了，老人他点起带来的烛灯。那是一只杯口粗的玻璃管子，高大约十五厘米，鲜红的烛油填满了可以照明 8 个小时。老人不慌不忙地拿出钓鱼竿，眯着眼，朦胧中看了一眼水面上漂浮着的尸体，他犹豫了一下还是用手机报了警。电话毕，他看了看时间，正是夜里 10 点 20 分，便坐在原地没再挪动身子。他从容选好了浮子，一弹竿把钩抛了出去。一切停当后，老人点了一支烟，打开一只精巧的手电，借着水面的反光，看到尸体就在左前方十步开外，脸朝上方，轮廓分明。老人有些不明白，尸体为什么会漂浮在水面上，恍惚间仿佛还在动。他突然想起了什么，把自己吓着了。他迅速从包里拿出抛竿，打开，想把尸体拉过来，却听到了外面哗哗的涉水声。

"是你报的案？"一同来了六七个警察，走在头里的秦辉大队长问道。

"是的，我打的手机。你们来得好快呀！"

"你怎么还在这里钓鱼？"秦辉有些奇怪，仔细观察起老人。老人笑笑说："我在这儿守着，现场就不会被人糟蹋了。"老人说着指指水面的尸体道："我正想把那人弄过来呢，好像还在抽搐。"听老人这么一说，大家把电筒一致照向水面，尸体正随着夜晚的涟漪轻轻漂动。

"尸体怎么会漂浮？"秦辉问身边的老人。老人答："不晓得，有些人捆着扔到水里都不会下沉。"秦辉看了他一眼道："你叫什么，是哪儿的？"

"我叫余力成，是看门的，现在退休了，夜钓是我唯一的爱好，打发日子呗。"

"你常上这儿来？"

"有五六年了，几乎每天都来。"

秦辉看了老人的渔具，然后说："先捞上来吧。"说着吩咐随同人员带老人到队里做笔录，自己跳到水里。"秦队长，水凉不？"刑警梅玉青在后面问道。

"要不你下去试？"一个男刑警笑笑说。

"你当我不敢呀。"梅玉青说着要脱外衣，被水里的秦辉喝斥了一声，退了回去。

秦辉游到尸体旁边观察了一会儿说："他还活着。"接着在水里大声叫喊起来。"快打120。"一听秦辉的话，岸上的警察像水鸭一样"扑通、扑通"跳到了水里，把人弄上岸。只一会儿，120的车子到了。秦辉留下技术助理勘查现场，和梅玉青坐上救护车。半个小时后，他得到这样的病情结论：病人仅有脑顶外伤，头皮破裂，颅骨塌陷，深至脑部组织。从形成的创口看，是钝器所致。秦辉问及生命体征，回答是："不马上手术，很快就会死亡；但是手术没有绝对成功的把握。"秦辉犹豫道："那就手术吧。"

凌晨一点，病人被推进了重症室，医生告诉秦辉，手术还算顺利，但是塌陷的颅骨已经造成脑干神经伤害，病人可能会终身成为植物人。

技术员拍完照片做完指纹走了，秦辉和梅玉青坐在病榻旁边，病人原先那头长发被剃了，代之以一头白纱布，纱布的顶端渗出殷殷的血，那是致命的创口。秦辉望着那张苍白的脸，心里和梅玉青问着同一个问题："他是谁？"一段时间里，梅玉青一直注意着伤者的手，那双手极白并且纤细，略带透明的皮肤能看到网状的脉络，还有长长的指甲，分明是一双女人的手。她把想法告诉秦辉。秦辉注意到了。"你看，左手指甲里是什么？"秦辉指指梅玉青面前的手。梅玉青俯下身子，小心地拿起他的左手细细端详，四片长长的指甲里残留着黑色的黏物。"好像是染料。"梅玉青说着跑了出去,一会儿她拿来了药棉,在指甲缝里擦拭起来,然后涂抹在白纸上,落下条状形的油脂,像一道斑斓的彩虹。

"告诉马超,找一下市美协主席,让他辨认照片。"

一个小时后,马超打来电话,伤者的身份清楚了,他叫张文波,今年33岁,自由画家。家住南区鑫富花园别墅区星光北道C区A座。妻子叫亦琳美,29岁,是腾美贸易有限公司的总经理。马超还告诉秦辉,他准备赶到鑫富花园,直接通知亦琳美。

秦辉和梅玉青互望了一眼,把目光投向床上男子。男子好像动了一下,极其细微。盘古开天前,万物混沌,然后有阴阳。混沌之路深邃黝黑而且漫长,他只用身体感悟用心独语。那是黑暗的沼泽,没有天、没有地、没有花鸟走兽,他的身体与意识都进入了一个黏稠的世界而四维不张。他是谁,为什么会来到这里?那些个好似哲学的命题缠绕着他的神经和他的全部思绪。还是在遥远的过去,天地之理仅是万般一物,而后是滋生,深而莫测。天是什么呀?昭昭暗暗无边无际,却维系日月星辰,覆盖大地孕育万物滋长;地是什么呀?一撮土却极其深厚大而无垠,载三山五岳,揽河海之水而不泄;山是什么呀?一块石却连绵不断高而雄伟,草林繁生,飞禽走兽栖居,无数的生灵繁衍;水是什么呀?一勺子却深不可测,鼋鼍蛟龙,鱼鳖多生。这一切原本是清晰的,现在却模糊一片,回到了从前的混沌……一个精灵在跳跃,一缕轻轻的呼唤,有声音,没有光亮。

"文波,这是怎么了?"唧唧地哭,唧唧地哭,遥远的声音像滴水穿过阴暗的石缝,泉水叮咚。

"他可能永远听不见你的声音了。"一个男人说,"我先自我介绍,我叫秦辉,是市公安局刑侦支队的。她是我的同事,叫梅玉青。"

"我想知道为什么。"有一张脸,清秀而透明,离他很近,点点滴滴泪水落在他的脸上。

"你一直在家休息?"

"是的,晚上9点钟我到公司处理点紧急业务,10点半回来,当时文波不在，我就先休息了。直到你同事带着小区保安叫醒我。"

"张文波常这样？"

"经常会有。他有一帮画家朋友，半夜三更常聚到一块喝酒，回来后我还给他打过电话，发现他的手机在画室里。"

他脑神经在蠕动，这种感觉来自脑海的最深、最隐秘之处。

"情况你都看到了。"遥远的声音仿佛又在眼前，"你的丈夫张文波被人所害。我们不明白的是，你丈夫不像你说的和画家朋友在一起，却在夜里跑到了月亮湖边。他遇害的位置非常隐蔽，前两天的雨把通往石凳的路给淹了，积水有二三厘米深，四米多长，穿皮鞋很难行走。那是个死角，你丈夫为什么会在那里？"

"我无法解释。"还是那个女人的声音，泉水叮咚，声音里充满了痛苦的情绪。他不明白这是为什么。

"从现场勘查来看，月亮湖边就是第一现场，石凳朝着湖面，背后三米是高高的路基，路基上方是植满大小树木的缓坡，也就是这个城市最好的绿化带。石凳与路基间种着密密的小叶冬青，一人多高，极易藏身。现场很干净，几乎没有血迹，也没有搏斗的痕迹。我们作个模拟：你丈夫应当是坐在凳子上遭到突然袭击，然后被人推入月亮湖，直到半个小时后才被发现。"

他一动也不能动，似听非听。幽黑深邃的泥淖，哪怕扬眉也困难，此时他像是一个熟睡的婴儿，听着遥远的声音复制着刚刚发生的事情。在他的记忆深处本该有这样的印迹，一个来自上天的打击所发出的訇然巨响，把他全部的意识砸进了月亮湖底。

"谁会这么干？"女人的声音，熟悉而又陌生。

"对你丈夫的夜行，你有什么样的解释？"

没有回答，像是一个女人在摇头。

"你应当告诉我们关于你和你丈夫的很多事情。比如你们的恋爱、结婚，你们各自的工作和生活，彼此的爱好，你们的经济收入，生意上的仇人或是经济上的纠葛，诸如此类。这一切我们都感兴趣。当然，现在是凌晨了，你伤心过度，如果明天上午再谈，我们也乐意。"

有一个女人在摇头，泉水般的声音再度响起。"谢谢。他是我的丈夫，我希望能早日破案。"

长时间的停顿。"我们很相爱，谁也无法理解我们至爱的程度。我们的认识也颇具传奇性。"不知是否她在讲述，声音依旧如同古老山泉，悦耳而又流畅。那几个夜晚他完全处于癫狂的状态，许多同学和朋友在鼓励他，并且举着啤酒杯为他叫好，只有一个人提出反对意见。澎湃与陶醉的心无法让他听到反面的声音，他坚持举办这次画展。可惜这个城市不是缺少画家，而是缺少欣赏绘画的人。画展如期开始，他投注了一年多教学的全部所得和向朋友筹借的钱。预期的 5 天，他没卖出一幅画，参观者也是寥寥无几。他失落、悲伤到了极点。还有一个小时，就是他收摊的合同时间，他像个流浪儿独自坐在展厅门口吸着烟，望着人来车往的街道暗自神伤。绝望之中，一只蝴蝶飘然而至。她高挑个儿，相貌姣美，穿着入时的牛仔 T 恤，气度不凡。她站在空荡荡的展厅里环顾四周，径直走向《沐浴的普赛克》端视良久。"这么好的画为什么没人买？"天使一样的声音。他走过去，无奈耸耸膀子，心头掠过一阵苍凉。她回头看了他一眼，然后又是一眼。那眼神瞬间点燃他心中的火花，后脑勺的神经被激活了，他变得目光炯炯。"如果我出两千元，你卖不卖？"他注视着她，她眼睛有一丝另类。"当然。"他答道。这是几天来第一次遇到决心要买他画的人，而且是一个年轻女子。"不过我想知道，小姐是要把这幅画挂在哪里？"他希望能为她作个参考，显出百般殷勤。"卧室。""好！小姐果然深得画意。"他为她包装，不时抬头朝她笑笑。她闪烁躲避，却也不禁回眸顾望。女子从包里掏钱，他却摇了摇头，眼眶里噙着泪水："你转身后，我就收摊了，你是画展的第一个买主，也是最后一个。"女子天真地惊喜过后还是把钱塞了过来。他用手挡开，大胆地说道："如果小姐不介意的话，我只要一张名片。"她眼睛一亮道："当然可以。"之后欣然地打开包，纤纤的手指夹出一张名片。那上面写着她的姓名和地址。果然像他猜测的一样，她是一个白领。

"在他第一次办画展的时候我认识了他。"泉水叮咚的声音。

"很有意思。"

"那天我也不知道是怎么了。《沐浴的普赛克》是一幅很美的油画,他说精灵化作一名少女在沐浴。我的唯美观让我忽视了许多。这幅画本是我送给老板的生日礼物。但是,我没想到老板把裸体画当作我的一种暗示,他的妻子更是疯狂地冲进办公室责问:'画上的女子是不是你?'并把画掷到我的面前。买画的时候,只是单纯地被作品本身所吸引,未承想会引出如此轩然风波。我掌握着公司大部分销售市场,平常老板对我关爱有加。这件事后,我备受同行的指责,在公司无法立足。在我最苦闷的时候,我接到了文波的电话。我们一块喝酒,敞开了心扉。那个夜晚月亮特别明朗,两个对生活极度失望的青年走到了一起。第二天有一个谈判会,我本想为老板做完这笔生意以后再离开公司。但是与文波的缠绵使得老板失去一笔大买卖。我什么也不想解释,只拿走了那幅画离开了公司,住到了文波家里。一个月后,我利用手中的客户,办起了中介公司,半年里赚了不少钱;两年后我买下了原先打工的公司,生意越做越好。我的事业、与张文波的爱情都让我感到无限满足。"亦琳美的话被梅玉青的惊叫打断了。

"他的眼睫毛在动。"

三人目光一起投到他的脸上。"医生不是说他可能成为植物人吗?"好一阵亦琳美才道,"我不相信医生的,我希望他会好起来。失去他让我倍感原先的婚姻美满与幸福。"

秦辉点点头。"然后你们在南区买了别墅。"

"是的,那是很不错的地方,离城不远,非常漂亮。我们都有自己的车子,出入方便。A座是我们自己的世界,一个不属于任何人的世界,明亮而又温馨。"泉水叮咚的声音。他又努力地挣扎了一次,表现着生命的迹象,只是如同蚯蚓没有灵魂。他在另一个世界里蠕动,尽管缓慢、无声无息,但毕竟在蠕动。在进入这个世界以前,没有人知道他在黑暗中窒息,他在努力寻找自己的语言和情感表达方式,这不是俗人能够理解并且接受的。别墅很美,是的,是他们爱的巢穴;画室很大,是他灵魂的讲台;鹅黄色的大理石铺就的浴池,让他们永远欣赏着对方的躯体。他们追逐、嬉闹，彼此调侃，迷恋对方的肉体。那时的灵魂却悄悄躲在肉体后面栖息……声音戛然而止，像突然干涸的山泉。

"你怎么了？"梅玉青望着她问，空旷的夜晚声音很清晰。她的脸煞白，骇然的表情写在脸上。"他的眉头动了一下。"她指着他的脸说。

秦辉眯着眼望着亦琳美，若有所思："眉毛动了为什么让你感到吃惊？"

"没有，我想他的生命会很顽强。"

"你说得对，临床上常有奇迹发生。"秦辉望着亦琳美道，"你继续。"

"我感到很累，想休息。"

"当然，不过我还有一个问题。"秦辉望了一眼梅玉青对亦琳美说。

"你问吧。"

"八年里，你们一直如胶似漆，从未发生过不愉快的事情，尤其是最近？"秦辉平静地望着亦琳美，用同样平静的声音问。

"是的，没有。我们相好如初。"这回是秦辉转移了视线，他的确看到他的眉头在动，尽管相当微弱。秦辉过于专注吸引了他们两人的目光。"又动了吗？"梅玉青问。秦辉没有回答，抬头看了一眼亦琳美，她直起身子道："我要走了。我要把公司的事情处理好，然后好好服侍文波。"亦琳美神色匆匆。他们看着她走出重症室，窈窕的身段难以掩饰。

"她太漂亮了！"梅玉青喃喃赞道。

"的确很漂亮。"秦辉若有所思地答道。

"秦队长真的看到他的眉毛在动？"梅玉青问。

"也许，也许是心里的一种期望。"秦辉回答着站起，收拾起笔与本子。

"刚才你看得很认真，都有些夸张了。"梅玉青关了录音机，跟着秦辉走出病房。

"你也一样。"脚步声渐渐远去，四周越来越黑，他的身子在迅速下陷，重新跌入渊底，天地混沌，回到亘古。

保安坚守着他们的职业道德，既不提供口供，同时否认鑫富小区里有监控设备。这里住着全市最富裕的人，犹如先秦之"三桓"。小区占地8平方公里，所有的别墅不尽相同，之间的距离远远超过国家规定的标准。只要在自己的庭院里，同一平面的房主彼此无法看见。最让开发商自豪的是赏心悦目的绿化，据说面积达到82.7%。樟木、冬青、广玉兰、香柏、大青竹四季常青；间或有蜡梅、桃李、山杜鹃、樱花、紫薇和金桂。每个季节都有不同的鲜花在盛开。现在紫薇怒放，其叶蓁蓁，其华灼灼，美不胜收。小区最吸引人的是安全上的保障，达到了国际认证的标准。保安全方位巡逻执勤，房屋门窗材料使用的是钛合金。据说，这里是全省的治安先进单位，从第一家房主入住，没有发生过一起刑事案件，正在申报全国先进典型。但是令秦辉感到奇怪的是，他们的确没有看到监控设备。

这样的小区就像是瑞士银行，不受世俗的干扰，直到秦辉请到鑫富小区的保安夏经理。

"情况你们都知道了，死亡的人是你们的业主，死亡地不在你们小区，今年你们照样可以争创'全国治安优胜区'。"秦辉对夏经理说道。夏经理听了陶陶然道："秦队长，你要我做什么？"

秦辉递过一支烟说："请保安提供情况，并且允许我们检查相关监控录像。"

"做笔录可以，但是我们没有监控录像。另外我还有个请求。"夏经理说。

"您说。"

"动作小点，尽可能不开警车，不拉警报，不穿警服，不扰居民。我们不想在小区里搞得沸沸扬扬。他们是我们的上帝。"夏经理持烟的手指黄黄的，有些发抖，话说得十分在理。

"行，我们满足你的条件，但我们还是要看监控录像。"秦辉坚持说道。夏经理蹙紧眉头，把秦辉拉到保安室门外。"你怎么认定小区会有录像呢？"夏经理认真的态度让秦辉笑了。"夏经理，我们是警察。"梅玉青在旁边插话道。

　　夏经理想了一下说:"好吧,我还有一个要求。"夏经理悄悄说:"小区的监控设施是绝对保密的,监视器安装得十分隐蔽。保安本身都不知道。你没看到值班室里有显示屏吧? 所有的监控和录制设备都在总部。这样做既可以保证我们业主的安全,也可以避免他们的恐慌。当然我监控的范围是公共通道。现在你们知道了,就有义务替我们保密了。"

　　得到秦辉的首肯后,夏经理让他们一块儿走。秦辉留下人做询问笔录,自己和梅玉青跟着夏经理的车子。亦琳美的别墅在鑫富小区星光北道C区A座,这个区共有四座别墅,设有专门的出口线路。从摄像的角度来看,在别墅出口与星光北道的交叉处,都有隐蔽的监控。因此,凡从A座别墅出入的只能是与亦琳美家有关的人。

　　7月26日以前,一切都正常。亦琳美开"宝马",基本上是早出晚归,回家的时间一般都在下午5点50分左右。张文波白天很少出门,有时中餐骑着跑车到购物中心吃饭。但是正如亦琳美所说的,张文波时常在夜里外出,晚饭后或夜里10点钟后都有。张文波有个习惯,出去一般不开车子,通常只是打的。亦琳美说过,张文波和朋友喝酒,有两次因为酒后驾车被处罚,还有一次甚至被行政拘留。梅玉青猜测:浪漫的画家们一喝起来便无节制,所以不敢开车。但是令秦辉奇怪的是,很少有朋友到张文波家里来,这不符合情理。监控录像跳到了7月27日上午7点,有一辆"皇冠"汽车开到了A座别墅,大约过了半个小时,重新缓缓开出,从那天起一直到8月3日的8天里,亦琳美再也没出现过,取而代之的是另一位漂亮的女性。这个女人一直到亦琳美回来的前一天离开,直到张文波被害再也没出现过。

　　8月10日,也就是昨天,夫妻的活动情况和亦琳美叙述的完全一样。在妻子出去20分钟以后,一辆的士驶进A座。不到5分钟,开上了星光北道。那时离张文波被发现只有一个小时。梅玉青推算道:"从画面上看,张文波离开鑫富小区是9点20分,开车行驶正常的话,从小区到月亮湖公园只需30分钟,也就是9点50分左右。垂钓的老人发现张文波是在10点30分,结论是:张文波被害的时间是在昨晚的9点50分至10点30分之间。"梅玉青捋了一把自己的短发道。

秦辉想了想说："就在这个时间内。但是我们还可以进一步推算，昨天我下水注意到，湖面的风不大，水面稍有涟漪，游出去的几米基本上没借到风力。从现场来看，由于湖水上涨，张文波被击打的位置离水面不到一米。应当是被顺势推下去而不是扔下去的。从岸边到 7 米外的距离，自然漂泊需要一定的时间。"

梅玉青拍手道："对呀，这样的话作案时间还要往前推。"

秦辉点点头。"如果需要的话，我们可以进行侦查实验。"

马超回来了，说保安没有更多的情况，只是反映 A 座别墅户主有一段时间出差，好像有另外一个女人来过。马超说："我们查了出入登记，发现 7 月 27 日下午两点钟到 A 座的女子叫安然然，事由是找亦琳美。回来后我们搜索过安然然身份证号码，居然是假的。"

秦辉让马超浏览监控录像。马超说："用假身份证出没于亦琳美不在的 A 座别墅，问题出在这个女人身上。"

"安然然是谁？她找亦琳美恐怕是个借口。现在来看，亦琳美对我们也没说真话。不能排除她认识安然然的可能。现在只要找到安然然，案件可能会有突破。马超，你还是顺着这条线摸下去，迅速查清安然然是不是出现在 A 座别墅的女子，她的真实身份和职业，进一步摸清她和张文波的关系。另外你派人了解一下亦琳美公司的生产经营情况，越详细越好。我和小梅从亦琳美身上下手。"

马超刚走，又被秦辉叫住，拉到一边，在他耳边嘀咕了半天，马超答："我们了解过了，他说得没错，几乎每天都去那地方钓鱼，既然每天都去，看到尸体就不会走，不然他就是第一个被怀疑的人。不过有件事挺巧的，据画家朋友说，张文波在水里不会下沉，他还参加过市里组织的水上表演。"马超说。秦辉点点头，不知道是赞同还是另有所思。完了他又对马超说了什么，然后拍拍他的肩膀让他快走。梅玉青一脸不高兴。秦辉叫梅玉青一同到医院。梅玉青问："什么呀？那么神秘。"秦辉说："还有一个被忽视的疑点，我让马队长核实去。""那现在去医院干什么，询问亦琳美为什么不在局里？"秦辉望了她一眼没直接回答，然后让她多动脑筋。

医生告诉秦辉，张文波基本脱离了危险，他的生命体征表现得很顽强。但由于脑干神经过度损伤，结果不会改变，他将终身成为植物人。

医生的结论简单明了，秦辉觉得没什么好说的了。来医院前，秦辉和梅玉青拜见过市文联的美协丁主席，说到张文波的遭遇丁主席是感慨万千。他说和张文波的父母是老熟人，他的父亲是市儒学研究会的副会长，出版过著作，在儒学界颇有名气。父亲希望他子承父业，对儒家文化有个更深的研究。但他偏偏喜欢绘画。大学毕业后，父亲有意让他留校，他却自谋职业；父亲为他选中了老姬的女儿，他却违命离家出走，气得父亲害了一场大病。他们父子俩见面除了争吵没办法沟通。母亲央求他不要和父亲顶嘴，他连家也不回，甚至结婚都不通知家里。丁主席还说："张文波在绘画方面很有才气的，只是玩心太重。在本市，他算是学院派的代表了，基础也不错，但个性桀骜不驯，这种性格带到他的画风上，把作品弄得不伦不类。他是前两年加入协会的，我也是受他父亲之托，进入协会后，搞活动也罢聚会也罢，从来不谈及绘画艺术，常常是酩酊大醉，还被警察处理过。"秦辉问及有没有通知他的父母时，丁主席说："哪敢呀？你们没允准；再说老人爱儿子，告诉他就等于要了他的性命，我也应付不了那个场面。"

张文波换了病房。秦辉和梅玉青走进去时，看到里面有五六个人，不用问，看他们一个个不修边幅就可以断定是张文波的画友。亦琳美也在里面，她无言地坐在张文波的床头，一只手伸进被子里，神色黯然，一脸倦意。听说秦辉是警察，画友退出病房。秦辉发现，他们和亦琳美连招呼都没打一个。

病房里很安静，中央空调的窗口飘着一丝红带子，发出微弱的"吱吱"声。张文波仰卧在床上，在不为人知的世界里游荡，表情像一张铺在脸上的白纸。"能介绍公司的情况吗？"秦辉打破了沉默。

"公司生产经营气压阀，市场国内国外都有，年产值几个亿。"

"应当有很大的利润空间？"

"不，现在的竞争异常激烈，远不如前几年。"

"我们了解到，你和张文波投入了巨额保险，赔付都在千万元以上。"秦辉突然转了话题。

亦琳美抬起眼皮，凝视了秦辉一会儿答："是的，这是今天6月的事，我的一个同学做保险业务，在她的促成下我和文波都投了保。这件事文波自己知道。"亦琳美说完看了一眼床上的张文波。氧气罐发出的"咕噜咕噜"声响，让亦琳美的话戛然而止。被子下的身体仿佛又动了一下。他正在深暗中漫游，感到从未有过的吃力。没有空气，他期待着，隐约有一丝光亮，一股清泉从石缝里汩汩流出，"泉水叮咚"。那保险是什么，偌高的身价把他变得不是平民了。这泥淖越来越深，他只是需要一点点阳光，哪怕一丝光亮，为黑黢黢的夜照明——氧气罐再一次发出哭泣般的声音。"这是什么声音？"她望着秦辉问。秦辉朝梅玉青努努嘴道："她是这方面的专家。"

"专家？"亦琳美奇怪地问道。

"是的，她毕业于医学院，虽然学的是医学心理学，这些都是她的必修课。"秦辉望望梅玉青，她接过话题说："从生理和心理的双重角度，去发现犯罪动机和犯罪后的异常表现。比如，刚才秦队长说的人身保险，其数额大小，是人对生存价值的自我判断。没人能在'生'的情况下拿到巨额保险，实际上，人身保险在投保人心理上是被认定为对生命的补救。"

秦辉笑了笑说："玉青，你别对我们说太专业的东西，还是言归正传吧。亦琳美女士，你常出差吗？"

"是的，公司业务需要的话。"

"最近一次出差是在什么时间？"

"上个月末，去美国考察市场，顺便和一家公司签订一份销售合同。"

"你出差后，会不会想到张文波在家里干些什么？"

"张文波痴情于绘画和喝酒，还会干什么？"

"你认识一个叫安然然的女子吗？"秦辉突然问道。

"不认识。"亦琳美本能地答道。

"就是这个女子，在你到美国期间住到了 A 座别墅，直到你从美国回来的前一天。"秦辉话音一落，梅玉青便把安然然的照片递给了亦琳美。亦琳美接过照片，像是在看，其实也没看。照片一角微微颤着，她把照片放到了被子上，脸色苍白，表情亦无所适从。"我没见过这个女子。"亦琳美话音刚落，便惊慌地从被子里抽出手，发愣地盯着张文波。

"他在捏你的手。"梅玉青反应极快地说道。

"没有。"

"我总觉得，文波的脸上怎么有表情？"梅玉青道。

"不可能。"亦琳美果断地说。

"从生理上没有这个可能，但谁也不能肯定，心理上对外界的刺激会不会有所反应，这一点到现在还是医学之谜。"梅玉青说。一个谜，的确，知晓谜底的人就不会认为是谜。他的太阳穴剧烈地搏动，耳旁再次响了一个声音，是另外一种风格，她风风火火，魅力四射。春风般的活力在他的肢体里自由穿梭，令他周身通畅。安然然是她的名字？我是亦琳美的同学，她拿起电话，像鞭炮一样在里面嚷着。只是他把内容给忘记了，这该死的泥淖，怎么那么深？她丰腴健康的身子在他面前晃动，接着是火一般的热情和过后柔软的嘴唇。好长时间的沉默，秦辉想制造各种各样的效果，空气能令人窒息。"我们在保安那里查到了女人的登记，在事宜一栏里写着你的姓名。"

"如果她心怀鬼胎，这是最好的规避理由。"亦琳美表情平静了许多。

"有一点我要预先告诉你，以免你觉得我们不近人情。"

"你说。"

"丈夫被害，警察第一个怀疑的就是其妻子；寻找的动机无非是争夺财产、婚变与婚外恋，或者兼而有之。上下千年，这是古老的话题，可总是有那么一些人殉道，日复一日、年复一年地重蹈覆辙。因此，在我们对你调查时，请你别在意。"秦辉客客气气解释道。

亦琳美脸上掠过一丝尴尬。不知如何回答是好。半天才说："你们能早日破案，我不在乎自己受委屈。"

"这就好。"秦辉说，"其实安然然只是个假名，这个人编了一个假名住进了 A 座别墅，和张文波待了 7 天，到你回来的前一天离开，你想想，她会不会是他的情人？"秦辉指了指张文波。看到亦琳美表情十分痛苦。"这就是说，你很在乎张文波的私生活。"秦辉跟进了一句。她看到亦琳美的脸在变形，两颗晶莹的泪水落在她的脸颊上，接着用双手捂住脸。良久，她才痛苦道："我在乎！"

秦辉和梅玉青一言不发，意在等着她的下文。"这是我一直怀疑的。以往离家上班他会拥着我吻别。回到家他会在楼下接我。我做晚餐他在我身边转悠。看电视他会搂着我。不论是否在绘画，他总会陪我一块儿就寝。今年以来，文波对我淡了许多，常常不开心。这是我不明白的。我自己检讨，少出差，上下班力求准时，多关心他。但并没有改变结果。我开始怀疑他有外遇，甚至雇用了私家侦探。他不时在夜里出没，一起的大多是他的画家朋友。我不明白，我想用无微不至的爱，塞满他的空间，他仍旧表现出淡漠。有时也与我吻别，只有礼节没有热情。从外表看去我们的生活没有改变，但却成为一个家庭的公式。我的痛苦就在于无法找到真正的原因。和文波的爱，被一具看不见的身体遮挡着。我忍受不了。文波不属于别人，只属于我。"亦琳美说到这里泪流满面，声音哽咽了。

梅玉青正想开口，却被秦辉的目光制止了。他递过纸巾想要一个结尾。"现在我明白了，文波有了一个女人，一个我所不认识的女人，这个女人一直躲在文波的背后，导致我和文波的关系变得冰一样冷……"有很长一段时间的沉默，每个人都从自己的角度思考问题，沉默的空间落入深渊，一个精灵在缓慢游动，寻找着失落的家园。一切都在变，一切都没变，家庭和地狱一样令他窒息。泥淖太深太黑，他像只芭比娃娃，只是接受主人的抚爱，并像一部机器不停地努力。亦琳美对朋友的喝斥让他丢尽了脸面。家属于她，人属于他，但朋友不属于他。在狂热的画家面前，钱有时会变得很无奈，那毕竟是身外之物。那个声音沉寂了，天上没有了雨水，泉水叮咚便无声无息，深渊愈加艰涩，绿豆般的光亮在窒息中渐渐熄灭。

"对于张文波的冷漠，你有了自己的行动。"秦辉问道。

"没有。"她用少有的坚决否定道,"我知道谁夹在中间,也许会有所行动。再说,我憎恨的是那女人,而不是文波。"

无可辩驳的假设,合情合理。"梅玉青,你注意没有,张文波的睫毛真的在动,而且越来越频繁。"秦辉随意说道。亦琳美随即投过目光,仓促地看了一眼,电话响了起来。亦琳美看了一眼站起说:"是公司的。"听完电话亦琳美对秦辉道:"我公司有事,一个被怀疑的妻子可以走了吗?"

"当然。我们还会麻烦你。"

"我希望你们尽快找到这个女人,而不是麻烦我。"亦琳美撂下这句话后,走出了病房。


马超对亦琳美公司经营状况的了解让秦辉觉得不可思议。腾美公司自有资金等于零,两年里基本是亏损经营。腾美号称资产上亿元,但从收购以前到现在机械设备趋于老化,净资产大打折扣。老式产品逐步被淘汰,市场越来越萎缩;大量的产品积压,资金不能盘活;银行的贷款被积压的产品、利息和维持性开支所剥蚀,流动资金几乎等于零。马超说,亦琳美原先在城市银行贷款 1000 万元,款项到期后银行催贷,亦琳美隐瞒事实从另一家银行贷出 1000 万元。作为还款条件,城市银行不向外提供贷款信息。这是违法的,人民银行正着手调查此事。马超讲到另外一件事放低声音说:"那是个孤寡老汉,原先在煤球厂当门卫,他与邻里关系不错,平常就爱钓鱼。他的社会关系正在调查。"

安然然的通信记录围绕着亦琳美和张文波进行。张文波的电话很少,在安然然出现的前后一月里,基本上是画家朋友的电话,也就是说,与张文波通话的号码全部查实。在调查过程中,画家们对亦琳美都很反感:原因是张文波搬进 A 座别墅时画家们无节制地喝酒,被亦琳美当庭喝斥,弄得大家很没面子。也就是出事的前几天,张文波与他们通过电话,亦琳美也是狠狠的,他觉得自己受到极大的侮辱,像是要把人生走到尽头。调查并没有发现安然然这个女子。相对于张文波,查阅亦琳美的通话记录要艰难得多。专案组全体人员在浩如烟海的电话单里逐个比对,排出相同的号码，在时间上进行一一排除，干了三天，最后有一个号码无法落实。这是个手机号，在亦琳美出国前与她联系的时间比较固定。而在她出国考察的前一天，这个号码曾多次出现。亦琳美在美国的八天里，双方每天都保持着联系，通话时间也较长。从美国返回后联系较少。案发前后一小时，亦琳美与该号彼此多次呼叫，案发后两天，也就是 8 月 12 日，此号销声匿迹。根据亦琳美陈述的时间，8 月 10 日晚上 9 点离开 A 座别墅去公司，那是接到电话以后，这是张文波被害前亦琳美最后一次通话。当晚 10 点 10 分，亦琳美手机再一次被叫，呼叫的是同一个号码。案发前后该号频频出现，专案组一致认为该手机的主人可疑。

马超对入网用户进行查询，结果出人意料，登记的姓名竟然是安然然。入网时间是 6 月 27 日。也就是说，这部手机入网一个月便销了号。根据上户和通话的地点，秦辉判断安然然很有可能是本市人。但是令秦辉他们感到奇怪的是，安然然的手机除了和亦琳美通话外，没和任何人通过电话，好像安然然的手机是专门为亦琳美入的网。

亦琳美一开始就否认与安然然认识，调查的结果恰恰相反。亦琳美不但认识安然然，而且安然然出现在 A 座别墅也和亦琳美有关。根据案发前的通话记录可以进一步推断，张文波被害和亦琳美及安然然有关。这样一来，寻找安然然至关重要。"有一个问题我始终没弄明白。"去往派出所的途中，梅玉青问秦辉。

"什么问题？"秦辉放慢车速。

"亦琳美恨不得把张文波别在裤腰带上，别说是女朋友，就是他的那些画家朋友到 A 座别墅，都会让亦琳美觉得占有了她和张文波的爱情空间。他们像一对鹈鹕。把 A 座别墅当成绝对的爱巢，不容许任何异党占有。但是在她飞离美国后，一个女子悄然进入了本属于他们爱的天地，并且，那只飞离的鹈鹕还和她保持着频繁的联系，这等于把自己的爱割舍给安然然，对亦琳美来说这太不可思议了，我想不通。"

"你想说什么？"

"亦琳美和化名安然然的女子合谋，这样的判断会不会有误？"梅玉青大胆说出自己的想法。

"合作重要性超越了爱情，无义之利，有什么不可能做的？"秦辉答道，"再说了，也不能排除爱本身的驱使。"

"这样我就更糊涂了。"

城中派出所辖区是安然然电话出现最多的地方，通话时间大多在晚上9点钟以后，地点几乎不变。调查安然然先从派出所开始，林所长说："辖区内没见过这个女人，不过照片实在是模糊不清，一时也说不准。"梅玉青想了想道："张文波的家好像就在白丽小区，是你们管辖吧？"

所长说："是呀。张文波酒后驾车两次被治安处罚，他父亲到过我们所里。后来他给我们上过课，他是个有学问的人，专学儒家文化，还讲和谐社会。但张文波不住在我们管区。"这时一名户籍女内勤跑进来说："这人像不像呀？是8年前照的身份证底卡。"

秦辉接过卡片，上面写着姬芳飞，办卡就在现在的白丽小区。他把卡片递给了梅玉青。"像。"她看了一会儿说。

"怎么像？"秦辉问。

"那双放飞的眼睛。"秦辉和林所长笑了。秦辉说："查查她的父母。"内勤跑了出去，只一会儿拉出一张户口单子。"姬子夫。"秦辉脱口而出，他想起了什么。

"也是个名人。"林所长说，"姬子夫也是儒学派，但偏重于今文经学，而张文波父亲研究的是古文经学，两人不太对路。"

"你们这里姓姬的很多吗？"

"就此一家。"所长说。

秦辉让梅玉青和市文联美术协会丁主席联系，一问才知道，上次说为张文波介绍的对象正是姬子夫的女儿姬芳飞。"要是安然然真的是姬芳飞，那才叫缘分呢。"在去张教授家的路上，梅玉青说。秦辉没回答。张教授的夫人来开门，说张教授在书房里。夫人听说来的是警察，忙跑进书房。秦辉等了一会儿，不见张教授出来，循着声音走进书房，只听张教授瓮声瓮气道："没出息的儿子惹上警察，那我就没这个儿子了。"话音一落看到秦辉和梅玉青，便一脸不悦。"你们进来了，坐吧。"张教授放下放大镜，摘下眼镜合上线装书，把椅子转过来。"张教授的书真多呀！"梅玉青感叹。

"'学而第一'。活亦学亦，书，学之本也。"老人说。

梅玉青笑了，说："我要是有机会看这么些书就好了。"

"两个时代的人，我儿子叫代沟。和谐社会不就是儒家提倡的嘛？对了，你们是警察，警察讲法，是不是儿子又酒后驾车了？"秦辉看看眼前这位与世隔绝的老人，心里很不是滋味。"张教授，我们来是想告诉你，文波这回真的出事了。"秦辉低沉的口气让两位老人愣在那儿。"他被人袭击，伤得很重。"

"很重，很重是什么概念？"老人说着看了一眼妻子，妻子惶惶望着秦辉。"他现在怎么样？"妻子问道。梅玉青上前扶住她。说了案发大致过程。"医生尽力抢救，不会有生命危险。不过到现在还没有恢复知觉。"

"会终身成为植物人？"老张眼袋像两只深色的葡萄。秦辉和梅玉青都无法回答这个问题。

"谁，为什么？"母亲泪流满面地抓住梅玉青的手问。

"我们正在调查，今天就是为这事来的。"老人听得身子直往下坠，梅玉青忙把她扶到沙发上，她瞥了一眼秦辉，从袋里掏照片。"不知道二老见过这名女子没有？"老张阴着脸，颤巍巍地戴上眼镜看了一会儿，又把照片递给躺在沙发上的老伴。张文波的母亲只看一眼便对梅玉青说："有点像子夫的女儿飞飞。"老张接过照片再看，然后点点头道："就是飞飞，她不是出国了吗？她和文波的事有关？"

秦辉摇摇头道："我们只是想通过她了解更多的情况。"

"哎，我与子夫辛苦做着学问一辈子，下一代的却全都垮了。那孩子和文波一样，一点都不像她父亲。大学毕业放着好好的工作不做，却要下海做生意。当年我和子夫商量把她许给我儿子。没想到两人都反水，一个跑了，一个到了国外。"

"您二老有多长时间没见到过姬芳飞了？"秦辉问。

"这些年很少串门。还是在公园晨练时看到他们父女俩的。老姬说她刚从国外回来。这还是半年前的事。"

"那么她住在哪儿?"

"不知道。嗯,秦警官,我们可以去看儿子吗?"老人伤感地问道。

"当然可以,如果您二老现在想去,我们顺便也去医院。"

　　姬芳飞是在机场被截住的。当她坐到秦辉面前时,他看到了与亦琳美截然相反的美。梅玉青说得对,妖就妖在她的体形,艳就艳在那双眼睛。姬芳飞比亦琳美小两岁,她的交代让在场的人吃了一惊。她说是亦琳美特意请她住进A座别墅的。她与亦琳美原先并不认识,第一次见面还是在去年的芝加哥展销会上。当时她在展销会上当接待员,专门负责中国客商。和亦琳美认识后,才知道她们曾生活在同一个城市。姬芳飞在芝加哥开一个"宝宝房"教学龄前孩子学习汉语。因为孩子不多,加上房屋租金太贵,这几年只能维持生计,不得已参与一些商务活动,以增加收入。在芝加哥的几天里,亦琳美对姬芳飞印象特别好,她觉得凭借姬芳飞的条件,直接开办销售公司更能实现个人价值。比如,办理中国产品准入事宜,在美国等地开辟中国的产品销售市场。亦琳美的提议让姬芳飞很感兴趣。商展会结束后,她们就签订了一份合同,姬芳飞在芝加哥作为亦琳美公司的代办,先运作一年,根据市场情况再成立分公司,扩大销售规模。没想到这一年产品销售量还真不错。一个月前,芝加哥再次举行展销会,姬芳飞期待着在这次商展结束后把分公司搞起来,进一步挖掘市场,把生意做大。这时亦琳美却突然致电她回国述职。回到中国,亦琳美给她的任务是:在她去芝加哥商展的8天里,引诱张文波上床。

　　姬芳飞赴美的第二天,姬芳飞以亦琳美同学的身份住进A座别墅。她告诉张文波,她刚从东南亚回国,和亦琳美8年没见面了,在学校里她们是最好的朋友,她们曾联手对付过一个高官子弟,他欺骗女同学的感情,因而付出永远住进精神病院的代价。张文波当场打电话给亦琳美,回答是让她住在别墅里,等她回来再好好叙叙旧。她说因为祭拜外婆十周年提前回国的。她生在一个偏远的山村,父母离异,母亲在他8岁时候外嫁。她是外婆带大的。外婆除了耕种田地，每年还要养一头猪，20多只鸡。她从小学读到高中，村里人弄不明白外婆钱的来源。高考结果，她的总分排在全市第四。当她把高考的成绩告诉外婆时，老人流下了两颗泪珠。就在那个晚上，外婆栽倒在床边咽了气。外婆死了，死前没说一句话。外婆死时，手里捏着一块光洋，捏光洋的手还插在瓮里，瓮就埋在外婆的床下，外婆守着那只瓮走完了一生。她发现瓮里仅有一块光洋，同时还放着一本"姬氏宗谱"。她甚至想，死是可以忍的，外婆忍着不死，用尽最后一块光洋，让她考上了大学。她再无力帮她了，这就是外婆最后的泪水。

这个故事让张文波很感动。但是她没想到的是，张文波对亦琳美的爱恋远不是她编造的故事所能够轻易割断的，她开始敬重起这个男人来。她从来不相信男人能够抵挡她的诱惑。外婆的故事是假的，外婆对她的爱和她对外婆的情感是真的；学校里的故事是真的，导致那场悲剧的不过是她一个人。张文波洒脱的生活方式和天真无邪的童心让她觉得羞愧。她感觉要输了，这让她沮丧。于是她想做最后的努力。她没想到最后的努力竟然拨动了爱的琴弦。直到他们在画室里疯狂做爱时，她才意识到自己真正爱上了这个画匠。痛苦和矛盾开始缠绕着她。说出真话，会伤害他的心，最终失去他；不说，在圣洁的爱的面前觉得自己无耻。更何况，她一点也不明白亦琳美要她这样做的目的。她尝过了最美的果子，也品尝了最彻底的苦涩。两难之间，她只得向亦琳美隐瞒真情，告诉她无功而返；另一边在爱与真诚的驱使下，道出了住进A座别墅真正的目的。她告诉张文波，现在的感情是真实的。尽管如此，他还是被击垮了，最后一天他没说一句话，他把自己关进画室里，外头不时传出她的咆哮。

"完了？"秦辉问。

姬芳飞点点头。

"你不知道张文波就是你父亲朋友的儿子？"

她沉默了半天才点点头。"知道。那是到了A座别墅以后。以前我们从来没有见过面。我反感父亲过于学究，他的学识让我喘不过气来。当父亲给我介绍对象并且同样是儒家弟子时，我无法忍受了。我离开了家，并在同学的帮助下到了美国。在我和文波好上后，我说了真实身份。他笑了，说这是缘分，还说知道我们都具备叛逆的性格，当初就应当走到一起。"

"亦琳美回来后你们没见过面，或者说联系过没有？"秦辉问道。

姬芳飞叹了一口气说："我没想到，离开A座别墅只是麻烦的开始。第二天，我接到了亦琳美的电话，见面地点在一家茶室，只是一个夜晚，她判若两人。亦琳美把一张碟子放到了我的面前，我一下子什么都明白了。我突然觉得眼前这个女人无比地阴险，张文波生活在她的身边，就像生活在毒蛇窝里，给人危在旦夕的感觉。我开始权衡我将会失去什么，最大的可能是失去芝加哥分公司经理的职位。但是我想，那么多年都过来了，不当那个经理，也还要保持一点最基本的人性。这么一想反而让我镇定了。碟片内容我不说您也知道，它给亦琳美造成的痛苦，远远超出了我的想象。这让我感到迷惑，既然爱他，为什么给自己设计陷阱？后面的话才让我感到事情的荒唐。她说她爱他爱得要死，因此觉得他在背叛她。她怀疑那种背叛来自他的内心，内心的背叛比行为的背叛更让她不能接受。因此，她想腾出一个机会，证实她的判断。当她听到我说'无功而返'时，她兴奋得疯狂了，然而看了家里的秘密监控记录，她从天堂跌至地狱。我同情起他们两人来。一个是因爱而百般猜疑，另一个却生活在密密匝匝接近被爱窒息的空间里。亦琳美没提芝加哥公司的事，要求我一切听她的，否则会将光碟在网上曝光。一直到事发那天，她要我把张文波约到她指定的位置。"

"为什么？"秦辉问。

"我一概不知，就像当初让我住进A座别墅一样。亦琳美回来后，我们见过一次面，打过几次电话，我不知道A座别墅发生了什么，张文波怎么渡过难关。我打电话，却从来没人接，直到他被害，我才想着离开中国，离开是非之地。"

"被害，你怎么知道张文波被害？"秦辉突然问道。姬芳飞一愣，半天才低下了头说："是亦琳美告诉我的，她说是我害了张文波。"姬芳飞拭去眼泪才接着说："事发前，亦琳美找过我，她说张文波对她恨之入骨，甚至要害她。但她还是爱他的，如果张文波有心害她，她宁愿自己是个殉道者。出事那天，她要求我告诉张文波：她在月亮湖边等他，想要她死，这是最后的机会。没想到亦琳美反而对张文波下了手。"

"你如实告诉了张文波？"

"我本不想再做什么。但我和文波的录像在她手里；我又不想对文波转达亦琳美的原话，因为文波的表现令我担忧，担心他因为冲动会做出难以挽回的事情。我只是告诉他，我和亦琳美在月亮湖等他，三方好好谈谈。"

马超告诉秦辉一件事，让他觉得好一阵子难受。他回想起案发的过程，终于找到释解疑点的缘由了，这一切他想到了只是不想承认。他要做的事就是再次询问亦琳美，让她在张文波的床前说出全部事实。

病房里很安静，点滴无声流进他的身体，液瓶里时而冒出"咕噜"之声。这个时候亦琳美总会抬起头，脸上的表情显得十分茫然。秦辉和梅玉青走进病房时，亦琳美并没看他们，而是把目光留在张文波的脸上。直到他们走近，亦琳美才抬起头，看到秦辉剑一般的目光，又把头埋了下去。张文波仍旧是原先的姿势，紧闭眼睛，脸色憔悴，过长的睫毛耷在眼皮子上，下巴底下的胡须变得没一点生气。秦辉走近病床边，清晰地看到他嘴唇动了一下，脸上掠过一丝惊讶。他在想什么？一个又一个早晨，他睡得太长了。在黑暗中挣扎，他浑身无力，不能动弹。每一次，他试图睁开眼睛，他的意识总不能穿透厚厚的黑暗。他呼唤那个声音，哪怕是另一个世界里的鬼魂。"如果是讯问，请换一个地点。"亦琳美突然说道，泉水叮咚。他觉得自己在笑，笑声很爽朗。

"你害怕在你丈夫面前回答问题？"秦辉尖锐地问道，"张文波已经是个植物人，你又担心什么？你无法面对？"

"没有，我只是觉得他是病人，应当休息。"亦琳美说完这句话，也觉得没有道理。她本能地瞥了一眼床上的丈夫，坐到旁边的沙发上。

"我们了解很多，你，你的企业，张文波和另外一个女人。"秦辉突然说。在病房里，他说话的声音显得过高，让亦琳美很不舒服。"你的腾美公司并不像你说的那么好。由于市场滑坡和原材料价格上涨，这两年你基本上是亏本经营。你想保住腾美公司，需要有数千万资金用于购置新设备，归还银行贷款，注入流动资金。但你所有的固定资产都用于贷款抵押，加上产品滞销积压，你无法筹到更多的钱，只得利用合伙欺骗的方法套取银行的贷款，苟且保住你的腾美公司。这并不能解决根本问题。于是你想到了人身保险。光是文波的赔偿就达一千五百万元，你开始打张文波的主意。"

"不对，我从来也没有打张文波的主意。"亦琳美由于激动，脸涨得通红。"腾美公司企业资金短缺这是实情，但这不是第一次，我们正想方设法开辟南美洲市场，而且有了一定的进展。至于套取银行资金，并不是腾美公司发明的专利，只是一个技术上的问题。"

秦辉看看亦琳美，走到病床的另一边，张文波夹在他与亦琳美之间。他在他脸上瞟了一眼，觉得张文波的表情变得难以捉摸。他停了一会继续说道："在上一次的谈话中，你告诉过我，八年里你与张文波如胶似漆，从没发生过不愉快的事情，彼此也没有外遇这种事，你们相好如初。我们调查的结果恰恰相反。安然然是你腾美公司驻美国芝加哥州的代办，专门负责芝加哥市场推广和腾美产品的销售。让我们感到奇怪的是，这位安然然小姐从美国被紧急召回的任务，竟是为了和A座别墅的男主人张文波上床。"

说到这里，秦辉的话突然止住。他们不约而同地发现平展的被子下的身体在蠕动。亦琳美吓得面色苍白，不知所措。"他他他——"亦琳美支支吾吾说。夜暗在蔓延，思维在扩张。他无法面对刚才的话。他能感觉到，四周太黑暗，"叮咚"的山泉变得有些湍急。"秦大队长，我请求你换一个环境。"亦琳美显出几分虚弱的样子。秦辉摇摇头。"他是植物人，你们一起生活了八年，这八年里相亲相爱如同一人。他现在虽然无知无觉，但还有心灵感应，你只有说了假话，才惧怕面对这个植物人！"秦辉的口气不容置疑。他看见亦琳美极力避开床上的张文波，便向梅玉青递了一个眼色。

梅玉青接过话题说："秦大队长说得有道理。植物人全身器官完全与健康的人一样，脑干细胞受到创伤，造成功能上的障碍。但不等于说他对外界的信息没有意识，只是表达意识的过程受阻。如果家里的亲人对他关爱备至，或再次受到刺激，极有可能会冲破这样的障碍。这样的医学奇迹很多。因此我们认为，在张文波面前交谈不仅无害，而且有利于他意识的恢复。"

梅玉青的话语一落，秦辉马上接着说道："遗憾的是，安然然居然爱上了张文波，你利用他们在 A 座别墅的录像，逼迫张文波和安然然。在精神上彻底击垮他。如果张文波自杀，你便达到了目的；否则，你通过安然然把张文波约到指定的地点，然后对他下手。"秦辉说到这里停了一下。他看到亦琳美一副颓废的模样，心想是火候了。"我们还要遗憾地告诉你，安然然的真名叫姬芳飞，昨天下午 4 点，她在机场被我们截住了。"

秦辉最后的话让亦琳美的精神完全崩溃了。她捂住脸，更像是用手支撑着自己的头颅。秦辉看见从亦琳美纤细的指缝里渗出了泪水。"泉水叮咚"，变成了唧唧的哭泣。那是什么呀？进入他的体内了，像无数条带着吸盘的水蛭，吮吸着他的骨髓。他蓦然感到的疼痛，来自哪里？"泉水叮咚"，声音悠扬，却也忽明忽暗。的确，一切都是我安排的。那个声音在诉说。开始的动因并没有包括你们所说的保险金，甚至到现在，这种想法都是你们强加到我头上的。我爱文波，这种爱无法用语言表达。他所有的一切哪怕是懒散，我也视作飘逸。我越是爱他，越在意他的言行，一句话，一个眼神都可能会牵动我的神经。我无法忍受他在家里接受画模，尽管作画的过程十分专注。爱是自私的，文波只属于我，不属于任何人，这种想法在我看来天经地义。但是文波对我所有的用心都不在意，这让我痛不欲生。我一直怀疑他有外遇，艺术家的浪漫就像商品经济的资本，是创造过程中的灵感。我理解却无法接受。我臆想他有一个情人，那个情人不仅年轻而且漂亮。我在自己营造的情感城阙里挣扎，弄得筋疲力尽。有一个强烈的念头一直缠绕着我：证实自己的想法。即使是文波没有情人，心灵的背叛更是我无法接受的。于是我想到了姬芳飞。这是我最初的想法。

他在黑暗里挣扎，身体无法动弹。精神与肉体的分离，就像面对巍峨的大山而无能为力。这一切怎么可能？一个阴谋，对她的丈夫。天籁般的山泉叮咚之声变成毁灭性的飓风。"她是我姐的同学，学校里我们好得如同一人。"亦琳美说。她很美，流动的青春、流动的热情伴随着欢快的节奏，在 A 座楼上楼下飘动。尽管如此他没动心，他更爱另一个女人，那女人是他的妻子。但让他向往的是她富有表达力的身体，她神奇地洞悉了他的想法。画室里飘逸的长裙从她身上滑落，展露出一具灿烂的裸体。他觉得自己的灵魂在颤抖，目光无法从她美丽的胴体上移开。这是他见过最美的裸体，像爱神，又像智慧女神，《沐浴的普赛克》在她面前也稍许逊色。他还没明白这是开始，就一发不可收。泉水叮咚，声音此起彼伏。

"我和姬芳飞一直保持着联系，她告诉我'她无功而返'。但是当我看到他们疯狂做爱的镜头时，觉得人生走到了尽头。我一直认为，文波的疯狂只对于我，没想他还能同时属于另一个女人。姬芳飞汹涌的扭动和毫无节制的呻吟，深深地刺痛了我，那不是我，而是文波身子下的另一个女人。我证实了自己的想法，同时却陷入无法摆脱的痛苦境地，那时我想到了死。"

"你萌发杀死文波的念头，这样做可以一举两得。"秦辉问道。

"不，我对着瘫痪的丈夫说不！"亦琳美显得特别激动，双眼望着床上的文波，泪如泉涌。我没有杀他，我只是为自己的愚蠢而深感后悔……"

秦辉和梅玉青交换了一个眼色，秦辉毫无表情，梅玉青一脸茫然。

被子下动了一下，他的睫毛神奇地竖了起来，他仿佛在听，极力做出清晰的判断，更多的却只有迷惑。那里太黑，黏稠得无法蠕动。"文波更多的是沉默，我能感觉到他心里充满着仇恨。这毕竟是我的错，把我们的感情推向绝谷。我找到姬芳飞，我唯一能责备她的是她欺骗了我。她说她爱他，他也爱她，她已经向文波道出了实情，文波觉得这些年生活在毒蛇身边，甚至说杀死我的心都有。天哪！我都做了什么呀？我引狼入室，还要引火烧身吗？当我质问文波是否像姬芳飞说的那样时，文波给我的还是沉默。我从骨子里感觉到他的鄙视，那是我无法忍受的。那个夜晚我得出一个结论，文波不爱我了，并且恨到试图杀死我。我感到了恐惧，惶惶不可终日。也就是从美国回来的第三天，人民银行开始调查我的违规贷款，公司经营和个人情感双双陷入绝境。"

"8月10日晚，你怎么对文波下手的？"秦辉问。

"没有，我没有伤害自己的丈夫。"亦琳美说着把目光投向床上，他的睫毛动了一下，嘴唇露出一条缝。他已经把想说的说出口了，声音像来自遥远的巴拉那河，那里的水冰冷刺骨。他重复着刚才的话，其声如同叫喊，他努力向岸边靠近，发现自己越陷越深，无奈的挣扎中，周边犹如黑色的沥青，逐渐变得黏稠，他的身子像春蚕一样被束缚起来。

"张文波怎么到的月亮湖边的？"

"是我通过姬芳飞约他去的。"

秦辉用不信任的目光望着亦琳美："是谁下的手？"

"只能是姬芳飞干的，我告诉过她，文波和她只是一时冲动，一切都是假的。她非常生气，说一定要向我证实我说的没有凭据。"

"那是你们约会的地方，姬芳飞并不知道。"秦辉突然说。亦琳美愣了。"你为什么约张文波到那里？那是一个不易被人发现的位置。"

"我想证实。我已经失去了张文波的爱，我想证实张文波是否恨到要我的性命。那些天我就是这么想的。我觉得文波心藏杀机。我越是往这条道上想，越是觉得真实，就像原先心里臆想文波有一个情人，我无法在那样的环境里生活，空气里都充斥着刀光剑影。我想证实，要求姬芳飞为我做最后一件事，明确告诉张文波：想对我下手，那是最好的机会。那里是我们第一次见面的地方。我痛不欲生。事发前的下午我并没去公司，而是对养父哭了一整个下午。他养育了我一辈子，我却再没能力为他送终。我向他讲述了一切，并说出自己的决定。我千遍万遍地祈祷，希望张文波不要在我之后出现在月亮湖边。"

"你养父是余力成。"秦辉突然说，把亦琳美完全说愣了。秦辉没有让她有喘息的机会，接着道："你去了现场。"

亦琳美仓促中答："不，养父阻止了我。但是我还是想去。那晚出了鑫富小区，我的车被拦了，我在市人民银行保卫科，同在的还有警察。我告诉姬芳飞，只要她能证明文波去过月亮湖，那样我们一切就都完了。"

秦辉久久地注视着亦琳美，她脸上已经没有了隐瞒后的恐慌。她望着床上的文波，泪如泉涌。张文波动了一下，又动了一下，这次在场的人全看到了。亦琳美握住他的手轻轻地呼唤："文波，你一定要醒来，一定，哪怕让我侍候你一辈子。"

每个人都看到了，张文波的脸抽搐了一下，眼角上流下了两颗泪珠。

"带走吧。"秦辉对梅玉青命令道。梅玉青掏出手铐。一个沉重的声音从门外传来："带上我吧，与琳琳没关系。"

"余力成，你终于还是出现了，你是聪明反被聪明误。"秦辉说完转过身子，看到夜钓者余力成手里拿着一把铁锤站在门口，后面紧跟着马超。

从看守所回来的路上，梅玉青问秦辉，为什么知道是余力成干的。

秦辉没直接回答，只是对她说"多想想吧"。

# 走出黑暗的日子

## 一

其实，活着就是上苍让你在这个世上蹓上一圈。

沐浴后，我们裹着浴巾躺在洁净的床上，听到琳琳这么说着实让我吓了一跳。

琳琳有思想，但不善言辞。说她不善言辞其实冤枉了她。应当说，她是个不屑与别人闲聊的女人。女人凑在一块，叽叽喳喳离不开房子、孩子；离不开发型、衣着、化妆。琳琳完全不同，只要听到这些话题，她就会像只蝴蝶，扑扇翅膀飞到圈子外边。但人毕竟是群居动物，情感世界既不可能悬着，也不可能沉着，在一个群里找不到共同语言，就会在另一个群里寻找。于是，关系并不怎么密切的我，成了琳琳的情感寄托。

那是半年前的事。

后来，我与琳琳交往多了起来。

其实我也不喜欢琳琳，乍一看她是那种绝艳的女人，但她表情淡漠，性格内向，总在怀疑别人在咀嚼她的美丽，并且时刻摆着一副提防的架势，让别人很难接近。为这事我与琳琳有过交流，我说你想以孤傲作为抵御的武器，恰恰又毁在孤傲的武器里。

听了我的话琳琳抬起眼皮，这是她的习惯动作。

桑拿后琳琳脸上的皮肤白里透红，像一朵绽放的玫瑰。在琳琳出事后，我老是回忆眼下的情景，想象不出那尊娇美的身躯如何在瞬间成为烧焦的尸体。

我问："在校时我就听说，你受到过伤害。"

琳琳看了我一眼没有吱声。

"漂亮女人是福也是祸，就像利剑，既能防身也能伤身，关键在你玩耍的本领。女人是感情动物，在把世道混得烂熟前，虚荣心永远占有主导地位。你把感情和虚荣都收得很紧，甚至不会让周边的人感觉到有感情和虚荣的存在，这种过于理性最后伤害的是自己。"我说。

"也许。"琳琳淡淡回答。

我只想证实十多年前十三班里的传闻。说琳琳的班主任看不惯琳琳的傲气，把她叫到办公室，当场扒了她的上衣，同时脱光自己的衣服，嘲笑琳琳比自己小了一圈的乳房。还听说，这件事是班主任自己泄露出来的，原来她正疯狂地追逐班里的语文老师，而语文老师对她没有兴趣，她胡乱猜测地寻找原因，最后把目标锁定在校花琳琳的身上。脱学生的衣服的事校方没有做出正面回答。第三天，班主任因左腿骨折住进了医院，一说是自己摔的，一说是被砸的。那以后，班主任再也没出现在校园里。

对于琳琳受辱和班主任住院后的去向，永远停留在猜测与传闻之上。但那以后同学们发现，琳琳的乳房像发酵的馒头，慢慢地挺了起来。

高考以后我上了警院，男性化的训练改变了我的身体和性格，这种近乎"大条"的个性让我少了许多的矫情，富有特点的工作迫使我在日常工作中有了更多的思考。这成了我与琳琳最终成为朋友的理由。

在琳琳出事以后，我一直无法判断与琳琳的交往给她带来了什么，回头想想总觉得一切都与命运有关，我排列了五十个假如，哪怕其中一个没有实现，一切都不会发生。的确，最好的事总是隐藏着最坏的祸根，当上苍觉得你到世上这一圈逛得够了的时候，就毫不犹豫取走了你的性命。

不过，这个判断的做出完全在琳琳出事以前。

琳琳侧过身子掐灭手里的烟，裸露出浑圆的乳房。"齐姐，其实你比我更漂亮。"

我说："你给我糊面是怕我一脚踢开你，还是想挑起这个话题让我好好赞美你一番？"

琳琳说："你知道我不会诓骗人，其实女人的美是多样式多层面的，我这么一说你就明白了。你美得有内涵，超凡脱俗；内涵的外溢就是漂亮，挡不住的漂亮，而且，我更加羡慕你的阳光。"

我听了哈哈大笑。

在琳琳出事前的半年多时间里，我们见面机会多了起来，一来感情越来越投缘；二来琳琳不断要我给她推荐书籍。在喝茶、泡澡的闲散时间里，还就书的内容进行过一些交流。

我看了一眼琳琳白得耀眼的双腿问道："你又怎么评价自己？"

"其实我是肤浅的。"她慵懒地回答，"我不想让别人说我是花瓶，却又没有内涵支撑，只得闭嘴少说话；我想通过努力提高自己，但读书越多越觉得自己的苍白，只好闭嘴什么话都不说。这样与别人的距离越拉越大。"琳琳等着我的反应。我端起杯子，喝了一口茶，琳琳也呷了一小口。放下杯子我转过身子说："你想干什么？你没必要把自己打扮成圣人，也没必要去追随圣人。我们都是平常人，吃喝拉撒七情六欲才是做人的本质，你觉得你自己高出别人一节，别人就会看你低一个层面。你漂亮，你有钱，有豪华汽车和别墅，还有一个富裕的老公，这些关别人的屁事。你的优越与别人无关，反过来还招惹唾弃。如果你忘记自己，忘记你拥有的一切，把周围的人看作你的兄弟姐妹，跟着别人家长里短地聊，别人就会触摸到你的心，你在别人心里的分量会越来越重。这个社会没人在乎你是什么，只在乎你对他们做了什么。我们毕竟不是生活在你的内心世界里。"

琳琳扭了一下身子道："我对那些人那些事忍无可忍，孩子、票子、房子、车子，天哪！哪怕我再俗，也无法忍受那种折磨。"

"哈哈哈。"我放声大笑，"你都有了，自然没有欲望。换位想想，你追逐并且想得到的，自然会成为你的热门话题。饿汉最大的愿望是一顿饱餐，就像寒冷里你最想得到的是一件棉袄。你想变得既漂亮又有才情，每天捧着书读，那些还没有汽车、房子的庶民，把自己的渴望当作话题，当成梦想，这有什么不对？你选择了崇高的生活方式，没必要去指责平民的平庸，宽恕是生活中的全部秘诀。"

"哎，齐姐，我总是说不过你。"

"你是因为无聊而读书，我是因为温饱而读书。我的动力肯定比你大。哈哈哈。"我又笑。

说实话，有时我也喜欢与琳琳调侃，特别是在澡堂子里，赤裸着身子说着赤裸的话题，无遮无拦无所顾忌。我虽然比琳琳大一岁，但从警是刀锋浪尖上的职业，尤其当刑警的，都是面对面的较量，就像戏文里说的：七步之内亮剑，不是你死就是我活，不多读书还真不行，这是生存之道。但琳琳不同，结婚后她竟然辞去了外贸公司营销部经理的工作，做起了全职太太，据说这是她先生的意思。先生经营着五星级的天都宾馆，身边美女如云，却担心妻子因为做外贸而湿了鞋子。琳琳开始不愿意，又经不住先生的甜言蜜语，当了全职太太后又感到无聊，我才建议她读点书，没承想她挺有"书缘"，读着读着就上了瘾，有时候听着琳琳叙述着刚从书里看来的一点名言警句，未经吸收与提炼地告诉我，我就想笑。

琳琳本来就不是什么圣人，她装模作样无非是想让别人觉得除了自己漂亮的外表，还有她的修养也与众不同，她总是小心装扮自己，审度着可能出现的瑕疵，她的虚荣心比谁都强。琳琳的丈夫叫龚平安，比琳琳大出十岁，琳琳是平安手中的宝贝。琳琳说平安看着她的目光像糖稀，蘸一下能拉出丝。琳琳成天在糖水里泡着，反倒觉不出甜味来。琳琳找我就是想从我这里寻到一点别样的东西，遇上我有时间，要不请我下馆子，要不请我泡澡，这一切都是为了她自己，她想和我多待一会，最多是因为麻烦我表示一点歉意。不管怎么说，两层意思我都愿意接受。

琳琳酷爱泡澡，这无可厚非。但我对琳琳使用的香水永远也无法忍受，照理说她可以使用世界上最好的香水，像毕扬、小马车、艾佩芝之类，但她身上散发出的永远是过浓的花露水的味道。开始我总是怀疑自己的判断力，担心说错了遭到她的奚落。一次泡澡时我问她用什么牌子的香水，她说了一大堆，并且告诉我不同的时间段使用不同的品牌。我问她洗澡所用的香水时，她却一直没有回答我。最后她说："每个人都有自己内心的情结，我洗澡所用的香水是我生活中最隐秘的情结。"她一直没说出这个情结到底是什么，我也没好意思多问，我把它归结为故弄玄虚、无病呻吟之类。

我问："上苍让人在世上蹓一圈，这话又是出自哪里？"

她淡淡一笑，然后用手指指脑袋没直接回答。

"听上去很消沉。"我接道。

她的脸一下子失去了光鲜。我意外地问："发生了什么问题？"

"没有，让别人觉得美满的部分也许是他们能看到的全部，这恰恰掩盖了残缺的部分。有时，那才是最重要的。"

我不喜欢琳琳的咬文嚼字，但她的话传递了一个信息：这个挥金如土的"金丝雀"，也有她难言的苦衷。

# 二

刑警的忙众所周知，刑警也有不忙的时候。现在警务机制的改变，不可能纠缠着一起案件不放。听老一辈的刑警说，以前发生案件，哪怕是千元的盗窃案，都得待在下面，直到案件破获或是线索山穷水尽为止。现在只看现场，然后是简单的讯问，十有八九案件的破获靠的是技术和网上作战。除非五类案件，这种案件在一个县级市里一年也发生不上几回。

琳琳的死是今年第一起杀人案。

谁是杀害琳琳的凶手，这个问题我一直在思考。琳琳毕竟死在自己的别墅里，准确地说是死在自己别墅的卫生间里。这种死让侦查人员联想到凶手可能是她的先生龚平安。这个判断几乎成了专案组的共识。但考虑到龚平安和上面的关系，局里没有马上采取措施。我对琳琳比其他同事有着更多的了解，我试图把琳琳和龚平安的接触进行细致的梳理与归纳，整理出一个情感上、逻辑上又无可挑剔的视角，但似乎非常困难，我的感情常常纠缠于与琳琳交往的细节当中，而所有的细节都排斥我理性的判断。

那天发生的事大约是天意。人心才是无边无际的。相处那么多的时间，对琳琳两口子真正地了解是从那个夜晚开始的。

局里不会放过任何一个警种的警力，治安、禁毒警察永远也不可能当刑警使用，刑警却经常要干治安警、禁毒警的工作。

那个晚上天有些闷，我的任务是设卡，10点钟后检查全市最大的天都宾馆。设卡没多少收获，回到队里休息片刻，就被禁毒警副支队长小林叫了去。副支队长说："你是女同志，有的场面还得你应付。"我说见机行事呗。我不喜欢盲目检查宾馆，这有侵权之嫌，所以每次行动我总是落在后面，或是找熟悉的老总聊天。

我问副支队长："有目标没？"他说："五六个房间住着'归正人员'。"我讨厌那种场面，无非是少男少女的群宿和满地的卫生纸、吸毒工具。我问："又是吸毒人员？"副支队长笑笑说："没有，天都宾馆从来没有查到过吸毒人员，那里的老板叫龚平安，我们还在他举报下抓到过在客房里吸食毒品的孩子。"

"是这样，和那个叫龚平安的老板打过招呼没？"

副支队长说："没有。"

我说："我去打招呼吧，这边有事通知我。"

经理是琳琳的老公龚平安。我与龚平安交流不多，但因为琳琳的关系龚平安每次见到我总是很客气。我想象着经理室里备着一杯浓咖啡和一张笑盈盈的脸，心情顿时好了许多。经理室在二楼东面，踩着柔软的地毯，长长的楼道显得很是安静，经理室门外面安装了监控，于是在敲门的片刻我对着门楣的上方做了一个鬼脸。轻轻叩门却没有回应，一扭门把发现门开着。室内偏暗的灯光散发着淡淡的咖啡味，在静谧中飘着丝丝的生气，那口落地大钟不紧不慢"嘀嘀嗒嗒"地响着，流露出平和与温馨。但只是片刻，猛然间从休息室里传出一声女人高亢的呻吟，接着一浪高过一浪。我惊呆了，第一个反应是琳琳和龚平安在里头，转念一想又觉得不可能。琳琳说过她很少到宾馆来，尤其是夜晚；龚平安也是职业化的男人，尽管爱她也不喜欢她到宾馆看他。第二个反应是内部的男女在经理室里。这种想法本身是在为龚平安开脱。我被迫把可能落在龚平安身上，但我不明白的是，听琳琳的口吻龚平安视她如珍宝，示爱的目光里都能蘸出糖稀，这样的男人怎么可能另图新欢？我犹豫了一会，不知道是进还是退。我权衡了两种行动的后果，尽管冲进去能够解气，却可能把自己和龚平安都推到绝路。何况往后永远要面对琳琳说着违心的话，并且可能为他们情感的崩溃承担责任。我似乎还没有心理准备。落地钟当当当地响了起来，我一拍脑门转身离开经理室，悄悄地关上门。我心里很乱，但我并不甘心，我不愿直接面对但至少要有一个判断依据，同时给自己的猜疑寻找到确切的理由，不然我永远摆脱不了内心悬疑的煎熬。

我站在拐弯处的电梯口，装着打电话，那里正好是监控的死角。一袋烟的工夫经理室的门开了，一个女子款款地走过来，我佯装刚下电梯迎了上去。那女子年龄不过三十，曼妙的身姿，洁白的肌肤，脸上留着兴奋过后的潮红。从职业装束上看，她应当是宾馆内部人员。女子见到我含蓄一笑，然后点头侧身道："您好！"我答："我找经理。"女子回身伸手道："那就是经理室。"我几乎没有说声谢谢，大步朝经理室走去。叩门、开门在同一时间进行。一个人忽然掌握了另一个人的隐私，交往间的感觉会变得敏感起来，本来上得了桌面的话语会变得十分可笑，交流中每一个字眼甚至每一个眼神都可能被认定为针对那个秘密。当我看到龚平安端坐在经理桌后面时，想起几分钟前扑面而来的热浪，差一点笑出声来。

"稀客。"龚平安起身说。

"我可不是第一次来。"

"当然，你可是我爱妻最好的朋友。"

"是吗？"我望着他的眼睛，脸上带着微笑。我想龚平安一定不知道我已经掌握了他和那名美女的秘密，脸上的表情异乎寻常地淡定。

"当然，你调理了爱妻的精神，提升了她的品位，这样的人我巴不得天天见到。"龚平安说着起身为我斟咖啡，"琳琳说，你最爱喝咖啡，这是朋友刚从意大利带过来的乐维萨，是世界上最好的咖啡之一，你真有口福，我刚煮好的。"

"谢谢你这么说，不过我给你一个建议，别老在我面前提'爱妻爱妻'的，天下除了你，还有更爱妻子的男人，否则我会觉得我的先生把我的情感边缘化了呢。"

龚平安先是一愣，然后哈哈大笑："你们警察就是敏感，甚至可以说是过敏，我叫琳琳爱妻，你就联想到了自己的先生，是不是你的局长大人对你三心二意呀？"

"他敢吗？我可不像琳琳，金丝鸟一样被你供养着，天大的事都蒙在鼓里。我是警察，浑身上下长着耳朵，能分辨所有的风吹草动。不像你呀，待在大楼里，成天被美女泡着，你可别做下对不住琳琳的事，到时我第一个饶不了你。"

"怎么可能，我爱琳琳都来不及，还能见异思迁？对了，你一身戎装半夜三更地找我有何贵干呀？"

"禁毒那边查宾馆呢，我只是来向你汇报汇报。"我说。

龚平安笑笑道："我这儿平安着呢，不信你问问派出所和禁毒支队的人，从我当经理以来，从来没有查到过吸食毒品的人。去年，我还被市禁毒委评为先进分子呢。"

"所以呀，'平安'经理开'平安'饭店不是？不过，除了吸食毒品的人员，还有其他犯罪呀。"

龚平安听了笑笑道："你们这些警察呀，没事休息休息多好，老爱折腾。别人住得好好的你们破门而入，换位思考，不觉得损吗？"

"你既不是市委常委，也不是公安局长，凭什么指责我们。好人不怕警察，只有那些行为诡异的人见着警察才心虚，你说对吧？"

"我只是建议，我还是政协委员呢，我在为警察呼吁。看你们警察忙的，一个个累得像冬眠的龟，可有多少时间忙在实事上。"龚平安说着喝了一口咖啡。我也呡了一口道："很苦。"

"味道在后面。"龚平安接着又喝了一口，夸张地呷呷嘴。

"就像这咖啡，警察苦在先，百姓甜在后。就说今天检查你这儿吧，我们也不是挨个儿来。住你这儿的有两个因盗窃入刑的人员，还有三个是街面上的小混混，都是刑满归正人员。我们查他们的证件，敲打敲打他们，即使他们住这儿了，也不敢图谋不轨。你不想明天有客人投诉说钱财物品被盗吧。我们吃苦，你享受甜，这是多好的事呀！"

龚平安哈哈地笑，下巴上的肉抖动着，把脖子压短了一节。

"琳琳说，什么事你都有理，还真名不虚传。你说得没错，时间也不早了，叫弟兄们一同吃个夜宵，算我这个做经理的一点心意。"

"平安经理客气了，有这杯咖啡足矣。只要你'平安'，大家也就知足了。"

## 三

这是我第一次发现龚平安的隐私，也是继而怀疑龚平安杀害琳琳的理由。但是，有外遇不一定要痛下杀手，这是两码事。现代社会夫妻有各自的空间，家庭、感情、性爱都有不同的范畴，这么处着，彼此相安无事，是不少家庭的现状。但是杀人，只有在绝望之后才能做出。龚平安绝望吗？如果琳琳识破了龚平安的背叛要挟龚平安，会不会导致龚平安顿起杀心？或是龚平安有什么把柄落在了琳琳的手里，逼迫他铤而走险，我不得而知。

发现琳琳卫生间里火势的是小区巡视保安。严格地说，是巡视的保安先发现天空上那缕黑烟，逆着风向赶到琳琳楼下的，别墅门窗紧闭，保安一时拿不定是破门而入，还是赶紧拨打110。直到卫生间里传来玻璃的爆裂声，保安才捣碎二楼窗户后打开了大门。

洗澡间在三楼，是琳琳专用的洗澡间。琳琳说，龚平安要她一同沐浴，但琳琳一直没有答应。我不知道原委，总觉得琳琳不是浪漫得起来的那种女人。

卫生间挺大，从烧毁的现场看应当有专用衣柜，精致的藤篓，进口的毛巾搭，成沓的浴巾和睡衣。卫生间一侧临窗，装饰着豪华美丽的窗帘。现场勘查的结果与龚平安供述的吻合。顶棚部分坍塌了，我奇怪顶棚的用料只防水不防火，可谁会预料湿气弥漫的卫生间也会燃起大火致人性命？

当保安冲进卫生间门口时，门上的玻璃已经爆裂，巨大的浓烟让两名保安透不过气来。保安各抱一个灭火器闭着眼睛往里喷射，及时赶到的消防战士在墙外的云梯上，巨大的水柱从窗外冲了进来，火被压了下去，保安看到浴缸外躺着一具烧焦的尸体。

看完现场后我断定，死者是琳琳，我顿时有一种呕吐的感觉。

认定死者是琳琳是我的直觉，感性的判断十分荒唐。但除了我看到的现场以外，更重要的还有香水味，那是我最熟悉的香水，说白了是诸多混合的气味中飘过阵阵的花露水味。

那个晚上，我在总台公示栏里看到了女子的照片，知道她叫夏美婷，是客房部的经理。当晚回到办公室，我查了夏美婷的资料，惊讶地发现，夏美婷的先生竟然是工商局的王德生。

"天下太小！"我感叹道。

王德生我接触过两次，两次都在酒桌上。他是个沉默寡言的男子，35岁，中等个头，长相一般，衣着也不出众，是个让人见了面就会忘记的那种男人。因为他是我先生的下属，所以我在酒桌上调侃过他。但是，两次带家属的聚会他都没带上妻子。记得我还用"金屋藏娇"嘲笑过他。我心想，像王德生这样的男人，不可能讨到像夏美婷这样的娇妻。不承想这样的判断大错特错，后来的发现足以让我瞠目结舌。

查完资料，我坐在办公室待了好一阵。我把夏美婷和王德生摆在一块，从外貌到气质都不能成双配对；而夏美婷和龚平安往那一亮，一个富态光鲜，一个婀娜多姿，宛如天生地配的鸳鸯。

这个晚上我问了老公很多问题，如果老公不是王德生的局长，我会把宾馆经理室里看见的那一幕告诉他，但局长与副局长之间的关系让我留了一手。老公告诉我王德生本来是民办老师，因为会英语调到外贸公司，一年后又考上师范学院，毕业后到市六中任英语老师，后来又当校长，半年前提拔到工商局当副局长。老公还告诉我，王副局长的姐夫是市人大的一个领导，因为这层关系才有了王德生的擢升。我细细地梳理老公的话，分析王德生和夏美婷是在哪个环节上相识并且结合的，可是我对夏美婷了解太少，只能在猜测间徘徊。后来看到老公老用疑虑的眼光看我，对我的提问也是有一搭没一搭的，便没再往下问。

这个晚上我几乎没睡，我一直担心着琳琳，我觉得，琳琳像一株细嫩的小草，历经酷暑寒风，尽管她一直想表现得强大，毕竟还是小草，她只能在龚平安这棵大树下躲避风寒。我担心龚平安与夏美婷的关系不能一直隐瞒下去，一旦东窗事发，这株小草就会直面严寒酷暑；更糟的是龚平安表面上一直把琳琳当作心肝宝贝，琳琳也乐意浸在龚平安的爱巢里，到那时，琳琳还能经受住这种沉重的打击吗？我突然觉得龚平安很虚伪，也许这是所有成功男人的脸谱，在这张脸谱下，他们的内心都隐藏着一头野兽。这么一想，不由得回头看了一眼鼾声正浓的老公，竟然生出莫名其妙的伤感。

我的思考一直受着琳琳两口子奇怪的关系的困扰，在一段时间里使得案情难以突破。保安发现冒烟的时间是下午 3 点 20 分，从火势来看应当烧了一会了；大门监控发现平安离开的时间是 2 点 40 分，从情景再现的过程判断，平安杀人后灭迹在时间上基本吻合。

保安还陈述，他们看到尸体横卧在浴缸外的地上，满地有烧毁的物品和玻璃碎片。当消防车喷水时，他们离开了现场一直守在楼下，除了消防战士和随后赶到的警察，任何人没有进入过现场。

我是第一个进入现场的警察，我不仅看到琳琳的尸体，还看到了同样烧焦的狗，那是米雪。

我细细地问过两名保安，进入现场最先闻到什么气味，一名保安说闻到汽油味，另一名保安说闻到香水味。现场遗有数十瓶香水，绝大多数在高温下爆裂破碎。我在现场最先闻到的也是混合的香水，在古怪的气味中我辨别出淡淡的花露水，这是琳琳洗澡时常用的香水。

消防部门的结论还没做出，他们初步排除了电源引发的原因，却不能排除燃烧剂引着了浴巾和内衣，然后是窗帘。但这些物品的燃烧速度不足以令琳琳无法逃生，这似乎暗示了琳琳是在昏厥或死亡后被焚烧致局部炭化的。也就是说，引火物和将琳琳烧成局部炭化的是燃烧剂之类的易燃烧的物质。

尸检表明，琳琳气管内有吸入性灼伤。这表明琳琳死亡前至少有过呼吸。

琳琳是被烧死的，她洁白肌肤和丰满的身体在烈火下化成焦炭……

那天我甚至有一种"察见渊鱼者不祥"之感，许多事情知道了要比不知道的好，如果没有那晚宾馆的清查，没有去龚平安办公室的念头，就不会撞见龚平安与夏美婷之间的苟且。现在倒好，再次与琳琳、龚平安和王德生见面，交往中会多出一分心思、少了一分真情与坦然。

在经历了宾馆经理室的那一幕以后，我很想与琳琳见面，我不是长舌妇，见面不是想告诉她什么，只是想通过交流捕捉一点她与龚平安相关的信息。恰好第二天上班没有现场，我开车去了琳琳别墅。

琳琳住佳誉会所，是本市的豪华小区。小区地势较高，位于金海岸之畔，只要进入小区，不论哪个角度都可以将大海的风景尽收眼底。因此，这里的房客更多的是商贾。琳琳住32幢，靠近东面一角，别墅院子与建筑面积几乎相等，院内种着名贵的花草与树木，还摆放着形状古怪的石头。停车后，一条洁白的雪狐狗出现在院门内，这是一条温顺、高大而又漂亮的狗，叫米雪，每次到琳琳家里，总是它第一个出面迎接。"米雪，快开门。"我道。米雪提起前爪灵巧地打开院门。"米雪真聪明。"我拍拍米雪的大脑袋赞道。

琳琳显然是在接到我的电话后起床的，尽管梳妆完毕，却也掩饰不住吵醒后起床的倦意。"乔姐，太阳从西边出来了，这可是半世里头一回。"琳琳迎出来道。

"没打搅你们吧，龚总呢，还在睡觉吧？"我问。

"哼，他呀，早出晚归，地下工作者似的，能见着的都是背影。"琳琳说着把我让进屋里。

"日子过得多惬意呀，抒儿全托给了学校，两个人干自己的活。"说完，我坐在沙发上。室内装潢得富丽堂皇，每一样家具都很别致，据说全是进口的。除此之外，厅堂里摆放了不少南方的植物，墙上挂着多幅字画，琳琳说过，好些字画出自当代名家之手，那些人，都曾是龚平安的客人。

"说到抒儿真可怜，小小的年纪就被关在学校里，我每天都想见到他，可学校有规定，一个星期才能探视一次。对了，咖啡还没煮，要不先来一杯果汁、牛奶什么的？"琳琳问。

"你就别忙了，我吃过早餐了。当然如果有尚好的咖啡不妨来一杯。"我诡谲地望了她一眼。

琳琳嘿嘿一笑道："有呀，意大利的乐维萨，够好了吧？"琳琳边说边忙着煮咖啡。

"的确好，昨晚我还喝过呢。"

"你喝过，在哪儿喝的？"

"在龚平安那儿呀，他没告诉你？"

琳琳坐回到沙发上没吱声。"怎么，喝你老公一杯咖啡，就让你心疼了？昨夜我们搞统一行动，查宾馆来着，顺便到你老公那里通报一声，喝杯咖啡，你没吃醋吧？"我调侃道。

"哪呀，我想你可以去喝，别人也可以去喝。"琳琳坐回到沙发上，点上一支烟吸了一口，一只手摩挲着米雪的头平静道。

"我说琳琳呀，以前你不是这样的，现在神经越来越纤细敏感了，是不是柏拉图的《理想国》害了你？要不就是《少年维特的烦恼》。"

"我不知道。"

"都怪我，推荐你看这样的书，本来是消除你生活中的寂寞，现在好，寂寞没消除，消极倒引来了。这可是精神世界里的两条大虫呀。"我夸张地说。

"你说得没错，成天东想西想的，像侦探小说的心理分析，脑子没一刻停止过。你们警察一定上过这样的课，不然怎么把握犯人的心理，让他们一个个落入你们设下的圈套？哦，咖啡开了。"琳琳说着起身端咖啡。

望着琳琳的背影，心想她像孩子一样怀有童心，这样的人总是见着什么信什么，缺少综合的分析与精确的判断。我说："你呀，警察可从来不给犯人设计圈套，从他们犯罪那一天起，自己就落入法律的天网里了，要说圈套，那是他们给自己设下的最大的圈套。"说着，我接过琳琳的咖啡呷了一口。琳琳坐在一边用小勺调着杯里的糖。琳琳怕苦，总爱放许多的细糖。我说："琳琳，你往后别看那些书了，我另外给你推荐吧。"

"那看什么书？那些书挺好的。"琳琳道。

"看些古书吧。比如'四书'、'五经'，比如《三通》什么的。"

"那里头说些什么？"

"说了思想，说了人类不同的思想；还说了统治，告诉帝王如何治理国家，造福百姓。"

"这些和我有什么关系？"

"没关系，你金丝鸟一个。不过，你到过长江，其他的江就不秀美了；到过华山，其他的山就不险峻了。"

"你是想让我看到生活的底层，同时也是最险恶、最美丽的世界？"琳琳脸上突然泛起了红晕，拿烟的手有些颤抖。

我呆呆地望着她，不知道她这种变化的由来。

"我还没看到吗？我这是什么生活呀。我生活在感情的垃圾里，生活在无边的虚伪里，我看不到真诚，看不到希望，甚至看不到阳光，这样的生活还能期待幸福吗！"琳琳提起嗓门，眼里竟然含着泪水。

我让自己冷静下来。突然的变故让我发愣好一会。

对琳琳看法的改变也是从那一刻开始的。

我一直以为琳琳的冷漠来自傲慢，现在看来她是个深度忧郁的女人。琳琳一直生活在抑郁之中，她淡定的表面下裹着一团谜、一团心酸。我试图拉着她走过陡峭崎岖的坡道，把她拉出洞穴见到了外面的阳光，结果是让她眼前金星乱蹦、金蛇乱窜，以致无法看见任何一个现在被称为真实的事物。这是我的过错吗？我不自觉地想起龚平安，想起龚平安与夏美婷的欢娱，也许琳琳早知道龚平安的背叛，她只是压抑着，忍受着，静静地面对这一切。

沉静了一会，我放下咖啡杯子，起身坐到琳琳身边，摘下她手里的半截烟，搂过她的肩膀，我感觉到她的身子在颤抖。琳琳内心的强大像是瞬间被掏空了一样，变得很虚弱，一个脆弱的女人心房里装着不为人知的痛苦，那样的生活是我这样"大条"性格的人所不能想象的。我说："不管生活中发生了什么，这都是天意，既然不能改变生活只能勇敢面对。你会觉得我的话又老又单薄，但是生活不都在重复过去吗？重复着快乐与痛苦，重复着生离与死别，这一切都是上苍的恩赐。上苍让人类经历了全部，当觉得你逛够了这一圈后，便轻巧地取走了你的性命。这是你说的。"

琳琳恢复了平静，她转而对我笑笑，然后说："对不起，我一时没能忍住。"

我一边劝琳琳，一边想进一步触摸琳琳的内心世界。我想知道她的苦痛有多少实际的内容，我猜测八成与龚平安有关。但是琳琳很快从阴影中解脱出来了，再深究同一个话题会有猎奇之嫌。

琳琳说："你喝着咖啡，我去趟卫生间，一会我们出去吃饭。"

## 四

那以后，我没再调侃过琳琳。虽然我们的感情到达亲密无间的程度，之间的交流又近了一步。我觉得，我对琳琳的刺探是不道德的，即使从维护这个家庭的关系考虑，我也应当为龚平安和夏美婷守住那个偶然得到的秘密。

第一次谈话我没有和龚平安面对面。准确地说，我是透过那块大玻璃注视着龚平安的。龚平安没因被请到公安局乱了分寸，他神态自然，仪表端庄，面对警察像在接见贵宾。他身着西装，系着整洁的领带，脚上穿着我常见到的米黄色的卡斯诺皮鞋。在丧失爱妻的第一个夜晚，龚平安固执地守在殡仪馆里，在他旁边的还有客房部经理夏美婷。夏美婷一身素服，神态悲戚地与龚平安一起给琳琳烧纸。我心想，如果琳琳的死和龚平安有关，不论结果如何，龚平安此生再也无幸福可言了，要不，就是老天爷给了他们两人额外的眷顾。

那个晚上，龚平安衣冠散乱，依旧沉溺在痛苦之中，民警费了好些功夫才把他请到讯问室里。让我没想到的是，禁毒支队的小林居然也参加了首次讯问。我说："杀人好像是刑警的事吧。"小林说："这个叫龚平安的事多着呢。"我问："你们不会怀疑他贩毒、吸毒吧？"小林说："其实我们经营了很长时间了。"我问："凭什么呀，人家可是禁毒模范。"小林笑笑没回答。

商量的结果是：所有的讯问都不要涉及毒品，于是讯问的过程表面上显得很平常。

"对琳琳的死，你有什么看法？"民警试探性问道。

"你希望我有什么看法？"龚平安尖刻地反诘。

"对你妻子的不幸我们也很惋惜，但事情已经发生了，只能是理性对待，希望你节哀顺变，配合公安机关彻查。"民警道。

龚平安叹气道："我现在心绪很乱，我没有办法回答你们的提问。"

民警迟疑片刻道："这不要紧，我们会慢慢开导你，可以从简单的开始。比如，琳琳是你的妻子，对她的不幸应当有一个基本判断。"

"你们还知道琳琳是我的爱妻，知道她烧死在我家浴室里。既然知道，一开口为什么没提我的爱妻只说'琳琳'怎么的。你们先入为主，把我纳入凶手之列了？"

"我很抱歉，当务之急是查清浴室着火的原因，也好让她入土为安。"民警道。

"我能告诉你们什么？"

"你所知道的过程。"

"我准备离开时琳琳刚起床，直到接到电话说我家起了火。"龚平安平静下来后回答。

"那么你离开的时间是几点？"

"3点不到。"

"平常你都在家用午餐，午休后离家上班吗？"

"是的，通常是这样。"

"那么那天离家后到了哪里？"

"直接到酒店。"

我在观察龚平安，总觉得他的话有些虚假。记得琳琳告诉我，龚平安通常是早出晚归，像地下党似的只能看到他的背影，中午回家一说极可能是假话。

"那么，你们夫妻关系如何？"民警继续问。

"很好，我爱琳琳，就像爱惜自己的生命。"龚平安说这话时语气很重。

"比如呢？"民警问。

"夫妻那些事不用说了，在家里她是唯一的主人，她想干啥就干啥，吃、穿、喝、玩一切都由着她的性子。我们从来没争吵过，甚至没红过脸。我们是一对幸福恩爱的夫妻。"龚平安说。

"这是你的感觉，你妻子琳琳认可吗？"

龚平安愣了一会，然后肯定地回答："当然。"

"把话说回来，你觉得在浴室里洗澡会引发火灾吗？"民警突然问。

"不能，除了电源之外。"龚平安道。

"但是消防部门的结论首先排除了电源之灾。"

"我就不明白了。"

"平常在浴室里放有易燃物品吗？比如汽油什么的。"民警追问道。

"我不知道，但可能性不大。"龚平安说。

"你不知道，不知道是什么意思？你不会告诉我们浴室里的摆设你都不知道吧？"民警两眼直视龚平安。

"是的。"龚平安说。

"难道你们的感情出现了问题？"民警问。

"没有。"

"但是你不知道浴室里摆放的东西？"

"我平常不用三楼的浴室。"

"你是想告诉我，你和妻子不用一个浴室？"

"是的。"

"那么，你们的夫妻恩爱又怎么解释？"

龚平安一时怔在那里，没答上来。

这一系列的问话都是原先设计好的，到了这个份上，我的同事略占上风。

从现场来看，一定得有一个火源，是火源引燃了衣物，在浴室里燃起了大火。关于这个火源正如保安说的有可能是汽油。但是，琳琳可能把汽油放置在自己的浴室里吗？这样的话，就不能排除琳琳之外的人故意的行为。这个人除了龚平安，还有可能是谁？当然杀人得有动机，怀疑龚平安杀人，那么他的动机到底是什么？

从那以后，我再也没给琳琳推荐小资情调的书籍，好像琳琳也很少问我往下再看什么书，她像是有了自己的主意，尽管我不知道她后来读的什么书，但知道她没有停止过阅读，我感觉到，琳琳对我依赖的程度在减弱。

也就是宾馆那幕的一周后，正逢六一儿童节，我问老公怎么安排孩子。老公说和往年一样，除了局里规定的，班子成员的孩子每人再加1000块钱，然后在儿童节的前一天，班子里的同志一块就餐。

工商局除了我老公，还有两个副局长、一个纪委书记，我的女儿16岁，王德生的儿子8岁，纪委书记的儿子6岁，另一位副局长的女儿已经成人，就读在外，但每年依旧享受1000元钱和团聚晚餐的待遇。

我对六一晚餐有所期待，只是想看看王德生的妻子和王德生一块时的场景，因此，我再三叮嘱老公一定要把班子里的人叫齐。那天，除了年长的副局长出差外，其他人如约而至。三家九口人当中我是最活跃的，一则我是大条的个性，二则我是局长夫人。我说的每一句话都能在餐桌上引起共鸣，唯独王德生依旧显得拘谨，有一种不即不离的感觉。桌面上，王德生更多的是与儿子交流，好在妻子夏美婷能得体地为他补拙。从夏美婷的表现来看，她并没有因为王德生木讷而有蔑视的态度，反倒是王德生对夏美婷有些言听计从。我数次刺激王德生，希望看到他的本性。我对夏美婷说，找类似的人当老公不可靠，就像我的老公，每次回家我都得搜身；还说要像管犯人那样管住自己的老公。我对夏美婷说："像王德生这样的男人更要提防，不声不响的人做出的事往往一鸣惊人。"桌上我喝得最多，其次是纪委书记。纪委书记年纪稍大于王德生，说话十分粗俗，他的妻子是幼儿园老师，老是用指头戳他的脑门，提醒他身边有未成年的孩子。书记说现在是开放年代，孩子也要从小锤炼。尽管话粗，我还是能看出夫妻之融融情感。和前两次一样，王德生几乎没有喝酒，倒是夏美婷喝上几口。夏美婷穿着短袖 T 恤，颜色是鹅黄的那种，脖子和手臂上的皮肤白皙诱人，两杯酒下肚两颊便泛起桃花色，像是争奇斗艳，美不胜言。我调侃地问王德生："养着这么漂亮的老婆怎么能放得下心？"没承想王德生突然道："儿子是自己的，老婆通常是别人的，这个我想得开。"大家笑，都说王德生要么不开口，开口就是经典中的经典。夏美婷白了王德生一眼，招呼自己的孩子。我老公插话说："别光听我老婆胡说八道，大家多吃菜。"

记忆中这个晚上王德生只说了这句话。

回家的路上。老公说我表演得过火了。

我问老公为什么老是向我使眼色，还岔开我的话题。我老公说："你不懂。"我问："怎么就不懂了？"我老公没回答。我又道："我能看出来，尽管有的人像山寨里的黑老大，也都是有口无心；那个王副局长和妻子夏美婷就不同了，是一对心里藏着事的人。"老公问我何以见得？我答："你是在考我的判断力，别忘了我是刑警。"老公笑笑道："人哪，很多事说不清楚。"

尽管老公没告诉我什么，但从他的口气中断定，我的判断是正确的。

"那好，你有思考的时间。我们回到前面的话题。你认为妻子浴室里的火是汽油或是酒精引燃的吗？我一再提醒你，因为是你的家，你常年生活在那里，对可能产生的危险会有一个基本的判断，何况，你家里的装饰十分考究，这里面也包括了使用材料的可靠性。"

龚平安想了想道："其实我也纳闷。听到着火的消息我就在想，除了煤气管道家里没有任何可燃物，不可思议的是，着火点竟然在妻子的浴室里。"

"那么，你觉得妻子近期有什么异样吗？"民警问。

"没有，除了睡觉就是读书。这是近年的事。"

"读书会影响你妻子的情绪？"

"你们似乎在谈论我的爱妻与自杀有关？"

"不，我们只是在谈论一个事实，就是你的妻子琳琳被烧死在自己的浴室里。"

"读书的确对她的情绪有影响。她变得十分敏感、多疑，但我能看得出来，她一直试图克制自己。"

"你以为那是读书造成的？"

"还会有什么原因？"

"你在暗示妻子的死可能与她的情绪有关。"

"我不能肯定。"

"你怀疑妻子的死是因为情绪失控导致的自杀？"

"不可能，她没有自杀的理由。"

"那么，排除自杀，只有他杀的可能了。"

"难道你们怀疑我杀死自己的妻子？"

"我希望听到更好的解释。"

"……"


这也是我一直思考的问题。那天琳琳并没有预先打电话就跑到我的办公室，她说最近感觉特别不好，总怀疑要出点什么事。我问是不是她自己多疑了。她说不是，一定是哪儿出了问题。我问哪方面的问题。琳琳说还不能确定。第二天，我担心着琳琳的心态，特地去了一趟宾馆，我想告诉龚平安琳琳的心理状态，也想从龚平安那里得到点消息。但平安却说琳琳一切都好，只是心情有些忧郁，他说正准备 8 月份告假，带她出国旅游。回来的路上我给琳琳打了个电话，好一阵琳琳才接。我问琳琳在哪儿，她哽咽地告诉我在医院。我的心往下一沉，问在医院干什么？她说抒儿病了，得了急性脑膜炎。问明了院址，恰好就在前面一条街。泊好车刚跨进医院大门，却看到王德生从里面匆匆出来。我叫了声"王局"，他点头应付道："我看个病人。"头都不回走了。

直到琳琳死后，我才想起，医院门口与王德生相遇并非巧合。

病房里，琳琳在抽泣。"齐姐，我感觉到的。"琳琳对我哭出声道。

"抒儿怎么样？"

"刚睡着，医生说幸好发现得及时，但医生不能保证不会有后遗症。我真的很担心。"

"别担心，一切都会好起来的。对了，龚平安呢，他怎么没来？"

"我没来得及告诉他。"

"看你，怎么不先告诉他？办入院手续多麻烦，你还带着孩子。"

"没有，正巧遇到了熟人，抒儿的老师也在。"

话音刚落，龚平安推门走进病房，琳琳拭了拭眼泪，平静地告诉龚平安抒儿的病情。龚平安坐在病床边责备琳琳不早点告诉他，一边抚着她的双肩。

坐了一会，我离开了医院，心里觉得怪怪的。

琳琳在见到龚平安的瞬间止住了哭声，脸上流露出固有的平静，这种变化出乎我的意料。通常龚平安的出现，会让琳琳内心有个着落，毕竟，龚平安是这个家里的主心骨，但琳琳的表现恰恰相反。龚平安望着床上的孩子，抚着琳琳的肩，我能感觉到龚平安对琳琳浓浓的爱，这种细细的深入到琳琳周遭的点点滴滴的爱，是很难通过伪造复制的。尽管我认为龚平安背叛了琳琳，但从他和琳琳一起的那种感觉，他对她的爱是真实的。我无法深入地思考龚平安是怎样把对琳琳的感情调配得如此恰当的。我觉得，哪怕是最富有演技的演员，都会在细微处流露出破绽，但龚平安没有。哦，琳琳，可怜的女人。

琳琳说："无知无忧。"

我开始理解琳琳。

　　凭直觉我感觉到王德生不正常。尽管他每次见到我都显得拘谨，但这次除了拘谨还有一丝慌乱。这鼠头鼠脑的王德生，难道还能和琳琳扯到一起？只是对王德生的出现我无法做出合理的解释。琳琳告诉我，她在医院里遇到了朋友，这个朋友会是王德生吗？何况，我并没有在医院里看到抒儿的老师。如果说，琳琳第一个把抒儿生病的消息告诉了王德生而不是龚平安，这里头有什么道理？回想起是我主动打电话给琳琳时无意间知道抒儿生病住院的，这个时候琳琳并没有想到我或是龚平安，而是"正巧遇到了熟人"，这足以让琳琳依赖的熟人，我却一直不知道。

　　这个晚上，我没让老公睡上安稳觉，直到凌晨，老公才告诉我一个令我震惊的消息："抒儿是王德生和琳琳的儿子。"

# 五

　　现场有许多玻璃和碎瓷片，都是在高温下爆裂的香水和化妆品的容器。那里的成分复杂，过火后引起的化学反应愈加难以确定。但是，在送检的材料中，最后发现的是乙醇和无法辨别的植物油类。也就是说，燃烧物可能是酒精。

　　这两种物质出现在浴室里，必定是引燃大火的"元凶"。

　　第二次讯问是在琳琳死后的第五天。我依旧没有出面，我还注意到，禁毒副支队长小林悄无声息地出现在了我的身边。我扭头看了他一眼道："怎么像幽灵似的？"小林笑笑没回答。我觉得他在玩深沉。我把目光注视到玻璃窗另一边的讯问室。

　　"我们换一种思考。"民警说。

　　"……"

　　"比如，琳琳有她的私生活吗？"

　　"不可能。"

　　"那么，你了解琳琳的过去吗？比如，她告诉过你她的过去吗？"民警说。

"没有。我没必要知道她的过去。"

"我可以理解为你不在意她的过去，而不是不了解她的过去，或者说你不能排除她有自己的私生活。"

"这样的理解我也能接受。"

"那么，你知道，抒儿是谁的儿子？"

"当然是我自己的儿子。"

"但是从我们对抒儿 DNA 检测的结果来看，抒儿是琳琳的儿子，但不是你和琳琳生的。"

"既然你们知道，为什么还问我？"

"也就是说，你对琳琳的过去完全了解？"

"这能说明什么？"

"琳琳和你结婚后生下别人的孩子会不会成为你憎恨的理由，同时引发你杀人的动机。"

"那是 8 年前的事。现在，不论你们怎么推测，我依旧爱琳琳，我也不可能杀害自己所爱的人。"

"但是，怎么解释浴室里的酒精，那些东西除了人为之外，不可能会出现在琳琳的浴室里。现在出现了，并且引发了一场悲剧，这场悲剧直接导致了琳琳的死亡，那么是你或是第三者将易燃物放进琳琳浴室里的，还是琳琳自己另有意图？"

我非常注意这个细节，龚平安沉吟着，这是最难回答的问题。如果龚平安没有杀害琳琳的意图，不可能将易燃品放进琳琳的浴室，即使放进浴室，除非直接点燃，否则浴室雾气弥漫，不可能引发大火。如果龚平安不爱琳琳，他完全可以推说是琳琳自己放置在浴室里的，因为她患有严重的抑郁症。这样的解释在没有更多的证据证明下，警察是很难应对的。但是龚平安没有。他在沉默一会后只说了四个字："难以理解！"这样的回答不仅躲避了警方的紧逼，同时把疑点推回了警方。

我一直想，琳琳为王德生生了一个儿子，能不能成为龚平安杀害琳琳的理由？也就是说，至今，我们依旧在杀人动机上徘徊。每当这个时候，我总想起禁毒支队的小林，他像幽灵一样老在我面前闪现。琳琳的死和毒品有什么关联，难道堂堂的宾馆经理、市禁毒先进分子参与了贩毒？但是小林在清查天都宾馆时亲口告诉过我，在天都宾馆从来没有查到过吸食毒品的人，而这种情况在全市极为少见的。

讯问依旧不紧不慢地进行。我扭头问小林：

"8年前，琳琳怀上王德生的孩子，一个月后，龚平安和琳琳结婚。8年里，王德生一直关注着这个孩子，龚平安也许知道孩子的事，但对琳琳依旧不舍不离，这算不算对爱的忠诚？"

"也许。"小林答。

"如果龚平安对此耿耿于怀，为什么8年后再杀害琳琳？"

"问题就在这里。"

"你们真的怀疑龚平安贩毒？可你亲口告诉过我，天都宾馆从来没有查到过吸毒的情况。"

"很奇怪不是，市区里567家宾馆不少查到过吸毒，天都宾馆没有。我们的调查就是从这种反常现象开始的。没有吸毒的住客，不等于没有贩毒，伪装过度便是破绽了。"

"有道理，你们已经有了证据？"我问。

小林耸耸肩膀没有回答。

"你们怀疑琳琳的死是因为她发现了龚平安贩毒？"

小林仍然没有直接回答，只是抬起下巴朝里头努努嘴。

讯问室里，龚平安用手揉着双眼，显得十分疲惫。这是我第一次看到龚平安颓废的状态。我回头，小林不见了，却看见他出现在讯问室里。小林正面出击了，这证明龚平安参与贩毒的事有突破，可小林的讯问没开始，就关掉了通话器。里头便像是演着一场哑剧，好在刑侦支队的人并没有退出。

我对王德生的事一直耿耿于怀。我知道，再也不能从老公那里知道什么了，更不能冒昧地去问王德生，但凭我与琳琳的关系，有可能在闲聊中寻觅到蛛丝马迹。其实我刚有这样的想法，就接到了琳琳的电话。

那是抒儿出院后的第三天，我赶到琳琳家里，琳琳已经煮好了咖啡。看到琳琳略红的双颊，感觉到她的精神状态平静了许多。

"抒儿呢？"我四处张望问道。

"回学校了。"琳琳说。

"为什么不多休息两天？"

"他哪里待得住，那性子，像是完全有了自己的空间。"琳琳为我倒上咖啡。

"孩子都这样，小伙伴对他更有吸引力。"

琳琳笑笑，放下咖啡杯坐到我的身边，然后用一种难以捉摸的目光望着我。屋子里变得宁静，空气里飘散着丝丝的花露水味，这种异样的静穆令我有几分不安。我扭头看琳琳，一触到我的目光她便垂下眼皮。我问："为什么用这种眼光看我？"

琳琳苦涩一笑道："我给你印象是不是很坏？"

"挺坏，都坏死了！"说完我咯咯地笑出声来，"怎么可能？你是我的朋友，一个聪明、安静的贤妻良母，想坏你都狠不下心来。"

"齐姐，谢谢你这么说，只是我对自己没有一点信心。"

"这又从何说起，你有爱和婚姻，有美满的家庭、可爱的孩子，还有富足的生活；你是合格的母亲，贤惠的妻子，孝顺的女儿；你像梅丹佐一样善良，又像维纳斯一样美丽；你有健康的心态，视你如珍宝的老公。这样的家庭生活，是一般女子难以企及的。如果不够的话，就是你自己的信心。"

"齐姐，这些都是表面，其实，每个人内心都住着魔鬼。"琳琳说。

"那么，琳琳内心的魔鬼是什么？我还真想知道。"我饶有兴趣地问。

"也许，这正是你不想知道的。"琳琳悲戚道。

我有一种感觉。知道琳琳的孩子是王德生所生之后，我一直希望琳琳告诉我这件事的原委。我不是猎奇，而是为琳琳着想。与琳琳交往的日子里，对她总的印象是，她内心没有住着魔鬼，却住着象征黑暗的厄瑞玻斯。

这种潜在的精神力量一直左右着琳琳的灵魂，以至于她从来也没有真正摆脱忧伤的侵扰。

"是关于平安、抒儿，还是你自己的？"我问。

"都有，也许都没有。"

"总爱用这种口气说话。"我笑笑道。

"齐姐，让别人知道自己的秘密是好，还是坏？"

"有好也有坏。"

"我真心问你，齐姐。"

"我真心回答，琳琳。"

"那你告诉我，什么是好，什么是坏？"

"好的，分担你的忧伤；坏的，伤害你的把柄。"

"你为什么不掩饰呢？如果你掩饰，我就会提防你，你让我对你的防备彻底崩溃了……"

后面这句话琳琳说得很轻，我从她表情里猜测到了它的含义。琳琳说："其实我是最坏的女人，与平安结婚前我怀上了另一个男人的孩子，我利用婚姻把事情隐瞒下来。直到今天，我也没有勇气向平安坦白。"

"为什么不和那个男的结婚？"我问。

"双方父母反对，他又是独生子，父母到他单位里闹，他对父母又十分孝顺。"

"龚平安一直不知道？包括抒儿的父亲？"

"也许知道，也许不知道。他当时正追我。我告诉过他，我不是他想象中的女人。他说过去的事他不会在意，只要我嫁给他，他就是这个世界上最幸福的人。平安本来是一家建筑公司的项目经理，为了我，在企业改制前就离开了那家公司，出来干个体，在一家小饭店里当经理，改制后经营了一家国有宾馆，一年后到了天都宾馆当总经理。这些年过去了，他对我和抒儿都很好。"

"你感觉到了愧疚？"我问。

"也没有，这是平安的选择。何况，现代社会的生活方式千姿百态，就像齐姐说的：夫妻有各自的空间，家庭、感情、性爱都有不同的范畴，这么处着，彼此相安无事就是理想的生活。不像以前，通通捆绑在一块，一荣俱荣，一毁俱毁。"

"看不出，你倒也大方。"

我笑了，过后是一阵凄凉。

小林从讯问室里出来的时候，我一把抓住他的肩膀问："你能给我建议吗？"

小林笑笑说："你的人还在里面，你问他去。"

"他们能捕捉你心怀的鬼胎吗？"

"刑警是老大哥呀。"小林说完转身走了。

讯问室的门开了，一份笔录递到我的手里，小林在笔录里直接提出了平安贩卖毒品的情况，并且告诉他缉毒警察已经掌握了充足的证据。令人奇怪的是对这个问题平安一直没有回答。小林的结论是：知道了平安贩毒，是琳琳被害的最直接的原因。但是，有证据证明平安贩毒，却不能证明琳琳的死和贩毒有关。

这是最头疼的问题。

最后一次见到琳琳是在她死的前一天。这天，天气特别凉爽，空气中吹过略带腥味的海风，琳琳带着我上了三楼，平台很大，目力所及，蔚蓝色的海洋延伸到了天边，微浪不时送过一条条白带，让海洋变得更有了生气。我深深地吸了一口气道："这样的环境，为什么还残留忧伤？"

琳琳的心情好了许多，嫣然一笑："藏在心里的秘密就像一剂毒药，吐出来了，便通体畅快。"

琳琳用一种极其迷人的目光看着我，让我心里怦然一动。

琳琳美到了极致。相貌、身材、肤色和言谈举止的般配，流畅曼妙的身姿都令人望之陶醉，这也许成了龚平安追随琳琳唯一的理由。海风轻拂，琳琳微扬的秀发散发着淡淡的花露水味道，我突然适应了这种味道，觉得从琳琳凝脂般的肌肤里散发出来花露水味很雅，很得体。琳琳说："那个班主任，误以为我抢了她心上的人。"琳琳说这话时面带微笑，目光注视着远方。我几乎没意识到琳琳告诉我什么，因为那样的表情很难和她后面要说的话联系起来。

"你是说班主任？"我想到了高三班里关于琳琳和班主任的传闻。

"受伤后失踪的那个女人。"琳琳轻蔑道。

我注视着琳琳。"那时，我完全不懂得男女之间的事。班主任只是太爱语文老师了，我对语文老师却没有一点感觉，还特别不喜欢他上课时夸张的语言和动作，好像天下只有他最了解李白，了解曹雪芹。因此，我对他从来就没有好感。但是班主任把我当成了情敌，除去学习处处刁难我，直到发生那件事，改变了我和她的一生。"

"她向你炫耀她的乳房……"

"这只是开始。之后她脱光了自己的裤子，又来扒我的裤子，我从来没有过这样的经历，只是拼命地捂着。那天她一定是疯了，她说：'我已经是他的人了，你却还是处女。'"

"你一直没有向校长报告。"我问。

"没有，这是最丑陋的事。当天，我遇到每一个同学，都像是在他们面前脱光衣服，我羞愧得无地自容。后来传出班主任与我比乳房大小的事，校长曾找过我，但我的回答是否定的。我当时想离开学校，淡化我和班主任之间的是是非非，但就在校长找我的第二天，班主任住进了医院，此后再也没人见过她。"

"那么你的班主任为什么住院？"

"知道这件事的真相是上大学之后。大学期间，总觉得有一个影子像幽灵般尾随着我，开始我以为是幻觉，但在我学习和交往出现坎坷的时候，这个影子就会出现在我的面前，他就是王德生。王德生和我同系但不同专业，我们的选修课相同，这增加了我们邂逅的机会。我很难把那个幻觉中的幽灵和王德生联系起来，因为他品貌实在没有令人有更多的想象余地。但是，他的出现没有突兀与造作，显得十分自然得体，我对他慢慢有了好感。"

"你使用花露水的事和高三发生的事有关？"

琳琳点点头，目光望着远方。"班主任身上有一种混合的狐臭，那天特别强烈。那以后，这种气味一直留在我的身上驱之不去，甚至每一次呼吸都会灌入我的嗅觉里，引发我极度的恐惧，唯有在我使用花露水以后才会消除。再后来我对花露水的气味有一种心理上的依赖，只要我停止使用，那种混合的狐臭就会冒出来。你知道，花露水用于止痒去痱，常年使用会让人以为，你想引人注意却用不起好的香水，有一种低劣的搔首弄姿的感觉。这一切我没告诉过王德生，却得到他的理解。后来的交谈中，我才知道班主任的伤是他暗地里的行为，她的腿被木棍生生打断，但是班主任没有报案，称自己是不小心跌伤的，伤愈出院后，班主任申请回到了省外老家，在一座小学教书。"

"毕业后你和王德生一同到了外贸公司，你们有了恋情，你们的婚姻遭到了双方家人的反对，你母亲以死相威胁。后来龚平安出现，逐渐得到了你的认可，那时，你已经有了身孕。"

琳琳点点头："因此，我是这个世界上最坏的女人。"

"其实你并不真正爱王德生，王德生为你出气，你怀揣报德之心并以身相许；你和龚平安结合，是因为他对你的爱；你拒绝龚平安又不能和王德生结婚，意味着要打掉那个孩子。"

"正是。我很难做出选择。"

"这些年来，愧疚一直压在你的心头，让你在忧郁中变成了贤妻良母。"

琳琳摇摇头道："我不是贤妻良母，尽管平安对我很好，但我爱不起来。我们始终没有彼此融化、浑然一体的感觉，性生活也没有忘我的疯狂，一切只是妻子的程式。我无法满足平安的要求，总觉得没有爱的性缺少道德基础，有了这样的心理障碍，很难让我兴奋得起来。"

"于是，你有了一种担心。"我想起了宾馆里遇到的事。

"不，不是担心，是现实。我不知道是谁，但知道平安有自己的女人。

这也算公平。爱是感性的，我与平安的理性丧失了爱的基础。"

"往后呢？"

"没有打算，读书让我明白了许多道理。现代社会就是如此，爱、性和家庭有各自的范畴，彼此处着，相安无事，这也许是现代人最理想的生活状态。"

尽管我并不怎么赞同，还是点了点头，我相信，琳琳从阴影中走出来了。但是我没想到，一天后，这个被心理痛楚折磨十多年的女子，迎着阳光开始正常生活的同时，溘然丧失了宝贵的生命。

我的思绪被提审民警打断："齐队，龚平安想见见你。"

我点点头，理了一把自己的头发，推门走进预审室。

看到我龚平安的情绪并没有变化。我问："你想见我？"

龚平安点点头："贩毒不是我本意，一步走错就很难回头，后来我只是想让琳琳过得更好，这成了我生活中的全部意义。"

"你让琳琳为你的生死担惊受怕，是你让她过得更好的方式吗？"

"琳琳并不知情，这是我想避免的。因此，她从来没有为我担心过。为了让琳琳过上舒心的日子，我愿意付出全部，我很爱琳琳。"

"你用外遇来表达对琳琳的爱？"我尖锐地问道。

"你是个有学问的人，爱和性是两回事，我从琳琳那里得到爱，不妨碍我从另一个女人那里满足性。"我正想开口，龚平安接着说，"也许你在经理室里知道了一切，因为，那天晚上我回放过录像，贩毒后我变得神经过敏，对任何可疑的人和事都不放心。我有回放录像的习惯，那晚只是性，还有一种是潜意识里报复的畅快。"

"报复？"我惊讶地问。

"你不用装，两天前你们检验了我的DNA，知道抒儿不是我的儿子，因此怀疑我在愤怒之下杀害了琳琳。其实那是错误。抒儿和我们夫妻一点都不像，而且，琳琳和我结婚时有孕在身，抒儿不是我的孩子，这一切我早就知道，只是一个偶然的机会，让我明白了他的爸爸是谁。"

"那么，你为什么会杀害琳琳？"我问。

"我没有。这么多年过来了，没必要再杀害琳琳，我爱琳琳，只要她生活在我的身边，我永远不会伤害她。而且……"

"什么？"

"既然琳琳已死，我不妨告诉你，我在瑞士银行为琳琳存了一笔数目可观的钱，这笔钱只有琳琳亲自出面，并且使用她的指纹和一串长达 21 位数的密码才能取出。此外，别墅和上海一处房产都登记在琳琳和她孩子的名下。"龚平安平静地告诉我。

"为什么这样？"

"我走的是不归路，我爱琳琳，我希望我死后能让她过上无忧无虑的日子，你说，我还会杀害琳琳吗？"

"那么，琳琳为什么会被烧死在浴室里，浴室里为什么会有酒精？"

"我不知道，也许，这和你有关。"龚平安两眼直直地望着我。

"什么？"我吃惊地问。

"琳琳一直忧郁地生活着，我也曾多次暗示她看心理医生。但琳琳的敏感又让我不方便说明。我不知道琳琳在过去的生活里发生过什么，总想着像她这么漂亮的女孩应当生活得更加舒心。但一切恰恰相反。琳琳的精神十分脆弱，经不起任何事情的折腾。因此，我承担着生活中所有的一切。我想，你在我办公室里知道了我和另一个女人的事情后，一定告诉了琳琳，这是导致琳琳自杀的唯一理由。"

我深深地吸了口气，不知是庆幸自己没告诉琳琳，还是琳琳的死没把我卷在里面，总之我平静地问："这是你找我谈的理由？"

龚平安微微点头。

"我告诉你，我没有那样做，我为你和琳琳同时守住了你和部下的艳遇。而且，琳琳也不可能自杀，就在事发的头一天，我在你家里见过她，除了不知道你贩毒，其他的事她全知道。她看得很明白，她还告诉我她受到过的伤害，她把什么都放下了，她的精神状态也很好。因此，她不可能会自杀！"

龚平安沉静了片刻道："那我就不得而知了。"

从内心而言，我相信龚平安没有杀害琳琳，因为在他为琳琳做了一切以后，没有理由再下毒手了。但是我也反对琳琳自杀的说法。尤其最后一次见到琳琳之后。琳琳说："心里的秘密就是一剂毒药"。她向我吐露了全部遭遇，并且从阴暗的心理走了出来，走向阳光，这样的人怎么会自杀呢？

## 六

龚平安被刑事拘留，罪名是贩毒嫌疑。我离开了讯问室，内心有一种凄凉的感觉，不知是为龚平安还是为琳琳，一个在外人看来美好的家庭，瞬间毁灭。我不知道通过什么样的方式，才能把这个悲惨的故事告诉抒儿；也不知道王德生在琳琳死后、龚平安关押的情况下对抒儿有什么打算。人生，活的全部意义也许就在于生离与死别……

黄昏，不知不觉把车子开到"佳誉会所"，琳琳的别墅周边依旧拉着警戒线，一名保安在附近游荡，不时用警惕的目光望着我的车子。拉开车门，刚想开启院门，保安上前制止了我。我告诉他我是这个案件的主办，保安看了证件后犹豫着离开了。

我在门边站立了一会，本当是米雪第一个出来迎接，但此时楼房前异常宁静，我只能在脑海里寻觅米雪的影子。草地的绿色变成模糊的阴影，造型如故的房子却丧失了以往的生气。推开门，一股阴森森的气味袭来，豪华的家什沉寂地注视着我，尽管地上铺着柔软的地毯，但在我的脚后依旧能听到"沙沙"的响声。我内心一紧，狠狠地咳嗽两声，打开灯，提起精神上了三楼。绕到南面卫生间，除去琳琳和米雪，现场与我第一次见到的一模一样。打开灯，见内外有许多破碎的玻璃瓶子、焦状的毛巾、衣物和窗帘残留着的边角，火后黑色的印迹遍布浴缸和墙角上。我脑子里泛起第一次看到琳琳被烧焦身体的景象，她似乎是从浴缸里跑出来了，但她没能冲到门外，大火吞噬了她美丽的身体。想到这里，我心里掠过一阵苍凉与恐惧。

一阵风吹来，飘过淡淡的花露水的味道，这是我与琳琳接触中最熟悉的气味。自从琳琳告诉我那个秘密以后，我完全理解了她，多年对花露水的依赖是琳琳的一个心结，哪怕在她变得十分富裕之后。

说实话，在我进入第一现场以后，并没有嗅到汽油味，更多的是花露水味，我并不知道花露水对琳琳意味着什么，直到一个小时前拿到了消防部门最后的鉴定。

我从厨房里找出一只青花碗，掏出途中购买的一瓶花露水，这是国内最流行的花露水，我将碗里装上水，倒入一瓶子花露水，放在浴缸沿上，沉吟片刻，打着打火机。奇怪的是我并没有看到火苗，当我低头细瞧时，突然感觉到了脸部的灼热，随即有一股头发烧焦的气味。我连忙闪开，然后蹲下身子，在同一个平面上我看到了碗面上幽蓝的火苗。

花露水是用花露油作为主体香料，配以酒精制成的香水。花露水以酒精作为溶剂，浓度高达75%，酒精的密度比水小，始终会漂浮在水的上面，遇到明火便会燃烧。而在较强的光线下，不容易发现火光，就像刚才点着青花碗里的花露水一样。

这是消防部门的结论。

青花碗里蓝火依旧烧着，时间之长出乎我的意料。我脑海里闪烁着清晰的画面：琳琳悠然地躺在浴缸里，然后点着了烟……当琳琳感觉到灼热后，一切都晚了。

……

走出房子，天已经全黑。院子里的怪石影影绰绰，朦胧中，我看到了一条黑影，"谁？"我警惕地问。本来想躲开的影子显然失去了机会，便慢慢地转过身来。"王德生，你怎么在这儿？"

王德生愣愣地望着我，然后低下了头。

尽管琳琳死了，但我不能确定要不要提及抒儿的事。我希望王德生主动告诉我。"你为什么到这里？"我提高嗓门。

"我只是来看看。"王德生轻轻地说。

"你和琳琳一直联系？"我问。

"没有，一直没有，只是抒儿得了脑膜炎后，那次也是巧合。此后我们见过两次。"

"你对琳琳的死怎么看？"

"我不知道。出事前一天，琳琳电话告诉我，她摆脱了内心的阴影，往后要过阳光的日子……我还希望能为抒儿做些什么。"

我内心早有一个结论，我不需要别人再说什么，内心的惆怅与周遭的黑暗压得我透不过气来，现在我要离开这里。我望着王德生，这个生活低调的人内心却十分地坚强，我希望他能说到做到。

"一个父亲，应当尽到责任！"说完我离开了院子……